JULIE SOTO

Wedding Date

GOLDMANN

Julie Soto

Wedding Date

Roman

Aus dem Amerikanischen
von Anna Julia Strüh

GOLDMANN

Sollte diese Publikation Links auf Webseiten Dritter enthalten,
so übernehmen wir für deren Inhalte keine Haftung,
da wir uns diese nicht zu eigen machen, sondern lediglich auf
deren Stand zum Zeitpunkt der Erstveröffentlichung verweisen.

MIX
Papier | Fördert gute Waldnutzung
FSC® C083411

Penguin Random House Verlagsgruppe FSC® N001967

1. Auflage
Deutsche Erstveröffentlichung Juni 2023

Umschlaggestaltung: UNO Werbeagentur, München
Umschlagmotive: FinePic®, München
Redaktion: Michelle Stöger
tk · Herstellung: ik
Satz: KCFG – Medienagentur, Neuss
Druck und Bindung: CPI books GmbH, Leck
Printed in the EU
ISBN: 978-3-442-49430-9

www.goldmann-verlag.de

Für Mar und Cat.
Danke, dass ihr all die Jahre unter dem Tisch
meine Hand gehalten habt.

1

AMA

März

Ich habe fünf Regeln für erfolgreiche Hochzeitsplanung.

(Okay, das ist gelogen. Ich bin sicher, dass es noch mehr gibt, aber wenn ich gesagt hätte: »Hier sind meine sechsundsiebzig Regeln – macht es euch bequem«, hättet ihr bestimmt gleich abgeschaltet.)

Regel #1: keine Tiere. Die fressen Ringe, beißen Blumenmädchen und kacken überall hin.

Regel #2: Do it yourself heißt nicht, dass die Hochzeitsgesellschaft alles selbst machen wird. Es heißt, das Paar hat sich auf Pinterest rumgetrieben, und jetzt muss die Hochzeitsplanerin irgendwie damit fertigwerden.

Regel #3: Ein Nachtclub-DJ und ein Hochzeitsparty-DJ sind nicht austauschbar.

Regel #4: Finde dich nie allein mit einem Trauzeugen wieder.

Und zu guter Letzt Regel #5: Rede ihnen immer aus, in einem Pavillon zu heiraten. Immer.

In zügigem Tempo marschiere ich zum Traualtar, um zu verhindern, dass meine Absätze im Gras versinken. Der Teppich kommt in zwanzig Minuten, und ich bin froh, dass ich darauf bestanden habe, denn sonst hätte die Braut ihre Beine hier herausziehen müssen wie aus einem Sumpf.

Meine Fotografin und Lieblings-Ex-Stiefschwester – eine große

Inderin, die mindestens zweimal am Tag für Priyanka Chopra gehalten wird – liegt mitten im Park auf dem Bauch, ihre Kamera auf den Pavillon gerichtet, wo meine Assistenten die Rolle von Braut und Bräutigam übernehmen müssen.

»Mar, Süße«, sage ich mit einem aufgesetzten Lächeln, »Jake hat schon einen Job.« Auf mein Fingerschnippen hin eilt Jake – einer meiner Stiefbrüder – die Stufen des Pavillons hinunter und zurück zur Ladezone, wo er die Lieferanten anweisen sollte. »Und ich hab dir Sarah für zehn Minuten ausgeliehen.«

Mar richtet sich zu ihrer ganzen imposanten Größe auf und sieht mich von fünfzehn Zentimetern über meinem Kopf böse an. »Pavillon, Ama?«

»Das Paar hat darauf bestanden. Ich weiß, du kannst es nicht leiden …«

Sie packt mich am Arm, zieht mich an ihre Seite und deutet auf das Vorschaufenster der Kamera. »Gitterwerk. *Gitterwerk.*«

Ich sehe mir die Fotos an, die sie gemacht hat. Das Dach des Pavillons ist von kunstvollem Gitterwerk durchbrochen, und wie es der Zufall will, ist heute ein strahlend sonniger Tag. Jakes und Sarahs Gesichter sind auf sämtlichen Bildern mit Schatten bedeckt.

Mar beugt sich zu mir herab. »Sie sehen aus wie …«

»Apfelkuchen. Sie sehen aus wie Apfelkuchen«, schnaube ich und sehe grimmig zum Himmel hoch. Im Osten ziehen Wolken auf, aber werden sie rechtzeitig hier sein? »Was hast du im Auto?«

»Einen Haufen Zeug, der bei der richtigen Zeremonie furchtbar aussehen würde.«

Ich nicke, den Blick starr auf den Pavillon gerichtet. Mar weiß, dass ich einen Moment zum Nachdenken brauche. Geistesabwesend fahre ich mir durch meine dunklen Haare, die sich immer noch ungewohnt kurz anfühlen, obwohl es ungefähr zwei Jahre her ist, dass sie mir noch bis über die Schulterblätter reichten.

(Eigentlich weiß ich sogar genau, wie lange es her ist, dass ich in den Friseursalon gestürmt bin und meine Haarspezialistin angefleht habe, mich »anders« aussehen zu lassen.)

Ich wende mich an Sarah, die sich auf den Stufen des Pavillons niedergelassen hat.

»Sarah, sobald die Zeremonie anfängt, wirst du Mars Schlüssel nehmen und ihr Auto zur Ladezone fahren. Du wirst alles, worum sie dich bittet, *diskret* zu dem großen Baum dort drüben bringen, und sobald sich die beiden das Jawort geben, werdet ihr alles aufbauen. Wir werden den Pastor und das Paar aus dem Pavillon komplimentieren und ein paar Bilder machen, die nicht nach Backwaren aussehen.«

Meine Ex-Stiefschwester Sarah, die kein Interesse an Hochzeitsplanung hat, was man ihr deutlich anmerkt, blinzelt mich schläfrig an. »Wer wird dem DJ sein Einsatzzeichen geben?«

»Das muss ich wohl machen.« Ich werfe einen Blick auf die Uhr und sehe mit hochgezogenen Augenbrauen zu Mar auf. Sie nickt zustimmend. »Okay, Mar. Nimm bei der Zeremonie den Kuss und die großen Momente auf, aber konzentrier dich vor allem auf die weinenden Familienangehörigen.«

»Weinende Familienangehörige sind meine Haupteinnahmequelle.«

Da so weit alles geklärt ist, lasse ich die beiden allein und schaue nach der Blumenlieferung. Während die Assistentin des Floristen Rosengirlanden um die Stühle flicht, suche ich nach Blütenblättern, die schon braun werden, und zupfe sie ab. Die Assistentin presst jedes Mal grimmig die Lippen zusammen, lässt mich jedoch machen.

Als das erledigt ist, trete ich zurück und lasse den Blick schweifen. Wir sind fast fertig. Ich muss noch Schilder aufhängen und einen Soundcheck machen, aber allmählich fügt sich alles zusammen. Der Teppich wird von einem grimmigen Mann geliefert, den ich nicht kenne. Er mustert mich von Kopf bis Fuß und fragt, ob ich Ama Torres' Assistentin bin. Als ich ihn berichtige, ist ihm deutlich anzumerken, dass er mir nicht zutraut, Stühle in einer Reihe aufzustellen, geschweige denn, eine Hochzeit zu organisieren, doch er zuckt nur die Achseln und rollt den Teppich aus.

Während ich zuhöre, wie der DJ mit den Soundeinstellungen herumspielt, piept das Bluetooth-Headset in meinem Ohr – ja, ich bin so eine –, und ich gehe ran: »Hier spricht Ama.«

»Ähm, hi.« Die Stimme erkenne ich nicht. »Du bist die Hochzeitsplanerin, richtig?«

»Ja«, antworte ich so fröhlich wie möglich. »Wer ist da?«

»Erica. Die Cousine des Bräutigams.«

Die Brautjungfer, die letzte Woche beschlossen hat, ihre Haare grün zu färben. »Hi, Erica. Stimmt etwas nicht?«

»Ja … Eloise hat sich in der Ladys Lounge eingeschlossen.« Ich bleibe wie angewurzelt stehen. »Die anderen Mädels wollten dich nicht anrufen, aber sie ist schon eine Dreiviertelstunde dadrin, und eure Visagistin konnte noch nicht mal anfangen, sie zu schminken.«

»Verstanden. Danke, Erica, ich bin unterwegs.«

Ich tippe auf mein Headset wie ein Bond-Bösewicht, mache auf dem Absatz kehrt und eile zu dem Hotel auf der anderen Straßenseite. Die Braut und ihre Freundinnen sind in einem kleinen Konferenzsaal untergebracht, den das Hotel schlauerweise in eine Suite umgewandelt hat, als in der Gegend immer mehr Hochzeiten stattfanden. Ich gehe geradewegs zur Rezeption, wo Bernie, mein Lieblingsconcierge, schon in die Schublade greift.

»Ein Notfall?«, fragt er.

»Nichts, womit ich nicht zurechtkomme.« Ich lächle ihn strahlend an und nehme ihm den Generalschlüssel aus der Hand.

Auf meinen kurzen Beinen eile ich durch die Lobby und direkt in die Suite, ohne anzuklopfen. Sechs perfekt frisierte Köpfe drehen sich ruckartig zu mir um, und Erica tut so, als würde sie meine Ankunft genauso überraschen. Carmen, die Trauzeugin, blickt von ihrem Platz an der Wand neben der Badezimmertür auf, durch die sie mit jemandem redet. Sie wirkt teils erleichtert, mich zu sehen, teils verärgert, dass sie nicht die Rettung sein konnte.

Doch das ist mein Job.

Ich marschiere direkt zu der verschlossenen Tür. »Carmen, alles wird gut. Sorgst du bitte dafür, dass die Visagistin in fünf Minuten für Eloise bereit ist?« Carmen blinzelt mich verblüfft an, doch ich schließe die Tür auf, betrete das Badezimmer und schließe wieder ab, bevor sie etwas erwidern kann.

Das Badezimmer ist im Stil der 1940er designt, mit Tiffany-Lampenschirmen über den Wandleuchtern und Deko-Fliesen. An der hinteren Wand steht eine Wanne mit Füßen, und darin sitzt die zukünftige Eloise Reynolds, so, dass der weiße Chiffon ihres Hochzeitskleids über die Porzellanränder quillt. Sie blickt nicht zu mir auf, starrt reglos in die Luft.

Das Klackern meiner Absätze auf den schwarz-weißen Fliesen durchbricht die Stille, als ich zu ihr gehe und mich mit einem raschen Blick vergewissere, dass sie das Wasser nicht angestellt hat – Gott sei Dank ist das keine Wiederholung des Winchell-Hochzeitsdesasters von 2022. Ich nehme mein Headset heraus, schlüpfe aus meinen Schuhen und setze mich ihr gegenüber in die Wanne.

Ihre Wimpern flattern, als sie meine Anwesenheit zur Kenntnis nimmt. Dann fängt ihre Unterlippe an zu zittern, und ein Wimmern entringt sich ihrer Kehle. Sie vergräbt das Gesicht in den Händen, als die Tränen zu fließen beginnen. Ich sage nichts, bis sie sich ausgeweint hat. Als sie sich die Augen reibt und den

Kopf zurücklehnt, um frische Tränen zurückzuhalten, frage ich sanft: »Was ist die eine Sache, die du ändern würdest, damit dieser Tag perfekt wird?«

Sie beißt sich auf die Lippe und starrt an die Wand. »Der Bräutigam.«

Ah, damit kann ich ihr leider nicht helfen. Jedenfalls nicht direkt. Ich nicke verständnisvoll.

Patrick Reynolds ist nicht mein Lieblingsbräutigam. Er hat ihr bei einem Baseballspiel einen Antrag gemacht, mit Großbildschirm und allem, was dazugehört. Ich bekomme immer ein gutes Gespür für ein Paar, wenn ich nach ihrer Verlobungsgeschichte frage. Natürlich will ich nicht behaupten, das wäre eine unfehlbare Methode herauszufinden, ob sie es schaffen werden, aber … die Bräute mit den besten Verlobungsgeschichten mussten mich nicht zweimal ihre Hochzeit planen lassen.

»Willst du abhauen?«, frage ich sie. »Dich durch den Hinterausgang rausschleichen?«

Sie stößt ein tränenersticktes Lachen aus. »Ist das dein Ernst?«

»Ja. Wir können uns aus dem Staub machen. Nur wir beide. Oder nur du und Carmen.« Als die Verwirrung nicht aus ihrem Gesicht weicht, sage ich: »Ich wurde schon bezahlt, was kümmert es mich, ob die Hochzeit stattfindet oder nicht?«

Sie schnaubt und fährt sich mit der Hand übers Gesicht. »Was wäre mit den Lieferanten? Den Caterern, dem DJ?«

»Am Tag der Hochzeit gibt es leider keine Erstattungen mehr. Du wirst die nächsten siebenundfünfzig Tage Hühnchen oder Fisch essen.«

Ihre Lippe zittert. »Ist es seltsam, dass ich die Vorstellung, den Empfang abzusagen, schlimmer finde, als die Hochzeit an sich abzusagen?«

»Nein. Viele Leute freuen sich mehr auf die Party mit all ihren Freunden als auf die Zeremonie.«

»Kann ich die Party ohne die Hochzeit haben?«, murmelt sie und zupft an ihrem Kleid herum. Ich lächle und lasse sie in Ruhe nachdenken. »Ich hasse die Vorstellung, das durchzuziehen, obwohl ich weiß, dass es nicht gut ausgehen wird. Ich will nicht wie meine Eltern enden – es nur so lange durchhalten, bis die Kinder am College sind.« Sie schnieft leise. »Ist es noch schlimmer, zum Spaß zu heiraten, obwohl du weißt, dass es nicht deine letzte Hochzeit sein wird?«

Ich schlucke schwer. Ich habe mir geschworen, dass ich damit aufhören würde – dass ich es nicht mehr so nahe an mich heranlassen würde. Das endet immer – *immer* – in einem Desaster. Eloise hat mich zu ihrer Brautparty eingeladen, weil ich ihr schon zu nahe war. Doch meine Aufgabe ist es, sie zum Heiraten zu bewegen. Also hole ich tief Luft und halte mich nicht mehr zurück.

»Meine Mom hat sechzehnmal geheiratet.«

Eloise starrt mich an, als hätte ich gerade ihre Hochzeitstorte auf den Boden geworfen. »Wie oft?!«

»Sechzehnmal. Mein Vater war Nummer fünf. Ich bin ihre einzige leibliche Tochter, aber Mar – die Fotografin – ist die Tochter von Nummer neun. Ich habe mehr als zwanzig aktuelle und Ex-Stiefgeschwister in und um Sacramento, unter anderem meine beiden Assistenten heute.«

Ich kann sehen, wie ihr Kopf rattert, Berechnungen anstellt. »Das ist … furchtbar. Tut mir leid, ich will nicht unhöflich sein …«

»Schon okay. Als ich klein war, war das echt schwierig – von einer Stieffamilie zur nächsten zu springen. Aber ich habe ein paar echt coole Leute kennengelernt.« Ich räuspere mich und konzentriere mich wieder ganz auf sie. »Damit will ich sagen: So sehr du dir auch wünschst, dass es deine einzige Hochzeit sein wird, das muss sie nicht sein. Meine Mom hatte jedes Mal eine richtig schöne Zeremonie und einen Empfang – das ganze Programm. Nur eine dieser sechzehn Hochzeiten war standesamtlich. Also wenn du in drei Jahren eine andere Hochzeit planst, werden all diese Leute immer noch für dich da sein. Niemand hat Hochzeiten irgendwann satt. Glaub mir.«

Sie nickt langsam. »Bist du deshalb Hochzeitsplanerin geworden?«

»Kann man so sagen«, antworte ich lächelnd. »Mit achtzehn wusste ich alles, was es über Hochzeiten zu wissen gibt. Ich war schon alles, vom Blumenmädchen über die Trauzeugin bis zum DJ.«

Eloise lacht. »Warst du je verheiratet?«

»Nein«, sage ich, »das hat mich noch nie interessiert.« Bevor ich ihr auch noch erzähle, dass ich nicht an dauerhafte Beziehungen glaube, obwohl ich sie dazu bringen will, eine einzugehen, atme ich tief durch und setze mich anders hin. »Also hast du die Wahl, Eloise. Du hast die Macht. Du kannst da rausgehen, Kuchen essen, tanzen und dein Bestes tun, euer Eheversprechen zu halten. Oder wir können uns durch den Hinterausgang rausschleichen. Und ich lasse meine Assistentin die Hochzeit abblasen.« Ich nehme ihre Hand und drücke sie. »Eine Hochzeit ist keine Ehe. Ehen sind nie perfekt. Sie erfordern immer Arbeit. Aber eine Hochzeit ist nur ein Moment in deinem Leben, der perfekt sein kann. Lass mich diesen Moment perfekt für dich machen, Eloise.«

Eloise kaut auf ihrer Unterlippe und starrt auf ihren Verlobungsring. Als sie aufblickt, weiß ich, dass ich es geschafft habe.

Wir klettern aus der Wanne, und als ich die Badtür öffne, steht Carmen immer noch dort und tritt nervös von einem Fuß auf den anderen.

»Alles gut. Ladys!«, rufe ich. »Wir haben Arbeit vor uns, damit die Hochzeit wie geplant stattfinden kann, und es wird uns nur Zeit kosten, Eloise zu fragen, was los war, okay?«

Ich zwinkere ihr zu, und Eloise nickt dankbar.

Während ich Bernie den Schlüssel zurückgebe, sage ich mir, dass es die richtige Entscheidung war, mich zu öffnen. Heute ist Hochzeitstag. Ein bisschen von sich selbst preiszugeben ist nichts Schlechtes, auch wenn mir das mein Leben lang eingetrichtert wurde.

Als ich in den Park zurückkomme, eilt Jake mit einem fieberhaften Ausdruck im Gesicht auf mich zu.

»Der Caterer hat gerade angerufen«, platzt er heraus. »Er meinte, die Tischdeckenlieferung sei nicht gekommen.«

Verdammt. Vielleicht hätte ich doch keine neue Firma damit beauftragen sollen. Ich falte die Hände vor dem Bauch und spiele an der Kette herum, die zwischen meinen Brüsten baumelt. »Jake, wie viel bezahle ich dir noch mal?«

»Äh, hundert Dollar«, stammelt er.

Jake ist manchmal wirklich ein Trottel. Er studiert Theaterwissenschaften im zweiten Jahr an der CSU Sacramento. Ich hatte auf einen Stage-Management-Profi gehofft, aber anscheinend habe ich einen Drama-Profi bekommen. Er ist mein einziger derzeitiger Stiefbruder, denn sein Vater ist momentan mit meiner Mom verheiratet. Ich sage »momentan«, weil … na ja … es ist nur eine Frage der Zeit.

Ich rufe die Firma in meinen Kontakten auf. Der Anruf wird von meinem Headset an die Linens-and-Love-Rezeption weitergeleitet, und ich sage ohne Umschweife: »Hier ist Ama Torres. Ihre Firma ist eine halbe Stunde zu spät dran mit einer Tischdeckenlieferung. Was können Sie mir darüber sagen?«

Der Mann am anderen Ende der Leitung gerät ins Stammeln. »Der Lieferwagen ist unterwegs. Es ist nur – es gab eine Panne …«

Ich hole meinen Autoschlüssel aus der Tasche. »Kann ich jemanden zu dem Lieferwagen schicken, da mein Catering-Team dadurch aufgehalten wird?«

Er sagt mir, wo der Lieferwagen steht, und ich unterbreche den Anruf, fasse Jake am Arm und ziehe ihn zum Parkplatz.

»Jake, jetzt zahle ich dir zweihundert Dollar, denn du wirst zur Tankstelle in der Howe Avenue fahren, alles in mein Auto laden – ich meine wirklich alles; du wirst Kisten auf dem Dach festschnallen, wenn es sein muss –, dann direkt zum Veranstaltungsort fahren und den Caterern helfen, den Zeitplan einzuhalten. Verstanden?«

Jake will Protest einlegen, doch ich komme ihm zuvor: »Sonst wirst du gar nicht bezahlt. Denn momentan bist du mir nur im Weg.«

Er schluckt, nickt und eilt zu meinem Auto. Sobald er weg ist, gehe ich in den Pavillon zu Mar zurück und schalte mein Headset wieder ein. »Mein Assistent wird zu dem Lieferwagen kommen. Bitte richten Sie Ihrem Fahrer aus, dass er anrufen sollte, wenn sich die Lieferung um eine Stunde verspätet, und sagen Sie Ihrem Manager, dass Ama Torres sehr unzufrieden ist. Ich werde Linens and Love nicht meiner Liste genehmigter Lieferanten hinzufügen.«

Ich lege auf, als der Mann am anderen Ende der Leitung anfängt, sich zu entschuldigen. Dann atme ich tief durch, straffe die Schultern und gehe auf Mar zu, die auf einer Leiter förmlich am Dach des Pavillons hängt, um ein kleines Licht anzubringen. »Ist hier alles in Ordnung?«, erkundige ich mich.

»Was war los?«, fragt sie. »Ich hab gesehen, wie du zum Hotel marschiert bist.«

»Die Braut wäre fast weggelaufen. Ich hab es ihr ausgeredet.«

Mar zieht eine dunkle Augenbraue hoch. »Wie hast du das angestellt?«

»Ich hab ihr von meiner Mom erzählt. Und dass ich nicht an die Ehe glaube, aber an Hochzeiten.«

Mar lacht. »Das war ziemlich kühn von dir.«

»Sie war mit einem Fuß aus der Tür«, erwidere ich achselzuckend. »Ich dachte, da wäre es Zeit für ein bisschen Ehrlichkeit.«

Sie kommt von der Leiter herunter. »Wenn irgendjemand glaubhaft behaupten kann, dass erste Ehen unwichtig sind, dann die Tochter von Cynthia Jones Rutherford Reed Dyer Lee Torres ...«

»Ich fasse es nicht, dass du ihren Namen immer noch auswendig kannst.«

»...Smith Smith Nelson Jaswal Matthews Andrews Evans Benjamin ... und noch drei.« Sie holt tief Luft, als wäre sie einen Marathon gelaufen. »Ich hab sie mir nur gemerkt, bis Cindy angefangen hat, ein paar Vornamen-als-Nachnamen zu heiraten.«

»Nach deinem Dad ist alles den Bach runtergegangen«, sage ich, und sie hebt die Kamera, um ein Foto von mir zu machen. »Die Mädels sind in zehn Minuten bereit für dich. Braut und Trauzeugin waren noch nicht bei der Visagistin, als ich gegangen bin.«

Mar rümpft die Nase und wirft einen Blick auf ihr Handy. »Werden wir zu spä...«

»Sag das nicht!«, ermahne ich sie mit erhobenem Zeigefinger und eile zum Auto des Pastors, als es am Straßenrand hält.

Die restlichen Vorbereitungen laufen reibungslos, und bevor jemand »ich will« sagen kann, treffen auch schon die Gäste ein. Sobald der Mann vom Parkservice da ist, sehe ich noch einmal im Hotel nach dem Rechten. Als ich in die Suite komme, macht Mar gerade ein Foto von Eloise, wie sie am Fenster steht, in warmes Sonnenlicht getaucht, das durch die Spitzengardinen hereinfällt. Eloise wirft einen Blick über die Schulter und nickt mir lächelnd zu.

Sieht aus, als könnten wir loslegen.

Die Braut schreitet zu *A Thousand Years* von Christina Perri zum Altar wie so viele vor ihr, während ich ganz hinten neben einem Verwandten mit einem quengeligen Baby stehe und auf das nächste musikalische Einsatzzeichen warte. Als Eloise und Patrick frisch verheiratet an ihren Gästen vorbeischreiten, sehe ich, dass sie ihn mit Freudentränen in den Augen ansieht.

Vielleicht werden die beiden doch glücklich miteinander.

Ich führe sie nach rechts, vom Gästeausgang weg, und bitte sie, dort zu warten, so dass Mar und Sarah alles für unsere gestellten Hochzeitsfotos vorbereiten können. Eine Frau versucht, sich in das private Fotoshooting einzuschleichen, doch auf einen grimmigen Blick von Eloise hin sage ich ihr klipp und klar, dass dies ein Privatbereich ist und der Zugang nur Angehörigen des Brautpaars gestattet ist. Sie schnaubt abfällig und stürmt davon. Wahrscheinlich werde ich demnächst eine vorwurfsvolle E-Mail bekommen.

Nach der Zeremonie geht es entspannt weiter. Der schwierige Teil ist erledigt, sowohl für mich als auch für Braut und Bräutigam, und die Lieferanten machen bei der nächsten Location ihr Ding. Jetzt muss ich nur noch die Hochzeitsgesellschaft von A nach B bringen, was mir immer vorkommt, als hüte ich eine Horde Kleinkinder. Doch wenn Mar als Fotografin arbeitet, duldet sie keine Trauzeugen auf Abwegen oder Familienangehörige, die unerlaubt herumlungern. Sie hat ein Händchen für Hochzeitsgesellschaften, weil sie munter und engagiert genug ist, dass die Brautjungfern sie mögen, aber auch heiß genug, dass die Trauzeugen auf alles hören, was aus ihrem hübschen Schmollmund kommt.

Und genau wie ich vergisst sie nie Regel #4: Finde dich nie allein mit einem Trauzeugen wieder.

Sobald wir in der Empfangshalle eintreffen, ist es Zeit für die Hochzeitstorte. Jake ist aufgekratzt wie ein Junkie, als ich hereinkomme, und redet wie ein Wasserfall. Er faltet die Servietten beinahe richtig und berichtet mir, dass sich der Lieferant für die Verzögerung entschuldigt hat.

Das genügt nicht. Linens and Love kommt nicht in mein Rolodex. (Ja, ich habe ein Rolodex. Es stammt aus den Fünfzigern und ist superschön.)

Ich helfe ihm mit den Servietten, falte die misslungenen neu, und dann ist es so weit.

Was ich an der Arbeit für eine große Hochzeitsplanungsfirma am meisten vermisse, ist, dass ich mich ausklinken konnte, sobald die Hochzeitstorte angeschnitten wurde. Als ich noch bei Whitney Harrison Weddings war, konnten sie immer drei Jakes für den Auf- und Abbau einstellen. Jetzt, da ich mich selbstständig gemacht habe, schufte ich von früh bis spät. Irgendwann werde ich das auch bewerkstelligen können. Irgendwann werde ich samstags drei und sonntags zwei Hochzeiten organisieren wie Whitney. Aber derzeit schaffe ich nur eine am Tag, und ich muss sonntags kleinere Pakete buchen, weil ich am Tag vor der Zeremonie nicht verfügbar bin.

Was ich wirklich brauche, ist ein Artikel in der *Martha Stewart* oder auf TheKnot.com, wie Whitney ihn schon mit Mitte zwanzig gelandet hat. Die Hochzeit der Tochter des Bürgermeisters katapultierte sie über Nacht ins Rampenlicht und verhalf der Heiratsindustrie von Sacramento zu Ansehen und Bekanntheit. Als ich bei ihr arbeitete, war sie schon fünfundzwanzig Jahre in der Branche tätig und hatte Verbindungen nach San Francisco. Sie ließ sich kaum je persönlich am Hochzeitstag blicken, es sei denn, es handelte sich um eine Heirat mit viel Publicity.

Ich mag Hochzeitstage. Ich mag die aufgeregte Hektik bei der Zeremonie, die kleinen Unwägbarkeiten, den ersten Tanz. Aber ja, ich würde gern eines Tages genug verdienen, um zwei weitere Assistenten einzustellen, damit ich mehr delegieren kann. Dafür müsste ich allerdings einen Teil meines Markenzeichens opfern: moderne Millennial-Finanzierbarkeit mit einem persönlichen Twist.

»Warum siehst du den DJ so grimmig an? Hast du ihn wieder dabei erwischt, wie er sich im Bad eine Line reingezogen hat?« Mar schießt neben mir ein Foto.

»Denkst du ernsthaft, ich arbeite noch mit dem Typen?«, erwidere ich. »Ich habe dafür gesorgt, dass er auf die schwarze Liste kommt. Er arbeitet jetzt nur noch auf Kokain-Hochzeiten.«

»Ausgezeichnet.« Sie tauscht das Objektiv aus. »Denkst du an morgen?«

Bisher nicht. Aber jetzt, da sie es anspricht … »Ich bin nicht nervös«, platze ich heraus.

Sie lacht. »Gut. Du hast auch keinen Grund, nervös zu sein. Entweder wollen sie dich oder nicht. Es gibt nichts, was du noch tun könntest.«

Ich nicke und atme tief durch.

Apropos große Durchbrüche, morgen könnte meiner sein. Hazel Renee, eine Influencerin mit 4,2 Millionen Followern auf Instagram und acht Millionen Abonnenten auf ihrem YouTube-Kanal hat sich in ein Mädchen aus Sacramento verliebt. Ich habe die Bekanntgabe ihrer Verlobung letzten Monat auf Instagram gesehen und dachte mir: *Welche glückliche Hochzeitsplanerin in L.A. darf diese Hochzeit wohl organisieren?*

Nun, wie sich herausgestellt hat, könnte ich die glückliche Hochzeitsplanerin sein. Hazels Verlobte Jacqueline Nguyen will in ihrer Heimatstadt heiraten. Sie hat mir vor zwei Wochen gemailt, um ein Erstgespräch zu vereinbaren. Ich werde ihnen freiheraus sagen, was ich anbieten kann und was nicht. Selbst wenn sie nicht mehr als dreißig Gäste einladen, gibt es Agenturen, die viel mehr Erfahrung mit der Art Hochzeit haben, die sie vermutlich wollen (sprich: total schick).

Aber wenn ich mich gut mit Hazel und Jacqueline verstehe … Wenn ich eine Hochzeit organisiere, die von Millionen Leuten auf Social Media mitverfolgt wird …

Das ist alles, was ich brauche. Das ist das goldene Ticket zu gehobener (sprich: total schicker), weitreichender Publicity.

Ich muss nur sicherstellen, dass ich dafür bereit bin.

Am Ende des Abends taumelt Eloise barfuß und liebestrunken zu mir, küsst mich auf die Wange und sagt mir, dass ich die beste Wahl ihres Lebens war. Ich schicke sie in ihrer Limo fort und lächle in mich hinein.

Whitney Harrisons kühle blaue Augen kommen mir in den Sinn, und ich höre ihre mütterliche Stimme, die allein mir vorbehalten blieb: *Sei vorsichtig, Ama. Du bist ihre Hochzeitsplanerin, nicht ihre Trauzeugin. Wende nicht so viel für Leute auf, die du nie wiedersehen wirst – die sich am Ende des Abends wahrscheinlich nicht mal von dir verabschieden werden.*

Tja, was sagst du dazu, Whitney?

Seufzend reibe ich mir über die Stirn. Ich versuche schon länger, klarere Grenzen zu setzen. Der rein professionelle Umgang mit Kunden und Lieferanten war immer meine Schwäche. Ich liebe es, Leute kennenzulernen und herauszufinden, was sie glücklich macht. Aber wenn die Grenzen verschwimmen, gerate ich immer in Schwierigkeiten.

Immer.

2

AMA

März

Die Wahl des richtigen Outfits für ein Treffen mit jemandem, der seine eigene Make-up-Linie und drei bevorstehende Projekte auf IMDb hat und regelmäßig am Times Square zu sehen ist, ist ein Albtraum.

Ich war noch in der High School, als Hazel Renee zum ersten Mal auf dem Cover der *Marie Claire* war. Wir sind ungefähr im selben Alter, und meine Freundinnen und ich sind ihr schon vor langer Zeit verfallen. Ich folge ihr seit Jahren auf Instagram, also weiß ich genau, was ich zu erwarten habe, wenn sie in einer Stunde in den Coffee Shop kommt, in dem wir uns verabredet haben.

Normalerweise kleide ich mich bei einem Erstgespräch mit dem Hochzeitspaar für die Kunden. Mithilfe von ein wenig Stalking auf Social Media kann ich entscheiden, ob mein Kostüm von Stella McCartney oder mein Boheme-Gypsy-Vibe eher zum Erfolg führt. Hazel und Jacqueline sind jung und trendy. Sie brauchen Stella nicht. Also ziehe ich einen schwarzen Blazer und ein maßgeschneidertes schwarzes Hemd zu Jeans an und schlüpfe in schwarze High Heels. Für mein Make-up nehme ich mir extra viel Zeit, denn ich treffe mich mit *Hazel Renee*, und ich benutze ihre Make-up-Linie. Hazel hat mir in ihren YouTube-Videos beigebracht, wie man richtig konturiert, und ich befolge immer noch ihre Ratschläge, weil ich mit meinem runden Gesicht oft für ein Kind gehalten werde.

Mit einem Spritzer Parfüm und einem Fauchen meiner Katze mache ich mich an diesem milden Märzmorgen auf den Weg.

Vor ein paar Jahren habe ich mir ein kleines Haus mit zwei Zimmern im schönen Teil der City of Trees gekauft. Damit meine ich: Ich bin in ein Haus mit zwei Zimmern gezogen. Abbezahlen werde ich es erst in etwa vierundachtzig Jahren. In einer Stadt wie Sacramento ist es schwierig, nicht ewig in einer WG in Midtown wohnen zu bleiben. Direkt im Zentrum fühlt sich Midtown ein bisschen wie New York an – eine Bar unter deinem Apartment, ein kleiner Laden an der Ecke, kein Auto nötig. Das macht süchtig. Mar wohnt immer noch in Midtown, aber sie kommt zu mir fünfzehn Straßenblocks weiter östlich, wenn sie »eine Auszeit« braucht. Ich habe entschieden, das Millennial-Klischee nicht weiter zu bedienen, als ich aufgehört habe, Miete zu bezahlen. Aber keine Sorge – ich gebe immer noch sechstausend Dollar im Jahr für Avocado-Toast aus. Ich durfte meinen Mitgliedsausweis behalten.

Um ehrlich zu sein, wenn ich für irgendetwas sechstausend Dollar im Jahr ausgebe, dann für Donuts.

Ich drücke die Tür zu J Street Donuts auf, und Mr Kwon winkt mir über den Kopf der Frau zu, die er gerade bedient. Als ich an die Theke trete, packt er schon mein halbes Dutzend ein.

»Lassen Sie mich raten«, sagt er. »Neue Kunden.«

»Woher wussten Sie das?«

»Sie sind sehr schick angezogen.« Er verschließt die Schachtel und nimmt meinen Zehn-Dollar-Schein entgegen. »Der mit Erdnussbutter ist ganz links, in Papier eingewickelt.«

»Vielen Dank, Mr Kwon.« Ich marschiere wieder hinaus, bevor die Frau vor mir auch nur ihre Kreditkarte zücken kann.

Mr Kwon weiß, dass er das Wechselgeld behalten kann, und

er weiß auch, dass ich gegen seinen Bestseller, den Peanut Butter Dream Donut, allergisch bin. Anfangs hat er mir immer ein paar für Kunden in einer extra Schachtel mitgegeben, aber nach ein paar Jahren konnte ich ihn endlich überzeugen, dass es völlig reicht, sie nur zu trennen.

Donuts sind meine Love Language. Ich bringe eine Schachtel zu jedem Buffet, jeder Party, jeder Cocktail Hour mit. Nichts auf der Welt kann nicht mit dem ersten Bissen eines perfekten Donuts gelöst werden. Natürlich sind ernste Weltprobleme nicht miteingeschlossen – allerdings glaube ich, wenn wir uns alle hinsetzen und einen Donut essen würden, könnte vieles anders aussehen.

Außerdem sind Donuts meine Taktik, Kunden besser kennenzulernen. So kann ich herausfinden, welche Frauen eine Diät für ihr Hochzeitskleid machen, welche Männer wollen, dass ihre Verlobte keine Süßigkeiten isst, und welche Paare schon angefangen haben, aus Stress zu viel zu essen. Und während ich meine Kunden kennenlerne, gönne ich mir auch einen Donut. Oder sechs, wenn beide eine Diät machen. Mom hat bei einem Drittel ihrer Hochzeiten völlig verrückte Diäten gemacht, und das verriet mir viel darüber, wie es ihr emotional mit dieser Person, ihren Freunden, dieser Zeit in ihrem Leben ging.

Ich parke vor dem Weatherstone, einem trendigen Café in einem Backsteingebäude, das früher ein Pferdestall war. Ich weiß nicht, wann genau, aber irgendwann früher. Die Baristas hier kennen mich, weil ich ihren Kaffee bei Empfängen ausschenke. Ich habe sogar vor zwei Jahren mal eine Hochzeit mit dreißig Gästen in dem Café organisiert – weshalb der Barista mit dem Goatee auch nichts zu den Donuts sagt, die ich mit reinnehme.

Ich sichere mir einen Platz an dem rustikalen Tisch mitten im Raum und setze mich so, dass ich die Tür im Auge behalten kann. Während ich warte, bestelle ich nur einen Filterkaffee –

den bekommt man in einer kleinen Karaffe, damit man sich extra vornehm fühlen kann – statt meines üblichen Cold Brew mit einem Schuss Espresso. Meine Beine wippen so schon unruhig auf und ab.

Noch nie war ich vor einem Erstgespräch so nervös. Außer vielleicht vor meinem allerersten. Doch das ist über drei Jahre her. Whitney hatte die Kunden zu mir geschickt, als sie sich über ihre Preise beschwerten, und auch wenn das klingt wie Almosen, brauchte ich zu der Zeit so viele Almosen wie möglich. Whitney Harrison Weddings zu verlassen, hätte der schlimmste Fehler meines Lebens sein können, aber zum Glück griff Whitney mir etwas unter die Arme.

Um zwei Minuten nach neun öffnet sich die Tür, und im ersten Moment kann ich nicht glauben, dass ich wirklich die Person vor mir sehe, die jahrelang nur in meinem Handy gelebt hat. Ich hatte einen Laufsteg-Look erwartet, doch stattdessen wirkt Hazel wie ein Mädchen von nebenan. Sie trägt Jeans und einen Cardigan, und ihre dunkelblonden Haare sind locker hochgebunden; das Einzige, was sie als Celebrity zu erkennen gibt, ist die Pilotensonnenbrille, die sie selbst drinnen aufbehält. Ihre Finger sind mit denen einer asiatischen Frau mit runden Wangen und klaren braunen Augen verflochten – Jacqueline. Sie sieht mich zuerst winken und macht Hazel auf mich aufmerksam.

»Hi. Ama?« Jacqueline legt ihre Tasche neben mir auf dem Tisch ab und reicht mir die Hand.

»Du musst Jacqueline sein.«

»Jackie reicht völlig«, sagt sie. »Und das ist Hazel.«

Ich schüttle Hazel die Hand. »Schön, dich kennenzulernen.« Sie hat einen festen Händedruck und ein schönes Gesicht, und das Ganze ist so aufregend, dass mir ein bisschen schwindlig wird.

»Mein Gott, deine Haut ist perfekt«, sagt sie, und ich falle fast in Ohnmacht.

Meine Fingerspitzen legen sich wie von selbst an meine Wange. »Oh, danke. Das ist deine Make-up-Linie.«

»Phantastisch! Das freut mich sehr für uns.« Sie schenkt mir ein strahlendes Lächeln und wendet sich an Jackie. »Hazelnut Macchiato?«

Jackie nickt und setzt sich mir gegenüber, während Hazel zur Theke geht. Jackie will gerade noch etwas sagen, als ihr Blick auf die rosa Schachtel zwischen uns fällt. »Wenn das Donuts sind, raste ich aus.«

Grinsend öffne ich die Schachtel. Sie kreischt, als wäre ich mit einem Diamantring vor ihr auf die Knie gegangen, und sucht in dem halben Dutzend nach ihrem Favoriten.

»Wenn Erdnussbutter dein Ding ist, das ist ihre Spezialität. Der hier.« Ich zeige auf den in Wachspapier eingewickelten Donut.

Sie stopft ihn sich ohne Zögern in den Mund, und ich glaube, ich bin ihr schon jetzt verfallen.

»O mein Gott«, murmelt sie mit vollem Mund.

Hazel kommt gerade so rechtzeitig zurück, dass ihre Verlobte ihr mit einem schwer verständlichen »Babydenmusstduprobieren« den Rest des Donuts hinhalten kann.

»Mhm!« Hazels Augen werden groß. »Der ist echt lecker.«

Gut. Gut, ich kann die beiden offiziell mögen.

Ich bevorzuge es, nicht gleich übers Geschäft zu reden. Meiner Erfahrung nach fällt es anschließend allen leichter, über diese sehr persönliche Sache zu sprechen – ihre Hochzeit. Whitney sieht das ganz anders. Sie kam immer gleich zur Sache. Aber wenn man Whitney Harrison ist, hören die Leute auch auf zu reden, sobald man das Wort ergreift.

»Also, Jackie, du bist hier in Sacramento aufgewachsen?«

Jackie nickt, während sie genüsslich ihren Hazelnut Macchiato schlürft. »Ich war an der Rio Americano High School. Abschlussklasse 2015.«

»Oh, im gleichen Jahr wie ich!«

»Echt? In welche Schule bist du gegangen?«

»St. Joseph's«, antworte ich ein bisschen verlegen.

In Jackies Augen leuchtet eine Erkenntnis auf. »Oh. Wow.«

Meine Mutter ist wohlhabend aufgewachsen, und dieses Geld hat sie für zwei Dinge ausgegeben: ihre Hochzeiten und Privatunterricht für mich. Wenn ich den Leuten erzähle, dass ich an der St. Joseph's war, einer der vier katholischen Privatschulen in Sacramento, sehen sie mich in einem neuen Licht. Das behagt mir gar nicht. Ich habe nichts von dem Geld meiner Mutter, weil sie es immer noch jedes Jahr für feines Tischgedeck und Streichquartette ausgibt, und ich will nicht darum bitten, wenn ich es nicht dringend nötig habe. Da ich direkt nach der High School bei Whitney angefangen habe, habe ich es nicht nötig. Und außerdem ist die Tatsache, dass ich nicht auf dem College war, ein Schandfleck auf dem ansonsten makellosen Ruf der St. Joseph's. Das einzig Gute daran, dass ich auf einer Privatschule war, ist, dass meine Freunde und Bekannten alle heiraten. Manche können es sich leisten, zu Whitney zu gehen, aber viele haben *mich* in den letzten drei Jahren engagiert.

»Und was machst du beruflich?«, frage ich Jackie.

»Ich bin Legislative Director im Kapitol.«

»Cool! Na ja, klingt jedenfalls cool. Ich hab keine Ahnung, was das bedeutet.« Jackie lacht. Ich lächle ihr zu und wende mich an Hazel. »Und ich weiß natürlich, was du machst. Aber was zieht dich nach Sacramento?«

»Jackie«, antwortet sie schlicht. Die beiden sehen sich an, und ihre Wangen röten sich. »Sie wollte immer hier heiraten.«

»Es ist eine schöne Stadt«, stimme ich zu. »Und es gibt ein paar richtig tolle Veranstaltungsorte.« Um zum Thema zu kommen …

»Wir wissen schon, wo die Hochzeit stattfinden soll«, verkündet Jackie strahlend und dreht sich wieder zu mir um.

»Super! Habt ihr schon einen Termin gebucht?«

»Noch nicht«, antwortet Hazel. »Jackie wollte sichergehen, dass dein Terminkalender an dem Tag frei ist.«

Meine Hand erstarrt in meiner Tasche, als ich nach meinem Präsentationsordner greife. »Oh, das ist …« Ich lege den Ordner auf den Tisch. »Also, ich fühle mich sehr, sehr geschmeichelt, dass ihr euch mit mir treffen wolltet. Geschmeichelt ist nicht das richtige Wort – eher total aufgeregt. Das freut echt mich sehr!« Ich sehe zwischen ihren erwartungsvollen Gesichtern hin und her. »Ich will nur sichergehen, dass ihr das Richtige für *eure* Hochzeit auswählt. Ich weiß noch nicht, wie genau ihr sie euch vorstellt – wie groß, wie schick –, aber es gibt viele Firmen, die sich exzellent mit der Planung von Hochzeiten aller Größenordnungen auskennen. Whitney Harrison Weddings ist eine ausgezeichnete Firma, und ich habe selbst eine Zeit lang dort …«

»Ich habe nicht so gute Sachen über Whitney Harrison gehört«, erwidert Jackie und verzieht das Gesicht.

»Oh, okay.« Ich versuche zu lächeln, zerbreche mir dabei aber den Kopf, wer Whitney schlecht bewertet und es überlebt haben könnte.

»Und im Gegensatz dazu«, wirft Hazel ein, »wurdest du uns in den höchsten Tönen empfohlen.«

Ich öffne den Mund, um das Kompliment anzunehmen, doch darin war ich noch nie gut, darum sage ich nur: »Ja, super!« Ich räuspere mich. »Reden wir darüber, was ich anbieten kann, dann können wir zusammen sicherstellen, dass es genau das ist, was ihr euch für euren großen Tag wünscht.«

Sie nicken beide wie Wackelkopffiguren. Ich drehe meinen Ordner zu ihnen um und schlage die erste Seite auf. Meine Hände zittern leicht. Eigentlich hatte ich nur einen Funken Hoffnung, dass das klappen könnte. Ich weiß nicht einmal genau, ob ich das hinbekommen würde, wenn sie mich tatsächlich engagieren, aber ich weiß, dass ich es versuchen will. Dieser Ordner ist im Grunde ein Pitch für mich selbst, also lege ich los.

»In dieser sehr wettbewerbsintensiven Branche geht es mir in erster Linie um *euch*. Eure Vision. Eure Hochzeit. Meine Firma bietet sechs verschiedene Pakete passend zu eurem Budget« – ich mache fast einen Witz darüber, dass Geld für sie wahrscheinlich kein Problem darstellt, kann mich aber gerade noch zurückhalten – »und eurem Stil an.« Ich blättere zu meinem Meisterstück, meinem Lookbook – zehn Seiten mit Bildern von den Hochzeiten, auf die ich am stolzesten bin. »Ich kann euch ein erprobtes Design bieten, das genau auf eure Persönlichkeit und eure Träume zugeschnitten ist. Andere Agenturen stellen für eine Zusatzgebühr einen Designer ein oder berechnen mehr für das Design. Das tue ich nicht. Bei mir gibt es alles in einem.«

»Das solltest du aber. Mehr berechnen, meine ich.«

Ich setze gerade an, über Preise zu reden, doch Hazels Worte lassen mich innehalten. Sie blickt von meinen Designbeispielen auf.

»Bitte entschuldige, dass ich dich unterbreche. Ich wollte nur … Du solltest in Erwägung ziehen, mehr dafür zu verlangen. Das ist …« Sie deutet auf ein Bild von meiner absoluten Lieblingshochzeit, dem Willow Ballroom, einer frühlingshaften Farbexplosion in einem umfunktionierten Lagerhaus. »Das ist umwerfend. Besser als all meine Pinterest-Pinnwände zusammen. Du hast Talent, davon solltest du profitieren.«

Hitze steigt mir in die Wangen, während ich mich stammelnd bei ihr bedanke. »Du hast recht. Ich könnte eine Zusatzgebühr einführen. Aber ich liebe diese Arbeit. Und sie hebt mich von der Konkurrenz ab.«

Hazel macht ein nachdenkliches Geräusch und nippt an ihrem Flat White. »Ich habe mich früher selbst für meine Printwerbung geschminkt. Auf meinem YouTube-Kanal hatte ich damals nur

Make-up-Tutorials, also kam ich mit fertigem Make-up ans Set, und die Fotografin hat mich einfach machen lassen. Mir ist erst später klar geworden, dass die Visagistin, die sie eingestellt hatten, trotzdem bezahlt wurde. Und unter bestimmten Umständen hat sie die Lorbeeren geerntet.« Sie reibt sich eine Stelle hinter ihrem Ohr. »Offensichtlich weißt du, was du tust. Ich will dir nicht sagen, wie du dein Geschäft führen sollst. Aber als eine Person, die ihren Lebensunterhalt genau wie du in der visuellen Welt verdient, würde ich dir raten: Schönheit hat immer ein Preisschild – du kannst das verlangen, was du wert bist.«

Meine Brust zieht sich zusammen, und meine Haut kribbelt. Das Ganze ist mir fast peinlich, aber das Kompliment macht mich auch unfassbar stolz.

»Sorry«, lacht Hazel. »Das heißt, mir liegt etwas daran, dass dein Geschäft gut läuft, versprochen.«

»Das macht sie immer«, erklärt Jackie und verdreht liebevoll die Augen. »Sie lässt die Unternehmerin raushängen.«

»Nein, alles gut«, versichere ich ihr. »Ich bin nur überrascht. Aber das ist auf jeden Fall eine Überlegung wert.« Ich versuche, mich in meinem Pitch neu zu orientieren, der gerade eine unerwartete Wendung genommen hat, als Hazel Renee mir gesagt hat, dass ich mein Licht nicht unter den Scheffel stellen soll.

Sie merkt anscheinend, wie ich um Worte ringe, denn sie sagt: »Erzähl uns doch von deinen Angeboten.«

»Klar, gern!« Ich blättere um. »Ich mache die Art der Hochzeit nicht von der Anzahl der Gäste abhängig. Ja, das spielt beim Preis eine Rolle, aber wenn ich von Service spreche, geht es mir vor allem um das, was ihr von mir braucht. Wie viel Engagement ihr euch von mir wünscht.«

»Das volle Programm«, unterbricht mich Jackie. »Die kleinen Schritte kannst du überspringen. Ich will, dass du alles designst, dass du die Lieferanten aussuchst und mich zum Altar führst.«

Ich schnaube.

»Ich werde dieses Jahr ziemlich beschäftigt sein«, erklärt Hazel. »Es wurde noch nicht offiziell bekanntgegeben, aber ich wurde für das neue Projekt von Greta Gerwig gecastet. Die Dreharbeiten beginnen nächsten Monat.«

Meine Augen werden groß. »Großartig! Sie kommt ja aus Sacramento.«

Jackie nickt. »Ich freue mich so sehr für Hay« – sie drückt Hazels Arm –, »aber das bedeutet, dass ich viel allein machen muss …«

»Nicht allein«, widerspricht Hazel, und ich liebe den besorgten Ausdruck in ihrem Gesicht. »Du weißt, dass ich dafür jederzeit verfügbar bin.«

»Ja, ich weiß. Aber wir haben beide entschieden, dass wir die Hochzeit nicht noch ein Jahr verschieben wollen. Also muss ich bei den frühen Entscheidungen die Zügel in die Hand nehmen.« Jackie wendet sich wieder an mich. »Und genau deshalb brauche ich dich. Bietest du auch Rund-um-die-Uhr-Nervositäts-SMS an?«

Sie macht Witze. Und ich lache. Aber so etwas habe ich früher wirklich angeboten. Und diese Gewohnheit musste ich dringend ablegen.

Während wir unseren Kaffee trinken, wird mir klar, dass das nicht leicht werden wird. Ich mag sie. Sehr sogar. Mein Herz flattert, als wären wir auf einem exzellenten ersten Date, und ich sehe ihre Hochzeit schon so deutlich vor mir.

»Ich glaube, damit können wir arbeiten«, meine ich. »Sagt mir doch erst mal, welche Details schon festgelegt sind und was für euch Priorität hat.« Ich hole mein iPad aus meiner Tasche und öffne meine Notizen-App. *Hazel & Jackie* kritzele ich mit dem Finger, und es erscheint getippt mitten auf dem Bildschirm.

»Die Hochzeit soll im McKinley Park Rose Garden stattfinden.

Davon träume ich schon, seit ich klein war.« Jackie errötet, und Hazel schlingt den Arm um ihre Taille.

»Der ist wirklich schön«, sage ich, mache mir eine Notiz und verbinde sie in einer kleinen Gedankenblase mit *Hazel & Jackie*. »Ich habe schon einige Hochzeiten dort organisiert, also kenne ich mich gut aus. Ich wohne ganz in der Nähe. Allerdings sind sie schnell ausgebucht.«

»Stimmt«, sagt Hazel. »Ich habe schon angerufen, und sie halten ein paar Termine für uns frei. Wir wollten warten, bis wir den Zeitplan mit dir abgeklärt haben.«

Ich blinzle sie verblüfft an. Das klingt ganz so, als hätte *ich* für sie oberste Priorität, was ich mir in meinen wildesten Träumen nicht hätte vorstellen können. Mit glühenden Wangen öffne ich meine Kalender-App und frage: »Was sind die Optionen?«

»Der 7. Oktober ist unsere erste Wahl, aber wir haben auch den 6. April.«

»Diesen Oktober?!«, krächze ich und starre meinen Kalender mit großen Augen an.

Bis dahin sind es nur noch sieben Monate. Nächsten April ist eindeutig die bessere Option, doch bevor ich sie davon überzeugen kann, stützt Hazel mit einem verträumten Lächeln die Ellbogen auf den Tisch und sagt: »Ich wollte immer im Herbst heiraten.«

Und vielleicht liegt es daran, dass sie Hazel Renee ist oder dass ich schon all die Artikel vor mir sehe oder dass Jackie genauso begeistert von Donuts ist wie ich (was im Grunde alles ist, was ich über eine Person wissen muss), aber ich sage ihnen nicht sofort, dass das nicht machbar ist.

Ich kann eine Hochzeit innerhalb von sieben Monaten organisieren. Ich habe schon viele Hochzeiten in weniger als einem Jahr organisiert, und sie waren dennoch phantastisch. Und der 7. Oktober ist in meinem Kalender noch frei.

Ich bin schon zu lange still, starre auf meinen Terminplaner und blättere die großen Hochzeiten durch, die ich für dieses Jahr eingetragen habe. Abgesehen von zwei Hochzeiten im September könnte ich mich nach der hektischen Heiratssaison voll und ganz ihnen widmen.

Als ich zu ihnen aufsehe, kaut Jackie nervös auf ihrer Lippe und Hazel versucht mit angespanntem Gesicht, meinen Kalender auf dem Kopf zu lesen.

»Also … ich kann es machen, aber der Zeitplan ist sehr eng.«

Jackie kreischt vor Freude, und Hazel küsst sie.

»Wir mögen es eng«, keucht Jackie. »Und das ist keine Anspielung auf Sex! Das ist nur was, was gerade aus meinem Mund gekommen ist.«

Hazel bricht in schallendes Gelächter aus, und Jackie versucht sich zu entschuldigen, während sie nach Luft schnappt.

Ich lache mit, sehe zu, wie Jackie knallrot wird und Hazel in ihre Schulter kichert. Ihre Freude ist ansteckend. Verführerisch. Ich kann die nächsten sieben Monate schon vor mir sehen. Ich kann ihre Hochzeit sehen. Ich sehe unzählige Fotos, auf denen ich getaggt bin. Ich sehe einen Artikel über Hazels Hochzeit im *People Magazine.* Vielleicht auch in der *Entertainment Weekly*. Ich sehe Journalisten, die mich anrufen, um mich groß rauszubringen. Ich sehe eine Reportage in der Hochzeitssparte der *The Sacramento Bee*. Und kurz bevor ihr Lachen verklingt und sie sich wieder mir zuwenden, sehe ich vor mir, wie Whitney anruft, um mir zu gratulieren. Es fühlt sich an, als wäre ich von einer starken Strömung mitgerissen worden, einer Welle, die immer höher und höher steigt.

»Ich trage euch am 7. Oktober ein«, sage ich. »Ich kann noch heute im Rose Garden anrufen und uns den Termin sichern. Allerdings gibt es ein paar Sachen, die ihr über den Rose Garden wissen solltet. Dort gibt es keinen Empfangsbereich, den ich empfehlen würde. Wisst ihr schon, wo der Empfang stattfinden soll?«

»Noch nicht«, sagen sie beide gleichzeitig.

»Darum kümmern wir uns, wenn es so weit ist, aber ich stelle mir die Feier nicht im Park vor.« Mit einem Mal klinge ich viel bestimmter. Ich übernehme das Kommando über diese Hochzeit, rede schnell und lasse mich von dem Adrenalinschub leiten. »Wenn euch der Vibe der Willow-Ballroom-Hochzeit gefällt«, sage ich und deute auf die Seite in meinem Lookbook, das immer noch aufgeschlagen auf dem Tisch liegt, »dann fange ich schon mal an, in diese Richtung zu brainstormen.«

Sie nicken.

»Zweitens: Da es ein historischer Rosengarten ist, darf nur eine Handvoll ausgewählter Floristen dort arbeiten.«

»Ja! Unserer ist genehmigt. Er arbeitet oft dort«, erklärt Jackie.

Die nächsten Worte bleiben mir in der Kehle stecken, und einen Moment bin ich sprachlos. Die Welle, auf der ich gerade noch geritten bin, bricht über mich herein. Die Strömung reißt mich in die Tiefe.

Unter den fünf vom Rose Garden genehmigten Floristen in Sacramento ist nur ein Laden, der von einem Mann geführt wird.

Meine Brust fühlt sich plötzlich zu eng an, und ich bekomme keine Luft mehr. Mit einem gezwungenen Lächeln frage ich: »Ihr habt schon einen Floristen?«

»Ja! Sorry. Florist und Location sind die einzigen beiden Sachen, die uns wirklich wichtig …«

»Habt ihr schon einen Vertrag abgeschlossen, oder können wir uns noch ein bisschen umschauen?« Meine Stimme ist schneidend und schrill.

Jackie blinzelt mich verwundert an. Hazels Kaffeetasse verharrt auf halbem Weg zu ihren Lippen.

Ich fasse mich rasch wieder. »Um den besten zu finden, meine ich.«

»Ich glaube, wir haben schon den besten gefunden«, sagt Jackie lachend. »Das Blooming. Elliot …«

»Wundervoll!« Ich lächle so breit, dass ich das Gefühl habe, mir könnten jeden Moment die Zähne ausfallen. »Und das ist schon fest vereinbart? Ihr habt den Termin im Oktober mit ihm abgesprochen?« Mein Puls schnellt in die Höhe. Sie können ihn noch nicht getroffen haben. Und wenn doch, hätte er sie an einen anderen Hochzeitsplaner verweisen oder ablehnen sollen – genau wie ich es die letzten zwei Jahre getan habe.

»Nein, noch nicht. Aber er ist ein Freund der Familie«, erklärt Jackie. »Ich arbeite mit seiner Mutter im Kapitol.«

Das Bild einer platzenden Blase schießt mir in den Kopf.

»Oh, wie schön.« Und bevor Jackie es ausspricht, weiß ich schon …

»Laura hat dich uns ausdrücklich empfohlen. Du hast vor zwei Jahren ihre zweite Hochzeit organisiert.«

Sektbläschen schwirren mir durch den Kopf. Ein langsamer Tanz und eine warme Hand auf meinem Rücken. Und so schnell wie sie gekommen ist, ist die Erinnerung wieder verschwunden. Und in meiner Brust herrscht wieder eine kalte Leere.

»Natürlich.« Meine Stimme klingt merkwürdig rau. »Senator Gilbert ist eine wundervolle Frau. Und sie war eine vorbildliche Kundin, wenn ich das so sagen darf.« Angst wallt in mir auf. »Ihr wart auf der Hochzeit der Senatorin?« Meine Finger umklammern meine Kaffeetasse.

»Ich habe es leider nicht geschafft«, sagt Jackie und blickt liebevoll zu ihrer Verlobten. »Ich war in Chicago – wo ich Hazel zum ersten Mal begegnet bin!«

»O mein Gott, ja, bitte erzählt mir alles darüber, wie ihr zwei euch kennengelernt habt«, sage ich, erleichtert, dass sie nicht da war, und über alle Maßen dankbar für den Themenwechsel. »Über Lieferanten können wir später noch reden.«

Meine Ohren klingeln, und meine Füße fühlen sich taub an. Ich klappe mein iPad zu und versuche zuzuhören. Hazel und Jackie unterbrechen sich vor Aufregung ständig gegenseitig, diskutieren lachend darüber, wer sich zuerst verliebt hat, und ich sollte mir Notizen machen. Ich sollte jedes Detail ihrer Persönlichkeit in meinem Gedächtnis aufbewahren wie Murmeln in einem Beutel. Ich sollte das Datum auf mein iPad schreiben und es mit ihren Namen in der Gedankenblase verbinden.

Doch stattdessen höre ich zu wie eine alte Bekannte und lasse die Bilder von rustikalen Stallungen und elfenbeinfarbenen Tischdecken aus meinem Kopf rieseln wie Sand durch ein Sieb. *Entertainment Weekly* und *People* flattern im Wind davon.

Denn ich werde diese Hochzeit nicht machen.

3

ELLIOT

Fünf Jahre, vier Monate, drei Wochen und fünf Tage zuvor

Ich hasse Blumen.

Jede zweite Rosenblüte welkt und hängt schlaff vom Stiel, die Blätter schon braun. Ich gehe sie eine nach der anderen an dem großen Tisch im Hochzeitszelt durch, um sicherzustellen, dass der Blickwinkel der Braut und die wichtigsten Kameraperspektiven zumindest akzeptabel sind.

Dad meint, ich werde den Bogen schon noch herausbekommen, aber das will ich gar nicht. Blumen sind sein Ding, nicht meins. Er liebt Blumen. Er ist ein Zauberkünstler im Umgang mit ihnen. Während meiner gesamten Jugend lautete sein Motto: »Blumen sind besser als Menschen.«

Das war eine echt seltsame Aussage.

Doch er erklärte mir, dass Blumen nur drei Sachen brauchen: Licht, Wasser und Aufmerksamkeit. Als ich fünfzehn und wütend darüber war, dass ich so schlaksig und mürrisch war, entgegnete ich: »Menschen brauchen doch genau das Gleiche.«

Darüber lachte er nur. »Könnte man meinen«, war alles, was er sagte. »Könnte man meinen …«

Und jetzt, während ich vor den Augen des Catering-Teams Rosen verstümmle und warte, dass Dad endlich mit dem Rest der Hochzeitsdeko zurückkommt, bin ich mir ziemlich sicher, dass Blumen und Menschen gleich scheiße sind.

Ich richte die Girlande her, so gut ich kann, und versuche nicht daran zu denken, was Dad meinte, als er sagte: »Du bekommst den Bogen schon noch heraus.« Als müsste ich eines Tages all diese Fakten, Gattungen und Anekdoten auswendig können. Ich sollte für meine Abschlussprüfung in *Architekturdesign – Theorie & Kritik* lernen, doch beim Klang von Dads heftigem Husten heute Morgen erscheint mir das völlig bedeutungslos. Mom hat letzten Monat angerufen und gemeint, Dad habe ausgesehen, als bräuchte er Hilfe, als sie ihn im Laden besucht hat. Doch sie konnte nicht sagen, für wie lange. Die beiden sind geschieden, aber sie sieht immer noch regelmäßig nach ihm – was gut ist, denn ich weiß nicht, wie wir sonst von dem Tumor in seiner Lunge erfahren hätten. Bestimmt nicht von ihm.

Ich fahre mir mit der Hand durch meine dunklen Haare und lasse den Blick noch einmal über den großen Tisch schweifen – ich bin mir nicht sicher, ob ich es besser oder nur noch schlimmer mache.

Ein Lachen hallt durch das Zelt, wird von den Tischen zurückgeworfen und verhöhnt mich. Als ich ihm mit dem Blick folge, sehe ich ein brünettes Mädchen und einen Trauzeugen in nichts als Anzughose und Hemd, die ein Stück abseits stehen. Vor Frustration reiße ich fast eine Knospe ab.

Ich arbeite erst seit fünf Wochen mit Dad auf Hochzeiten, aber ich hasse es, wenn sich die Hochzeitsgäste einmischen. Meinungen sprießen wie Unkraut. Mit argwöhnischem Blick sehe ich zu, wie die Brautjungfer auf den Traubogen zeigt und der Trauzeuge näher an sie herantritt, um »ihn aus ihrer Perspektive zu sehen«. Ich warte auf den unvermeidlichen Moment, in dem er feststellen wird: *Du hast recht. Die linke Seite ist ein bisschen schief.*

Da sehe ich das iPad in ihrer Hand. Und im selben Moment wird mir klar, dass sie nicht frisiert und geschminkt ist. Jedenfalls nicht für einen Hochzeitsempfang frisiert und geschminkt. Das konnte ich nicht gleich erkennen, weil sie phantastisch aussieht. Bildhübsch.

Ich beobachte sie dabei, wie sie zwischen dem Traubogen und ihrem iPad hin und her sieht, und warte nur darauf, dass sie sich umdreht und »die Person ausfindig macht, die für die Unregelmäßigkeit verantwortlich ist«, deshalb sehe ich, wie er sich zu ihr beugt, ihr etwas ins Ohr flüstert und seine Hand über ihren Hintern gleiten lässt.

Sie zuckt zusammen. Mit weit aufgerissenen Augen blinzelt sie ihn an, und alle Farbe weicht aus ihren Wangen. Sichtlich erschüttert tritt sie zurück.

Er macht einen Schritt auf sie zu. Und ich lasse die Rose fallen, die ich gerade stutze, als er sie mit beiden Händen an der Taille packt und sich über ihre Lippen beugt.

Im nächsten Moment trifft ihn ihre Faust mitten ins Gesicht.

»Fuck!« Der Trauzeuge taumelt zurück und hält sich seine Nase, aus der rubinrotes Blut strömt.

Das Mädchen schlägt erschrocken die Hand vor den Mund. Wie erstarrt sehe ich zu, wie sie sich entschuldigt und sich auf ihn zubewegt, um zu helfen.

»Verdammtes Miststück!«

Meine Hand ballt sich zur Faust.

Sie redet fieberhaft auf ihn ein, ihr Rücken gewölbt wie bei einer in die Ecke getriebenen Katze, während sie Taschentücher aus ihrer Gürteltasche holt und versucht, ihn dazu zu bewegen, seinen Kopf in den Nacken zu legen.

Inzwischen ist das gesamte Personal auf sie aufmerksam geworden. Die Koordinatoren vor Ort eilen zu ihnen hinüber, doch Whitney Harrison ist schneller. In ihren High Heels, mit einem Clipboard bewaffnet, ist sie eine Naturgewalt. Sie schnippt mit den Fingern, und sofort eilt jemand los, um Eis und Handtücher für die blutige Nase zu besorgen. Das Mädchen kauert verängstigt neben ihr.

Der Trauzeuge schimpft auf sie ein und gestikuliert wild. Sobald er nach drinnen gebracht worden ist, wirbelt Whitney herum, packt das Mädchen am Ellbogen, zieht sie ganz nahe an sich heran und faucht ihr ins Gesicht.

Ich verstehe nur zwei Wörter: »Sei professionell!«

Ich stehe immer noch da wie erstarrt und sehe aus der Ferne zu. Ich höre, wie die Leute um mich herum sich leise tuschelnd wieder an die Arbeit machen. Auch ich widme mich wieder den Rosen und verstecke die braunen Blätter. Als ich den Rollwagen aus dem Zelt zurück zum Lieferwagen schiebe, versuche ich, nicht darauf zu achten, wie das Mädchen sich die Tränen von den Wangen wischt und sich mit niedergeschlagenem Blick daranmacht, beim Auslegen der Tischtücher zu helfen.

Whitney richtet ihr Kleid, streicht ihre Haare glatt und setzt ein Lächeln auf. Auf dem Weg zum Lieferwagen erhascht sie meinen Blick und schließt zu mir auf.

»Das tut mir leid, Elliot.« Ihre Stimme ist seidig mit scharfen Kanten. »Vollkommen unangemessen – ich werde mich um sie kümmern.«

»Er hat sich an sie rangemacht«, erwidere ich. »Aggressiv.«

Ihr Lächeln ist steif. »Eine Schande. Leider ist das schon das dritte Mal, dass ich sie daran erinnern musste, mehr Distanz zwischen sich und unsere Kunden zu bringen. Sie ist viel zu involviert.« Mit einem Blick auf das Mädchen, das mit zitternden Fingern eine Serviette faltet, sagt sie: »Um Himmels willen, sie wurde sogar zum Junggesellinnenabschied eingeladen. Bitte denk nicht, dass ich es gutheiße, wenn meine Angestellten mit den Hochzeitsgästen flirten. Dafür wird sie zur Rechenschaft gezogen.«

Ihre Worte hinterlassen einen bitteren Nachgeschmack in meinem Mund. »Die meisten Leute schlagen nicht denjenigen, mit dem sie flirten.«

Sie wirft mir ein süßes, herablassendes Lächeln zu. »Die meisten Leute hätten inzwischen ihre Lektion gelernt.« Sie drückt meinen Arm. »Grüß deine Mutter ganz herzlich von mir.«

Whitney ist einer dieser Menschen, die denken, sie hätten Einfluss, weil sie mit meiner Mutter, einer Staatssenatorin, in Verbindung stehen. Als würde meine Mom wenn nötig »einen Anruf tätigen«.

Whitney eilt um das Zelt herum und beäugt ihre Assistentin dabei argwöhnisch. Ich stelle die nächste Ladung Vasen auf den Rollwagen und lasse meine Gedanken schweifen. Vielleicht hat Whitney recht. Vielleicht musste das Mädchen diese Lektion auf die harte Tour lernen.

Aus dem Augenwinkel sehe ich, wie sie eine Serviette fallen lässt, weil sie sie einhändig falten muss. Ihre rechte Hand hält sie schützend an den Bauch – offensichtlich hat sie sich bei dem Schlag verletzt.

Hochzeiten machen Spaß, Elliot, höre ich meinen Vater sagen. *Mach es dir nicht so schwer.*

Diese Worte hallen mir im Kopf wider, als ich den Wagen stehen lasse und zur Bar gehe, um eine Handvoll Eis zu holen. Die Eiswürfel brennen auf meiner bloßen Haut, als ich sie ihr bringe. Die anderen machen einen weiten Bogen um sie, und so bin ich der Einzige, der ihr leises Schluchzen hört, als sie die Serviette neu faltet. Sie blickt zu mir auf und wischt hastig eine Träne weg.

»Hi, Elliot. Braucht dein Vater Hilfe?«

Ihre Stimme ist leise und angespannt. Ich hatte keine Ahnung, dass sie meinen Namen kennt. Ich kenne ihren nicht.

Sie wendet sich von mir ab, um das Gesicht zu wahren, und faltet weiter einhändig Servietten. Ich weiß nicht, was ich sagen soll, also hole ich eins von Dads Stofftaschentüchern aus der Tasche.

»Elliot!«

Erschrocken drehe ich mich um und sehe, wie mein Dad den anderen Lieferwagen neben dem Zelt parkt und mich herüberwinkt. Ich sehe zu dem Mädchen, das bereits zum nächsten Tisch weitergegangen ist. Sie kann nicht viel älter als zwanzig sein.

Ich weiß nicht einmal, was ich ihr sagen soll. Soll ich ihr einfach wortlos ein Taschentuch voller Eis reichen? Ihr sagen, dass sie ihm auch noch einen Tritt in die Eier hätte verpassen sollen? Sie fragen, ob ich ihn verprügeln soll? Oder Whitney?

Als sie sich noch weiter von mir entfernt, gehe ich zu meinem Dad zurück. Meine Hand ist schon ganz taub.

»Alles gut?«, fragt Dad und wuchtet sich mit einem angestrengten Keuchen aus dem Fahrersitz, das mir gar nicht gefällt. »Irgendwelche Probleme mit den Rosen?«

»Ja. Du musst sie dir noch mal ansehen«, murmle ich.

»Wozu brauchst du das Eis?«

Ich sehe auf meine Hand hinunter, die sich vor Kälte rötet. »Für … dieses Mädchen. Whitneys Assistentin. Sie hat sich an der Hand verletzt, also wollte ich …« Ich halte ihm das Taschentuch und das Eis hin. »Ich hole die Gestecke. Kannst du nach ihr sehen?«

Er nimmt das Taschentuch und sieht mich fragend an. »Willst du nicht nach ihr sehen?«

Ich zucke die Achseln. »Ich kann nicht gut mit Menschen, das weißt du doch.«

Auf dem Weg zu ihr grinst er mir zu. »Mit Blumen kannst du auch nicht gut!« Er lacht über seinen eigenen Witz, und ich werfe ihm einen bösen Blick zu.

Während ich den Rollwagen belade, beobachte ich aus dem Augenwinkel, wie mein Dad auf sie zugeht. Schon nach wenigen

Sekunden lacht sie über irgendetwas, was er sagt, und ihr Gesicht hellt sich auf. Als er das Taschentuch um ihr Handgelenk wickelt, lacht sie erneut; ein Geräusch wie Blüten, die sich im Frühling öffnen.

Um das restliche Arrangement kümmere ich mich und lasse Dad die Magie wirken, die nur er beherrscht.

4

AMA

März

Ich verlasse das Café mit dem Versprechen, morgen anzurufen, um ein weiteres Treffen zu vereinbaren. Ich habe ihre E-Mail-Adressen. Ich soll ihnen heute Abend eine Liste meiner Lieblingslieferanten schicken.

Was ich nicht tun werde.

Ich brauche etwas Abstand, um mir zu überlegen, wie ich ablehne. Ich muss mir überlegen, welche Lüge am besten klingt. Reicht »mit diesem Floristen kann ich nicht arbeiten«? Oder muss ich ihnen die ganze Wahrheit offenbaren? Wird die Wahrheit nicht ohnehin herauskommen, wenn Jackie ihre alte Familienfreundin fragt, was passiert ist? Werden sie dann schon Whitney Harrison als ihre Hochzeitsplanerin engagiert haben?

Ich kann nicht klar denken und fahre fast auf direktem Weg nach Hause, als mir schlagartig einfällt, dass heute die Ferguson-Hochzeit ansteht. Also mache ich kehrt und fahre in die Stadt, um die Vorbereitungen zu beaufsichtigen.

Ich verfalle in meine übliche Routine und erlaube es meinem Gehirn, mir stattdessen über Zeitpläne und verspätete Caterer Sorgen zu machen.

Und ich glaube, ich leiste gute Arbeit. Bis Mar mich beim Empfang beiseitenimmt und fragt: »Wo zur Hölle bist du mit den Gedanken, Süße?«

Da stürzt alles wieder auf mich ein, mir schwirrt der Kopf, und ich renne ins Badezimmer. Ich spritze mir kaltes Wasser ins Gesicht, als Mar mich nach dem Anschneiden der Torte ausfindig macht.

»Hast du den Auftrag für Hazel Renees Hochzeit nicht bekommen?«

»Doch, habe ich. Aber die beiden wollen unbedingt das Blooming als Floristen.« Meine Kehle ist wie zugeschnürt. Es laut auszusprechen lässt eine heftige Übelkeit in mir aufsteigen.

Mar flucht. Als ich zu ihr aufsehe, hat sie den Kopf zurückgelegt und starrt zur Decke hoch. Ich folge ihrem Blick, um zu sehen, ob die Antworten, die ich brauche, vielleicht auf den Neonröhren geschrieben stehen.

An die Wand neben mir gelehnt zieht Mar ihre Schuhe aus, um sich kleiner zu machen. Zum Glück ist der Boden hier im Hotel mit Teppich ausgelegt. »Du könntest es trotzdem machen.«

»Kann ich das? Wirklich?« Ich wende mich zu ihr um, und ihr Zögern verrät mir, dass sie auch nicht wirklich daran glaubt.

Sie schweigt einen Moment, dann sagt sie: »Was, wenn du nur per Mail mit dem Blooming in Kontakt wärst? Du könntest den beiden erklären, dass es Komplikationen gibt, aber du alles daran setzen wirst, diese zu umgehen.«

Ich denke darüber nach. Das wäre nicht gerade professionell. Vielleicht würde ich dadurch schwach wirken. »Denkst du wirklich, ich könnte eine Hochzeit organisieren, ohne ihm auch nur einmal zu begegnen?«

Sie presst die Lippen zusammen. »Vielleicht wollen sie nicht viel Blumenschmuck.«

»Wer Elliot Bloom engagiert, will viel Blumenschmuck.« Schon allein beim Klang seines Namens zieht sich mein Herz zusammen. Vor meinem geistigen Auge sehe ich weiße Dahlien und Chrysanthemen.

Ich wende mich zu Mar um. »Geh raus, und mach noch ein paar Fotos vom Empfang. Ich komme schon klar.«

»Wir können heute Abend darüber reden. Die Drinks gehen auf mich.«

Als sie weg ist, werfe ich einen Blick auf mein Handy.

Ich habe etwa viertausend neue Benachrichtigungen.

Viertausendzweihundertzwölf, um genau zu sein.

Ich öffne Instagram, um zu sehen, was los ist, und entdecke ein Bild von Hazel und Jackie vor dem Weatherstone heute Morgen ganz oben in meinem Feed.

> Haben uns heute mit unserer wundervollen Hochzeitsplanerin zum Kaffee getroffen – @WeddingsbyAma. Schaut euch mal ihre Arbeit an.

Ich habe zweitausend neue Follower, dreißig Direktnachrichten von Fremden, unzählige Benachrichtigungen, dass meine Pinterest-Pins gemerkt wurden, und zwei Mails von Bloggern, die fragen, was sie von Hazel Renees Hochzeit zu erwarten haben.

Die Benachrichtigungen nehmen kein Ende. Wie in Trance taumele ich zurück zur Ferguson-Hochzeit und versuche dafür zu sorgen, dass alles nach Plan läuft. Bis zum Abend hat sich die Anzahl meiner Follower verdoppelt. Und ich habe sechs weitere Mails von Journalisten.

Wenn ich das Ganze nicht ohnehin schon bereut hätte, würde ich es jetzt tun. Noch nie stand ich derart im Rampenlicht, nicht einmal, als ich noch bei Whitney gearbeitet habe. Und im Rampenlicht ist die Gefahr, Fehler zu begehen, ebenso groß wie die Chance auf Erfolg. Jede Hochzeit setzt einen auf die eine oder andere Art unter Druck, aber nur wenige können mit einem einzigen Schwung des Pendels deine Karriere einen großen Schritt voranbringen oder ruinieren.

Als Mar und ich uns um elf Uhr an der Hotelbar treffen, geht sie mit trüben Augen meinen Insta-Account durch. Sie reibt sich das Gesicht.

»Du kannst immer noch ablehnen«, sagt sie, obwohl es eher nach einer Frage klingt.

Ich starre in meinen Martini. »Ja, kann ich.«

»Oder du könntest weitermachen. So richtig professionell werden.«

Ich schließe die Augen und ziehe scharf die Luft ein. Mit dem Wort *professionell* verbinde ich viele schmerzhafte Erinnerungen. Doch Mar weiß nicht, dass sie auf eine Landmine getreten ist, also atme ich tief durch, um meinen Kopf freizubekommen.

Sei professionell. Würde Whitney das zu mir sagen? Ich will sie anrufen und fragen, doch dann müsste ich ihr erzählen, was bei Senator Gilberts Hochzeit passiert ist. Und was vorher sechs Wochen lang passiert ist. Und mit wem. Und sie würde »Ama« in diesem Ton sagen, der deutlich machte, wie enttäuscht sie von mir ist. Sie würde wissen, dass ich meine Lektion nicht gelernt und dass ich eine weitere Grenze überschritten habe.

»Was ist das Schlimmste, das passieren könnte?«, frage ich.

Mar richtet sich auf. »Du kommst in seinen Laden und brichst sofort in Tränen aus. Hazel Renee filmt alles. Wenig später ist das Video auf Instagram mit der Überschrift: ›Frau bereut übereilte Entscheidung‹ …«

»Du weißt, dass ich nie als Frau bezeichnet werden würde.«

»Du hast recht. ›Jugendliche aus Sacramento hätte alles haben können. Mehr Neuigkeiten um elf.‹ Ich denke, *E!* würde der Wahrheit Genüge tun.«

Wir trinken noch ein bisschen was, und als ich nach Hause komme, maile ich Hazel und Jackie wie versprochen die Lieferantenliste. Als würde ich ihre Hochzeit tatsächlich organisieren.

Als ich am Montagmorgen verkatert aufwache, hat Jackie mir geantwortet:

Können wir Elliot lieber früher als später treffen? Ich hätte gern Hazels Input zu den Blumen, bevor sie ans Set muss.

Ich lache, bis ich husten muss. Und dann breche ich in Tränen aus. Als ich fertig bin und meinen Elektrolytverlust mit einem Glas Wasser ausgleiche, werfe ich einen Blick in meinen Kalender.

Das Seltsame ist, dass Hazels und Jackies Hochzeit perfekt in mein Leben passt. Als ich mir vor ein paar Monaten überlegt habe, was ich mir für diese Hochzeitssaison wünsche, stand eine richtig große Hochzeit ganz oben auf meiner Liste. Das war mein unmittelbares Ziel. Ich wollte etwas, das mich bekannt machen und mein Bankkonto zum Jubeln bringen würde, während ich weiter in kleinem Stil arbeitete. Ich wollte genug Geld verdienen, um bis Ende des Jahres mein eigenes Büro zu mieten, einen Assistenten einzustellen und jemand anderen dafür zu bezahlen, dass er meine Social-Media-Accounts verwaltete. Das waren meine langfristigen Ziele. Doch es ergab sich nichts, und ich sagte mir, dass ich in der nächsten Saison mehr Glück haben würde. Wenn ich Hazels und Jackies Hochzeit übernehme, könnte ich meinen Zeitplan genau einhalten.

Sei professionell, hallt Whitneys Stimme in meinem Kopf wider. Wann immer ich zu weit ging, ermahnte sie mich, dass sie nur mit Professionalität dorthin gelangen konnte, wo sie war – ohne Grenzen zu überschreiten.

Whitney hätte sich nie in eine Situation manövriert, in der sie mit einem Ex zusammenarbeiten muss, aber wenn doch, würde sie sich zusammenreißen. Sie würde wie ein Profi damit umgehen.

Ich schreibe Jackie zurück und frage, wann sie diese Woche Zeit hätten. Dann texte ich Mar, dass sie schnell nüchtern werden und herkommen soll.

Um zwölf Uhr mittags steht sie mit einer Sonnenbrille auf der Nase und einer Schachtel Donuts in der Hand vor meiner Tür. Ich verschlinge schon den dritten, als wir zum ersten Mal sprechen.

»Ich werde es tun«, verkünde ich.

Sie nickt und nippt an ihrem Energydrink. »Gut.«

»Du musst ihn heute noch anrufen, um ein Treffen zu vereinbaren.«

Cool Blue Raspberry tropft aus ihrem Mund, als sie einen Hustenanfall bekommt. Ich reiche ihr die Serviette, die ich für diesen Moment vorbereitet habe. »Hast du überhaupt vor, mit ihm zu reden? Oder hast du mich dafür eingestellt?«

»Ich muss nur diese eine Sache hinter mich bringen. Dann wird es bestimmt leichter. Geschäftsmäßig.«

Mar seufzt. »Gib mir eine Schmerztablette und dann los.«

Eine Stunde später sitzen wir auf dem Boden im Wohnzimmer und die Donutschachtel ist leer. Mar hält ihr Skript in einer Hand, während sie mit dem Daumen der anderen die Nummer wählt, die ich ihr diktiere. Sie holt tief Luft, bevor sie auf das Anrufsymbol klickt, und mir stockt der Atem.

Es klingelt viermal. Lange genug, dass ich hoffe, es werde nur der Anrufbeantworter rangehen. Beim fünften Klingeln höre ich ein Klicken und erwarte die zehn Jahre alte Nachricht seines Vaters, die uns einlädt, unseren Namen und unsere Nummer zu hinterlassen.

Ich atme auf. Es ist vorbei. Das war doch ganz leicht. Ich kann einfach darauf warten, dass ich eine Mail bekomme.

»…lo?«

Diese eine Silbe entfacht ein Feuer in meinem Innern. Ich

hasse ihn dafür, dass er nichts richtig artikuliert. Ich hasse ihn dafür, dass er sich nicht mit »Blooming, wie kann ich Ihnen helfen?« meldet. Ich hasse ihn dafür, dass er überhaupt rangeht.

Aber mehr als alles andere hasse ich es, dass ich mich nicht bewegen kann. Ich starre Mar reglos an, während sie die Notiz in ihrer Hand zerknüllt.

»Hi, ich rufe im Auftrag von WeddingsbyAma an.« Sie spricht so schnell, dass die Wörter miteinander verschmelzen, wie wir es geübt haben. »Ich möchte ein Treffen mit ihren neuesten Kunden vereinbaren. Habt ihr diese Woche noch Termine frei?«

Schweigen am anderen Ende der Leitung. Das Herz schlägt mir bis zum Hals. Mar wirft einen Blick aufs Display, um sich zu vergewissern, dass er nicht aufgelegt hat.

Und dann …

»Mar.« Er sagt es wie eine Begrüßung. Wie eine Tatsache.

Mir bleibt der Mund offen stehen. Meine Kehle ist staubtrocken. Er hat gerade erst anderthalb Worte gesagt, und schon fühle ich mich wie in Trance. Das Rauschen in der Leitung dämpft das Timbre seiner Stimme. Die Resonanz in seiner Brust.

Mar legt den Kopf in den Nacken und schließt die Augen. Ihre Lippen bilden eine harte Linie, dann sagt sie mit schriller Stimme: »Nein, hier spricht Kelsey! Ich rufe an, um ein Treffen …«

»Mar, hol Ama ans Telefon.«

Er spricht meinen Namen wie »Emma« aus, genau wie früher. Als das noch unser Witz war. Bevor mir klar wurde, dass er den Vokal nur zu schnell zwischen den Lippen hervorstößt.

Mar starrt mich mit großen Augen an, aber ich kann mich immer noch nicht rühren. »Okay!«, sagt sie mit ihrer Kelsey-Stimme. »Ich sehe nach, ob sie da ist.«

Sie lässt das Telefon auf den Couchtisch – *seinen* Couchtisch – fallen und flüstert panisch gestikulierend: »Was soll ich jetzt machen?!«

Ich antworte nicht. Ich kann nicht antworten. Sprachlos fixiere ich das Handy. Also zieht Mar ihre Schuhe aus und läuft damit über den Hartholzboden wie ein Geräuschemacher in den 1920ern. Dann beugt sie sich vom Telefon weg und ruft: »Ama, Anruf für dich.«

Sie greift nach meinen Ballerinas, bereit, die Soundeffekte zweier aufeinander zugehender Leute nachzustellen, als ich das Telefon nehme. »Hallo.«

Er schweigt einen Moment. Ich glaube, ich höre ihn atmen.

»Welche Uhrzeit?«

Ich schlucke schwer. Einen Augenblick begreife ich nicht, was er wissen will.

»Sie könnten Donnerstag um vier oder Freitag den ganzen Tag …«

»Donnerstag um vier.«

Ein Klicken, und die Leitung ist tot.

Ich halte das Telefon noch eine Weile ans Ohr und wünschte, ich könnte noch mehr seiner harten Konsonanten hören. Wünschte, er würde mehr als drei Wörter zu mir sagen.

Schließlich nehme ich das Handy weg und starre es an. Mars Sperrbildschirm ist ein Bild von uns beiden mit dreizehn in Halloween-Kostümen.

»Alles okay?«

Als ich aufblicke, hält sie die Hände an die Wangen wie *Der Schrei* von Edvard Munch. Ihre großen Rehaugen mustern mich forschend.

»Donnerstag um vier«, sage ich, stehe auf und werfe die Donutschachtel in den Müll. Ich wasche mir den Puderzucker von den Fingern. »Ich gehe duschen. Wollen wir nachher zusammen zu Abend essen?«

Ich verschwinde im Bad, bevor sie antworten kann. Der laufende Wasserhahn übertönt mein Schluchzen.

5

ELLIOT

Drei Jahre, acht Monate, zwei Wochen und einen Tag zuvor

Blumen sind besser als Menschen.

»Ja, Dad, das sind sie«, sage ich zu dem leeren Laden.

Ich bin im Hinterzimmer und arbeite an einem Flower Hoop, den ich über der Theke aufhängen kann. Dahlien und Pfingstrosen werden darin eingeflochten, ein Bereich unten rechts und ein kleinerer Bereich oben links. Eine Miniaturversion des Kranzes, den viele Leute bei Hochzeiten am Altar hinter sich haben wollen.

Dad hätte mich ermahnt, auf die Kasse aufzupassen und mich nicht die ganze Zeit im Hinterzimmer herumzutreiben. Aber er war nicht mal eins siebzig groß, gebrechlich und nett zu allen. Ich bin das genaue Gegenteil. Niemand kommt ins Blooming, um sich mit mir anzulegen. Außerdem war ich immer mehr daran interessiert, was hinter den Kulissen passiert.

Im Laden ist viel von ihm zurückgeblieben – seine Stimme auf dem Anrufbeantworter, sein Name auf dem Schild. Doch nur vier seiner Blumen sind noch gesund und munter. Ich habe sie zu seiner Beerdigung mitgebracht, weil ich dachte, er wolle vielleicht mehr Blumen als Menschen dort haben. Eine davon hat Mom, die anderen sind im Laden. Und er hatte recht. Sie brauchen nur Licht, Wasser und Aufmerksamkeit. Ganz so einfach ist es nicht, denn man muss genau wissen, *wie viel* Licht, *wie viel*

Wasser, *wie viel* Aufmerksamkeit. Aber wenn man es richtig macht – wenn man den Code knackt –, sind Blumen unendlich viel besser als Menschen. Denn man kann die perfekte Menge Licht, Wasser und Aufmerksamkeit herausfinden, die ein Mensch braucht, und es ist trotzdem nicht genug.

Blumen sind damit vollkommen zufrieden.

Ich habe ein paar Jahre gebraucht, um es zu verstehen. Ich war so lange wütend, dass ich ausgerechnet für *Blumen* das College hinschmeißen musste, doch bevor dieser Laden meinem Vater gehörte, gehörte er meinem Großvater, und so stand schon immer fest, dass ich ihn eines Tages erben würde, Lungenkrebs hin oder her, Architekturstudium hin oder her. Doch Licht, Wasser und Aufmerksamkeit – dafür konnte ich sorgen. Inzwischen mache ich das alles fast instinktiv. Ich glaube nicht, dass ich von Natur aus ein Händchen dafür habe wie Dad, aber nach einer Weile wirkte ich meine eigene Magie. Wie zum Beispiel diesen Flower Hoop. Deko, um die Bude ein bisschen aufzupeppen. So was kann ich stundenlang machen und mich vollständig darin verlieren.

Und so stoße ich ein tiefes Seufzen aus, als das Glöckchen über der Tür gerade in dem Moment klingelt, als ich die Pfingstrosen festbinde.

Meine Lippen pressen sich in grimmiger Konzentration aufeinander. Ich bin fast fertig. »Ja, einen Moment!«

Sobald dieser Teil erledigt ist, nehme ich einen Lappen, um mir die Hände abzuwischen, und trete aus dem Hinterzimmer hinaus. Ein Mädchen fährt mit den Fingerspitzen über die neuen importierten Blumen im Schaufenster. Ich hasse es, wenn die Leute einfach alles anfassen.

»Was?« Ich stütze die Hände auf die Theke.

Erschrocken dreht sie sich um. Sie kommt mir bekannt vor, aber sie ist zu jung, um eins der zahlreichen Blind Dates meiner

Mutter zu sein. Ihr Blick wandert über die Tattoos auf meinen Armen, und ich versuche immer noch, sie einzuordnen, als sich ihr Gesicht verfinstert und sie die Arme vor der Brust verschränkt.

»›Was?‹ Begrüßt du wirklich so deine Kunden?«, fragt sie.

Als ich ihre Stimme höre, fällt mir sofort ein, wer sie ist. Whitneys Assistentin. Jetzt erinnere ich mich an sie. Ihre Augen sind dunkelbraun, passend zu ihren Haaren. Sie trägt einen dieser lächerlich hohen Knoten auf dem Kopf, so dass man nicht erkennen kann, wie weit ihre Haare tatsächlich reichen, aber meine sind momentan auch lang genug, um sie zusammenzubinden, also kann ich mich nicht wirklich beschweren. Mein Blick fällt auf ihre kurvige Taille, bevor ich ihn aufhalten kann.

»Willkommen in meinem Laden«, sage ich trocken. »Brauchst du ein Ansteckstäußchen für den Abiball?«

Sie blinzelt mich verdattert an. »Für … für den Abiball? Ich bin zweiundzwanzig!«

Ich zucke die Achseln. »Du siehst aus wie sechzehn.« Das tut sie nicht. Doch ich wette, die Behauptung macht sie wütend.

Sie kommt mit verführerisch schwingenden Hüften auf mich zu. »Siehst du so etwa Sechzehnjährige an?«

Mit einem Seufzen stoße ich mich von der Theke ab. Diese Runde hat sie gewonnen. »Wie kann ich Ihnen helfen, Ma'am?«

Das »Ma'am« trifft sie genauso unvorbereitet wie das »sechzehn«, doch sie richtet nur ihren Schal und kommt noch näher. »Ich bin Ama Torres. Vielleicht erinnerst du dich, dass ich früher bei Whitney Harrison Weddings gearbeitet habe. Jetzt habe ich mein eigenes Geschäft eröffnet …«

»Herzlichen Glückwunsch.« Ich kehre ihr den Rücken zu und sammle die Blütenblätter auf, die noch von heute Morgen übrig sind, um etwas zu tun zu haben, während ich ihrem Geplapper zuhöre.

»Danke. Ähm, ich wollte kurz vorbeischauen und Kontakt

herstellen. Ich war schon immer ein Fan vom Blooming, und wenn ich meine Kunden überzeugen kann, euch zu engagieren, würde ich gern …«

»Whitney bekommt schon seit Jahren einen Rabatt.« Ich komme hinter dem Tresen hervor und gehe zu meiner Blumentheke, die ich eingerichtet habe, damit Kunden ihre eigenen Sträuße zusammenstellen können, wobei sich der Preis nach der Anzahl der Stängel richtet. Ich nehme mir ein paar Butterblumen. »Mein Vater hat ihn mit ihr vereinbart. Sie bekommt einen viel höheren Rabatt als sonst irgendjemand, besonders neue Hochzeitsplaner.«

»Ich bin nicht hier, weil ich einen Rabatt will, Mr Bloom«, erklärt sie ungehalten. »Ich bin hier, um mich vorzustellen.«

»Großartig. Und das haben Sie jetzt.« Ich mache die Petunien ausfindig und sammle auf dem Weg zurück zur Theke noch ein paar wächserne Zitronenblätter ein.

Das hat mein Vater auch immer gemacht. Natürlich war er netter, aber er gab seinen Kunden immer eine Ansteckblume oder ein kleines Sträußchen als Glücksbringer mit. Ich habe die Tradition noch erweitert. Ich stelle einen Strauß zusammen, während wir uns unterhalten. Manche Kunden finden es so entzückend, ein von ihnen persönlich inspiriertes Blumenarrangement zu bekommen, dass sie meine Unhöflichkeit vergessen.

»Okay«, sagt sie, und ich höre, wie sie ihren Unmut hinunterschluckt. »Ich würde gern noch mal von vorne anfangen. Ich bin Ama.«

Mein Blick schweift von dem Strauß, den ich gerade binde, zu ihr. Sie reicht mir mit einem strahlenden Lächeln die Hand, und es erfüllt mich mit Genugtuung, dass meine klebrig vor Pflanzensaft sind und ich Dreck unter den Nägeln habe, als ich nach ihren ordentlich manikürten Fingern greife. Ihre Hände sind klein. Und plötzlich wird mir klar, dass sie nicht viel größer als eins fünfzig sein kann, aber sie trägt High Heels, um größer zu wirken. Ich denke zu viel über ihren Körper nach, also frage ich: »Emma?«

Ihre Lippen bilden eine schmale Linie. Ich habe einen empfindlichen Nerv getroffen. »Ama. A-M-A.«

Ich halte immer noch ihre Hand. »Was ist Ama für ein Name?«

Sie zieht ihre Hand zurück, und ihr Blick senkt sich auf den Boden, bevor sie ihr Selbstbewusstsein zurückerlangt. »Eine Abkürzung, was denn sonst?«

Dass sie mir ihren vollständigen Namen nicht verrät, ist köstlich. Ich versuche, mir ein Grinsen zu verkneifen, doch ich glaube, ich scheitere kläglich. »Amateurin.«

Sie starrt mich fassungslos an, dann wird ihr klar, dass das keine Beleidigung war, sondern ein Rateversuch. Dann wird ihr klar, dass es beides war.

Es macht Spaß, dabei zuzusehen, wie ihr allmählich ein Licht aufgeht.

»Nein.« Sie rückt ihre Tasche auf ihrer Schulter zurecht. »Meine Mutter hat mich nicht *Amateurin* genannt.«

»Amabella«, rate ich weiter.

Sie mustert mich verwundert. »Du hast wohl *Tausend kleine Lügen* von Liane Moriarty gelesen?«

»Ich habe HBO.«

Sie schnaubt. Und bei ihr klingt das nicht derb oder unvorteilhaft. Ich mache mich wieder daran, ihren Strauß zu binden. »Warum hat Whitney dich gefeuert?«, frage ich.

Sie zieht scharf die Luft ein. »Sie hat mich nicht gefeuert. Wir sind im Guten auseinandergegangen.«

Ich blicke zu ihr auf. Auf allen Hochzeiten, auf denen wir uns begegnet sind, hat sie überall mit angepackt. Sie stand mit dem Sound Equipment auf einer Leiter, faltete Servietten neu, schob die Chuppa ein kleines Stück zur Seite, so dass sie genau richtig stand. Sie erspähte eine verwelkte Blume aus einer Meile Entfernung, und während ich noch mit dem Aufbau beschäftigt war, kam sie herüber und entfernte die Übeltäter. Mit Design kannte sie sich hervorragend aus, und wahrscheinlich war sie die treibende Kraft hinter Whitneys Erfolg. Aber ich erinnere mich auch, dass sie immer mit den Brautjungfern lachte und ihnen näher kam, als die Eiskönigin Whitney es je gewagt hätte.

Und ich erinnere mich an ihren Faustschlag. Wie sie gezittert hat, als Whitney sie grob am Arm packte.

»Es läuft alles aufs Gleiche hinaus, oder?«, erwidere ich. »Whitney entscheidet, wer bleibt und wer geht. Whitney hat dich gehen *lassen.*« Ich befestige das Sträußchen an der Anstecknadel und binde noch ein dünnes Zierbändchen darum. Währenddessen sehe ich zu, wie sie angestrengt über meine Worte nachdenkt.

»Ich habe Whitney gesagt, dass es mein Traum ist, mein eigenes Geschäft zu führen. Und sie hat mich unterstützt.«

Ich lege das lila-gelbe Ansteckssträußchen auf den Tresen neben ihre Hand. Als sie es nimmt und ihre Finger ganz leicht über die Blütenblätter streichen, spüre ich die Magie, über die Dad so oft geredet hat – wenn man jemandem mit einer geschenkten Blume den Tag verschönert.

Also sage ich etwas, um ihn zu ruinieren. »Whitney Harrison erlaubt dir nur, ihr Konkurrenz zu machen, weil sie weiß, dass du es nicht schaffst. Nur deshalb hat sie dich gehen lassen.«

Sie blickt ruckartig zu mir auf, und ihre Finger schließen sich fester um den Strauß. Doch bevor sie ihn nach mir werfen kann, sage ich: »Für die ersten sechs Monate vergebe ich keinen Rabatt.« Ich nehme unsere alte Visitenkarte, auf der immer noch Dads Name steht, und schiebe sie ihr über den Tresen zu, dann nehme ich den Lappen und gehe zurück ins Hinterzimmer.

Ich frage mich, ob sie die Sprache der Blumen nachschlagen und herausbekommen wird, dass ich ihr gerade gesagt habe: *Du bist unreif, und ich verachte dich. Verschwinde.*

6

AMA

März

Wegen Hazels prallgefülltem Terminkalender müssen wir eine Menge in einer Woche erledigen. Morgen Nachmittag werden wir zum Blooming gehen, aber mir ist jetzt schon ganz flau im Magen, also trinke ich bei unserem zweiten Treffen nur Eistee – diesmal sind wir zum Lunch im Café Bernardo verabredet, einem schlichten Farm-to-Fork-Restaurant in Midtown.

Ich hole mein iPad heraus. »Also, sagt mir alles, was ihr schon wisst. Anzahl der Gäste, Farben, Kleider …«

»Ah.« Hazel schluckt ihren Mundvoll Salat hinunter. »Ich trage einen weißen Hosenanzug. Jac hat ein Kleid an.«

»Das finde ich toll.« Ich beuge mich lächelnd vor. »Lasst ihr euch beide zum Altar führen? Oder nur Jackie?«

»Nun, es war schon immer mein Traum, im Rose Garden zum Altar geführt zu werden«, sagt Jackie und erwidert mein Lächeln, »aber ich will, dass Hazel auch ihren großen Auftritt hat.«

»Das ist mir nicht so wichtig, Babe.«

»Ich weiß, Babe, aber ich finde trotzdem, dass dein Bruder dich zum Altar führen sollte …«

Ich nippe an meinem Eistee und lasse die beiden ein bisschen zanken. Es ist großartig, schon so früh ein Gefühl für die Leute zu bekommen, die ich auf dem Weg zu ihrer Hochzeit betreue. Hazel ist gelassen und für alles offen, und Jackie hat, auch wenn sie gern bei allem mitreden möchte, nur eine echte Forderung: den Rose Garden. Hazel ist glücklich, solange Jackie glücklich ist. Die meisten anderen Hochzeitsplaner hätten sich nach Hazel gerichtet, dem Star. Doch jetzt, da mir all das klar geworden ist, bin ich eindeutig im Vorteil.

»Kann ich euch nach eurer Verlobung fragen? Ich liebe es, mir die Story anzuhören.«

Jackies Augen leuchten auf, und sie streicht sich die Haare aus dem Gesicht. »Wir waren bei meinen Eltern zu Besuch. Ich habe Hazel über Weihnachten mit nach Hause genommen, doch sie hatte schon mit meinem Vater geredet.« Während sie redet, lächelt sie ihre Verlobte an, und ich sehe, wie ihr die Tränen in die Augen steigen.

»Was ich nicht wusste«, fährt Hazel fort, »war, dass Jackie auch einen Ring in ihrem Koffer verstaut hatte.«

Ich keuche überrascht.

»Also musste ich wie die letzte Idiotin vor den Augen ihrer Eltern warten, während sie aufsprang und die Treppe hochrannte, ohne Ja oder Nein zu sagen. Ich dachte, ihr wäre allein bei der Vorstellung schlecht geworden.«

Sie lachen und lehnen sich zu einem zärtlichen Kuss aneinander.

Verlobungsgeschichten sind die besten, und ihre ist ganz besonders schön. Nichts gegen eine Verlobung im Football-Stadion, wenn die Braut genauso auf Football steht wie der Bräutigam. Und auch die schlichtesten »Willst du mich heiraten?«-Geschichten ohne Ring sagen einiges über ein Paar aus. Manchmal, dass sie das Ganze nicht richtig durchdacht haben, oder aber auch, dass sie spontaner sind als andere Pärchen.

Manche Leute können vorhersagen, ob eine Ehe halten wird, indem sie das Gesicht des Bräutigams beobachten, wenn die Braut zum Altar schreitet. Manche Leute wissen es nach ihrem ersten Treffen mit dem Paar. Ich weiß es, wenn ich die Verlobungsgeschichte höre.

Und Jackie und Hazel? Das ist wahre Liebe.

Ich glaube nicht, dass langfristige Verpflichtungen wie die Ehe funktionieren können, aber ich glaube an die Liebe. Sie kann flüchtig und unzuverlässig sein und ist kaum je von Dauer, aber ich glaube, dass sie existiert. Ich weiß, dass meine Mom viele ihrer Ehemänner geliebt hat, aber die Ehe war der schnellste Weg, diese Liebe zu töten. Ich selbst war nur einmal verliebt, und das ist auch nicht gut ausgegangen.

Ich trinke einen Schluck Eistee, um den dicken Kloß in meinem Hals hinunterzuschlucken. Mir gegenüber verflicht Jackie ihre Finger mit Hazels.

Es steht mir nicht zu zu hoffen, dass Jackie und Hazel für immer zusammenbleiben, aber ich kann mich freuen, dass sie jetzt zusammen sind. Ich glaube, sie lieben einander wirklich und dass diese Liebe lange halten wird. Und damit hat es sich. Wann immer ich eins dieser Pärchen finde, lasse ich mehr von mir selbst in das Design einfließen, und diese Hochzeiten zählen letztlich immer zu meiner besten Arbeit.

Beim Mittagessen finde ich noch mehr Details heraus und mache mir Notizen:

- *Jackie zum Altar; Hazel noch nicht entschieden*
- *Jackie im Kleid; Hazel im Hosenanzug*
- *beide Outfits von Elle Stone designt – einer Freundin von Hazel*
- *Farben: noch nicht entschieden (H will gedämpfte Herbstfarben mit Drama; J will Rosa)*
- *Live-Band beim Empfang*
- *Cellist bei der Zeremonie – Xander Thorne – Freund von Hazel*

- *AMAS TO-DO-LISTE:*
  - *Veranstaltungsort für den Empfang organisieren*
  - *Elle Stone kontaktieren – elle@stonefashion.com*
  - *Xander Thorne kontaktieren – nicht über seinen Agenten – afitzmusic@aol.com*

Als ich mit den Gedankenblasen fertig bin und sie mit Hazel und Jackie verbunden habe, sage ich: »Also, wir haben noch nicht über die Gästeliste geredet. Wenn ihr mir eine grobe Schätzung nennt, sehe ich mir passende Veranstaltungsorte für den Empfang an.«

Jackie sieht zu Hazel. »Na ja, ich denke, es müssen nicht mehr als hundert sein. Aber Hazel macht sich Sorgen wegen der Liste ihrer Pressesprecherin.«

»Ich habe das Gefühl, dass ›Hazel Renees Hochzeit‹ nicht wirklich meine Hochzeit wird«, erklärt Hazel und verzieht das Gesicht. Ich nicke – Hazels Pressesprecherin übernimmt in diesem Fall wohl die Rolle der übereifrigen Schwiegermutter. »Wahrscheinlich werden es eher zweihundert.«

Ich versuche, mir meine Überraschung nicht zu deutlich anmerken zu lassen. Hundert Gäste zusätzlich für die Schwiegermutter sind eine ganze Menge. Ich notiere mir *100–200.* »Also dann, kommen wir zum Finanziellen. Wie sieht euer Budget aus?«

Hazel beugt sich vor. »Ich sehe es gern als Zahl, die wir nicht überschreiten sollten.«

»Das ist super für mich! Mir ist es auch lieber, das gleich abzuklären.« Ich mache mir eine Notiz. »Und hast du schon eine Vorstellung vom Budget, wenn du weißt, welche Zahl du nicht überschreiten willst?« Als Hazel nickt, frage ich, was ihr vorschwebt.

»Zweihundertfünfzigtausend.«

Bewundernswerterweise fällt mir nicht der Stift aus der Hand, rollt über den Boden, bringt einen Kellner zum Stolpern und lässt ein Tablett voller Drinks auf uns herunterkrachen. Doch vor meinem geistigen Auge sehe ich all das vor mir. Und meine Karriere landet mit den Mimosas auf dem Boden.

Mit so viel Geld habe ich noch nie gearbeitet, außer bei Whitney. Mich durchflutet eine Mischung aus Aufregung und Grauen. Solche Zahlen gehen für gewöhnlich mit Lieferanten einher, die in einer ganz anderen Liga spielen, mit Veranstaltungsorten, die eine Nummer zu groß für mich sind, und sehr hohen Erwartungen. Ich hätte diese Sachen abklären sollen, bevor ich mich darauf eingelassen habe, aber Jackies einziger Wunsch ließ nicht auf ein derartiges Budget schließen.

»Ist das nicht genug?«, fragt Jackie, die mein Schweigen falsch interpretiert hat.

»Nein, das reicht auf jeden Fall«, versichere ich ihr. »Das ist … viel. So ein Budget hatte ich nicht mehr zur Verfügung, seit ich mich selbstständig gemacht habe, darum muss ich das erst mal verarbeiten.«

Ich denke an das Versprechen, das ich Whitney bei meiner Kündigung gegeben habe – dass ich ihr nie direkte Konkurrenz machen würde. Wie sie abgewinkt hat, als machte sie sich darüber nicht die geringsten Sorgen. An ihre Umarmung. Fest, fürsorglich, nach Vanille duftend.

Was soll ich jetzt bloß tun? Einen Rückzieher machen? Hazel und Jackie zu Whitney schicken, die mit einer Hochzeit dieser Größenordnung zurechtkommt und die richtigen Lieferanten kennt?

Nein. Ganz bestimmt nicht. Diese Hochzeit ist eine Chance, wie ich sie so schnell nicht noch einmal bekommen werde.

Ich kann das. Ich bin die richtige Wahl für Hazel und Jackie. Und ich kann es kaum erwarten, es zu beweisen.

Vor dem Termin bei Blooming am Donnerstag habe ich einen freien Morgen, und statt panisch die Wand anzustarren, schaue ich im Büro von Whitney Harrison Weddings vorbei. Es ist ein paar Monate her, dass ich zum letzten Mal hier war, und ich will Whitney fragen, was ihr zu Hazels und Jackies Wunschliste einfällt.

Mit meiner üblichen Schachtel Donuts in einer Hand ziehe ich die Tür des Backsteingebäudes mitten in East Sacramento auf – dem Reichenviertel. An der Rezeption sitzt eine neue Mitarbeiterin, die ich nicht kenne, doch schon bald kommen die ersten Leute aus ihren Büros, umarmen mich zur Begrüßung und nehmen sich einen Donut.

Es war nicht leicht zu gehen. Es war nicht so, als wollte ich nicht mehr mit Whitney zusammenarbeiten, aber ich wusste, wenn ich noch länger blieb, würde ich nie weggehen. Und die Kunden, deren Aufträge Whitney annimmt, sind nicht meine Leute. Die preiswerten Hochzeiten, die ich in den letzten zwei Jahren organisiert habe, waren viel befriedigender als die für sechsstellige Beträge, an denen ich hier arbeitete. Ich sehe die Augen der Braut aufleuchten, wenn ich ihr sage, was wir selbst mit einem knappen Budget alles erreichen können. Das ist das Herz und die Seele der Hochzeitsplanung.

Whitney hat ein Eckbüro am Ende des Gangs, und während meine alten Freunde die Donuts futtern, die Mr Kwon für mich eingepackt hat, klopfe ich an und warte auf ihr »Ja?«.

Ich betrete ihr Büro mit einem Grinsen und fühle mich sofort zu meinem ersten Bewerbungsgespräch hier in diesem Büro direkt nach dem Schulabschluss zurückversetzt. Meine Mutter ließ an dem Wochenende, an dem ich meinen Abschluss machte, eine ihrer Hochzeiten von Whitney organisieren, und nachdem ich meinen Hut geworfen hatte, rannte ich zum Empfang und sah Whitney zum ersten Mal. Sie hatte eine einschüchternde

Präsenz: groß, blond und von allen enttäuscht. Ich sah zu, wie sie einen Kellner am Handgelenk packte, als dieser die Vorspeise zehn Minuten zu früh brachte, und ihn mit schraubstockartigem Griff und honigsüßem Lächeln in die Küche zurückführte. Es war beeindruckend. Später erfuhr ich, dass ihre Assistentin am selben Tag gekündigt hatte, weshalb sie sich selbst um die Organisation kümmern musste. Ich wartete nicht einmal, bis eine Stellenausschreibung auf ihrer Website auftauchte; gleich am nächsten Montag erschien ich persönlich mit einem Lookbook, das ich von den vier Hochzeiten meiner Mutter erstellt hatte, alle von mir selbst gestaltet. Mit einem berechnenden Blick bot sie mir einen Mindestlohnjob als Telefonistin an. Zwei Wochen später wurde ich zu ihrer Assistentin befördert; nach drei Monaten war ich Design and Production Coordinator. Während meine Schulkameraden mit dem Studium anfingen, tat ich, was ich mir schon immer gewünscht hatte, und verdiente meinen Lebensunterhalt damit.

Whitney sieht noch genauso aus, wie ich sie in Erinnerung habe. Ihre Haare sind zu einem dicken blonden Pferdeschwanz zusammengebunden. Um ihre Augen bilden sich Fältchen, doch ich weiß, dass sie demnächst ihre nächste Botox-Injektion bekommt. Ihre schmalen Lippen sind grimmig zusammengekniffen, als sie aufblickt, um zu sehen, wer sie stört, doch sobald sie mich erkennt, lächelt sie mich mit strahlend weißen Zähnen an.

»Ama, wie schön, dich zu sehen!« Sie springt auf, streicht ihr Kleid mit U-Boot-Ausschnitt glatt und schließt mich in die Arme. »Was ist der Anlass?«

Ihr zartes Parfüm hüllt mich ein, und ich atme tief ein, bevor ich antworte: »Ich dachte, es wird höchste Zeit, dass ich mal wieder zu Besuch komme.«

Ich setze mich auf den Stuhl vor ihrem Schreibtisch, und wir plaudern eine Weile. Bei ihr stehen an diesem Wochenende vier Hochzeiten an. Ich habe nur eine, aber sie will dennoch alles darüber hören.

»Wie geht es deiner Mutter?«, fragt sie, überschlägt die Beine und lächelt mich an.

»Ihr geht's gut. Sie hat letzten Monat geheiratet.«

»Das wievielte Mal?« Sie lacht, und ich habe das Gefühl, als müsste ich es ihr gleichtun. »Hat schon mal jemand nachgeschaut, ob sie den Weltrekord gebrochen hat?«

Meine Wangen werden heiß. Das ist nicht das erste Mal, dass ich diesen Witz höre, und ganz sicher nicht das letzte. Meine Mom hat sich nie für ihre Hochzeiten geschämt, aber nach der zehnten wurde mir klar, dass die meisten anderen Leute das Ganze urkomisch fanden. Als Kind verstand ich nicht, was daran falsch sein sollte. Ich wusste nicht, dass die Leute hinter ihrem Rücken über sie tuschelten und dass selbst ihre engsten Freunde Witze über sie machten. Jetzt lache ich mit, damit sie nicht sehen, wie unangenehm mir das ist.

Ich wechsle schnell das Thema. »Ich brauche beruflichen Rat.«

»Natürlich!« Sie gestikuliert überschwänglich, dass ihre Armreife klimpern. »Was ist los?«

»Ich habe Hazel Renees Hochzeit ergattert!« Es so schnell wie möglich auszusprechen verhindert, dass ich mich vor Aufregung übergeben muss. Obwohl das vielleicht noch kommt. Es ist noch früh.

Ihre Augenbrauen schießen in die Höhe. »Ach wirklich?« Sie lächelt, doch ein ungläubiges Lachen wallt in ihr auf. »Wie um alles in der Welt hast du die an Land gezogen?«

»Sie sind zu mir gekommen«, erkläre ich achselzuckend. »Ich habe versucht, es ihnen auszureden, aber …«

»Ama, nein.« Sie schüttelt den Kopf. »Du bist dafür qualifiziert. Du hast sie über den Service, den du anbieten kannst, deinen Stil und die Größenordnung deiner Hochzeiten informiert, und dennoch wollten sie dich.«

Ich kaue auf der Innenseite meiner Wange. »Stimmt. Aber ich bekomme langsam das Gefühl, dass sie sich … etwas Größeres vorstellen, als sie zugeben wollen. Oder vielleicht habe ich es ihnen nicht richtig klargemacht. Und ich wollte offen und ehrlich zu dir sein, weil ich versprochen habe, dass ich keine deiner Kunden abwerbe.«

Sie winkt ab. »Na ja, ich weiß, dass man das nicht immer unter Kontrolle hat.« Sie taxiert mich mit bohrendem Blick, und auf ihrem Gesicht erscheint ein Lächeln, das jedoch nicht ihre Augen erreicht. »Ich bin stolz auf dich. Das ist eine wundervolle Gelegenheit. Wann wird die Hochzeit stattfinden?«

Ich zucke zusammen. »Am 7. Oktober.«

Sie blinzelt mich verblüfft an. »Dieses Jahr? Das ist schon sehr bald.«

Ich nicke und kaue nervös auf meiner Lippe. »Ja, es muss schnell gehen, aber ich schaffe das. Ich bin zuversichtlich. Ich hatte nur gehofft, dass du mir ein paar Lieferanten empfehlen kannst, die noch Termine frei haben könnten.«

Ihr Mund nimmt einen harten Zug an. »Natürlich. Aber … du solltest vorsichtig sein, Ama.«

Ich atme tief durch, denn ich weiß genau, worauf sie hinauswill.

»Hazel ist in deinem Alter, oder?« Als ich nicke, fährt sie fort: »Der Promi-Aspekt könnte schwierig werden. Das ist verführerisch. Denk dran, Distanz zu wahren. Jeder noch so kleine Fehltritt könnte einen Skandal unter ihren Followern auslösen.«

Sie sagt *Fehltritt*, als handelte es sich dabei um einen verloren gegangenen Ehering oder als könnte ich vergessen, einen DJ zu engagieren, doch ich weiß, was sie tatsächlich meint. Eine Woche nach meiner Beförderung zum Design and Production Coordinator schrieb ich eine Kundin an, um zu fragen, warum sie uns nie ihre Pinterest-Pinnwand gezeigt hatte. Ich hatte ein bisschen herumspioniert und ihre Social-Media-Seiten gefunden. Die Pins, die sie sich gemerkt hatte, hatten nichts mit der geplanten Hochzeit gemeinsam. Veronica, die zukünftige Braut, antwortete mir, dass ihr Budget für so etwas bestimmt nicht ausreichen würde. Am nächsten Tag hatte ich einen Plan für eine Hochzeit entwickelt, wie sie sie sich wünschte, und präsentierte ihn Whitney in Anwesenheit des Pärchens. Veronica war außer sich vor Freude. Whitney lächelte und nickte und hielt ihre Zunge im Zaum, bis das Pärchen weg war, dann sagte sie mir, dass ich nicht mehr an Veronicas Hochzeit arbeiten würde.

»Hast du auch nur eine Ahnung, wie es ist, vier Monate vor der Hochzeit dein Verleihunternehmen, deinen Caterer und deinen Floristen anzurufen, um ihnen mitzuteilen, dass du noch mal ganz von vorne anfängst? Ach ja, natürlich nicht, weil ich mich darum kümmern muss!«, herrschte sie mich an.

Damals dachte ich, sie sei so aufgebracht, weil sie sich Sorgen um den Zeitplan und ihre Beziehung zu den Lieferanten machte. Doch drei Monate später ging ich zur Brautparty einer Kundin, und als Whitney davon erfuhr, zog sich mich auch von dieser Hochzeit ab.

Ich versuchte, besser darin zu werden, Distanz zu wahren. Ich versuchte, die Einladungen zu Brautpartys und Junggesellinnenabschieden abzulehnen, aber Whitneys Ansicht nach war das nur ein Pflaster, das ich auf das echte Problem klebte – unsere Kundinnen *mochten* mich. Sie mochten mich so sehr, dass sie sich privat mit mir treffen und über ihre Hochzeit reden wollten. Mit der Zeit konzentrierte ich mich nicht mehr darauf, sie davon abzuhalten, mich einzuladen, sondern darauf, nicht erwischt zu werden. Ich war die beste Designerin, die Whitney hatte, und damit das so blieb, musste ich das Paar und seinen Stil kennenlernen. Als sie das Gefühl hatte, dass ich besser darin geworden war, Grenzen zu ziehen, beförderte mich Whitney zum Director of Design, eine bemerkenswerte Position für eine Neunzehnjährige. Und einen Monat später geschah etwas viel Schlimmeres. Ich schlug einen Trauzeugen, weil er mir an den Hintern gefasst und angedeutet hatte, dass ich ihm einen blasen solle. Während ich mich unter Tränen bei ihm entschuldigte, meine Hand geschwollen und meine Kleidung plötzlich zu eng war auf meiner Haut, die sich nicht mehr wie meine anfühlte, zog Whitney mich zur Seite und sagte: »Es überrascht mich, dass so etwas nicht schon früher passiert ist.«

Whitney kümmerte sich darum. Sie glättete die Wogen, machte den Trauzeugen wieder präsentabel und brachte ihn zum Altar. Sie überzeugte ihn, keine Anzeige zu erstatten, woran ich nicht einmal gedacht hatte. Sobald der Empfang losging, nahm sie mich beiseite, presste einen Eisbeutel auf meine Knöchel und flüsterte sanft: »Du wirst es schon noch lernen, Süße. Ich habe mich um alles gekümmert. Ich habe das Problem aus der Welt geschafft.«

Jetzt sehe ich ihr in die Augen und zwinge mich zu lächeln. An Tagen wie diesen wünschte ich, sie würde sich immer noch um alles kümmern.

»Natürlich«, sage ich. »Ich bin viel besser darin geworden, Grenzen zu ziehen.«

Sie nickt, und ich bin nicht sicher, ob sie mir glaubt, doch sie trommelt auf den Tisch und greift nach ihrer Maus. »Am 7. Oktober? Ich lasse dich wissen, welche meiner Lieferanten an dem Tag beschäftigt sind.«

Ich hole tief Luft, stähle meine Nerven und schiebe meinen Stuhl auf die andere Seite ihres Schreibtischs, um mir ihren Kalender anzuschauen – genau wie in alten Zeiten.

7

AMA

März

Ich war seit zwei Jahren nicht mehr im Blooming. Zwei Jahre, zwei Monate, eine Woche und vier Tage, um genau zu sein. Ich habe versucht, auch noch die Stunden und Minuten zu berechnen, während ich mir die Haare mit einem Lockenstab stylte, doch das war zu viel des Guten.

Und ich habe mir das Handgelenk verbrannt.

Meine Haare sind kürzer als bei unserer letzten Begegnung, und es ist unsinnig, mir zu überlegen, ob ihm das auffallen wird, obwohl ich hoffe, dass er mich gar nicht bemerken wird – dass ich mich vielleicht während des gesamten Meetings hinter einer großen Orchidee verstecken und Jackie die Führung überlassen kann. Aber diese kleine Frage will mir einfach nicht aus dem Kopf.

Diesmal bringe ich keine Donuts mit, weil ich damit nie seine Zuneigung gewinnen konnte.

Ich parke ein Stück die Straße hinunter statt auf dem kleinen Parkplatz direkt beim Laden. Meine Apple Watch hat vor sechs Minuten den Notruf gewählt, weil mein Herz viel zu schnell schlägt, darum meditiere ich aktiv und stelle mir einen sanft dahinplätschernden Bach vor. Mit der Wachsamkeit eines Jagdhundes halte ich nach Jackie und Hazel Ausschau und zucke jedes Mal zusammen, wenn ein Auto mit zwei Frauen darin in meiner

Nähe langsamer fährt. Meine Motorkontrollleuchte blinkt, doch ich ignoriere sie wie üblich.

Das ist das erste Mal seit über zwei Jahren, dass wir im selben Raum sein werden, dass wir dieselbe Luft atmen werden. In diesen zwei Jahren habe ich jeden Tag einen riesigen Bogen ums Blooming gemacht, und ich nehme an, dass er mich ebenfalls gemieden hat. Natürlich musste ich infolgedessen mit anderen Floristen zusammenarbeiten, obwohl das ein herber Schlag für meinen Style und meine Kreativität war. Für ein paar Hochzeiten musste ich mir sogar ganz kurzfristig jemand Neues suchen, nachdem … nun, *danach*. An den meisten Tagen schaffe ich es, nicht an ihn zu denken. Mit der Zeit ist es etwas leichter geworden, aber jetzt wird mir schlagartig klar, wie schwierig es werden wird, ihn wiederzusehen.

Ein süßer kleiner Prius biegt auf den Parkplatz ein, und sobald ich sehen kann, dass Jackie am Steuer sitzt, nehme ich meine Tasche und steige aus. Die beiden schlagen gerade ihre Türen zu, als ich ihnen entgegenkomme. Ich glaube, wir umarmen uns alle. Vor Nervosität setzt meine Wahrnehmung aus, daher sind die Details etwas unklar. Auf dem Weg zur Tür unterhalten wir uns über belanglose Dinge. Ich strecke die Hand nach der Klinke aus.

»Hey!«

Das unfreundliche Knurren lässt mich erstarren. Wir drehen uns nach rechts um, und da ist er: in einem schwarzen Henley-Shirt und schwarzen Jeans, einen Lappen in den Händen. Er kommt aus derselben Richtung wie wir, aus der Seitentür, die zum Hinterzimmer führt. Seine Haare sind wieder lang. Er hat sie zurückgebunden, so dass sie ihm nicht ins Gesicht hängen. Ich habe es einmal gewagt, die Frisur als Man Bun zu bezeichnen, und er hat mich den Rest des Tages mit Schweigen gestraft.

Meine Knie werden weich, und mein Herz schaltet in seinen »In meinem Haus ist ein Einbrecher!«-Modus.

Ich erwarte, dass er auf mich zeigt und sagt: »*Sie* kommt nicht rein« oder: »Das Meeting ist gecancelt.«

Doch er beachtet mich gar nicht. Er bedeutet uns nur mit einer Kopfbewegung, durch die Seitentür hineinzugehen, und verschwindet.

Jackie verdreht die Augen und erklärt Hazel: »So ist er immer. Unhöflich ist sein Markenzeichen.«

Das wäre lustig, wenn ich nicht plötzlich einen heftigen Schmerz in der Brust verspüren würde. Jackie kennt Elliot. Für sie ist er mehr als »der Sohn des Chefs«. Ganz abgesehen von ihrer sexuellen Orientierung gibt es doch jemanden in Elliots Leben, der ihn gut genug kennt, um diesen Witz zu machen, und ich wusste bis vor einer Woche nicht einmal von ihrer Existenz.

Jackie und Hazel verschränken die Hände ineinander und gehen zur Seitentür, und ich folge ihnen wie ein Hund, der zu einer Badewanne geführt wird, verängstigt und am ganzen Leib zitternd. Als ich die Tür hinter Hazel aufhalte, höre ich sie rufen: »Oh, wow!« Ich blicke auf und bleibe wie angewurzelt stehen.

Das Hinterzimmer ist wie verwandelt. Wo früher Kisten und kaputte Sachen herumstanden, die repariert werden mussten, stehen nun zwei gut zwei Meter lange Arbeitstische mit Marmoroberflächen. Die abblätternde olivgrüne Tapete und rostigen Nägel sind weißen, mit wunderschönen Kränzen geschmückten Wänden gewichen, Traubogen hängen von der hohen Decke, und eine Wand ist vollständig mit Rosen bedeckt – vielleicht Kunstblumen –, die zusammen den Schriftzug *Blooming* ergeben. Die einzelne nackte Glühbirne an der Decke wurde durch Neonröhren und LED-Lampen ersetzt, die strahlend violettes Licht auf uns herabscheinen.

Mein Blick huscht umher, so viel gibt es zu sehen, und plötzlich erinnere ich mich …

»Wenn du selbstgemachte Kunstinstallationen willst, brauchst du ein Atelier, Elliot.«

Er verdrehte die Augen. »Ich habe ein paar Sachen angefertigt. Ich werde nicht den Laden umbauen, um es Whitneys Luxuskunden recht zu machen. Das hätte mein Dad nie gewollt.«

Ich zuckte die Achseln. »Warum nicht beides? Wie wär's mit dem Hinterzimmer?«

Ich muss mich am Türrahmen festhalten, um nicht umzukippen. Noch nie in meinem Leben war ich unsicher auf High Heels, aber meine Beine wollen mir einfach nicht gehorchen.

»Mach die Tür zu«, ertönt seine schroffe Stimme vom anderen Ende des Raumes. Er steht an einem kleinen Tisch in der Ecke, der eher an eine Werkbank erinnert. Es ist der einzige unordentliche Platz im ganzen Raum. Der einzige Platz im ganzen Raum, der nach Elliot aussieht.

»Elliot«, sagt Jackie, »das ist meine Verlobte Hazel.«

Ich lasse die Tür hinter mir zufallen und sehe aus zehn Metern Entfernung zu, wie Hazel ihm die Hand schüttelt. Er murmelt etwas, vermutlich: »Schön, dich kennenzulernen.«

Hazel deutet auf die Rosenwand. »Die ist phantastisch. Dein gesamter Showroom ist phantastisch.«

Er nickt – Danke zu sagen lag ihm noch nie. »Das war vierzig Jahre lang der Laden meines Vaters. Er hat Blumensträuße und kleine Hochzeitsdekorationen verkauft, aber als ich den Laden übernommen habe, habe ich angefangen, mit Konstruktionen und Installationen zu experimentieren. Jetzt bietet das Blooming beides an.«

Das sind die längsten Sätze, die ich ihn je habe sagen hören. Und sogleich wird mir klar, dass er versucht so zu tun, als wäre es kein einstudiertes Skript. Die Vertrautheit, die ich in seiner Nähe spüre, durchzuckt mich wie ein Stromstoß, und ich muss mich abwenden. Ich drehe mich zur Wand um und betrachte die Frühlingskränze.

Ich höre, wie Hazel und Jackie ihm ihr Hochzeitsdatum mitteilen. Ich höre Hazel ein paar Dinge auf ihrer Wunschliste beschreiben. Ich höre sein zustimmendes Brummen.

Ich sollte dort drüben sein, mitten im Geschehen. Ich plane diese Hochzeit, und dazu gehört auch die Organisation des Blumenarrangements.

Unter dem Vorwand, dass ich mir die Topfpflanzen auf dem Tisch ansehen will, schlendere ich näher zu ihnen, als er fragt: »Wo wird der Empfang stattfinden?«

»Darum werde ich mich diese Woche kümmern«, sage ich. Meine Stimme ist heiser. Als mein Blick zu ihm schweift, richtet er seinen Ärmel und sieht starr zu Jackie. »Sobald ich es weiß, schicke ich dir eine Mail, um einen Besichtigungstermin zu vereinbaren.«

»Und das Probeessen?«, fragt er.

»Wir haben noch nichts Konkretes ausgemacht, aber dafür hätte ich liebend gern Deko von dir«, sagt Jackie hoffnungsvoll und klatscht in die Hände. Er nickt nur.

Seine Finger greifen wie von selbst nach dem Stängel einer fuchsiafarbenen Calla-Lilie und ziehen sie aus einem Strauß heraus. »Die Hochzeit wird also im McKinley Park Rose Garden stattfinden. Bleibt es bei Rosen für die Zeremonie? Oder hättet ihr gern eine Auswahl?«

Jackie und Hazel sehen erst einander und dann mich an. »Ich finde, Auswahl klingt super«, sage ich, denn ich vertraue seiner Intuition.

Er antwortet nicht. Nickt nicht einmal. Nichts an seiner Reaktion deutet darauf hin, dass ich etwas gesagt habe oder auch nur existiere. Ich schlucke schwer und sehe zu, wie er nach den orangefarbenen Chrysanthemen auf dem anderen Tisch greift.

Mein Herz setzt einen Schlag aus, denn ich weiß sofort, was er da tut. Aufregung durchströmt mich, als ich mich an den ersten Ansteckstrauß erinnere, den er für mich gemacht hat. Butterblumen und Petunien – Unreife und Verachtung. Ich schüttle den Kopf, um die Erinnerungen zu vertreiben, als Jackie sagt: »Das ist cool.«

Ich drehe mich, um zu sehen, was sie sich anschaut. An der Wand lehnt ein großer durchsichtiger Kasten, aufgeteilt in vier Quadranten, die alle mit Blumen gefüllt sind. Er ist etwa einen halben Meter tief und reicht mir bis an die Taille, und er ist mit einer klaren Plexiglasscheibe bedeckt. Sieht aus, als könnte man ihn als künstliches Fenster an der Wand aufhängen.

Elliot gibt ein zustimmendes Geräusch von sich und lässt die Blumen auf dem Tisch liegen. Ich trete zurück, damit er auf dem Weg zu dem Fensterkasten einen weiten Bogen um mich machen kann. Er nimmt einen Stecker, den ich gar nicht gesehen habe, steckt ihn ein, und bevor ich auch nur staunen kann, wie hübsch die bunten Lichter in dem Glaskasten aussehen, legt er ihn flach auf den Boden und stellt sich darauf.

Erst als er Jackie die Hand reicht, um sie zu sich heraufzuziehen, wird uns klar …

»Ist das …« Hazels Augen werden groß. »Ist das eine Tanzfläche?«

Jackie bleibt der Mund offen stehen, als sie zu ihm auf die Plexiglasscheibe steigt.

»Das ist ein Zehntel einer Tanzfläche«, stellt er klar, steigt hinunter und bedeutet Hazel, seinen Platz auf dem Kasten einzunehmen. Als Hazel das Plexiglas argwöhnisch beäugt, flüstert Jackie ihr zu: »Schon okay. Er ist Architekt.«

Elliot korrigiert sie nicht. Hazel gesellt sich zu ihrer Verlobten, und er schaltet das Licht aus, damit sie sich mit den festlichen Lichtern von unten wie auf einem Abendempfang fühlen.

Ich bin sprachlos. Was gut ist, denn er würde ohnehin nichts von mir hören wollen. Ich habe schon LED-Tanzflächen gesehen, aber diese besteht aus Blumen und Licht. Sie ist traumhaft, obwohl es sich dabei lediglich um eine circa einen Quadratmeter große Scheibe handelt. Hazel und Jackie sehen mich mit ihrem Ich-will-eine-Traumhochzeit-Blick an, also sage ich: »Bezieh sie in dein Preisangebot mit ein.«

Das Licht geht wieder an, und während die beiden mit ihm plaudern, macht er mit den Calla-Lilien und Chrysanthemen weiter und holt noch etwas fedriges Gras und Buchsbaum. Er hört aufmerksam zu, umwickelt unterdessen den Strauß mit Garn und greift sich eine ausgefranste Schnur, um ihn zu verzurren. Als er Hazel und Jackie den Strauß hinlegt, halten sie mitten im Satz inne und starren ihn überrascht an.

»Der geht aufs Haus.« Er geht zu der Tür, die in den Laden führt. »Schick mir eine Mail«, sagt er zu niemandem. Zu mir.

Jackie nimmt den Strauß und lässt ihre Finger über die Blütenblätter gleiten. »Wow. Das …«

»Rosa, wie du es dir gewünscht hast, und Herbstfarben, wie ich es mir gewünscht habe«, stellt Hazel fest. Sie wendet sich an mich. »Hast du ihm erzählt, wie wir über die Farben gestritten haben?«

Ich schüttle den Kopf. »Nein. Er … weiß so etwas einfach.« Ich rücke meine Tasche auf meiner Schulter zurecht und deute zum Ausgang. »Wollen wir?«

Bevor wir gehen, macht Hazel noch ein Foto von seinem Atelier. »Kannst du ihn fragen, ob ich das Bild posten darf?«

Lieber würde ich Glas fressen. »Natürlich.«

Als die Tür sich hinter uns schließt und wir zu unseren Autos gehen, wird mir klar, dass ich es überlebt habe. Er hat mich nicht einmal angesehen. Er hat nicht mit mir geredet. Doch ich habe überlebt.

»Mein Gott, wenn ich nicht auf Frauen stehen würde …«, sagt Hazel mit einem anzüglichen Grinsen.

»Oder verlobt wärst?« Jackie kneift sie in die Seite.

»Er ist verdammt heiß.«

»Seine Mutter meinte, er gehe nie auf Dates. Ist das nicht traurig?« Jackie sieht über die Schulter zu dem Laden zurück und senkt die Stimme, als könnte er sie hören. »Sie meinte, seine letzte Freundin habe ihm das Herz gebrochen.«

Ich stolpere über nichts und werfe einen Blick zurück, als würde wie durch ein Wunder ein großer Stein erscheinen. »Wann war das?«, fragt Hazel.

Mein Magen krampft sich zusammen. Aber Senator Gilbert wusste doch nichts von uns. Wie kann sie …

»Letzten Herbst, glaube ich. Ein Mädchen aus dem Amt – Kate«, erklärt Jackie.

Das Rumoren in meinem Magen wird noch heftiger. Ich sehe zum Laden zurück. Es gibt noch ein Mädchen, das ihm das Herz gebrochen hat? Nach mir? Unsere Trennung ist zwei Jahre her, also ist es nicht wirklich überraschend, dass er eine neue Freundin hatte. Ich bin selbst mit ein paar Leuten ausgegangen, aber mit niemandem, der mir etwas bedeutet hat. Er war der Erste, den ich so nahe an mich herangelassen habe – der Erste, für den ich all meine Regeln gebrochen habe –, und ich hatte kein Interesse daran, so etwas noch mal durchzumachen.

Ich weiß nicht, was von beidem schlimmer ist. Die Vorstellung, dass er über mich hinweg ist, oder die Hoffnung, dass er es nicht ist.

»Ama?«

Ruckartig wende ich mich Hazel zu und lächle. »Ja? Entschuldige, ich war mit den Gedanken woanders.«

»Gibt es noch etwas, was wir heute erledigen müssen? Ich bin die nächsten zwei Wochen weg.«

»Nein. Fürs Erste ist alles geklärt. Die Tanzfläche ist wundervoll! Ich glaube, die eignet sich perfekt als Herzstück.«

Wir verabschieden uns, und auf dem Weg zu meinem Auto blicke ich immer wieder über die Schulter wie ein Idiot. Gegen jede Vernunft hoffe ich, dass mich jemand beobachtet.

8

ELLIOT

Drei Jahre, sechs Monate und sechs Tage zuvor

Ich treibe mich nicht auf Social Media rum. Ich könnte argumentieren, dass meine Generation dadurch verblödet oder dass es keinen Sinn hat, seinen Selbstwert danach auszurichten, ob man Fotos von seinen Frühstückseiern machen kann. Aber in Wahrheit habe ich nie wirklich gelernt, damit vernünftig umzugehen.

Und ich weigere mich, etwas falsch zu machen. Wenn ich mich bis zu acht Stunden am Tag einem neuen Hobby widme, will ich mich nicht zum Affen machen.

Mein Dad wollte, dass der Laden einen Instagram-Account hat. Er hat ihn schon vor Jahren von meinem Cousin einrichten lassen, aber er war furchtbar schlecht darin, selbst etwas hinzuzufügen. Die Beschreibungen waren allesamt in Großbuchstaben geschrieben, und auf einem Foto von Dahlien waren in der Ecke Düngersäcke zu sehen. Die Seite hat etwa hundert Follower und auf jeden Post kommen höchstens sechs Likes.

Mein Cousin Ben hilft an Tagen, an denen ich auf Hochzeiten beschäftigt bin, im Laden aus, und ich habe ihn um Rat gebeten. Ich habe einen Kronleuchter gebaut, indem ich ein Tablett mit einer leichten Kette an der Decke im Hinterzimmer befestigte und es mit Schleierkraut und zartrosa Astilben füllte. Dafür schäme ich mich nicht – es ist eine flauschige rosa Wolke, und ich finde, sie sieht toll aus. Ben war begeistert und half mir, ein Bild davon mit den richtigen Hashtags hochzuladen.

Zweihundert Likes, siebzig neue Follower.

Ich hasse Social Media. Jetzt liege ich im Bett und sehe mir Posts von anderen Floristen überall auf der Welt an. Es kümmert mich nicht, dass sie tausendmal so viele Follower und Likes haben wie wir, aber zu allem Überfluss haben sie sie auch noch *verdient*. Meine Haut kribbelt vor Inspiration und Neid.

Einer von ihnen hat eine Wand aus Rosen gebaut, die zusammen die Namen der Braut und des Bräutigams ergeben. Eine Wand. Aus Rosen. Wie viel blättern die Hochzeitspaare für diesen Scheiß hin? Doch noch während ich abfällig den Kopf schüttle, überkommt mich ein brennendes Verlangen, die Konstruktion zu skizzieren. Auf was für einer Struktur ist der Blumensteckschaum angebracht? Muss das Ganze am Hochzeitstag installiert werden oder hält es länger?

Ein anderer Punk macht Blumensträuße im Stil von *Alice im Wunderland* – und zwar völlig nackt bis auf seine Gärtnerschürze. Er hat zwanzig Millionen Follower. Sein Verrückter-Hutmacher-Strauß treibt mich in den Wahnsinn, weil er die Pfingstrosen offensichtlich angemalt hat. Ich bin kurz davor, zu einem dieser Internettrolle zu werden, von denen ich so viel gehört habe, und seinen Post zu kommentieren – »schwarze Sprayfarbe auf deinen Pfingstrosen Bro?« –, als ich einen neuen Like und einen neuen Follower bekomme.

@AmazingAma gefällt dein Foto
@AmazingAma folgt dir jetzt

Mein Blick senkt sich beim Tippen wieder auf die Tastatur, und ich überlege gerade, ob ich nach Pfingstrosen ein Komma einfügen soll, als mir klar wird, wer das sein könnte.

Ich verlasse die Website des nackten Typen und rufe meine Benachrichtigungen gerade in dem Moment auf, in dem eine neue eintrifft:

@WeddingsbyAma folgt dir jetzt

Ich klicke das erste Profil an und sehe direkt in ihre großen Augen, die mich unter einer Hutkrempe hinweg anblicken. Der Account ist privat. Mein Daumen verharrt über dem Folgen-Button, doch letztlich entscheide ich mich dagegen.

Private Accounts. Instagrams Version von Onlinedating, eine abgelehnte Follower-Anfrage nach der anderen.

Das Banner oben auf der Seite verschiebt sich nach unten. WeddingsbyAma hat mir eine Nachricht geschickt.

Ich setze mich im Bett auf. Seltsamerweise habe ich das Gefühl, als sollte ich bei dieser Unterhaltung nicht nur Unterwäsche tragen. Aber sie ist diejenige, die mir um elf Uhr nachts schreibt.

Ich rufe die Nachricht auf – ein Link zu meinem eigenen Foto von dem Kronleuchter mit einer Nachricht von ihr:

Fuck, ist der schön!

Ich schlucke. Das weiß ich selbst. Aber musste sie es so ausdrücken? Ich erinnere mich nur zu gut an ihr nerviges Geplapper und den Geruch ihres Parfüms, der den Blumenduft selbst dann noch überlagerte, als sie längst weg war.

Ich beschließe, nicht zu antworten, statt wieder unhöflich zu sein. Oder statt mich gezwungen zu fühlen, »danke« zu schreiben. Ich gehe auf ihre Website und sehe mir ihre Posts an. Ihr Lieferant ist *Relles Florist* in Midtown. Sie sind wirklich gut. Mein Vater ist regelmäßig mit Mr Relles essen gegangen, und die gesamte Familie kam zu seiner Beerdigung.

Eine neue Nachricht taucht auf.

Kannst du so was für einen vier Meter langen Tisch machen?

Verblüfft starre ich den Bildschirm an und überlege, was für Tabletts ich habe. Eins ist etwa einen Meter lang. Ich würde keine vier Tabletts benutzen, weil der Tisch dann nicht richtig zur Geltung kommen würde. Ich könnte drei Tabletts verbinden und sie vielleicht sogar aneinander befestigen, um für mehr Stabilität …

Für nächstes Wochenende?

Als ich ihre Nachricht lese, verfinstert sich mein Gesicht. Es ist Donnerstag. Neun Tage für eine Spezialanfertigung sind nicht ungewöhnlich. Aber nicht über Instagram. Nicht um 23:38 Uhr.

Im Kopf verfasse ich bereits eine Antwort – mein Cousin hat mich gewarnt, dass der andere sehen kann, wenn man tippt –, verwerfe sie aber nach etwa zehn Minuten wieder. Stattdessen schreibe ich zurück:

Ruf morgen im Laden an, dann können wir reden.

Es ist neun Uhr am nächsten Morgen, und ich versuche immer noch, den Computer einzuschalten, als die Tür aufschwingt. Ama trägt denselben breitkrempigen schwarzen Hut wie auf ihrem Profilbild, und sie lächelt mich strahlend an. Jetzt, da ihre Haare offen sind, kann ich sehen, wie lang sie sind – sie fallen ihr weit über den Rücken. Sie sieht aus wie eine Hexe.

»Guten Morgen!«

Ich ertappe mich dabei, wie ich sie anstarre, während sie sich der Theke nähert, knurre eine Antwort und wende mich sofort wieder zur Kasse um. Sie legt eine rosa Schachtel zwischen uns ab. Ich werfe einen bösen Blick darauf.

»Donuts!«, verkündet sie. »Von J Street Donuts.«

»Sehr einfallsreicher Name.«

Ihre Augen glitzern amüsiert. »Tja, Elliot Bloom vom Blooming, wir können nicht alle so talentierte Namensgeber sein wie du.« Sie öffnet die Schachtel, und ich werfe einen flüchtigen Blick auf das halbe Dutzend.

»Ich esse keinen Zucker.«

Sie sieht aus, als hätte ich gerade ihr Haus niedergebrannt. »Mein Gott, ist das dein Ernst? Das kann nicht sein.«

»Doch, kann es. Ich esse wirklich keinen Süßkram.«

»Nie?« Sie beugt sich über den Tresen. »Was ist mit Limo?« Als ich den Kopf schüttle, blinzelt sie mich fassungslos an. »Ich esse fast jeden Tag einen Donut.«

Ich mustere sie, suche nach Anzeichen, dass sie die Wahrheit sagt. Ihre rundlichen Hüften erregen meine Aufmerksamkeit, genau wie letztes Mal, doch ich konzentriere mich schnell wieder auf das Wesentliche. »Ich hab dir doch gesagt, du sollst anrufen.«

»Warum kostbare Zeit vergeuden?«, erwidert sie, nimmt in einer fließenden Bewegung einen Donut aus der Schachtel, schiebt ihn sich in den Mund und greift nach ihrem iPad.

Ich sehe zu, wie sie kaut und sich den Zucker von den Lippen leckt. Unwillkürlich muss ich an Madison Bailey in der Mittelschule denken, die jedem Idioten, der ihr zuhörte, erzählte, dass man nur vor einem Jungen essen musste, um ihn zu verführen. *Dann kann er an nichts anderes denken als an deinen Mund.*

Fuck. Damals habe ich ihr nicht geglaubt.

»Okay«, sagt sie und schluckt, und auch dabei sehe ich ihr zu. Ihre Finger bewegen sich blitzschnell über ihr iPad. »Die Hochzeit findet nächsten Samstag statt. Der Tisch ist vier Meter lang, und die Decke ist ungefähr sechs Meter hoch. Ich schätze, der

Kronleuchter würde etwa zwei Meter über dem Tisch hängen. Kannst du heute oder morgen beim Veranstaltungsort vorbeikommen, um die Maße zu überprüfen?«

Ihr Blick schweift zu mir. Mein Computerbildschirm wird schwarz, was immer ich tun wollte, ist völlig vergessen. Ich bewege die Maus und tue so, als würde ich meinen Kalender anschauen.

»Heute oder morgen Mittag lässt sich einrichten. Dann kann mein Cousin hier übernehmen.«

»Super! Dann heute bitte«, sagt sie. Sie nennt mir die Adresse, dann fragt sie: »Kann ich den Kronleuchter sehen? Ist er noch hier?«

Ich gehe Richtung Hinterzimmer und halte ihr die Tür auf. Sie nimmt sich einen Schokoladendonut aus ihrer Schachtel und folgt mir.

Die nackte Glühbirne an der Decke erwacht flackernd zum Leben. Für das Foto auf Instagram habe ich eine Arbeitsleuchte benutzt. Mit der ländlich grün gestrichenen Wand hinter dem Kronleuchter sah es fast professionell aus.

Ama geht direkt darauf zu, berührt das Schleierkraut behutsam, tritt unter die Apparatur und starrt zu den Tabletts hoch. Sie ist wirklich winzig.

»In Rosa, richtig?«, frage ich und ziehe mir die Schürze über den Kopf.

»Ja, perfekt.«

»Kommt die Kundin selbst vorbei, um es sich anzusehen?«

»Ich bin die Kundin«, sagt sie geistesabwesend und tritt einen Schritt zurück, um sich anzusehen, wie der Kronleuchter an der Decke befestigt ist.

Mein Herz wird bleischwer. Wie ein toter Vogel in meiner Brust.

»Gratuliere«, murmle ich und sehe zu, wie sie von ihrem Donut abbeißt. Starre auf ihren Mund.

»Hm?« Sie wendet sich zu mir um. »Sorry.« Schließlich schluckt sie. »Nicht ich. Meine Mom. Sie heiratet; ich organisiere ihre Hochzeit.«

Mein Blick richtet sich auf das Chaos im Hinterzimmer, und ich ignoriere die heftige Erleichterung, die mich bei ihren Worten durchströmt. Ich räuspere mich und fahre fort: »Wie gesagt, die Tabletts sind einen Meter lang. Ich glaube, ich werde drei benutzen, damit der Kronleuchter nicht den ganzen Tisch überschattet. Dann quellen die Blumen an den Rändern über und sorgen für mehr Volumen.«

Sie nickt und sieht mich grinsend an. »Du kannst mehr als drei Wörter auf einmal sagen. Cool.«

Ich verdrehe die Augen und zeige ihr, wo ich die Tabletts verbinden werde. Dabei wirft sie einen neugierigen Blick auf das Tattoo an meinem linken Unterarm.

»Was für eine Blume ist das?«

Ich beuge den Ellbogen. »Eine vietnamesische Orchidee. Sie ist vom Aussterben bedroht.«

Sie starrt das Tattoo an, die weißen Blütenblätter und das zartrosa Zentrum. »Ist das deine Lieblingsblume?«

Ich lasse den Arm sinken und ziehe rasch den anderen Ärmel hinunter. »Nein, ich habe keine Lieblingsblume.«

Ihr Blick schweift kurz zu meinem rechten Arm, als ich ihn bedecke, aber sie lässt das Thema fallen. »Hast du noch mehr davon als Tischgesteck? Nur um der Ästhetik willen, damit oben und unten zusammenpassen.«

»Du hast noch keine Tischgestecke?«

»Doch. Aber ich hätte lieber solche.«

Ich gehe zu meiner Blumentheke, um noch mehr Astilben und Schleierkraut zu holen. »Welche Blumen hast du noch?«, rufe ich ihr zu. »Ich kann etwas Passendes heraussuchen und die Gestecke damit auffüllen.«

»Weiße Dahlien.« Zu meiner Überraschung steht sie direkt neben mir.

Sie folgt mir zurück ins Hinterzimmer, und ich nehme eine Schale aus dem Regal und fange an, die Blumen so zu arrangieren, dass sie über den Rand schauen. Dabei spüre ich, wie sie jede meiner Bewegungen beobachtet. In der Mitte ist noch nichts, also stelle ich als Idee ein paar dicke weiße Kerzen hinein. »Ich kann das Zentrum mit Dahlien auffüllen oder sie einflechten.«

»Was hältst du für das Beste?«

Sie sieht mich erwartungsvoll an, und ich habe das Gefühl, als wäre das irgendeine Art Test.

Ich flechte die Dahlien ins Schleierkraut ein. Hoffentlich fügen sich die Gestecke so ins restliche Blumenarrangement ein.

»Magst du den Typen?«, frage ich.

Als sie nicht antwortet, blicke ich zu ihr auf.

»Den Typen?«, fragt sie.

»Den neuen Mann deiner Mutter.«

»Oh.« Sie schnaubt und tut die Frage mit einer wegwerfenden Handbewegung ab. »Das spielt keine Rolle.«

So komme ich wohl nicht weiter. »Okay.«

»Sorry, ich meinte nur – sie bleibt nie lange verheiratet. Also ist es nicht weiter wichtig, ob ich ihn mag oder nicht. Ich werde den Sommer mit ihm und seinen Kindern verbringen, vielleicht auch noch den Labor Day, und dann werde ich ihn wahrscheinlich nie wiedersehen.« Sie wirkt niedergeschlagen.

»Das ist bestimmt hart«, sage ich.

Unsere Blicke begegnen sich. »Manchmal.«

»Ist dein Dad auch noch da?« Sie antwortet nicht gleich, und ich spüre, wie meine Wangen heiß werden. »Sorry, du musst nicht …«

»Schon okay.« Sie wirft mir ein Lächeln zu. »Er ist in Connecticut. Mit seiner neuen Familie. Mehr Stiefgeschwister für mich!«

Sie lacht, als wäre das ein Witz, aber ich verstehe ihn nicht. »Früher habe ich ihn alle zwei Jahre zu Weihnachten besucht, aber das machen wir schon lange nicht mehr. Zu meinem sechzehnten Geburtstag hat er mir sein Auto geschenkt, und seitdem rufen wir uns nur noch zu Feiertagen an.«

Ich sehe sie an. Ihr Blick haftet auf dem Gesteck, das ich gerade mache, aber auf ihrem Gesicht zeigt sich keine Trauer oder Verlegenheit. Für sie ist das schlicht eine Tatsache. Und wegen einer Tatsache kann ich kein Mitgefühl ausdrücken.

Sie wechselt schnell das Thema und deutet auf die Blumen, während ich meine Arbeit beende. »Die sehen toll aus. Wenn du nicht so ein Arsch wärst, hätte ich schon zehn davon bestellt.«

»Oh, hat dir dein Ansteckstrauß nicht gefallen?«, frage ich in unschuldigem Ton, doch mein Mundwinkel zuckt. Ich wische mir die Hände an einem Lappen ab und führe sie zurück zur Theke.

»Du meinst die Butterblumen, die für Unreife stehen, die Petunien, mit denen du deine Verachtung ausgedrückt hast, und – was war noch mal die andere Pflanze, die du verwendet hast?«

»Giftefeu.« Ich hole ein Bestellformular aus der Schublade und werfe ihr einen verstohlenen Blick zu. Sie starrt mich mit großen Augen an wie ein Fisch. Als ihr klar wird, dass ich nur Witze mache, beißt sie sich auf die Lippe, um ein Lächeln zu unterdrücken.

Ich notiere ihre Bestellung in meiner krakeligen Schrift. »Wir berechnen einen Aufschlag von zehn Prozent für Eilaufträge.« Sie nickt. »Und dazu kommt noch eine PBN-Gebühr.«

Sie blinzelt irritiert, dann gibt sie ein zustimmendes Geräusch von sich. Sie sieht auf ihr Handy hinunter, doch ihr Stirnrunzeln verrät mir, dass sie angestrengt darüber nachdenkt, was PBN ist.

Das ist so ziemlich das Einzige, was mein Vater je getan hat, das mich überzeugte, dass wir tatsächlich verwandt waren. Manchmal berechnete er eine PBN-Gebühr. *Prädikat besonders nervig*. Sie betrug höchstens zehn Dollar, die er der Bibliothek oder der Highschool spendete.

Als Erstes schreibe ich den Namen der Kundin auf. *Ama Torres*. Während ich das Datum notiere, sage ich: »Amalgam.«

Sie hält im Tippen inne – wahrscheinlich googelt sie die PBN-Gebühr – und starrt mich verdattert an. »Du denkst, meine Mutter hat mich Amalgam genannt?«

Ich zucke die Achseln. »Es gibt so wenige Wörter mit A-M-A am Anfang. Amarant?«

»Praktischerweise ist dir das Wort *Amazing* entfallen. Was ist Amarant?«

»Es ist mir nicht entfallen – ich habe es verworfen. Amarant ist eine Pflanze. Weit herabhängende rosarote Blumen, die ich manchmal für Sträuße verwende.«

Anspannung macht sich auf ihrem Gesicht breit, und sie gibt einen unverbindlichen Ton von sich. »Nein.« Sie sieht schnell weg.

Ich beuge mich vor, so dass ich die kleinen Details in ihrem Gesicht sehen kann, die mir verraten, dass ich der Wahrheit zu nahe bin.

Mein Blick schweift zum Schaufenster – zu der Blume, die sie betatscht hat, als sie zum ersten Mal in meinen Laden kam. Die »Rote Perle«, die ich aus Südafrika bekommen habe. Die zweite Knospe hat sich gerade heute geöffnet, atemberaubend scharlachrot.

Ich gehe um den Tresen herum und hole eine winzige Schere aus meiner Gesäßtasche. Behutsam streiche ich über die dunklen Blütenblätter, und das Staubblatt reckt sich mir entgegen, verabschiedet sich von mir.

»Amaryllis«, sage ich leise. Als ich zu ihr aufblicke, presst sie die Lippen zusammen, ihre Wangen ebenso tiefrot wie die Rote Perle Amaryllis. »Ist deine Mutter ein Musical-Fan oder …?«

Ihre Augen leuchten auf. »Woher kennt jemand wie du eine Nebenfigur aus *The Music Man*?«

»Wie oft muss ich dir das noch sagen? Ich habe HBO.« Ich schneide den Stängel der Blume durch, die schon länger blüht. Auf dem Weg zurück zur Theke hole ich ein Bündel rosa Schleierkraut aus meiner Schürze. »Amaryllis war ein Mädchen, das sehr fies zu einem kleinen lispelnden Jungen war. Und als kleiner lispelnder Junge …« Ihre Augen werden groß, als hätte ich ihr einen Jahresvorrat Donuts geschenkt. »Ich habe mir geschworen, mich eines Tages an allen Amaryllissen zu rächen … indem ich eine Zwanzig-Dollar-Liefergebühr berechne.«

Sie verkneift sich ein Lächeln. Ich nehme ein rosa Zierband, binde die Amaryllis und das Schleierkraut mit einer schnellen Handbewegung zusammen und lege den Strauß neben ihre Kopie des Bestellformulars.

»Bis heute Mittag«, sage ich und verschwinde im Hinterzimmer, um zu putzen.

Als ich in den Country Club komme, hat sie das Sträußchen an ihre Bluse gesteckt, über der sanften Rundung ihrer Brüste. Ich versuche, nicht hinzusehen, scheitere jedoch kläglich.

9

AMA

März

Es fällt mir schwer, mich auf andere Hochzeiten zu konzentrieren, während die von Hazel und Jackie immer näher rückt. Samstagmorgen bei der Gutiérrez-Montoya-Zeremonie skizzierte ich Designs für den Empfangssaal, während die Hochzeitsgesellschaft dem Bedienpersonal ihre Tanz-Choreographie zu *Sei hier Gast* aus *Die Schöne und das Biest* beibrachte, die sie auf Wunsch der Braut aufführen mussten. Zwei meiner Ex-Stiefgeschwister machten als Kellner gekleidet mit und verdienten fünfzig Dollar.

Es ist wirklich praktisch, dass meine Mutter schon so viele Männer mit Kindern hatte, die Berufserfahrung brauchen.

Doch nichts von dem, was ich zeichne, fühlt sich richtig an. Es fühlt sich nicht nach *Elliot* an.

Überraschenderweise ist das Schlimmste an meiner erneuten Zusammenarbeit mit Elliot Bloom die überwältigende kreative Möglichkeit, die ich in seiner Gegenwart schon immer gespürt habe. Wenn er mir ein Foto von einem Projekt schickte, an dem er gerade arbeitete, konnte das mein gesamtes Designkonzept für eine Hochzeit ändern. Denn ich musste es unbedingt haben. Elliot hat so eine Art, etwas aus nichts zu erschaffen, die süchtig macht. Wenn man ihm sagt: »Ich will einen zwei Meter großen Eiffelturm aus Blumen«, schickt er am nächsten Tag ein perfektes Design und den Kostenvoranschlag.

Es ist Montag, und ich fertige schon meine sechste Skizze von einer Empfangshalle an, die noch gar nicht existiert, mit nichts als Elliots Blumentanzfläche als Grundlage. Ich habe je drei Indoor- und Outdoordesigns. Die anderen Hochzeiten, die in den nächsten sieben Monaten anstehen, geraten in Vergessenheit, weil ich nicht aufhören kann, über die *Möglichkeiten* nachzudenken.

Ich stehe von dem Schreibtisch in meinem Schlafzimmer auf, das ich zu einem Büro umfunktioniert habe, strecke mich und gehe meine Katze füttern. Lady Cat-ryn wedelt verächtlich mit dem Schwanz und ignoriert ihr Fressen. Sie will die Reste von dem Sushi, das sie vor ein paar Tagen in meiner Takeaway-Box erschnüffelt hat. Letzten Freitag hat mich Mar zum Essen eingeladen, um über mein Treffen mit Elliot zu reden. Ich log sie an und behauptete, es sei besser gelaufen als gedacht. Sie fragte, warum ich sie anlog, und als Antwort bestellte ich noch eine Runde Drinks.

Trotz des hohen Gehalts, das ich ihr zahlen muss, werde ich Mar anflehen, bei Jackies und Hazels Hochzeit als meine Assistentin einzuspringen, denn auch wenn sie eine wundervolle Fotografin ist, wird Hazel ein ganzes Team brauchen, das schon zusammengearbeitet hat. Mar arbeitet hauptsächlich allein. Sie hat ihren letzten Freund durch die Fotografie kennengelernt und nahm ihn hin und wieder als Assistenten zu Events mit. Seit sie sich letzten Herbst getrennt haben, macht sie alles allein und führt Bewerbungsgespräche mit potenziellen Assistenten aus ihrem Fotografiekurs am College, aber keiner von ihnen ist bereit für eine Hochzeit dieser Größenordnung.

Mit einem Seufzen sehe ich auf die Uhr. Ich habe noch drei Stunden, wenn ich bei der Suche nach Lieferanten vorankommen will. Mein absolutes Lieblingsverleihunternehmen, mit dem ich bei Whitney zusammengearbeitet habe, wäre auch für eins der Paare, deren Hochzeit ich jetzt plane, meine erste Wahl. Mir bietet sich nicht oft die Gelegenheit, mit Everlast Event Rentals zusammenzuarbeiten, da ihre Preise für die meisten meiner Kunden zu hoch sind, aber Ashley und Davin wollen richtig viel Geld verprassen. Und ich will das Unternehmen auch für Jackies und Hazels Hochzeit engagieren.

Ich wähle Everlasts Nummer und hoffe, dass Vickie noch dort arbeitet. Als ich sie endlich an der Strippe habe, unterhalten wir uns eine Weile über ihre Kinder, ihre Mom, meine Mom. Seit ich WHW verlassen habe, hatten wir kaum noch Kontakt, und es ist schön, mal wieder mit ihr zu plaudern.

»Okay, ich habe zwei Hochzeiten, für die ich Everlast gern engagieren würde«, sage ich.

»Schieß los.« Ich höre ihre langen Fingernägel auf der Tastatur klackern. »Für die nächsten sechs Monate sind wir so gut wie ausgebucht – ich hoffe, du bist früh genug dran.«

»Das hoffe ich auch. Am 2. Dezember habe ich die Dawsons. Sie möchten das Standardpaket, Tischdeko inklusive.«

»Jepp. Lässt sich machen. An dem Tag haben wir noch reichlich Termine frei.«

»Super. Trag mich ein, und ich werde irgendwann diese Woche mit dem Paar bei euch vorbeikommen. Und dann habe ich noch eine richtig große Hochzeit im Oktober. Nur zur Info, wahrscheinlich wird es einen großen Medienrummel geben.«

»Okay, ich mache mir eine Notiz. Keine gesprungenen Teller.«

Ich lache. »Am 7. Oktober. Wir brauchen das Gesamtpaket, aber die Details stehen noch nicht fest. Ich kann diese Woche mit dem Paar vorbeikommen.«

»Hm.« Vicky schweigt einen Moment. »Am 7. Oktober ist viel los. Ama, ich bin nicht sicher, ob das machbar ist.«

Mir bleibt fast das Herz stehen. »Wirklich? Warum ist dieser Tag so beliebt? Habe ich irgendwas nicht mitgekriegt?«

»An dem Tag haben wir schon sieben oder acht Hochzeiten. Mehr ist kaum zu schaffen.«

Meine Gedanken überschlagen sich. Was, wenn der 7. Oktober bei allen Lieferanten ausgebucht ist? Was, wenn ich schon zu spät dran bin, weil das Timothée Chalamets Geburtstag ist und all seine Fans an dem Tag heiraten wollen?

»Ich … wow. Das muss ich auch mit meinen anderen Lieferanten abklären. Aber Vickie, das mit dem großen öffentlichen Interesse war keine Übertreibung. Gibt es keine Möglichkeit, irgendeinen der Termine zu verschieben? Oder …?«

Sie seufzt. »Na ja, ich könnte mit unseren Auftraggebern reden, aber vier dieser Hochzeiten wurden von Whitney in Auftrag gegeben. Und du weißt besser als jeder andere, dass ich eine Hochzeit für Whitney Harrison nicht absagen kann.«

Fassungslos blinzle ich die Wand an. »Vier Hochzeiten für Whitney? Am 7. Oktober?«

»Ja. Hast du noch was, das ich schon mal in den Kalender eintragen soll? Nur für alle Fälle?«

Ich schüttle den Kopf, obwohl sie mich nicht sehen kann. »Nein, vielen Dank, Vickie. Halt den 2. Dezember bitte frei, und ich rufe so bald wie möglich an, um ein Treffen zu vereinbaren.«

Noch während ich auflege, greife ich nach meiner Handtasche und hole mein iPad heraus. Ich öffne meine Notizen-App und rufe die Liste auf, die ich in Whitneys Büro erstellt habe. Die Liste von Lieferanten, die sie nicht für den 7. Oktober engagiert hatte.

Everlast steht ganz oben.

Es ist vier Tage her, dass ich bei ihr war. Es ist durchaus möglich, dass sie seither weitere Termine gebucht hat. Aber es ist verdächtig.

Ich lasse die Schultern kreisen und verdränge diesen Gedanken. Das ergibt doch keinen Sinn. Nicht, nachdem sie am Donnerstag so nett zu mir war. Sie war froh, mich zu sehen, froh, mir helfen zu können. Jetzt mache ich mir Sorgen, dass ich ihr womöglich das falsche Datum genannt habe – dass all die Lieferanten auf der Liste an einem anderen Tag nicht für Whitney arbeiten.

Hastig schlage ich die Nummer der Freeport Bakery nach. Ich habe noch gar nicht mit Hazel und Jackie über die Hochzeitstorte geredet, aber ich muss das schnell klären.

Ich rufe sechs Bäckereien an. Alle haben am 7. Oktober schon mehrere Hochzeiten. Zwei von ihnen wissen nicht einmal, wer ich bin, weil ich bei Whitney nie mit ihnen zusammengearbeitet habe, und die anderen würden mir bestimmt nicht verraten, ob sie von Whitney Harrison beauftragt wurden, selbst wenn ich fragen würde.

Das ist kein Weltuntergang. Irgendeine der Bäckereien kann sicher noch eine Hochzeit übernehmen, aber wenn wir etwas Aufwendiges brauchen, könnte es problematisch werden.

Ich texte Jackie, um zu fragen, ob sie schon eine Idee für die Hochzeitstorte haben. Sie antwortet erst, als vier der sechs Bäckereien schon geschlossen haben, doch das spielt keine Rolle. Sie schreibt:

Keine Ahnung! Was denkst du??

Nun, ich denke, dass es ein großer Fehler war, mich mit einer solchen Hochzeit zu beauftragen, und dass wir vielleicht auf eine Bäckerei in San Francisco zurückgreifen müssen, obwohl ich dort keine Kontakte habe.

Als es dämmert, springt Lady Cat-ryn auf meine Schulter und versenkt die Krallen in meiner Haut – eine perfekte Erinnerung, dass ich nicht nur den ganzen Tag rumsitzen und Trübsal blasen kann. Ich hole das Sushi, lege es auf einen Teller und stelle ihn ihr hin, dann nehme ich meine Jacke und mache einen Spaziergang.

Die Hände in die Jackentaschen gestopft sehe ich nachdenklich zu den Baumkronen auf, die sich im Wind wiegen. Vielleicht könnte ich Whitney um Hilfe bitten? Vielleicht könnte ich sie bitten, in meinem Namen mit den Bäckereien zu reden oder mir ihre Kontakte in San Francisco zu nennen, mit denen sie gute Erfahrungen gemacht hat? Doch das würde schwach wirken. Und …

Und unprofessionell.

Ich sollte das alleine schaffen, aber es fühlt sich an, als hätte ich mir diesmal wirklich zu viel vorgenommen.

Meine Füße tragen mich um den Block und an dem Buchladen am Rand des Parks vorbei. Dann gehe ich zum Rose Garden. Es wird schon dunkel, doch ich bleibe auf dem Bürgersteig stehen und starre auf die Stelle, wo der Traubogen für gewöhnlich aufgebaut wird. Die verrückten Leute, die nach einem langen Arbeitstag noch ein paar Meilen joggen können, sind zu dieser Tageszeit unterwegs. Einer rempelt mich fast an, als ich den Park betrete, mich ins Gras plumpsen lasse und mir vorstelle, dass Hazel und Jackie hier in nicht einmal mehr sieben Monaten heiraten werden.

So toll ist der Rose Garden gar nicht. Ja, okay, er ist schön, wenn man Rosen mag. Und wer mag keine Rosen? Außer wütenden Floristen, die überall am Körper vom Aussterben bedrohten Pflanzen eintätowiert haben, aber ich schweife ab. Der Rose Garden … Nun, er passt nicht wirklich zu Jackie und Hazel. Bei Jackie und Hazel muss ich an Weingüter denken. Rustikale Scheunen. Alte Fabrikgelände, auf denen Blumen aus Milcheimern sprießen.

Ich hasse es, dass ich noch keinen Veranstaltungsort für den Empfang habe, denn ich hoffe, dass der einiges von dem, woran es dem Rose Garden mangelt, wettmachen kann. Doch vielleicht weiß ich auch einfach noch nicht, was Jackie daran findet. Warum will sie unbedingt im Rose Garden heiraten?

Unter Whitney habe ich diese Fragen meinen Kunden direkt gestellt, doch sie warnte mich, es nicht zu übertreiben. Whitney versteht nicht, dass man, um eine Hochzeit zu planen, das Warum verstehen muss. Man muss die Verlobungsgeschichte kennen. Man muss wissen, wie sich das Paar kennengelernt hat und wie nahe die Braut ihrer Mutter steht und warum sie Veganerin ist und warum sie keine Donuts isst.

Man muss all diese Dinge wissen, sonst könnte man genauso gut irgendeine andere Hochzeit planen. Whitney gefiel es nicht, wenn ich diese Grenze überschritt. Doch Whitney ist auch nicht diejenige, die Ideen wie Gold aus Stroh spinnen kann.

Im Kopf höre ich Elliots Stimme. Etwas, was er mir vor zweieinhalb Jahren gesagt hat, das ich verdrängt habe – von dem ich wollte, dass er mich damit in Ruhe lässt.

Vielleicht hat Whitney wirklich dafür gesorgt, dass keiner ihrer Lieferanten am 7. Oktober verfügbar ist. Ich weiß nicht, warum sie so etwas tun sollte, aber vielleicht hat sie es getan. Und vielleicht heißt das, dass ich nicht mehr auf ihre Art professionell sein muss.

Ich hole mein Handy heraus und rufe Jackie an.

»Hi, Ama!«

Ihr Enthusiasmus ist echt süß. Sie glaubt wirklich, dass ich eine derart gigantische Hochzeit auf die Beine stellen kann. Und vielleicht hat sie verdammt noch mal recht.

»Ich sitze gerade im Rose Garden. Hast du Zeit?«

Eine Viertelstunde später treffe ich mich mit Jackie. Die Straßenlaternen um den Park gehen allmählich an, und die Hunde aus der Nachbarschaft werden zu ihrem Abendspaziergang ausgeführt. Als sie auf mich zukommt, hüpft sie vor Vorfreude, als würde ich gleich einen Zauber wirken und ihr all ihre Wünsche erfüllen.

Sie setzt sich neben mir ins Gras, und ich frage: »Warum der Rose Garden?«

»Meine Güte«, murmelt sie und denkt darüber nach. »Dort drüben haben wir früher Fußball gespielt.« Sie deutet zur anderen Seite des Parks. »Und an den Wochenenden fanden manchmal Hochzeiten statt. Ich glaube, ich wollte schon immer hier heiraten.«

Ich nicke und spiele gedankenverloren an meiner Kette herum. »Also verbindest du nostalgische Gefühle damit. Es erinnert dich daran, als du jung warst und von deiner Hochzeit geträumt hast.«

»Ja. O mein Gott.« Ihre Augen werden groß. »Ist das albern? Ist das kein guter Grund?«

»Hör auf!« Ich lache und stoße sie leicht mit dem Ellbogen an. »Natürlich ist das ein guter Grund. Davon hast du geträumt. Ich versuche nur, mir Jackie und Hazel im Rose Garden vorzustellen, wie die zwölfjährige Jackie es getan hat.«

Ich stehe auf und helfe ihr hoch. Zusammen schlendern wir den Weg entlang, über den wir schon so viele Bräute haben schreiten sehen. Die Hochzeitsgesellschaft wird zu beiden Seiten des Haupteingangs stehen. Doch ich kann es mir immer noch nicht richtig vorstellen. Und ich glaube, Jackie spürt mein Zögern.

»Was ist los?«, fragt sie zaghaft.

»Du und Hazel seid etwas ganze Besonderes. Nicht nur, weil sie berühmt ist, sondern weil ihr beide absolut bezaubernd seid. Darum will ich den Rose Garden genauso zeigen, aber das ist schwierig. Ganz zu schweigen davon« – ich mache eine ausladende Geste, die den gesamten Park einschließt –, »dass hier nie im Leben zweihundert Leute reinpassen.«

Dieser Gedanke geistert mir schon eine Weile im Kopf herum. Obwohl bis zu zweihundert Leute im Rose Garden zugelassen sind, passen nur etwa hundert hinein, ohne dass einigen von ihnen die Sicht versperrt wird. Ich lasse meinen Blick über den gesamten Park und die verkehrsreiche Straße schweifen, die ihn umgibt. Das ist das andere Problem. Im Rose Garden hört man immer ein Hupen mitten im Hochzeitsvideo.

Da kommt mir plötzlich eine Idee. Bei anderen Hochzeiten im Rose Garden hatte ich nie so viel Geld zur Verfügung. So ein Budget hatte ich seit über drei Jahren nicht mehr. Wenn man Geld hat, kann man unkonventionell denken.

»Was, wenn der Altar dort drüben wäre?« Ich zeige zur anderen Seite des Parks, wo die Gäste für gewöhnlich sitzen.

»Okay …« Jackie stellt sich neben mich. »Wo sind alle anderen?«

»Wie wäre es, wenn …« Ich hole tief Luft. Ich weiß, das ist ein bisschen verrückt. »Wie wäre es, wenn wir diesen ganzen Teil des Parks für die Hochzeit reservieren? Wir lassen die Straße absperren und engagieren Sicherheitsleute, die in der Umgebung nach dem Rechten sehen.« Als ich mich ihr zuwende, haben ihre Augenbrauen fast ihren Haaransatz erreicht. »Ihr wollt doch einen Showstopper. Dann lasst uns die Stadt stoppen.«

Ich sehe den Moment, in dem ihr klar wird, dass ich das, was ich da vorschlage, in die Tat umsetzen kann. Sie blinzelt ins rasch schwindende Sonnenlicht und sagt: »Das … das ist phantastisch. Damit hätten wir das Problem mit dem fehlenden Platz gelöst.«

Jetzt kommen mir immer mehr und mehr Ideen. Ich drehe mich zu einem der Häuser an der Straße um. »Dieses zweistöckige Gebäude dort drüben ist ein Airbnb. Wir können es für das Wochenende buchen und die Hochzeitsgesellschaft dort unterbringen. Wenn es Zeit ist, Hazel zum Altar zu rufen, kann sie dort entlanglaufen« – ich deute auf den Weg, der um den Park herumführt – »und du kommst direkt aus dem Haus über die abgesperrte Straße zum Altar. Ihr werdet beide aus entgegengesetzten Richtungen zum Altar geführt und trefft euch in der Mitte.«

Ihre Finger legen sich an ihre Lippen, und ihr Blick folgt dem Pfad, den ich vorgegeben habe. »Kannst du das wirklich tun? Die Straße absperren lassen?«

»Es wäre nicht das erste Mal. Das wird nicht billig, aber wir haben genug Geld. Ich will nicht zu anspruchsvoll …«

»Sei ruhig noch anspruchsvoller«, schnaubt sie. »Was ist mit dem Empfang?«

»Ich denke immer noch, dass der woanders stattfinden sollte. Die Autos, mit denen die Gäste hergebracht werden, könnten auf dieser Seitenstraße parken. Wir könnten …« Ich unterbreche mich. Ich fürchte, ich rede zu schnell, doch Jackie hängt an meinen Lippen. »Wir könnten etwas im selben Stil machen. Eine Guerilla-Hochzeit – aber natürlich mit Genehmigung. In Midtown gibt es eine Menge verlassener Gebäude. Und bevor du Protest einlegst …«, sage ich, doch sie ist ganz aus dem Häuschen.

»Es gibt eins neben dem Weatherstone, dem Café, wo wir uns getroffen haben. Dort habe ich früher Ballettunterricht genommen.«

Ich halte einen Finger hoch. »Okay. Wir kommen noch darauf zurück, dass du sowohl eine Ballerina als auch eine Fußballspielerin warst, aber erst mal: Wenn es neben dem Weatherstone ein verlassenes Tanzstudio gibt, dann rufe ich gleich morgen bei der Stadt an, um sicherzustellen, dass es nicht abrissreif ist. Das Gebäude links vom Weatherstone?«

»Ja! In dem Studio fanden früher die Proben für den *Nussknacker* statt, also passt vermutlich die gesamte Gästeliste rein. Hohe Decken und so. Wir haben uns damals oft aufs Dach geschlichen, und das Gebäude war mindestens drei Stockwerke hoch.«

Das muss ich mir merken. Eine Hochzeitslocation auf einem Dach in der Innenstadt von Sacramento? Der Traum eines jeden Hochzeitsplaners.

Ich verkneife mir ein Grinsen, während ich mich auf der Straße umsehe. »Weißt du was? Eigentlich ist das gut zu Fuß erreichbar, aber … wir könnten etwas echt Süßes beim Transport der Gäste zum Empfang machen, zumal die Straße ohnehin abgesperrt wird.«

»Schenkst du mir eine Pferdekutsche zur Hochzeit, Ama?« kreischt Jackie, und ich fasse sie an den Schultern und schüttle sie.

»Ich fasse es nicht, dass du meine total aufregende Idee geklaut hast! Wie kannst du nur?«

Sie lacht und umarmt mich überschwänglich. Meine Gedanken rasen, so viel muss ich noch organisieren und genehmigen lassen, aber über all dem steht das Wissen, dass, was immer ich mir erträume … tatsächlich realisierbar ist. Denn Elliot Bloom arbeitet daran.

Endlich freue ich mich richtig auf die Hochzeitsplanung. Morgen kann gar nicht früh genug kommen.

10

ELLIOT

Drei Jahre, fünf Monate, eine Woche und einen Tag zuvor

Ich bin süchtig nach meinem Handy. Irgendwann werden wir Selbsthilfegruppen dafür haben – unsere Rücken gebogen wie Croissants, ein Zucken im Daumen von dem dringenden Bedürfnis zu wischen, alle geblendet von dem blauen Licht.

Vor zehn Minuten habe ich ein Bild von einem Traubogen gepostet und schon checke ich Twitter, um zu sehen, ob Instagram kaputt ist. Nach fünf Minuten bekomme ich endlich ein paar Likes. Da mein Selbstwert nun untrennbar mit diesem Bild verbunden ist, grüble ich darüber nach, erst es und dann mich selbst zu löschen.

Das Ladentelefon klingelt, und ich bin heilfroh, auf andere Gedanken gebracht zu werden.

»Hallo«, murmle ich.

»Ist das dein Ernst? Lösch das sofort.«

Ich erkenne die Stimme wieder. »Emma Torres?«

»Du weißt genau, dass ich Ama – ach, vergiss es. Das ist das Hässlichste, was ich je gesehen habe. In der Ecke von dem Bild kann man einen Düngersack sehen.«

Hastig fische ich mein Handy aus der Hosentasche und öffne Instagram. Verdammt. Ich bin kein bisschen besser als mein Vater.

»Ja, es ist wohl nicht besonders gut.« Wehmütig tippe ich auf den Löschen-Button.

»Also, der Bogen an sich ist total schön. Sind das Hortensien?«

Ich sehe zu, wie das Bild mit seinen vier Likes verschwindet. Ihr Kompliment löst ein eigenartig wirbliges Gefühl in meiner Brust aus. »Ja. Hortensien und weiße Rosen. Nichts Besonderes. So was wurde doch schon tausendmal gemacht.«

»Nicht von dir«, schnaubt sie, als sei mir irgendwas Offensichtliches entgangen. »Was machst du heute Nachmittag?«

Das wirblige Gefühl in meiner Brust hört auf, und plötzlich vibriere ich am ganzen Körper. Mein Mund öffnet sich wie von selbst, um »rein gar nichts« zu antworten, doch ich kann mich gerade noch zurückhalten. »Der Laden …« Ich räuspere mich. »Wir haben bis fünf geöffnet, aber danach …«

Ich lasse den Satz unbehaglich in der Luft hängen, doch sie springt ein: »Cool. Ich komme um zwei vorbei. Mach bloß nichts mit dem Traubogen!«

Dann legt sie auf. Eine tiefe Scham ergreift mich – wie konnte ich auch nur vorschlagen, uns nach Ladenschluss zu treffen? Sie bringt wahrscheinlich ein Pärchen vorbei, um ihnen den Traubogen zu zeigen. Ich gehe ins Hinterzimmer und fange an aufzuräumen, verstaue die Säcke mit Erde und Dünger im Schrank. Leider riecht man, dass ich stundenlang geschuftet habe, also schließe ich den Laden um die Mittagszeit für zehn Minuten, laufe zu dem rund um die Uhr geöffneten Fitnessstudio, in dem ich Mitglied bin, und dusche schneller als je zuvor. Zum Glück habe ich ein Ersatzshirt im Kofferraum meines Autos. Zwar ist es ein bisschen zerknittert, aber es riecht nicht, als habe ich gerade vier Stunden einen aufwendig gestalteten Traubogen gebaut, nur um innerhalb einer Stunde sowohl von Instagram als auch von Ama Torres eine Abfuhr zu bekommen.

Um Punkt zwei Uhr öffnet sich die Tür, und ich tue so, als hätte ich nicht darauf gewartet. Ich drehe mich um, um Ama mit meinem üblichen grimmigen Gesichtsausdruck zu begrüßen, doch stattdessen erscheint das schönste Mädchen, das ich je gesehen habe. Sie ist groß und langgliedrig, mit dunklen Haaren und großen Augen. Ein Mädchen, dem alle Jungs hinterherhecheln, aber ich habe vor langer Zeit entschieden, dass so ein Mädchen nichts für mich ist. Ich hechle nicht gerne.

Ama schiebt sich an ihr vorbei, und selbst in High Heels wirkt sie auffallend klein neben dieser Frau. Unsere Blicke begegnen sich, und obwohl ich beim Anblick der rosa Schachtel in ihrer Hand die Stirn runzle, lächelt sie mich strahlend an, so dass ihre Wangen süße kleine Kreise bilden. Sie fährt sich durch die Haare, die ihr in sanften Wellen über die Schultern fallen.

Meine Finger zucken, so gern würde ich sie berühren.

»Hi!«, begrüßt mich Ama fröhlich. »Das ist Mar. Mar, das ist Elliot Bloom. Ihm gehört das Blooming.«

Mar tritt mit einem Lächeln auf ihren vollen Lippen vor und schüttelt mir die Hand. Gerade als ich fragen will, ob sie es ist, die heiratet, sagt Ama: »Ich finde, du solltest auch ein Foto vom Eingangsbereich machen.« Sie streicht mit der Hand durch die Luft, als würde sie ein Landschaftsgemälde malen.

Mar nickt und greift in ihre Tasche. »Klar. Wir können ein paar schöne Bilder machen.« Sie holt eine Kamera heraus.

Verwirrt sehe ich zu, wie Ama zur Theke geht, die Donutschachtel ablegt und sich einen mit Schokolade nimmt, bevor sie im Hinterzimmer verschwindet. »O mein Gott, wow«, murmelt sie mit vollem Mund, während Mar das Objektiv anbringt und durch die Reihen von Blumensträußen schlendert.

Mein Mund öffnet und schließt sich wieder. Ich folge Ama ins Hinterzimmer, wo sie mit ihrem Donut auf den Boden krümelt.

»Iss nicht hier drin. Sonst hab ich bald eine Käferplage.«

»Ja, das ist echt schön«, sagt sie, beißt erneut in ihren Donut und ignoriert mich. »Mar wird noch ein paar Sachen aus ihrem

Auto holen müssen, aber das wird großartig. Vielleicht können wir ihn auf den Parkplatz stellen. Gibt es dort einen Zaun? Ich kann mich nicht erinnern.« Ohne eine Antwort abzuwarten, geht sie zur Seitentür.

»Was geht hier vor? Wer ist Mar?«

Sie dreht sich mit einem strahlenden Lächeln zu mir um. »Meine Schwester! Na ja, meine Ex-Stiefschwester. Sie ist Fotografin.« Damit verlässt sie den Laden, als hätte sie all meine Fragen beantwortet. Die Tür schließt sich hinter ihr, während sie irgendetwas über den Parkplatz vor sich hinmurmelt, und als sie versucht, sie wieder zu öffnen, bin ich kurz versucht, ihr nicht aufzumachen. Sie klopft auf diese nervige Bugs-Bunny-Art, und ich verdrehe die Augen.

Als ich die Tür aufschließe, drängt sie sich an mir vorbei, ohne Danke zu sagen, und ruft nach Mar.

Ich stehe untätig in der Ecke, während die beiden herumlaufen, Blumentöpfe neu arrangieren, den Papierkram von der Theke räumen und Belichtungs-Equipment und Leinwände hereinbringen. Die beiden brauchen mich gar nicht, bis es an der Zeit ist, den Traubogen auf den Parkplatz zu bringen. Ama versucht, die eine Seite hochzuheben, doch ich schüttle den Kopf und trage ihn allein hinaus. Sie hält mir die Tür auf, und als ich an ihr vorbeikomme, bin ich froh, dass ich so viel Zeit damit verschwendet habe zu duschen. Sie riecht wundervoll.

Mar kommt zu mir herüber, um mir ein paar Fotos von dem Traubogen zu zeigen, und ich muss zugeben, dass sie um einiges besser aussehen als meins. Professionell. Sie sucht in meinem Gesicht nach Anzeichen, was ich davon halte, und ihr Blick schweift zu meinem Mund, meinem Kragen. Sie ist mir sehr nah, und ich weiche einen Schritt zurück.

»Hey!« Ama erscheint vor uns. »Lass uns ein Foto von Elliot an der Theke machen, vor dem Ladenschild.«

Ich runzle die Stirn. »Warum?«

»Das kannst du auf deiner Website posten! Oder auf Instagram«, sagt sie und geht wieder rein. Dabei murmelt sie leise vor sich hin: »Mein Gott, das würde dir bestimmt eine Menge Follower einbringen …«

Ich starre grimmig zu Boden, während ich Mar die Tür aufhalte, und überlege, was sie damit meint. »Ich werde kein Bild von mir mit einer Blume in der Hand auf Instagram posten!«, rufe ich Ama nach. Sie steht schon an der Theke und stibitzt eine Orchidee, die sie neben der Kasse zur Schau stellt.

»Ach, komm schon, du darfst auch die Arme verschränken und grimmig dreinschauen«, sagt sie, und ich lasse die Arme sinken. »Elliot, du wärst überrascht, wie viele Leute gerne den Mann sehen würden, der all diese wunderschönen Blumenarrangements gemacht hat. Und du siehst heute so gut aus.«

Den letzten Teil sagt sie so schnell und beiläufig, dass ich kaum Zeit habe, ihre Worte zu verarbeiten, bevor sie mich hinter die Theke zerrt, unter das alte Holzschild, das mein Dad selbst bemalt hat. Meine Arme hängen unbeholfen herunter, und plötzlich fühle ich mich in meine Schulzeit zurückversetzt, wo ich auf jedem Foto ganz hinten stehen und mir anhören musste, ob ich denn nicht ein bisschen weniger seltsam lächeln könnte.

Ama steht auf der anderen Seite der Theke und mustert mich nachdenklich. »Stütz dich auf den Tresen.« Sie zeigt mir, wie, legt die Hände auf den Tresen und stützt sich mit ihrem ganzen Gewicht darauf. Sie sieht lächerlich aus, wie eine wütende Maus. Doch als ich es ihr gleichtue, streckt sie die Hand nach mir aus und streicht mir ein paar Strähnen in die Stirn. Wie gebannt starrt sie die Welle schwarzer Haare an, während sie sie zwischen den Fingern zwirbelt, und ich kann nicht glauben, wie nah sie mir ist. Erst beim zweiten Klicken wird mir klar, dass Mar bereits Fotos macht. Ich wende den Blick von Amas hochkonzentriertem Gesicht ab und sehe ein amüsiertes Glitzern in Mars Augen, das mir gar nicht gefällt.

»Krempel die Ärmel hoch.«

Ich wende mich wieder Ama zu. Sie stellt die Bewegung pantomimisch dar, als würde ich die Sprache nicht verstehen.

»Warum?«

»Damit wir deine Tattoos sehen können.«

Ich zögere. »Ich bedecke sie absichtlich, damit konservativere Kunden keine Vorurteile gegen mich haben.«

Ama schnaubt. »Vertrau mir, wir wollen eine ganz andere Zielgruppe anlocken.« Ihr Ton ist verschwörerisch, als würden wir ein Geheimnis teilen, das sie mir nicht verrät. Hinter ihr sieht sich Mar lachend die Bilder auf dem Display ihrer Kamera an.

Ich kremple die Ärmel hoch, und Amas Blick senkt sich auf das Tattoo an meinem rechten Arm. »Was für eine Blume ist das?«

Langsam nervt mich das Ganze, also sage ich nur: »Schlag es nach.«

Sie schenkt mir ein strahlendes Lächeln; runde Wangen, weiße Zähne. Dann beißt sie sich auf die Unterlippe, und ich höre noch ein Klicken.

Ich sehe zu Mar auf, die an der Theke lehnt, und Ama gesellt sich zu ihr. »Ich werde nicht lächeln«, stelle ich klar.

»Es würde mir nicht im Traum einfallen, dich darum zu bitten«, sagt Mar mit einem Grinsen.

Sie macht ein paar Fotos. Die beiden diskutieren über die Belichtung, dann geht Ama zu den Fenstern und lässt die Rollläden runter. Ich wünschte, das Telefon würde klingeln oder ein Kunde hereinkommen. Mar zeigt Ama eins der Fotos, und sie tuscheln kichernd.

Fuck. Ich bin wirklich zurück an der Highschool.

»Sind wir fertig?«

Sie blicken beide zu mir auf, vielleicht schockiert von meinem Ton. Mar erholt sich als Erste. »Jepp! Ich schicke dir die Bilder per Mail, und dann sollte ich schnell zur Apotheke rüberlaufen.«

»Oh, okay. Soll ich mitkommen?« Ama nimmt sich eine meiner Visitenkarten von der Theke und diktiert Mar die E-Mail-Adresse.

»Nein, nein, nicht nötig«, sagt Mar, und ihr Mundwinkel zuckt. »Warum hilfst du Elliot nicht bei der Entscheidung, welches er zuerst hochlädt?«

Ich ziehe meine Ärmel wieder runter und helfe Mar schweigend, ihr Belichtungs-Equipment einzupacken, während die beiden fröhlich plaudern. Als ich von Mars Auto zurückkomme, in dem ich alles verstaut habe, sitzt Ama auf der Theke und sieht sich die Bilder auf ihrem Handy an. Sie hat die Beine überschlagen, und ihr Kleid ist ihre Oberschenkel hochgerutscht.

»Runter von der Theke«, sage ich schroff, doch sie springt ohne Widerrede herunter und landet anmutig wie eine Katze, den Blick immer noch auf ihr Handy gerichtet.

»Ich hab euch die Bilder geschickt«, verkündet Mar. »Ama, ich bin in zehn bis fünfzehn Minuten wieder da.«

»Was schulde ich dir?«, frage ich Mar.

Sie sieht mich verwundert an. »Ach, nein, schon gut. Hat Spaß gemacht. Sag Ama einfach, sie soll mich in den Posts als Urheber taggen.«

Dann ist sie weg.

Und ich bin mit Ama allein.

»Okay, wir haben hier locker genug für zwei Wochen täglicher Posts.«

Ich drehe mich zu ihr um. Sie lehnt am Tresen, die Beine an den Fußgelenken überkreuzt.

»So konsequent bin ich nicht.«

Sie wedelt mit ihrer freien Hand, ohne den Blick von den

Fotos abzuwenden. »Erstell einfach eine Galerie und besorg dir ein paar Follower. Der Rest ergibt sich von selbst. Als Erstes würde ich gern ein Bild von dem Traubogen posten, damit ich es ein paar meiner Kunden schicken kann.«

Ich nicke. Ich stehe immer noch in der Tür. Es kommt mir fast vor, als wäre sie die Besitzerin und ich der Kunde, so wohl fühlt sie sich offensichtlich in meinem Laden. Da ich nichts Besseres zu tun habe, gehe ich ins Hinterzimmer, um mich zu vergewissern, dass alles an seinem Platz ist.

Während ich die Sachen, die sie umgeräumt haben, wieder richtig hinstelle, ruft sie mir von der Tür aus zu: »Okay, ruf deine Mails ab.«

Seufzend hole ich mein Handy heraus und öffne die Mail von Mariana Jaswal.

»Lad das gesamte Album runter, dann helfe ich dir, es zu posten.«

»Ich weiß, wie man etwas auf Instagram postet«, erwidere ich ungehalten.

Sie stößt ein Schnauben aus. Es ist irgendwie süß. Ich hasse es. »Nicht wirklich, nein.«

Ich lade die Bilder runter, öffne Instagram und reiche ihr mein Handy. Was sich sofort wie ein Fehler anfühlt. Sie zeigt mir, welche Filter und Hashtags ich benutzen sollte, und wie ich Mar als Urheberin angebe, doch das hätte sie sich auch sparen können, denn als Nächstes plant sie noch zehn weitere Beiträge auf dieselbe Art. Über ihre Schulter sehe ich das Bild von mir an der Theke.

»Nicht das.«

Sie sieht mich zum ersten Mal seit fast zehn Minuten an. »Warum nicht?«

Ich bin ihr nah genug, dass ich erkennen kann, wo das Dunkelbraun ihrer Iris auf ihre schwarzen Pupillen trifft.

»Es ist lächerlich«, sage ich und greife nach meinem Handy.

Sie zieht es schnell weg. »*Du* bist lächerlich. Hey, was für eine Blume ist das?« Sie zeigt auf das Foto, auf dem mein rechter Arm entblößt ist.

»Eine Franklinie. Ein Franklinbaum, benannt nach Benjamin Franklin.« Meine Hand greift wie von selbst nach meinem Ärmel, obwohl er bereits heruntergezogen ist.

»Bist du etwa ein Ben-Franklin-Fanboy? Oder …?«

Ich sehe ruckartig zu ihr auf. »Was zur Hölle ist ein Ben-Franklin-Fanboy?«

Sie zuckt die Achseln. »Sag du es mir! Lässt du Drachen steigen, wenn es gewittert? Bezahlst du nur mit Hundert-Dollar-Scheinen?«

»Die Franklinie«, unterbreche ich sie, »ist in der Wildnis ausgestorben.«

Ihre Augen funkeln. »Dann lässt du dir Blumen eintätowieren, die du nie sehen wirst?«

Mein Mund öffnet sich, um ihr zu widersprechen, bevor ihre Worte zu mir durchdringen – bevor ich höre, wie leicht sie es erklärt hat. Ich schlucke, ohne ihre Vermutung zu bestätigen oder abzustreiten.

»Wie viele hast du?«

»Was?« Meine Stimme ist rau.

»Tattoos.«

»Sechs.« Sie mustert mich, sucht nach Hinweisen, wo sie sich befinden könnten. Das Blut, das mir ins Gesicht gestiegen ist, sackt ab, und ich räuspere mich. »Hast du auch welche?«

Sie schüttelt den Kopf. Auf ihren Lippen liegt ein sanftes Lächeln, und ihre Augen sind aus der Nähe unfassbar groß. »Aber ich wollte schon immer eins. Wo sollte ich es mir stechen lassen?«

Ich kann meinen Herzschlag in meinen Fingerspitzen spüren. Es erfordert sehr viel Selbstbeherrschung, mich davon abzuhalten, ihren Körper zu scannen, wie sie meinen gescannt hat. Meine Kehle ist staubtrocken, als ich frage: »Wo möchtest du es haben?«

Ihre Wimpern flattern so schnell, dass ich nicht sicher bin, ob ich es mir nur eingebildet habe. Ich habe das Gefühl, als wäre sie näher gekommen, aber ich habe keine Bewegung wahrgenommen.

»Vielleicht könnte mich jemand von einer Blume überzeugen.« Ihre Stimme ist leise. Die Vokale rund und langgezogen.

»Du bist doch eine Blume.« Sobald die Worte aus meinem Mund sind, bereue ich es. Das ist nicht geschmeidig. Nicht sexy.

Doch auf ihrem Gesicht blüht ein Lächeln auf. »Ich bin eine Blume«, stimmt sie mir zu. Einen kurzen Moment schaut ihre Zunge zwischen ihren Zähnen hervor, und sie muss es wissen. Madison Bailey muss ihr dazu geraten haben. Sie muss wissen, dass ich ihren Mund anstarre und schon allein von dem Anblick steif werde. Dass ich mich nur mit größter Mühe davon abhalten kann, ihr noch näher zu kommen.

Die Glocke über der Ladentür reißt mich aus meiner Trance, als würde mir jemand Eiswasser über den Rücken kippen. »Ama?« Mar ist zurück.

Ama tritt einen Schritt zurück – vielleicht ist sie mir wirklich näher gekommen –, und ich fahre mir durch die Haare, ziehe fest daran, um mich zu erden.

»Ja, wir planen gerade ein paar Beiträge!«, ruft sie zurück, tippt eine Bildunterschrift für das Foto von mir an der Theke ein, drückt auf *Planen* und reicht mir mein Handy zurück. Es ist warm. »Merk dir meine Worte: Für dieses Bild wirst du mehr Likes bekommen als je zuvor.«

Ich runzle die Stirn, und sie grinst mich an.

»Ich werde meinen Kunden das Bild von dem Traubogen schicken, und hoffentlich können sie bald vorbeikommen.« Sie geht rückwärts zur Tür und winkt mir zum Abschied zu. »Ich ruf dich an!«

Endlich kann ich wieder atmen, und ich höre die beiden tuscheln, als die Glocke erneut klingelt und die Tür sich hinter ihnen schließt. Mein Handy leuchtet auf. Das Bild, das sie gepostet hat, hat bereits hundert Likes. Und ich habe zwanzig neue Follower.

Den Rest des Tages hantiere ich im Laden herum, und zwischen Telefonbestellungen und Kundenbesuchen sehe ich mir die Bilder an, die Mar mir geschickt hat.

Sie hat auch das Foto angehängt, auf dem Ama mit meinen Haaren spielt. Ihr Körper reckt sich mir entgegen, um meinen Kopf zu erreichen, und beugt sich über den Rand der Theke. Ihr Kleid ist hochgerutscht und legt sich perfekt um ihren Hintern. Sie trägt schwarzen Nagellack, den ich gar nicht bemerkt habe, doch er passt perfekt zu meiner Haarfarbe.

Ich bin so auf sie konzentriert, dass ich dreimal hinschauen muss, bevor ich mich selbst sehe – wie fasziniert ich sie anstarre. Begierig.

Und Mar hat Ama bei all diesen Bildern ins CC gesetzt. Stöhnend vergrabe ich das Gesicht in den Händen.

Fuck.

11

AMA

April

Jetzt, da ich mit Jackie geredet habe, nimmt die Hochzeitsgestaltung rasch Form an. Durch die Idee einer luxuriösen Hochzeit in einem verlassenen Gebäude habe ich plötzlich eine klare Inspiration: eine Mischung aus Luxus und rustikalem Flair – mit einer Unmenge an Blumenarrangements.

Sobald Hazel nächste Woche herfliegen kann, um sich unsere Ideen für den Rose Garden und das ehemalige Tanzstudio anzusehen, können wir loslegen. Ich habe schon einen Freund im Stadtbüro angerufen, um zu fragen, wie unerhört es wäre, die Straße sperren zu lassen. Ziemlich unerhört, meinte er, aber machbar.

Heute steht eine Tortenkostprobe an, und ich hoffe, dass ich die Besitzerin der Bäckerei mit Schmeicheleien dazu bringen kann, noch eine Hochzeit am 7. Oktober zu übernehmen. Das Hochzeitspaar sind Michelle und Mitch. Er hat ihr bei einer Sauftour in Las Vegas einen Antrag gemacht, aber was ich an ihnen liebe, ist, dass sie danach durchs MGM Grand Hotel gerannt sind und allen erzählt haben, dass sie nicht noch am selben Abend heiraten konnten – Mitch bestand darauf, dass Michelles Vater sie zum Altar führen würde. Sie gingen sogar so weit, Bauarbeiter zu fragen, wo die Kapelle lag, damit sie sich davon fernhalten konnten.

Ja, die beiden werden ihr Glück finden. Ich habe als Witz vorgeschlagen, dass sie ihre Flitterwochen in Las Vegas verbringen könnten, aber sie fanden die Idee großartig und warfen ihre Hawaii-Broschüren weg.

Es wäre gelogen, wenn ich behaupten würde, dass der Tortenprobiertag nicht mein Lieblingstag ist. Ich bin nun mal eine Naschkatze, und das ist der Hauptgrund, warum ich Hochzeitsplanerin geworden bin. Michelle und Mitch entscheiden sich für die dreistöckige Buttercremetorte, und ich regle alles mit der Besitzerin der Bäckerei.

»Betty, kann ich noch mal nach dem 7. Oktober fragen?«, frage ich und senke die Stimme. »Ich weiß, du hast an dem Tag schon … ich glaube, du meintest vier Hochzeiten für Whitney?«

»Hm, sie sind nicht alle für Whitney, aber es tut mir leid, Ama. Für den Tag sind wir ausgebucht.«

Ich ringe mir ein Lächeln ab und bedanke mich bei ihr, aber jetzt habe ich die Bestätigung, dass Whitney mir entweder eine falsche Liste gegeben oder mir absichtlich die besten Lieferanten weggeschnappt hat. Doch ich weiß nicht, was ich mit dieser Information machen soll. Sie schadet sich nur selbst, wenn sie die Termine letztlich wieder absagen muss.

Als ich mit Michelle und Mitch fertig bin, sehe ich, dass ich eine neue Nachricht in meiner Gruppe mit Hazel und Jackie habe.

> Ama, du erinnerst dich doch an den Brunch bei Jackies Eltern am Tag vor der Hochzeit? Dafür sollten wir auch Blumen besorgen, oder?

Ich sitze in meinem Auto draußen vor der Bäckerei, sehe zu, wie die Autos an mir vorbeirauschen, und überlege, ob ich ihn anrufen oder eine Mail schreiben soll.

Ich bin ein Feigling, also entscheide ich mich für eine Mail.

Elliot,
Hazel ist nächste Woche in der Stadt, um bei der Hochzeitsplanung zu helfen. Können wir uns im Laden treffen, um endgültig festzulegen, welche Blumen wir nehmen?
Außerdem findet am Tag vor der Hochzeit (Freitag, den 6. Oktober) ein Brunch bei Jackies Eltern statt. Es soll ein Hochzeits-Event mit vollständigem Design werden.
Hier eine Zusammenfassung:

- Zeremonie
- Empfang
- Probeessen
- Brunch
- Vorschlag zum Transport der Gäste
- mögliche Unterbringung (Airbnb/Hotel)

Ich werde all die Besichtigungen so bald wie möglich einplanen. Nächste Woche ist Jackies und Hazels Terminkalender noch frei.
Wenn du noch irgendwas von mir brauchst, melde dich gerne.
Viele Grüße
Ama

Beim Blick auf die Liste anstehender Aufgaben wird mir schwindlig. Nicht weil es viel Arbeit ist; das ist der spaßige Teil. Sondern weil es keinen sicheren Ort gibt, an dem ich mich in den nächsten sechs Monaten vor Elliot verstecken kann.

Seine Antwort ist kurz und knapp.

Dienstag, 10 Uhr.

Man sollte meinen, nachdem ich unser letztes Treffen überstanden habe, wäre ich besser auf Dienstag vorbereitet.

Als ich mich dafür fertigmache, schmiere ich mir fast Lippenstift auf die Wimpern.

Und auch nachdem ich erfolgreich Mascara aufgetragen habe, geht es weiter bergab. Ich sitze schon im Auto, als mir einfällt, dass ich vergessen habe, Lady Cat-ryn zu füttern. Als ich wieder reingehe, um ihr ein Schälchen hinzustellen, hat sie schon die Vase frischer Blumen von der Küchentheke geworfen.

Mit peitschendem Schwanz und katzenhafter Verachtung starrt sie mich an, und ich reiße kopfschüttelnd den Deckel ihres Katzenfutters ab und lasse es auf der Küchentheke stehen. Soll sie es sich doch selbst holen.

Nachdem ich die Sauerei so gut wie möglich beseitigt und mich wieder ins Auto gesetzt habe, geht jede einzelne Warnleuchte an – noch mehr als üblich. Anscheinend habe ich einen Platten, ich brauche dringend einen Ölwechsel, und die Scheibenwischerflüssigkeit geht zur Neige. Das einzig Gute ist die Anzeige, dass mein Benzintank noch halb voll ist, aber selbst das ist mehr als fragwürdig, denn gleichzeitig blinkt die Benzin-Warnleuchte. Als auch noch der Motor tuckert, überlege ich, wie gefährlich es wäre, zwanzig Straßenblocks in einem Auto zu fahren, das offensichtlich aus dem letzten Loch pfeift.

Ich blicke zum Himmel hoch. Keine Regenwolken in Sicht. Also nehme ich meine Tasche und hoffe, dass ich es in fünfzehn Minuten zu Fuß schaffe, aber vielleicht ist das Ganze auch ein Segen. Ich komme nie zu spät, aber bei der Vorstellung, zu früh zu kommen und mit Elliot allein zu sein, erscheint mir die mögliche Verspätung halb so schlimm.

Der Frühling in Sacramento ist herrlich, wenn auch nicht zuträglich für Allergiker. Es wird nicht umsonst The City of Trees genannt. An jeder Straße wimmelt es von Bäumen in leuchtendem Orange, Grün und Rot – und ihren Pollen. In zügigem Tempo laufe ich auf meinen acht Zentimeter hohen Pfennigabsätzen die J Street hinunter und ignoriere die seltsamen Blicke, die mir Passanten zuwerfen, und das Hupen, das nichts mit dem Verkehr zu tun hat.

Elliot hat mich immer wegen meiner hohen Absätze aufgezogen. Als er mich ohne sie sah, musste er zugeben, dass ich wirklich klein bin und dass ich deutlich imposanter bin, wenn ich sie anhabe. Natürlich trug ich zu dem Zeitpunkt flauschige Froschsocken, also gab es viel Luft nach oben.

Es ist zwei Minuten vor zehn, und ich bin noch drei Straßenblocks entfernt. Ich schicke Hazel und Jackie eine Nachricht, dass ich mich etwas verspäte, dann drücke ich auf den Ampelknopf. Der Schweiß, der sich auf meinem Rücken und unter meinen Achseln sammelt, gefällt mir gar nicht. Und es gefällt mir auch nicht, dass meine Kopfhaut feucht ist und die Strandlocken versaut, mit denen ich mir so viel Mühe gegeben habe. Ich kann von Glück sagen, dass ich wenigstens keinen Lip Gloss auf den Wimpern habe, als ich endlich im Blooming ankomme.

Ich bin verschwitzt. Und völlig außer Atem. Wenn ich meinem Fixierspray von Hazel Renee nicht vertrauen würde, würde ich noch schnell mein Make-up überprüfen, bevor ich die Tür öffne, doch so hält mich nichts auf.

Die Glocke über meinem Kopf klingelt, und ich hoffe, ich kann mich einfach reinschleichen, während die drei über Farben und Gestecke diskutieren, doch im Laden ist alles still. Ich sehe zur Theke, und dort ist er, starrt mit grimmigem Blick auf die Zeitung von heute hinunter und beachtet mich gar nicht.

Mein Herz setzt einen Schlag aus. Habe ich mir das Datum falsch gemerkt? Habe ich vergessen, die Uhr umzustellen? Ich hole mein Handy heraus und sehe, dass Jackie mir geantwortet hat: wir sind auch spät dran. keine sorge! sind in 10 min da.

Das war vor vier Minuten. Bleiben noch sechs. Sechs Minuten, die ich in der Apotheke gegenüber hätte verbringen können oder die Straße entlangwandernd wie ein streunender Hund. Doch jetzt bin ich sechs Minuten allein mit Elliot.

»Sie sollten gleich da sein«, sage ich.

Er blättert um, ohne mich auch nur eines Blickes zu würdigen. Kurz überlege ich, draußen zu warten, aber stattdessen atme ich tief durch und sehe mir die Blumen im Schaufenster an. Eingetopfte Lilien und Frühlingskränze – immer ein Bestseller –, aber auch große Sträuße in hohen Vasen. Sonnenblumen und orangefarbene Ringelblumen, weizenartiges Pampasgras und altrosa Rosen, scharlachrote Chrysanthemen und rostrote Calla-Lilien. Er hat sich wirklich ins Zeug gelegt. Die würden jeden dazu bringen, unterwegs haltzumachen und ein paar Blumen zu kaufen.

Ich sehe ihn durch einen Strauß Hortensien an. Sein Blick ruht immer noch auf der Zeitung. Seine Haare sind zusammengebunden, und ich kann sehen, wie lang sie geworden sind. Die Jahre sind spurlos an ihm vorübergegangen. Jetzt ist er neunundzwanzig, aber er sah immer aus wie neunundzwanzig. Er befand sich immer auf der Schwelle zu etwas Neuem. Immer nur eine Haaresbreite von einer großen Veränderung entfernt. Mit zweiundzwanzig dachte ich, mit sechsundzwanzig sei man erwachsen. In dem Alter braucht man schon seine eigene Krankenversicherung. Wahrscheinlich hat man schon mal Grünkohl gegessen. Doch jetzt, da ich selbst fast sechsundzwanzig bin, sehe ich ihn an und frage mich, ob ich ein Jahr meines Lebens vergeudet habe. Er könnte sich häuslich niedergelassen haben. Er könnte Kinder haben.

Meine Augen brennen, und ich muss den Blick von ihm abwenden. Ich beiße mir auf die Wange, damit der Schmerz sich dorthin verlagert. Unwillkürlich muss ich an Jackies Freundin denken – Kate? Und ich hoffe fast, dass es nach mir noch jemanden gab. Denn ich bin nicht drei Jahre seines Lebens wert.

Abgesehen von ein paar Bettgeschichten bin ich nach ihm mit niemandem mehr ausgegangen, aber das ist etwas anderes. Ich date aus Prinzip nicht. Ich hätte One-Night-Stands haben können, wenn ich gewollt hätte. Er nicht. Das ist nicht sein Ding. Ich kann mich über Bumble mit Männern verabreden und mich zu ein paar Drinks und Sex mit einem von Mars Freunden treffen, ohne dass etwas Ernstes daraus wird. Ganz locker. Aber so ist Elliot nicht.

Wenn Elliot Bloom eins bestimmt nicht ist, dann locker.

Ich werfe einen Blick auf mein Handy. Die sechs Minuten sind um. Als ich immer noch keinen Prius in die Einfahrt einbiegen sehe, wende ich mich wieder ihm zu. Er sitzt mit verschränkten Armen an der Theke und starrt auf die Tischplatte hinunter.

Würde er mich wohl weiter ignorieren, wenn ich mit ihm rede? Vielleicht müsste er mir antworten, wenn es um die Arbeit geht.

»Hast du noch irgendwelche Fragen oder Anregungen zu den Locations?« In der Stille klingt meine Stimme leise und zaghaft.

Sein Kiefer spannt sich an, und er schüttelt den Kopf.

Es hätte wohl noch schlimmer kommen können. Ich hätte versuchen können, mich dafür zu entschuldigen, was auf der Hochzeit seiner Mutter passiert ist. *Tut mir leid, dass deine Worte dieselbe Wirkung auf mich hatten wie ein Bienenschwarm. War es sehr schwierig, den Empfang ohne mich abzubrechen? Total professionell von mir …*

Die Tür öffnet sich und erlöst mich von meinen düsteren Gedanken.

»Sorry für die Verspätung«, sagt Jackie mit einem entschuldigenden Lächeln. Hazel erscheint mit einem Kaffeebecher in der

Hand hinter ihr, und ich könnte schreien, aber das ist wohl etwas, womit ich in Zukunft rechnen muss.

Hazel schließt mich in die Arme, und alles ist vergeben und vergessen. »Ich freue mich schon so auf diese Woche«, sagt sie und schiebt ihre Sonnenbrille auf den Kopf. »Jackie hat mir erzählt, dass du ein Genie bist, aber nicht, warum. Sie will mich überraschen.«

Ich lache nervös. »Na ja, ich habe ein paar Ideen, aber wenn sie dir nicht gefallen, finden wir etwas anderes!«

Über Hazels Schulter sehe ich, wie Jackie mit Elliot plaudert, einen Ordner auf den Tresen legt und zur Begrüßung seinen Arm drückt. Er nickt ihr mit einem Lächeln zu, das eher wie eine Grimasse aussieht.

Jackie dreht sich zu mir und Hazel um und fragt: »Gibt es Donuts? Ama, ich *verzehre* mich danach.«

»Nein. O Gott, das tut mir so leid! Mein Auto hat rumgesponnen, darum musste ich laufen.« Ich fahre mir mit der Hand durch meine platten Haare, um sie ein bisschen aufzubauschen. »Aber der Donutladen ist nur ein Stück die Straße runter. Wir können nachher dort vorbeigehen«, sage ich mit einem Zwinkern.

»Was ist mit deinem Auto los?«

Seine Stimme durchschneidet den Raum wie ein Hai einen Schwarm kleiner Fische. Er blättert den Ordner durch, den Jackie mitgebracht hat, den Blick gesenkt.

Meine Kehle ist trocken, als ich antworte: »Alle Kontrollleuchten sind angegangen. Halb so wild. Wahrscheinlich ist irgendein Sensor ausgeflippt.« Ich werfe Hazel einen entnervten Blick zu, der sagt: *Autos und ihre Macken, hab ich recht?*

»Das würde nicht passieren, wenn du es alle fünfzehntausend Kilometer zur Inspektion bringen würdest wie jeder normale Mensch.«

Er redet tatsächlich mit mir. Genauer gesagt schimpft er mit mir, aber das ist seine Art, mit mir zu sprechen. Jackie hat meinen schockierten Gesichtsausdruck wohl falsch interpretiert, denn sie versetzt ihm einen Stoß gegen die Schulter und erwidert: »Wenn du so ein Experte bist, solltest du es dir vielleicht mal ansehen.«

Nein, bitte nicht. Das wäre das Sahnehäubchen auf meinem beschissenen Tag. Ich setze an, irgendetwas anderes vorzuschlagen, als er unerwartet die Achseln zuckt. »Klar.«

Sein Blick ruht immer noch auf Jackies Ordner – eine Collage aus Blumenarrangement-Ideen, wie ich jetzt sehen kann – und wendet sich keine Sekunde von den Bildern ab.

»Nicht nötig«, sage ich mit schwacher Stimme. »Elliot muss den Laden führen, und wir müssen eine Hochzeit planen.«

»Wir könnten doch alles machen«, schlägt Hazel ganz unschuldig vor. »Wenn wir hier fertig sind, können wir euch zu dir nach Hause fahren, damit ihr euch das Auto ansehen könnt, bevor wir zum Lunch gehen.«

Jackie nickt heftig. Elliot blättert um. Ich sinke in ein kleines Koma.

»Okay. Klar. Also, fangen wir an, ja?« Hoffentlich haben wir dieses Gespräch in einer Stunde alle wieder vergessen.

Jackie erklärt Elliot, was sie sich wünscht und wo sie Inspiration von ihm braucht. Sie will ein einheitliches Design, aber auch, dass ihrer beider Persönlichkeiten zur Geltung kommen.

»Ist es verrückt, für jeden von uns ein eigenes Blumenarrangement zu wollen?«, fragt Jackie zaghaft.

»Babe, ich hab dir doch gesagt«, wirft Hazel ein und nimmt ihre Hand, »ich hab nichts gegen Pink. Für mich ist jede Blume okay, die du dir wünschst.«

»Ich will einfach das Gefühl haben, dass wir zusammenkommen«, flüstert Jackie. »Ich will, dass dir die Farben und Blumen, die ich mag, auch gefallen.«

Ich überlege, wie ich die beiden mit etwas so Umfangreichem wie Blumendesign einfangen kann, als Elliot sagt: »Du willst, dass eure Hochzeit eure Partnerschaft widerspiegelt. Es gibt Hazel, es gibt Jackie, und es gibt Hazel und Jackie. Wenn wir es richtig anstellen, kann es alles drei sein.«

Jackie wendet sich ihm zu wie eine Blume auf der Suche nach Sonnenlicht.

Elliot sieht zu Hazel. »Was magst du? Welche Sträuße und Gestecke sind dir ins Auge gefallen?«

»Gedämpfte Herbstfarben. Kalte Farben. Aber auch tropisch. Ich mag große Blätter und exotische Blumen. Vielleicht Arten, die schwer zu finden sind.«

»Wir können Blumen aus anderen Ländern bestellen. Das ist kein Problem. Was genau meinst du mit tropisch?«, fragt er und geht um die Theke herum zu den exotischeren Pflanzen an der hinteren Wand. »Wir haben Dendrobium-Orchideen und Calla-Lilien, daraus kann man schöne Sträuße machen. Hibiskus. Dann gibt es noch die Amaryllis« – er deutet mit einer wegwerfenden Handbewegung auf mich, und das Blut stockt mir in den Adern – »und Anthurien.«

Ich fühle mehr, dass Hazel und Jackie sich mir zuwenden, als dass ich es sehe. Genau genommen kann ich gar nichts mehr sehen. Meinen Namen aus seinem Mund zu hören hat mir die Sinne geraubt.

»O wow! Ist Ama kurz für Amaryllis?«, fragt Jackie.

Ich lächle und nicke wie ein Kopf ohne Körper.

»So ein ungewöhnlicher Name. Ich liebe es! Deine Eltern mögen die Blume bestimmt sehr, oder?«

»Ähm, meine Mom, ja. Aber es gab noch einen anderen Grund«, murmle ich. »In der griechischen Mythologie hat sich Amaryllis in einen … in einen Mann verliebt, der Blumen liebte …«

Hier werde ich also sterben. Ich sollte mich einfach hinlegen und auf den Tod warten. Mit meiner Leiche kann Elliot die Blumen düngen. Ich kann ihn nicht ansehen, doch Hazel lächelt mich mit einem romantisch verklärten Ausdruck in den Augen an.

»Was ist der Mythos?«, fragt sie.

»Na ja …« Ich zögere. »Sie stand jeden Tag vor seinem Haus und ritzte sich einen goldenen Pfeil ins Herz. Am dreißigsten Tag wuchs ihr eine scharlachrote Blume aus der Brust. Und er bemerkte sie endlich.«

»Oh, das ist schön«, murmelt Jackie. »Ich liebe griechische Mythologie. All die unerwiderte Liebe und großen Opfer.«

»Opfer?«, ertönt eine tiefe Stimme. Seine Hände sind bereits fleißig dabei, einen Strauß zu binden, ohne dass wir etwas davon mitbekommen haben. »Er wollte sie nicht, also schnitzte sie sich zu etwas, was er mochte, was er begehrte.«

Ich spüre den goldenen Pfeil in mein Herz ritzen, ritzen, ritzen.

»Natürlich identifizierst du dich mit dem Mann«, schnaubt Jackie, um die Stimmung aufzuhellen. Ich zwinge mich zu lächeln.

Unter dem spitzen Pfeil auf meiner Brust schält sich die Haut ab.

Elliot greift nach einem großen Blatt und holt die Anthurien aus der Vase.

»Wie sieht eine Amaryllis aus?«, fragt Hazel und dreht sich zu den Calla-Lilien um, die er uns gezeigt hat.

»Ich bewahre keine Amaryllis mehr im Laden auf.«

Der Pfeil trifft auf Knochen.

Er lässt seine Worte unbehaglich in der Luft hängen, also frage ich: »Du ziehst die Anthurien in Betracht?«

»Anthurien gibt es in vielen Farben. Sie haben ein tropisches

Flair, das sehr stilvoll wirken kann. Sie eignen sich als Deko, sie eignen sich als Hauptattraktion, aber vor allem« – er bindet den Strauß zusammen und reicht ihn Jackie – »eignen sie sich als Teil eines größeren Bouquets.«

Jackie hat Tränen in den Augen. In den Strauß aus Anthurien mit ihrem einzelnen wächsernen Blütenblatt, aus dem das Staubblatt hervorragt, sind rosarote Rosen eingebunden. Jackies Anthurien sind weiß mit einem Anflug von Rosa um den Rand.

»Leider habe ich sie nicht hier im Laden – ich müsste sie bestellen –, aber es gibt auch grüne Anthurien«, sagt er zu Hazel. »Sie könnten deinen Strauß ergänzen oder im Mittelpunkt stehen. Und es gibt sie auch in burgunderrot, wenn du etwas Dramatischeres bevorzugst.«

Bei dem Wort dramatisch leuchten ihre Augen auf. »Ich … würde gern mehr darüber hören.« Ihr Blick schweift zu mir, und ich habe das Gefühl, als sehe ich endlich die wahre Hazel. Sie mag Drama. Sie mag Eleganz und Statements. Aber Jackie ist ganz anders, darum hat sie sich zurückgehalten.

Elliot holt sein Handy aus der Tasche und öffnet Instagram. Er zeigt den beiden ein paar Anthurienbouquets, die er gemacht hat, und noch einige andere unter dem Hashtag *#Anthurium*.

Mir schwirren Burgunderrot und Pink im Kopf herum, während die anderen darüber reden, wie man Gestecke um die Anthurien herumarrangieren könnte. Ich sehe Jackies Rosatöne auf der Innenseite der Hochzeitsstühle und Hazels Weinrot auf der Außenseite. Ich sehe rosafarbene und burgunderrote Tische nebeneinander.

Als wir das Blooming schließlich verlassen, bin ich so auf die Designideen in meinem Kopf fokussiert – so darauf fokussiert, das Genie von einem Floristen einen Meter rechts von mir zu ignorieren –, dass ich Jackie nicht gleich höre.

»Ich sagte, sollen wir euch fahren? Wegen deines Autos?«

Ich zögere nur einen Moment beim Gedanken an Whitney und wie unprofessionell es wäre, sich von Kunden herumkutschieren zu lassen. *Wenn du mit ihnen irgendwohin fahren musst, solltest du am Steuer sitzen.* Doch als mein Gehirn wieder funktioniert, fasst Hazel ihre Verlobte schon am Ellbogen und setzt ihr mit einem Blick brillante Ideen in den Kopf.

»Will Elliot sich nicht ihr Auto ansehen? Vielleicht könnten wir euch dort treffen. Elliot, du kannst Ama doch bestimmt fahren, oder?«

»Nein, äh, nein.« Die Worte strömen nur so aus mir heraus. »Nein. Ich kann … Elliot muss arbeiten. Ich kann mein Auto morgen zur Reparatur bringen.«

»Aber es ist total gefährlich, mit einem kaputten Auto rumzufahren«, erwidert Jackie – offenbar hat sie verstanden, was Hazel vorhat. »Elliot, hast du einen Moment Zeit?«

»Elliot ist nicht wirklich ein Autokenner«, murmle ich. »Er … er ist Florist, kein Mechaniker.«

Aus dem Augenwinkel sehe ich, wie er die Arme vor der Brust verschränkt, dann sagt er in angespanntem Ton: »Ich kann es mir mal ansehen. Egal, ob ich ein ›Autokenner‹ bin oder nicht.«

»Cool!« Hazel ist schon fast zur Tür hinaus. »Ama, schick Jackie deine Adresse, dann sind wir gleich da!«

»Ich kann … ich kann bei euch mitfahren!« Ich höre selbst, wie verzweifelt ich klinge. »Elliot braucht kein Mädchen in seinem Auto«, sage ich mit einem Lachen und einer seltsam ausladenden Geste, die teils Pirat, teils Schornsteinfeger sein könnte.

»Schon gut!«, ruft Jackie, jetzt vollständig in den Plan involviert. »Hazel und ich werden zur Abwechselung dir Donuts kaufen.«

Dann fällt die Tür hinter ihnen zu. Und ich wünschte, ich hätte die Todesfalle hergefahren. Selbst an einem Stoppschild zu explodieren wäre besser als das. Um ihn nicht ansehen zu müssen, schicke ich Jackie die Adresse. Anweisungen zu befolgen ist leicht.

Er räumt ein paar Sachen auf, nimmt das *In 15 Minuten wieder da*-Schild, das sein Vater handbemalt hat, und dann folge ich ihm zur Tür. Ich gehe zu seinem Truck, weil ich seinen Truck kenne. Ich weiß, dass der Türgriff klemmt und man daran rütteln muss. Ich weiß, dass die Fenster bei jedem Stöhnen beschlagen und die Ledersitze nicht bequem sind, wenn ich darauf knie.

Rasch öffne ich die Tür, schlüpfe hinein und schnalle mich an, bevor er auch nur das Auto erreicht. Ich höre ihn näher kommen und die Fahrertür aufreißen. Das Geräusch, mit dem sein Körper in den Ledersitz sinkt.

Während er vom Parkplatz fährt, starre ich aufs Armaturenbrett. Ich wünschte, er hätte etwas Lächerliches wie eine Hula-Tänzerin dort stehen – irgendetwas, worauf ich meine Aufmerksamkeit richten könnte statt auf mein Herzrasen oder sein lautes Atmen.

»Hast du es ihnen gesagt?«, fragt er, als er in meine Straße einbiegt.

Er blickt starr geradeaus. Das ist das Erste, was er zu mir sagt.

»Nein. Sie haben wohl eine gute Intuition.« Ich starre auf meine Knie, wütend, dass er mich überhaupt nicht ansieht. »Du musst noch unfreundlicher zu mir sein, um es ihnen in aller Deutlichkeit klarzumachen.«

Er macht den Blinker an. »Werd ich mir merken.«

Ich sehe zu, wie ein älteres Paar den Zebrastreifen überquert. Sie verschwimmen vor meinen Augen, und ich beiße mir auf die Lippe, wende den Blick ab, damit er mich nicht weinen sieht. Es erfordert all meine Konzentration, ruhig zu atmen.

Er hält vor meinem Haus und ist rausgesprungen, noch bevor der Motor ganz aus ist. Ich krame in meiner Tasche nach meinem Autoschlüssel, drücke auf Entriegeln und steige aus, während er die Motorhaube meines Autos aufmacht. Ich lege den Schlüssel neben ihm ab und setze mich auf die Verandatreppe.

Dass Elliot mein Auto repariert, ist nichts Neues für uns. Zwar ist er kein »Autokenner«, aber er hat recht: Wenn ich regelmäßig einen Ölwechsel machen lassen würde oder auch nur die geringste Ahnung von Motoren hätte, dann wäre ich gar nicht erst in diesen Schlamassel geraten. Das Auto ist von meinem Dad. Das Einzige, was er mir je geschenkt hat, abgesehen von Spielzeug und Süßigkeiten, als ich noch klein war. Meine Mom hat mehrmals angeboten, mir ein neues zu kaufen, aber ich kann mich nicht von diesem Auto trennen. Und wenn ich es in die Werkstatt bringen würde, würde ich es wahrscheinlich nie wiedersehen.

Doch es ist Jahre her, dass mein Auto zum letzten Mal ein Tune-up von Elliot Bloom bekommen hat. Seit zwei Jahren hat mich niemand mehr wegen des Nagels in meinem Reifen aufgezogen. Niemand hat sich samstagmorgens aus meinem Haus geschlichen, mich zur offenen Motorhaube geschleift und über den niedrigen Ölstand geschimpft. Niemand hat sich über meine restlos aufgebrauchte Scheibenwischerflüssigkeit beklagt.

Ich fühle mich wie dieses Auto. Während Elliot den Motor inspiziert, den Sitz einen halben Meter zurückschiebt und den Kopf über meinen kleinen Toyota Camry schüttelt, kommt es mir vor, als funktionierte ich schon seit einer Weile nicht mehr richtig.

Als der Prius in die Einfahrt einbiegt, schließt Elliot die Motorhaube. Jackie überhäuft mich mit Komplimenten über das Haus und den Hof, und ich setze ein Lächeln auf. Dankbar für die Ablenkung nehme ich die rosa Schachtel entgegen und verschlinge einen Schokodonut.

»Kann ich dein Bad benutzen?«, fragt Hazel.

Wieder muss ich an Whitney denken. Wie völlig unangebracht

das alles ist. Ich nicke und nehme Elliot meinen Schlüssel ab. »Den Flur runter links. Wenn auf dem Boden Handtücher liegen, tu einfach so, als hätte ich einen furchtbaren Mitbewohner.«

Sie lacht und öffnet die Tür mit dem Schlüssel, den ich für sie rausgesucht habe. Ein flauschiger Dämon rauscht zwischen ihren Beinen hindurch, sobald die Tür aufgeht, und bevor ich nachsehen kann, ob die Straße frei ist, reibt Lady Cat-ryn ihren Kopf an Elliots Schienbein.

Hazel entschuldigt sich, doch ich winke beruhigend ab. Mein Atem stockt, als Elliot sich zu Lady Cat-ryn hinunterbeugt und sie am Kopf krault – offenbar will er die Illusion aufrechterhalten, dass diese Katze kein Monster ist. Als ich sie hochhebe, krallt sie nach mir.

»O mein Gott, sie ist wunderschön!«, ruft Jackie.

»Sie ist okay. Sie ist den Ärger nicht wert.« Lady Cat-ryn windet sich in meinen Armen, bekämpft mich, bis ich sie schließlich packe und wie eine Puppe hängen lasse.

»Du musst es in die Werkstatt bringen«, sagt Elliot, und ich brauche einen Moment, um zu verstehen, dass er über mein Auto redet, nicht über Lady Cat-ryn. »Du brauchst dringend einen Ölwechsel, die Hydraulikflüssigkeit ist fast leer, und in deinem linken Hinterreifen steckt ein Nagel.« Letzteres bringt er nur mit Mühe heraus. Denn wir wissen beide, dass es derselbe Nagel ist wie vor zwei Jahren.

»Danke.« Meine Stimme klingt angestrengt, und nicht nur, weil Lady Cat-ryn sieben Kilo wiegt und ich sie momentan auf König-der-Löwen-Art von mir weghalte.

Er dreht sich zu seinem Truck um. »Ich schicke euch noch diese Woche Bilder von den Anthurien«, ruft er über die Schulter.

Hazel kommt gerade zurück, als Elliot davonfährt. Ich nehme mir noch einen Donut aus Jackies Schachtel.

»Wie oft habt Elliot und du schon zusammengearbeitet?«, fragt Hazel, ganz die Unschuld in Person.

Ich schlucke schwer. »Ein paar Mal. Er ist toll.«

Lady Cat-ryn faucht, und auf Jackies und Hazels Gesichtern zeigt sich das gleiche geheimnisvolle Lächeln.

12

AMA

April

Jetzt, da Hazel wieder in der Stadt ist, arbeiten wir unsere To-do-Liste schnell ab. Ich will so viel wie möglich erledigen, bevor die Hochzeitssaison in vollem Gange ist. Nach unserem Treffen im Blooming gehen wir in den Rose Garden, um meine Idee, die Straße abzusperren und das Airbnb gegenüber zu mieten, vor Ort zu besprechen. Hazel nickt zu allem, was ich sage, doch ihr Blick schweift immer wieder zum Rose Garden.

Als Jackie durch den Park geht, um sich den Bereich anzuschauen, wo die Gäste sitzen würden, frage ich Hazel: »Was denkst du?«

Sie holt tief Luft. »Der Garten ist wunderschön. Er passt perfekt zu Jackie.«

»Vielleicht können wir für etwas dramatisches Flair sorgen«, sage ich und beziehe mich damit auf Elliots Vorschlag, für sie dramatischere Bouquets zusammenzustellen.

Sie wirft mir einen gespielt bösen Blick zu, und wir tauschen ein Lächeln aus, als Jackie zurückkommt.

Für den nächsten Tag habe ich uns bei einem Freund im Bürgeramt einen Besuch in dem alten Ballettstudio gesichert. Einen Freund dort zu haben ist nicht so glamourös, wie es klingt. Sein Name ist Hal. Er hat die Schlüssel, und ich habe Donuts.

Um zehn bin ich mit Hazel und Jackie verabredet, doch schon

eine halbe Stunde früher hole ich mir meinen üblichen Cold Brew mit einem Schuss Espresso beim Weatherstone. In der Hand habe ich eine Schachtel Donuts, und sobald ich die rostige Tür des Tanzstudios öffne, wird mir klar, dass ich sie im Auto hätte lassen sollen.

Irgendetwas huscht an mir vorbei.

Die nächsten zehn Minuten sitze ich in meinem Auto und mampfe einen Schokodonut, um meine Nerven zu beruhigen.

Jackie hat nicht gesagt, wie lange das Ballettstudio schon geschlossen hat, aber ich gehe schon seit fast zehn Jahren zum Weatherstone und habe nie Tutus oder Spitzentanzschuhe gesehen.

Vielleicht ist das ein Fehler. Einen Empfangssaal aus dem Nichts zu erschaffen ist ein gewaltiges Unterfangen. Ganz zu schweigen von Elektrizität, Rohrleitungen, Sanitäranlagen, Catering, dem Soundsystem, einem Ersatzgenerator – um all das müssten wir uns selbst kümmern. Wir müssten eine neue Empfangshalle *bauen*.

Ich hole tief Luft und stopfe die Donutschachtel in meine Tasche, dann gehe ich wieder hinein und halte die Tür mit einem Keil offen, damit die beiden gleich wissen, dass ich schon drin bin.

Jetzt, da ich auf Ratten und Kakerlaken vorbereitet bin, ist es leichter, stillzustehen und mich umzuschauen.

Und was ich sehe, ist gar nicht schlecht.

Nichts deutet darauf hin, dass das Haus besetzt wurde, nirgendwo liegen Müll oder vergessene Ballettschühchen als Symbol aussterbender Kunst herum. Hal hat mir erzählt, dass jemand das Gebäude vor fünf Jahren gekauft, aber nichts damit gemacht hat. Der Pachtvertrag ist vor ein paar Monaten abgelaufen, aber offensichtlich ist es seitdem mindestens einmal geputzt worden. Ich rechne nicht damit, dass das Licht noch funktioniert, aber betätige dennoch den Schalter, um sicherzugehen – nichts.

An der Längsseite gibt es sechs oder sieben Fenster mit Samtvorhängen, die an den großen Vorhang im Theater erinnern. Als ich sie aufziehe, strömen Licht und Staub in einem Dunstschleier herein. Mein Blick wandert die hohen Wände hinauf. Bei genauem Hinsehen kann man noch erkennen, wo die Ballettstangen und Spiegel angebracht waren, und darüber sind Balletttänzer gemalt: ein starker Mann, der einen Spreizsprung vollführt, ein Mädchen in einem weißen Tutu bei einem Piqué, eine Frau in einem schlichten Turnanzug und Rock in der vierten Position, die eine Hand anmutig nach oben ausgestreckt.

Es ist bezaubernd. Ich betrachte die Bilder lächelnd und überlege, wen ich anrufen könnte, um sie wiederherstellen zu lassen.

Hinten ist noch ein Raum, und dorthin gehe ich jetzt, ziehe unterwegs die Vorhänge auf und lasse mehr Licht herein. Die Tür steht einen Spaltbreit offen, und bevor ich hineingehe, stelle ich meine Handytaschenlampe ein, um nichts aufzuscheuchen. Noch ein Tanzsaal, zwar deutlich kleiner, aber mindestens dreißig Quadratmeter.

Ich erinnere mich, dass Jackie ein Dach erwähnt hat, und suche nach einem Weg nach oben; hoffentlich eine Treppe, keine Feuerleiter. Hinter einer Tür, die ich für einen Wandschrank gehalten habe, finde ich tatsächlich eine Treppe – Gott sei Dank. Allerdings sollte das Gebäude für die Hochzeit barrierefrei sein, was ein Problem darstellt. Vorerst konzentriere ich mich darauf, die Treppe hinaufzusteigen, um zu sehen, ob es überhaupt als Veranstaltungsort in Frage kommt. Ohne auf morsche oder durchgebrochene Stufen zu stoßen, erreiche ich die Tür am oberen Ende und schiebe sie auf.

Eine sanfte Brise streicht mir übers Gesicht, und die Sonne scheint, als hätte ich das Paradies gefunden. Ein Lächeln breitet sich auf meinem Gesicht aus, als ich ein flaches Dach mit halbhohen Backsteinmauern sehe, geradezu ideal für eine Party. Hier ist nichts, aber ich kann alles vor meinem geistigen Auge sehen. Die LED-Blumentanzfläche in der Mitte, im Dämmerlicht funkelnd. Eine Bar auf der rechten Seite. Hohe Tische hier und da. Buchsbaumhecken ringsherum. Und die Magie, die Elliot wirken wird.

Von hier aus hat man einen atemberaubenden Blick auf die Skyline von Sacramento. Ich mache die Tür auf und checke jeden Winkel, um sicherzustellen, dass nichts die Aussicht verdirbt. Alles, was ich finde, ist meine Heimatstadt. Jackies Heimatstadt.

Für eine solche Location würden viele töten.

Als ich einen Prius an der Straße parken sehe, gehe ich zurück nach unten. In meinem Kopf schwirren schon unzählige Ideen herum.

»O mein Gott.« Jackie kommt herein, dicht gefolgt von Hazel. »Das ist noch viel schlimmer, als ich dachte.« Ihr Blick wandert über den Boden und die dreckigen Fenster. »Sorry für den bescheuerten Vorschlag.«

»Ich liebe es«, sage ich, und sie sieht mich an, als säße eine Ratte auf meiner Schulter. Was durchaus der Fall sein könnte. »Also, hört zu.«

Hazel betritt das Gebäude vorsichtig, als könnte der Boden jeden Moment einstürzen. Ich stelle mich zu ihnen in den Eingangsbereich, breite die Arme aus und schildere ihnen, was mir vorschwebt.

»Dort bauen wir etwas auf.« Ich deute auf den Bereich, wo die kleine Lobby war. »Eine Art Willkommensbereich. Eine Trennung zwischen hier und dem Hauptsaal. Wie ein Fotoautomat, aber niveauvoller. Elliot könnte eine Rosenwand bauen, an der *Jackie und Hazel* und das Hochzeitsdatum stehen. Und dazu ein Schild, das alle an die Hashtags erinnert.« Ich muss ihn nicht erst fragen, was möglich ist. Wir haben mehr als genug Geld, und ich weiß, wozu er fähig ist.

Ihre Augen folgen jeder meiner Handbewegungen, als ich mit Worten und Gesten ein schillerndes Bild male, ohne auf den Staub oder potenzielle Rattenköttel zu achten.

»Die Gäste strömen um die Blumenwand herum in den Essbereich.« Ich führe Jackie zum Zentrum der ehemaligen Tanzfläche, und Hazel folgt uns. »Wir können überall runde Tische aufstellen, um den Raum zu öffnen. In einer Ecke bauen wir eine Bar auf. Und der kleine Raum dort drüben dient als Catering-Station.«

Hazel zieht skeptisch eine Augenbraue hoch. »Müssen wir dann nicht alles wieder abbauen, bevor es ans Tanzen geht? Das gefällt mir nicht.«

»Mir auch nicht«, sage ich mit einem breiten Grinsen. Ich bedeute ihnen, mir zu folgen, und führe sie vorsichtig die Treppe hinauf.

»O wow«, lacht Jackie, als sie das Dach betritt. »Wow! Können wir wirklich hier feiern?«

»Ehrlich gesagt weiß ich es noch nicht sicher. Aber ich würde es gerne versuchen.« Ich sehe zu, wie Hazel das gesamte Dach abschreitet. Ich kann ihren Gesichtsausdruck nicht lesen. »Elliots Tanzfläche steht im Zentrum, denn im Dunkeln wird sie absolut phantastisch aussehen. Dort drüben kommt noch eine zweite Bar hin.«

Jackie blickt sich um und nickt, doch die Nervosität ist ihr deutlich anzumerken. Schließlich dreht Hazel sich zu uns um und grinst mich an. »Ich liebe es«, sagt sie.

Ich atme die frische Frühlingsluft ein und presche weiter vor. »Ich muss euch warnen, dass es teuer werden könnte, einen Veranstaltungsort aus dem Nichts zu erschaffen. Sanitäranlagen, Elektrizität, eine Überprüfung, dass sich nirgends Schimmel gebildet hat, Barrierefreiheit. Das Essen müssen wir liefern lassen, was nicht schlecht ist, aber es ist nicht alles inklusive wie bei anderen Locations.«

Ich gebe ihnen alle Warnungen und das Kleingedruckte, doch Hazel läuft wie in Trance über das Dach und hört kaum zu. »Sehen wir uns den unteren Bereich noch mal an«, sagt sie und nimmt Jackies Hand, und ich sehe, wie Jackies Schultern sich entspannen.

Zurück im Erdgeschoss mache ich sie auf die freiliegenden Balken, die Backsteinwände und die enorme Höhe aufmerksam. Dieser Ort mag ein Tanzstudio gewesen sein, aber als das wurde er nicht gebaut.

»Meinst du, Elliot könnte etwas Schönes mit den Decken machen?«, fragt Jackie.

»Auf jeden Fall. Er hat wunderbare Kronleuchter. Ihr könntet Blumen hier über euch und beim Tanzen auf dem Dach unter euch haben.«

»Wann kann er es sich ansehen?«, fragt Hazel. »Es wäre toll, wenn wir bald einen Gesamteindruck bekommen könnten.«

»Ich kann ihn bestimmt hinzuziehen, wenn wir das nächste Mal …«

»Denkst du, er kann heute noch herkommen?«, unterbricht mich Jackie. »Ich meine, wir sind schon hier. Wir haben schon den Schlüssel.«

Ich gerate ins Stammeln, bringe jedoch schließlich hervor: »So kurzfristig vorbeizukommen ist mit dem Laden wahrscheinlich schwierig. Aber ich kann ihn fragen.«

Sie nicken – ärgerlicherweise –, und mir bleibt nichts anderes übrig, als mein Handy herauszuholen. Nach dem Desaster gestern ist es mir noch unangenehmer, ihn schon wieder stören zu müssen. Am liebsten würde ich ihm einfach eine Nachricht schreiben, statt die Ladennummer anzurufen, aber dann müsste ich zugeben, dass ich seine Nummer nie gelöscht habe. Und ich will die letzten Nachrichten, die er mir geschickt hat, wirklich nicht noch mal sehen.

Also wähle ich die Ladennummer und lausche dem Tuten. Er geht schnell ran. Zu schnell. Als wäre er schon an der Theke gewesen und hätte zu tun.

»…lo?«

»Hi, hier ist Ama Torres. Ich bin mit Jackie und Hazel an einem möglichen Veranstaltungsort, und sie wollen wissen, ob du Zeit hast vorbeizukommen.« Meine Stimme ist schrill, und ich halte das Telefon fest umklammert. »Aber ich verstehe es natürlich, wenn dir das zu kurzfristig ist.«

Schweigen am anderen Ende der Leitung. Ich bete, dass er einfach Nein sagen wird. Geradeheraus.

»Ich kann mir nicht jeden potenziellen Veranstaltungsort ansehen. Die beiden wissen aber schon, dass ich der Florist bin, nicht der Designer, oder?«

Mir bleibt die Luft weg, als hätte mir jemand in den Bauch geschlagen. Gott, das ist so viel schlimmer, als wenn er einfach aufgelegt hätte. Ich fühle mich, als wäre ich wieder neunzehn und Whitney würde mich ausschimpfen, weil ich bei den Hochzeitsvorbereitungen zu passiv war. *Hast du das Sagen oder nicht?*

»Natürlich. Ich nehme an, du möchtest später auf den neuesten Stand gebracht werden, wenn es dir besser passt. Wenn wir fertig sind, schicke ich dir die ersten Designs, dann können wir den Rest per Mail besprechen.«

Meine Wangen brennen. Ich kann hören, wie Jackie und Hazel hinter mir über Tischordnung, Layout und all die Dinge reden, für die ich zuständig bin. Ich warte auf das Klicken, wenn er das Gespräch abbricht, kann jedoch nichts anderes hören als das Rascheln von Papier. Vielleicht lege ich zuerst auf.

»Was ist die Adresse?«

Die Scham, die mich die letzten zwei Minuten überkommen hat, hat mir die Ohren verstopft oder so. Mein erster Gedanke ist, dass er einen Kunden an der Kasse hat, dessen Adresse er für eine Lieferung braucht.

»Emma?«

Mir stockt der Atem. Ich weiß, dass er es nicht so sagen wollte – so redet er einfach. Doch seine Stimme sticht wie tausend kleine Nadeln in meine Brust und durchbohrt mein Herz.

»An der 21st Street neben dem Weatherstone.«

»Ich bin in zehn Minuten da. Aber ich kann nur ein paar Minuten bleiben.«

Ich nicke, bis mir klar wird, dass er mich nicht sehen kann. »Super«, sage ich, doch die Leitung ist schon tot. Da Hazel und Jackie zuhören, füge ich noch hinzu: »Bis dann. Bye.« Mit einem aufgesetzten Lächeln wende ich mich ihnen zu. »Zehn Minuten.«

Hazel und Jackie sind glücklich, und das ist alles, was zählt. Hazel fragt, ob ich einen Kaffee möchte, und bevor ich weiß, wie mir geschieht, bin ich allein in dem verlassenen Gebäude, während meine Kundinnen zum Weatherstone hinüberschlendern.

Ich nutze die Gelegenheit, um mich zu erden. Elliot hat teils recht. Wenn es sich um irgendwelche anderen Kunden handeln würde, hätte ich ihnen gesagt, dass wir die Lieferanten nicht behelligen, bevor der Veranstaltungsort feststeht. Wenn es sich um irgendeinen anderen Lieferanten handeln würde, hätte ich nicht angerufen. Und der Gedanke, dass Hazel Elliots Meinung zum gesamten Design hören will, nicht nur zu den Blumen, ist beunruhigend. Ich sollte bei diesen Meetings die Kontrolle übernehmen, aber bei den einzigen Meetings, an denen sie bisher teilgenommen hat – denen in Elliots Laden –, habe ich mich nicht genug eingebracht.

Unruhig laufe ich in dem Ballettstudio umher, mache Fotos und sortiere meine Gedanken. Ich bin völlig in meinen eigenen

Designvorstellungen versunken, als ein Schatten den Türrahmen verdunkelt. Ohne ein Wort kommt Elliot herein und sieht sich an, wie viel Arbeit uns bevorsteht. Ich stehe auf der anderen Seite des dunklen Ballsaals, halte den Atem an und warte, dass er sich verächtlich über meine Idee äußert oder mich auslacht, weil ich mir einbilde, ich könnte einen Empfangssaal aus dem Nichts erschaffen.

Eine Weile blickt er schweigend zur Decke hoch, dann holt er ein Maßband heraus.

Ich atme erleichtert auf. Sein Kopf arbeitet auf Hochtouren, und das ist alles, was ich brauche.

Endlich finde ich meine Stimme wieder. »Es gibt auch ein Dach. Ich bin nicht sicher, ob das machbar ist, aber unser Ziel ist es, dass hier unten gegessen und oben getanzt wird.«

»Welches Verleihunternehmen?« Er erhebt kaum die Stimme, doch ich kann dennoch seine harten Konsonanten hören.

»Ich hab noch keins. Everlast hat an dem Tag vier andere Hochzeiten, also muss ich vielleicht mit einem Unternehmen von außerhalb arbeiten und alles liefern lassen.«

»Whitney hat vier Hochzeiten am 7. Oktober?« Er schnaubt abfällig. »Hast du ihr das Datum genannt?«

Ich hasse es, dass er meine Ängste so genau auf den Punkt bringt, aber wenigstens redet er mit mir. »Sie muss keine Rücksicht auf meinen Terminplan …«

»Aber du musst Rücksicht auf ihren nehmen.« Er misst die lange Wand rechts und macht sich Notizen auf einem Blatt Papier.

»Sie ist Whitney Harrison«, erwidere ich.

Zum ersten Mal schaut er mich direkt an. Zum ersten Mal seit zwei Jahren. Ich will meine Haare, meine Jacke, mein Make-up richten. Er sieht mich tatsächlich.

»Und dennoch hat Hazel Renee dich mit ihrer Hochzeit beauftragt«, sagt er.

Ein federleichtes Gefühl breitet sich in meiner Brust aus. Das war fast ein Kompliment. Eine Erinnerung, dass ich auch großartig bin.

Doch dann höre ich es noch mal als ganzen Satz, als Ursache und Wirkung.

Sie ist Whitney Harrison, und dennoch hat Hazel Renee dich mit ihrer Hochzeit beauftragt.

Wieder steigt der Verdacht in mir auf, dass Whitney das vielleicht wirklich mit Absicht getan hat, wie er andeutet.

Er wendet den Blick von mir ab und sieht auf seine Notizen hinunter. »Wie wär's mit Michelangelo's?«

»Sie stehen auf der schwarzen Liste.«

Die Worte sind aus meinem Mund, bevor ich sie aufhalten kann, und er schüttelt verächtlich den Kopf.

Ja, sie wurden auf die schwarze Liste gesetzt. Von Whitney. Sie arbeiten an Babypartys, Abschlussfeiern und Quinceañeras und streifen die Hochzeitsbranche kaum, weil die Hochzeitsbranche Whitney Harrison gehört.

»Das ist eine tolle Idee«, sage ich. »Ich rufe sie heute noch an. Danke.«

Er sagt nicht »gern geschehen« wie jeder normale Mensch. Aber das ist nichts Neues.

In diesem Moment kommen Hazel und Jackie herein, und ich kann aufatmen. Während sie ihn begrüßen, schalte ich in meinen Präsentationsmodus. Ich konzentriere mich darauf, Selbstbewusstsein auszustrahlen, und lege meine Vision dar, bevor Hazel sich wieder an Elliot wenden kann. Ich beobachte sein Gesicht, suche nach Widerstand, warte auf das grimmige Stirnrunzeln, das mir zeigt, dass er etwas auszusetzen hat. Doch ich kann nichts dergleichen finden.

Als wir aufs Dach gehen, sehe ich diese vertraute Intensität in seinem Blick. Er misst die Gesamtfläche und die Höhe der

Seitenmauern, während ich rede. Doch ich kenne diesen Blick. Er ist inspiriert.

Er unterbricht mich nur ein einziges Mal. »Die Tanzfläche ist etwa einen halben Meter erhöht. Ich kann das Glas so dünn wie möglich machen, aber dann geht die Tiefe verloren. Und wenn sie mehr als zwanzig Zentimeter hoch ist, brauchen wir eine Stufe auf allen Seiten, um uns an die Vorschriften zu halten.«

»Können wir den Boden überall erhöhen?«, fragt Hazel, als wäre das etwas ganz Alltägliches.

»Vielleicht … vielleicht könnten Elliot und ich einen künstlichen Boden für das gesamte Dach anlegen.«

»Was meinst du, Mr Architekt?«, fragt Jackie und stößt ihn leicht mit dem Ellbogen an.

Ich warte darauf, dass er sie korrigiert, ihr erklärt, dass er nie seinen Abschluss gemacht hat. Auf diese falsche Annahme hat er immer so empfindlich reagiert. Doch er rückt nur seine Armbanduhr zurecht.

Und ich platze heraus: »Hast du deinen Abschluss gemacht?«

Schon zum zweiten Mal heute richtet sich sein Blick auf mich, huscht jedoch schnell wieder weg.

»Ja«, antwortet Jackie an seiner Stelle. »Letztes Jahr, oder? Und seine Lizenz hat er auch. Jetzt ist er ein richtiger Architekt!«

Hazel sagt irgendetwas darüber, wie toll das für uns ist. Doch ich höre einen Moment nichts als ein statisches Rauschen.

Ich lehnte mich zurück und sah ihn über den Tisch für zwei an. »Ich glaube, du könntest das Studium noch abschließen, wenn du willst. Es gibt viele Onlineoptionen. Natürlich ist das deine Entscheidung, aber … du hast es gerade selbst gesagt – dein Dad wollte, dass du deinen Abschluss machst. Und wer weiß? Vielleicht hättest du dadurch einen Vorsprung, wenn du irgendwann deinen eigenen Showroom eröffnest.« Ich zwinkerte ihm zu, und sein Blick senkte sich auf meine Lippen, als ich an meinem Wein nippte.

»Ja, das wäre machbar.« Seine Stimme reißt mich aus meinen Erinnerungen. Ich blinzle, und er ist schon dabei, Hazel die Optionen darzulegen. Ich blinzle – und er hat seinen Abschluss gemacht. In meinem Bauch pulsiert ein tiefer Schmerz, wie eine Wunde, die nie ganz verheilt ist, doch ich richte meine Aufmerksamkeit wieder auf das Gespräch.

»Das wäre ziemlich teuer«, werfe ich ein.

»Sagt mir, was ihr braucht. Vielleicht können wir das Budget noch etwas erweitern«, sagt Hazel.

Jackie wendet sich an Hazel und flüstert so leise, dass ich sie kaum hören kann: »Ist das auch wirklich okay für dich? Ich meine, wir können uns auch noch andere Locations angucken.«

»Andere Locations sind nicht dein altes Tanzstudio in deiner Heimatstadt«, erwidert Hazel und küsst sie sanft.

Mir bricht der Schweiß aus. Es ist immer toll, wenn einem Paar etwas so sehr gefällt, dass es dafür sein Budget erweitern will, aber ich kann nur hoffen, dass die beiden es nicht bereuen werden, mir so viel Geld zur Verfügung gestellt zu haben. Die Hochzeit muss wirklich spektakulär werden.

Als wir wieder nach unten gehen, sage ich zu Elliot: »Wir würden gerne deine Meinung zu der Decke hören.«

Ich sehe zu, wie er den Kopf in den Nacken legt und den Blick über die Deckenbalken schweifen lässt. »Wollt ihr ein richtiges Blumenwunderland? Über euch und unter euch?«, fragt er.

Es ist erstaunlich, wie gut wir immer noch die Gedanken des anderen vollenden können. Bei der Erinnerung erfüllt mich eine tiefe Nostalgie.

»Ich dachte an Kronleuchter«, erkläre ich. »Aber sag mir, was dir vorschwebt.«

»Die rosa Rosen sind bereits Teil unseres Designs. Kronleuchter wären eine Idee. Mit Schleierkraut. Wir könnten sie wie Wolken aussehen lassen, wie bei der Hochzeit deiner Mutter.«

Das sagt er ganz locker, als würde er nicht über unser erstes richtiges Treffen sprechen. Als wäre das für ihn nur ein Job gewesen, nicht das erste Mal, dass ich in seinem Hinterzimmer war und ihn über seine Tattoos ausfragte.

Hazel wendet den Blick von der Decke ab und sieht mich begierig an. Jackie fragt: »Elliot hat die Hochzeit deiner Mutter gestaltet? Das ist süß.«

»Ja, eine ihrer Hochzeiten.« Ich räuspere mich. »Was ist deine andere Idee? Wenn wir keine Kronleuchter nehmen?«

Er deutet auf die hohen Balken an den Backsteinwänden. »Baumartige Strukturen. Säulen, die den Blick nach oben lenken, mit großen Gestecken darauf. Vielleicht wollt ihr den Platz nicht aufgeben, aber es gibt auch die Option, weiße Vorhänge oder Zeltwände bei Michelangelo's zu bestellen.«

»Ein künstliches Outdoorzelt«, sage ich und blicke mich um. »Mit Lichtern darüber könnte es sich anfühlen wie unter einem Sternenhimmel.«

»Ich glaube, ich falle in Ohnmacht«, lacht Jackie. »Ihr beschreibt so unglaublich schöne Sachen. Ich würde sie so gern sehen.«

»Natürlich«, sage ich und drücke ihren Arm. »Elliot muss zurück an die Arbeit, aber ich werde schon mal ein paar Designs entwerfen und sie ihm schicken, und dann kann er die Blumendesigns hinzufügen. Es wird nur eine grobe Skizze, aber so können wir uns alle ein Bild machen.«

Ich sehe zu Elliot, um mich zu vergewissern, dass unsere alte Methode noch funktionieren wird. Er starrt zur Decke hoch und reibt sich gedankenverloren den Nacken.

Da sehe ich es. Mein Herz macht einen Satz. Ich kann nicht

erkennen, ob es sich auf seiner Brust oder seiner Schulter befindet, aber unter seinem Kragen schaut ein Tattoo hervor.

Ein neues Tattoo.

Ich erhasche nur einen kurzen Blick, bevor ich wegsehen muss. Meine Gedanken rasen.

Es tut weh, dass er ein Tattoo hat, dass ich nicht ansehen oder berühren kann. Dass ich nicht fragen kann, welche ausgestorbene Blume auf seiner Haut weiterlebt.

Ich schlucke den dicken Kloß in meinem Hals hinunter und stimme ihnen zu, dass es Zeit ist zu gehen. Ich fühle mich leer. Hätte ich doch bloß nie davon erfahren.

Während ich in meiner Tasche nach dem Schlüssel krame, um abzuschließen, spüre ich eine leichte Berührung an meinem Ellbogen. Ruckartig hebe ich den Kopf, und es ist Elliot, der mich zurückhält. Er lässt Hazel und Jackie in den strahlenden Sonnenschein hinaustreten, dann legt er den Kopf in den Nacken und blickt zur Decke auf. Ich warte mit angehaltenem Atem. Was ist so wichtig, dass er es mir unter vier Augen sagen will?

»Du musst etwas gegen die Fledermäuse unternehmen«, sagt er.

Ich folge seinem Blick. Und ja, dort sind tatsächlich Fledermäuse. Ich atme tief durch und bedanke mich bei ihm. Denke nicht länger an Tattoos und federleichte Berührungen.

Ich habe Arbeit zu erledigen.

13

ELLIOT

Drei Jahre, vier Monate, zwei Wochen und zwei Tage zuvor

Sie hat sich selbst übertroffen. Ich habe schon auf vielen Hochzeiten und anderen Events in der Old Sugar Mill gearbeitet, aber keine war auch nur annähernd wie diese.

Sie hat Zeltplanen und Seidentücher besorgt, die noch zur Höhe des Raumes beitragen, statt ihn zu begrenzen. Irgendwo sind Lampen versteckt, die gerade genug Licht spenden, um den Blick nach oben zu lenken. Sie hat sich für rustikale rechteckige Tische statt der üblichen runden entschieden, und ich bin nur hier, um sie noch ein bisschen zu verschönern.

Als ich den Rollwagen in den Empfangssaal schiebe, entdecke ich sie endlich. Sie hat ein Headset im Ohr und verteilt einen Stapel Namenskarten auf dem Tisch. Als sie mich sieht, winkt sie mir zu, kommt aber nicht herüber, um Hi zu sagen.

Was völlig okay ist.

Egal!

Wir sind bei der Arbeit.

Ich fahre den Rollwagen zurück auf den Parkplatz, um noch mehr Blumen zu holen. Gerade als ich an der Gabelung Halt mache, wo ich einen Korb Blumen neben einem Wegweiser aufstellen soll, taucht sie aus dem Nichts auf.

»Oh, gut! Kannst du bitte die Infotafel aufbauen? Sie steht dort hinten an der Wand.«

Bevor ich Nein sagen kann, ist sie schon wieder verschwunden. Seufzend nehme ich den Korb in einen Arm und hebe mit dem anderen die Infotafel auf. Als ich sie umdrehe, sehe ich, dass der Name der Hochzeit und das Datum sowie die Social-Media-Hashtags in wunderschöner Schnörkelschrift daraufgemalt sind. Ich baue es auf dem Weg auf und stelle den Blumenkorb davor. Während ich das Arrangement wieder richtig herrichte, höre ich das Klackern ihrer hochhackigen Schuhe vom Parkplatz zurückkommen.

»Großartig! Kannst du es bitte noch auf die rechte Seite schieben?«

Ich werfe ihr über die Schulter einen bösen Blick zu, doch als sie mich auf ihren kurzen Beinen erreicht, bin ich ihrer Bitte schon nachgekommen.

»Super, danke. Kannst du mitkommen und groß für mich sein?«

Ehe ich etwas erwidern oder fragen kann, was sie damit meint, läuft sie wieder weg.

»Groß sein?«, rufe ich ihr nach.

»Ja! Einen Moment!« Kurz dreht sie sich zu mir um, marschiert dann aber weiter.

»Ama, du brauchst einen Assistenten!« Sie wedelt mit der Hand über dem Kopf, als hätte sie mich genau gehört. »Vorzugsweise jemand Großes«, murmle ich.

Ich folge ihr zurück nach drinnen und hole sie schnell ein. Ohne auch nur eine Sekunde innezuhalten, greift sie sich eine schlecht gefaltete Serviette vom Tisch und bringt sie den Leuten, die fürs Aufbauen zuständig sind, mit der exakten Sitznummer, wo sie hingehört.

»Whitney wäre stolz auf dich«, sage ich in leicht spöttischem Ton.

Sie hört den sarkastischen Unterton nicht. »Wirklich? Meinst du echt?«, fragt sie und mustert mich von Kopf bis Fuß. »Du siehst gut aus.«

Meine Konzentration und mein Selbstvertrauen lösen sich mit einem Schlag in Luft auf. Nervös fahre ich mir mit der Hand durch die Haare. Ich trage nur ein schlichtes Hemd und meine beste Jeans, aber die Tatsache, dass sie überhaupt etwas bemerkt hat, zeigt, dass ich es übertrieben habe. Ich wusste doch, dass ich auf dieser Hochzeit nicht als Konstrukteur arbeite, sondern nur den Rollwagen hin und her schiebe, um die Gestecke abzuladen.

»Okay«, sagt Ama und deutet zur verhangenen Decke hinauf, »die Lichterkette dort oben hat sich verfangen.«

»Ama … da komme nicht mal ich ran. Die ist an die drei Meter hoch.«

Sie nickt. »Stimmt wohl. Okay. Vielleicht kannst du mich hochheben und ich …«

»Überlass das mir.« Ich winke sie weg. »Ich hole eine Leiter.«

»Danke, danke, danke!« Sie drückt meinen Arm, und bevor ich mich fragen kann, was sie so nahe an meinem Gesicht macht, gibt sie mir einen Kuss auf die Wange.

Zum Glück ist sie weg, bevor sie sehen kann, wie mir die Röte ins Gesicht steigt. Ich streiche mit den Fingerknöcheln über die Stelle, an der sie mich geküsst hat – hoffentlich hat sie keinen Lippenstift hinterlassen –, und sehe zu, wie sie auf dem Weg zum Sitzbereich für die Zeremonie draußen noch zwei weitere Servietten mitnimmt.

Bis ich eine Leiter gefunden und die Lichterkette richtig aufgehängt habe, ist sie mir schon wieder dicht auf den Fersen.

»O Mann, Elliot, ich habe es vermasselt.«

Ich werfe ihr einen Blick über die Schulter zu, während ich die Leiter in die Abstellkammer zurückbringe. »Es vermasselt?«

»Wir haben nicht genug Tischdeko.« Sie ist mit den Nerven am Ende, ihr Blick wild und ihre Stimme merkwürdig schrill.

Ich sehe an ihr vorbei zu den Tischen, doch aus dieser Entfernung kann ich sie nicht richtig erkennen. »Kannst du sie nicht noch ein bisschen verteilen?«

»Sie ist schon zu weit verteilt.« Aufgebracht fährt sie sich durch die Haare, und ich versuche, nicht darauf zu achten, wie sexy sie aussieht. »Es liegt nicht an den Blumen. Wirklich. Sondern an den Kerzenleuchtern und Teelichtern. Ich bräuchte drei mehr pro Tisch.«

Ich schließe die Tür zur Abstellkammer und gehe zurück in den Empfangssaal, um mir die Tische genauer anzusehen. Wenn sie mich nicht darauf aufmerksam gemacht hätte, wäre es mir wahrscheinlich gar nicht aufgefallen. Doch jetzt, da ich weiß, wo das Problem liegt, kann ich nichts anderes mehr sehen.

»Ich wollte nicht zu viel auf die Tische stellen, weil es so minimalistischer wirkt. Lass den Raum strahlen, verstehst du?«, sagt sie. »Aber jetzt denke ich, dass ich einfach Blumen als Deko hätte nehmen sollen. Hast du noch Vasen im Truck, die du nicht brauchst? Damit wir das Arrangement ergänzen und sie ein bisschen verteilen können?«

»Wenn sie aus Glas sind, bringe ich immer ein paar als Ersatz mit, falls beim Transport welche kaputtgehen, aber diesmal habe ich nur Kübel, darum …«

Sie beißt sich auf die Lippe und blickt sich grimmig um. »Kannst du zum Laden zurückfahren und auf die Schnelle etwas besorgen?«

»Auf die Schnelle etwas besorgen?«, wiederhole ich trocken. »Fängt die Hochzeit nicht schon in einer Stunde an? Zum Laden brauche ich schon eine halbe Stunde.«

»Die Zeremonie dauert eine Dreiviertelstunde.« Sie sieht mich flehend an. »Bitte, Elliot. Das ist mir so peinlich. Ich dachte wirklich, ich hätte alles richtig geplant. Ich träume schon seit drei Jahren davon, eine Hochzeit an diesem Ort …«

»Ja, ja, bin schon unterwegs.« Ich nehme den Rollwagen und schiebe ihn zum Parkplatz zurück.

»Danke! Tut mir echt leid!«, ruft sie mir nach, und irgendein kranker Teil meines Gehirns fragt sich, ob sie mich wohl noch mal küssen wird, wenn ich fertig bin.

Die Old Sugar Mill liegt an einer schmalen Straße, die direkt am Sacramento River entlangführt, deshalb habe ich auf der Fahrt zurück zum Laden nicht viel Platz zum Überholen. Als ich endlich ankomme, schwirren mir schon eine Menge Ideen im Kopf herum. Ich hole die Kiste mit den restlichen Kübeln herunter und nehme noch eine Schachtel mit kleineren Versionen mit. Mit dem minimalistischen Ansatz hatte sie das richtige Gespür, und ich glaube, die leeren Stellen mit den kleineren Kübeln zu füllen, passt gut zu ihrer ursprünglichen Idee.

Die nächsten zwanzig Minuten arbeiten meine Hände auf Autopilot, holen weiße Rosen und Eukalyptuszweige aus allen Richtungen. Als ich den Truck wieder beladen habe, sind es nur noch zehn Minuten, bis die Hochzeit anfängt.

Bei meiner Rückkehr höre ich jemanden *Liebe ist geduldig, Liebe ist gütig* über das Mikro im Garten vorlesen und lade rasch alles auf den Rollwagen. Das rostige Rad eignet sich nicht dafür, sich auf eine Hochzeit zu schleichen, also laufe ich zur Seitentür. Sobald ich drinnen bin, sehe ich Ama an ihrem Posten draußen vor der Glastür, von wo aus sie bei der Zeremonie zuschaut, und unsere Blicke begegnen sich. Sie kommt herein und eilt zu mir, während ich den Rollwagen zum ersten Tisch ziehe.

»Kleinere Versionen«, erkläre ich. »Sie werden nicht zu viel …«

»Die sind perfekt! Mein Gott, es sieht aus, als hätte ich die ganze Zeit einen Plan gehabt.« Sie nimmt mir zwei der kleinen Kübel ab und geht zum anderen Ende des Tisches.

»Du hattest einen Plan. Einen guten«, erwidere ich.

Sie wirft mir ein Lächeln zu. »Kannst du die separat in Rechnung stellen? Ich muss sie vielleicht selbst bezahlen.«

Ich will gerade wie ein echter Gentleman verkünden, dass ich die Kosten übernehme, als ich sie ein Blütenblatt von einer der Rosen abzupfen sehe. Und noch zwei.

»Die ist tot«, sagt sie und reißt die ganze Blume heraus.

»Sie ist nicht tot. Sie hat nur eine Pilzkrankheit …«

»Willst du damit sagen, dass ich die pilzbefallenen Pflanzen einfach stehen lassen soll?«

»Damit will ich sagen, dass das Überbleibsel sind.«

»Und ich sorge dafür, dass sie nicht wie Überbleibsel aussehen«, erklärt sie sachlich. Ihr Blick richtet sich auf die Zeremonie draußen im Garten, und sie greift an das Headset in ihrem Ohr. »Verstanden«, sagt sie. »Ich bin in dreißig Sekunden da.« Sie wirbelt zu mir herum. »Kannst du den Rest verteilen? Die kleineren in die Mitte und die großen nach außen, ja?«

Im nächsten Moment ist sie verschwunden. Ich gehe von Tisch zu Tisch und ordne die Gestecke neu. Als sie erneut den Kopf zur Tür hereinsteckt, bin ich fast fertig. »Hast du AA-Batterien?«, fragt sie.

Ich blinzle sie verblüfft an. »Nein.«

»Könntest du das Personal fragen? Die Fernbedienung für die Slideshow funktioniert nicht. Ich hab letzte Woche all meine Batterien verbraucht und vergessen, neue zu kaufen.«

Ich runzle die Stirn. »Ama, du brauchst einen Assistenten.«

»Heute habe ich zwei!«, ruft sie fröhlich, als würde das mein Problem lösen, und schließt die Tür.

Ich straffe die Schultern, gehe in den Catering-Raum und frage alle Mitarbeiter, ob sie Batterien dabeihaben. Schließlich erbarmt sich die Veranstaltungsleiterin und öffnet die kleine Taschenlampe, die sie in ihrer Handtasche mit sich herumträgt. Sie schüttet die benutzten Batterien in meine Hand, und ich bringe sie Ama.

»Okay, war's das?«, frage ich mit so viel Sarkasmus wie möglich, doch sie lächelt nur und bedankt sich.

Als sie die Tür wieder zumacht, fahre ich den Rollwagen zurück zum Parkplatz und mache dabei so viel Lärm, wie ich will. Die Gäste haben sich gerade für die Zeremonie erhoben, als ich in den Garten zurückkomme, und ich räume das Blumenarrangement ab, noch bevor alle Stühle leer sind. Manche der Blumen werden wiederverwendet, andere werden gespendet.

Nachdem ich alles in den Lieferwagen geräumt habe, bleibe ich eine Weile auf dem Parkplatz stehen. Ich sollte einfach einsteigen und zum Laden zurückfahren – wieder herkommen, wenn es Zeit zum Abbauen ist. Heute Nachmittag kommen ein paar Leute vorbei, die Blumen für Samstagabend brauchen, aber sonst herrscht nicht viel Betrieb. Bis Montag gehen keine Telefonbestellungen ein. Ich würde nur das Essen für die Lieferanten verpassen, so lecker es auch ist, aber von Ama, ihren verrückten Anliegen und burgunderroten Lippen wegzukommen, hat oberste Priorität.

Ich schließe gerade die Ladeklappe, als mein Handy piept. Eine Nachricht von Ama.

Ich hab uns ein paar Canapés aufgehoben.

Ich könnte jetzt gleich fahren. Ich sollte jetzt gleich fahren.

Doch stattdessen texte ich Ben und frage, ob er im Laden vorbeischauen kann, gehe zurück zur Seitentür und schlängle mich durch das Gewimmel im Empfangssaal, während die Gäste so viel Gratiswein wie möglich konsumieren.

Ama wartet hinter der Tür zur Küche mit ein paar Quicheartigen Häppchen. Als sie mich sieht, leuchten ihre Augen auf, und vielleicht war es das wert. Ich esse den Appetizer und gebe ein genüssliches Geräusch von mir, während sie über ihr Headset mit jemandem redet.

»Echt gut, oder?«, flüstert sie mir zu. »Es gibt noch mehr. Moment, ich hole uns welche.«

Ich kaue immer noch, als sie davonläuft, und überlege, ob ich ihre Begleitung für diese Hochzeit bin.

Durch das Küchenfenster habe ich einen guten Blick auf den Hauptsaal. Er ist wunderschön. Sobald das glückliche Paar an den Feierlichkeiten teilnimmt, kommt Ama zu mir zurück und bedeutet mir mit einer Kopfbewegung, ihr zu folgen. Sie hat einen großen Beutel dabei.

»Gefällt es dir?«, fragt sie und öffnet die Tür zu einem Raum, wo der Wein aufbewahrt wird. Er ist riesig und leer bis auf die Fässer, die an den Wänden zu Pyramiden aufgestapelt sind.

»Ja. Du hattest recht mit der Tischdeko. Was … was ist das?«

»Ich muss Grabkerzen« – sie holt eine Großpackung davon aus ihrem Beutel – »in diese Papiertüten stecken. Wie Laternen. Sie werden draußen hängen, wenn die Sonne untergeht.«

»Warum hast du für solche Sachen keinen Assistenten?«

Sie schüttet die Kerzen auf der flachen Oberseite eines Fasses aus. »Sie beaufsichtigen das Catering. Und die meisten sind meine jüngeren Stiefgeschwister, darum vertraue ich ihnen lieber nichts Brennbares an.«

Ich fühle mich ausgelaugt, als wäre mir meine gesamte Energie entzogen worden. Und aus irgendeinem Grund komme ich mir unfassbar dumm vor. Obwohl sie mich als Lieferanten eingestellt hat, benehme ich mich nicht wie ihr Lieferant.

»Damit kann ich dir nicht helfen«, sage ich schroff.

Sie blickt ruckartig zu mir auf. »Okay. Du musst wohl zurück, was?«

Sie ist immer noch damit beschäftigt, Tüten aufzureißen und Dochte aufzurichten, und es ärgert mich, dass sie nicht mal einen Moment innehalten kann, um zur Kenntnis zu nehmen, dass ich wütend auf sie bin.

»Du brauchst noch einen Assistenten. Am besten einen großen. Denn ich kann dir nicht jeden Samstag zu Hilfe kommen.«

»Nein, natürlich nicht. Schon klar!« Sie lächelt strahlend, und das regt mich noch mehr auf.

»Und schick mir eine Rechnung für die Publicity- und Marketinglektion, die Mar und du mir letzten Monat erteilt habt«, fahre ich fort. »Ich weiß die neuen Bilder für die Website und Instagram zu schätzen, aber ihr könnt nicht einfach aufkreuzen, wann es euch passt, und den Laden übernehmen.«

Die Frustration ist mir deutlich anzuhören, und endlich hält sie in ihrer Arbeit inne. »Okay …«

»Und hör verdammt noch mal auf, Donuts in meinen Laden zu bringen!« Ich zeige anklagend auf sie. »Ich esse keine Donuts. Sie sind widerlich. Und du lässt jedes Mal die Schachtel …«

»Woher willst du wissen, ob sie widerlich schmecken, wenn du sie nie probierst?« Sie stemmt die Hände in die Hüften.

»Das ist unprofessionell, Ama. Ich will sie nicht in meinem Laden haben.«

Etwas blitzt in ihren Augen auf. Ihr Kiefer verkrampft sich.

»Tja, du wirst weder sie noch mich in deinem Laden haben«, erwidert sie ungehalten. »Es gibt reichlich Floristen …«

»Ach bitte«, brause ich auf. Denkst du, bei Relles wird sich jemand so für dich verbiegen wie ich? Bei der Arbeit Besorgungen für dich machen und noch um elf Uhr abends Nachrichten von dir beantworten?«

Sie lacht, und in ihren dunklen Augen lodert ein Feuer auf. »Wenn du nicht willst, dass ich dir im Bett schreibe, Elliot, kannst du einfach am nächsten Morgen antworten.« Meine Augen werden schmal, doch sie fährt unbeirrt fort: »Was du tust, ist nicht so besonders, wie du denkst. Traubogen und Kronleuchter kann ich genauso gut in San Francisco anfertigen lassen, ohne das ganze Theater!«

»Theater? Ich mache Theater? Du machst Theater!«

»Ich mache kein Theater!«

»Du machst jetzt in diesem Moment Theater!«

Sie geht um das Fass herum und deutet ihrerseits anklagend auf mich, und am liebsten würde ich sie packen. »Du bist derjenige, der einen Riesenaufstand wegen ein paar Kerzen macht. Geh einfach. Und schick mir eine Rechnung für all die Zeit, die du heute verschwendet hast.«

Ich will mich auf dem Absatz umdrehen und davonstürmen, doch stattdessen mache ich einen Schritt auf sie zu. »Besorg dir einen verdammten Assistenten. Bitte nicht irgendeinen dahergelaufenen Typen, dem du schöne Augen machen kannst« – sie stößt ein empörtes Keuchen aus –, »damit er dir eine Leiter holt oder deine Tische neu gestaltet.«

»Oh, eine Runde Mitleid. Stell die emotionalen Schäden, die du davongetragen hast, auch in Rechnung. Ich bezahle dir hundert Dollar dafür, dass du rumgelaufen bist, um Batterien zu besorgen«, faucht sie. Das Blut rauscht mir in den Ohren. »Hier ist ein Profi-Tipp für dich: Schenk nicht jedem Mädchen, das dir ›schöne Augen macht‹, eine seltene südamerikanische Blume. Sonst bist du bald pleite.«

Mein Atem geht keuchend. Ich bin ihr so nah, ich könnte sie küssen, wenn ich nur einen Schritt nach vorn …

Und anscheinend hat sie genau den gleichen Gedanken, denn sie greift im selben Moment nach meinen Schultern, in dem ich ihre Taille umfasse. Ihre Arme schlingen sich um meinen Nacken, und sie drängt sich an mich.

Ihr stürmischer Kuss setzt mein Inneres in Brand, und meine Finger vergraben sich in ihren Haaren, als wären sie der rettende Anker. Wir taumeln zurück, und meine Schultern prallen gegen die Backsteinmauer. Ich höre mich stöhnen.

Begierig zieht sie meinen Kopf zu sich herunter, schmiegt sich noch enger an mich und drückt mich gegen die Backsteine. Zwischen rauen Küssen streift ihr warmer Atem meine Lippen, und ich will innehalten und sie fragen: *Wer von uns hat damit angefangen?* Doch ihre Finger sind in meinen Haaren, und ihre Zunge gleitet in meinen Mund, und mir schwirrt der Kopf.

Ein leises Geräusch entringt sich ihrer Kehle, ein Wimmern, ein Stöhnen, sie neigt den Kopf zurück, und ich beuge mich über sie, um den Kuss noch zu vertiefen. Als ich den anderen Arm um ihre Taille schlinge, unsere Zungen tanzen und unsere Lippen miteinander verschmelzen, höre ich es erneut.

Ihr Atem fühlt sich heiß an meinem Mund an, als sie innehält, und ich bin auf das Schlimmste gefasst – dass sie mich schockiert anstarrt oder sogar auslacht. Doch bevor sich meine Lider flatternd öffnen, drücken sich ihre Lippen auf meine Wange, genau, wo sie mich vorhin geküsst hat.

Mein Schwanz zuckt, und ich weiß, dass sie es fühlen kann. So nahe, wie sie mir ist, kann sie *alles* fühlen.

Als sie mit den Zähnen über die empfindliche Stelle unter meinem Ohr fährt, entringt sich ein Stöhnen meiner Kehle, meine Arme schlingen sich um ihren Rücken und ziehen sie, obwohl das unmöglich sein sollte, noch näher. Sie saugt an meinem Hals, direkt über meinem Kragen, und es könnte sein, dass ich in Ohnmacht falle.

»Ama …«

Ihre Finger krallen sich in meine Schultern, und ein leises Wimmern kommt ihr über die Lippen. Meine Hände wandern über ihren Rücken, immer tiefer und tiefer, und als sie beinahe ihren perfekt geformten Hintern erreicht haben, stößt mein Becken ohne meine Erlaubnis gegen sie. Sie keucht an meinem Hals und drückt ihren Mund rasch wieder auf meinen.

Ich traue mich nicht, meine Hände auf ihren Hintern gleiten zu lassen – ihren spektakulären Hintern, von dem sie nicht einmal weiß, dass ich ihn auf jede erdenkliche Art will. Mit wenig bis gar keiner Finesse erwidere ich ihren Kuss, vollkommen überwältigt von ihrem Körper an meinem, ihrem Mund auf meinem, ihrer Zunge überall. Ihre Zähne graben sich in meine Haut, ihre Küsse werden drängender. Ich kann kaum atmen.

Ihre Hände verschwinden von meinen Schultern und machen sich an meinem Hemd zu schaffen, schieben es hoch, bis ihre Finger über meinen nackten Bauch streichen.

Ich bin so verdammt steif. Meine Hände wandern noch tiefer, und als ich mit den Fingerspitzen ihren Hintern berühre, habe ich das Gefühl, als würde ich mich für den Rest meines Lebens in Gestammel und Stöhnen auflösen.

Ich kann spüren, wie ihre Hände über meine Taille tanzen. Dann öffnet sie mit einem unverkennbaren Klicken meine Gürtelschnalle.

Ich packe ihre Hüften und schiebe sie zurück. Ihr Mund löst sich von meinem, und ich wende mich rasch ab. »Okay, okay, okay«, murmle ich.

»Was ist los?« Sie ist völlig außer Atem. Und ich wünschte, ich könnte ihr Gesicht sehen – ob ihre Augen leuchten, ob ihre Wangen gerötet sind, wie ihre Lippen aussehen, nachdem ich sie geküsst habe. Doch ich werde kommen, wenn ich sie jetzt ansehe. Wenn ich auch nur noch eine Sekunde länger anfasse, ist es um mich geschehen.

Also spreche ich den ersten dummen Gedanken aus, der mir in den Sinn kommt.

»Bist du nicht für diese Hochzeit zuständig?«

Ich ringe immer noch nach Atem, als ich sie abfällig schnauben höre. »Wie bitte?«

»Musst du nicht zurück?«

Fuck, mein Penis ist so hart. Er presst sich an den Reißverschluss meiner Jeans. Mein offener Gürtel verhöhnt mich.

»Machst du Witze?« Ihre Stimme ist schneidend. Wütend.

Ich kneife die Augen zu und drehe mich zu ihr um, lehne mich haltsuchend an die Wand. »Tut mir leid. Ich bin nur … Ich werde jeden Moment kommen.«

Plötzlich bin ich zurück in der Schule und erfahre von Madison Bailey und all ihren Freunden, dass es überhaupt nicht beeindruckend ist, bei *Sieben Minuten im Himmel* zum Orgasmus zu kommen. Fuck, ich muss diese blöde Tussi wirklich vergessen.

Ama setzt sich in Bewegung, und ich hoffe fast, dass sie geht. Ich kann sie nicht sehen, doch ich spüre ihre Wärme.

»Das ist der Sinn der Sache.« Ihr heißer Atem streift meinen Hals.

Meine Augen öffnen sich flatternd, und es ist noch schlimmer, als ich dachte. Ihr Gesicht ist gerötet, sie ist elektrisierend, sie ist wunderschön. Ihr Lippenstift ist nicht mal verschmiert, aber irgendetwas an ihrem Mund macht deutlich, dass ich sie geküsst habe.

Sie hebt langsam die Hand an meinen Jeansknopf.

»Es wird sehr schnell gehen«, warne ich sie.

Sie lächelt. »Gut. Denn ich muss zurück an die Arbeit …«

Sie neigt den Kopf, um mich erneut zu küssen, und in der Stille gleitet mein Reißverschluss auf. Mein Atem beschleunigt sich, und ich küsse sie langsam, vielleicht ein bisschen ungeschickt. Sie greift in meine Jeans, und mir bleibt die Luft weg.

»Oh«, raunt sie. Ich kann kaum die Augen offen halten, so gut fühlt sich ihre zarte Berührung an, doch jetzt gerate ich in Panik.

»Was? Was ist los?«

Ihr Blick ist auf mein Kinn gerichtet, aber unfokussiert. Ihre Lippen formen ein wunderschönes *oh*, und wenn ich nicht Angst hätte, dass mit meinem Penis irgendwas nicht stimmt, würde ich sie erneut küssen. Ihre ausgestreckten Finger gleiten über die gesamte Länge meines Schafts.

»Alles gut«, murmelt sie mit einem Lächeln. »*Wirklich* gut.«

Mit einem geheimnisvollen Lächeln blickt sie zu mir auf, und anscheinend verrät ihr mein Gesichtsausdruck, dass ich nicht weiß, was sie meint.

»Du hast eine gute Größe«, sagt sie und errötet heftig. Sie fängt an, mich durch meine Boxershorts zu reiben, sanft, aber fest. Dabei starrt sie mich direkt an, und ich kann nicht wegsehen. Nicht, während sie das mit mir macht.

»O Gott. Ja. Das fühlt sich großartig an«, stammle ich.

Dann greift sie in meine Shorts, und ich taumle wieder am Rand des Abgrunds. Ich umfasse ihr Gesicht und küsse sie innig. Ich kann ihr Lächeln an meinen Lippen spüren. Ihre Finger schließen sich um mich und fangen an zu pumpen.

Ich werde sie ficken. Eines Tages werde ich sie ficken und sie genauso in den Wahnsinn treiben wie sie mich. Ihr Mund ist offen und lässt willig zu, dass ich sie wieder und wieder koste. Meine Hüften beben. Sie hat nicht mal richtig angefangen, und ich werde kommen. Ich stöhne in ihren Mund, und sie reibt mich noch fester – schneller …

»Elliot«, wimmert sie, und das genügt.

Ein grelles Licht blitzt hinter meinen Augen auf. In meinem Kopf explodiert ein Farbfeuerwerk. Ich ergieße mich in meine Jeans, während sie mich immer noch streichelt und ihre Lippen ganz leicht meinen Mundwinkel streifen, ihr süßer Atem in meinem Gesicht.

Als ich die Augen öffne, zieht sie die Hand aus meiner Hose. Ich ergreife ihr Handgelenk und wische ihre Finger an der Innenseite meines Hemds ab. Bevor sie irgendetwas sagen kann, drehe ich uns um, dränge sie an die Wand und stecke ihr die Zunge in den Mund. Sie keucht, und ich küsse sie noch inniger. Meine Hände fassen nach dem Saum ihres Kleids und ziehen es ihre Oberschenkel hinauf.

Sie lächelt, als ich ihren Hals küsse. »Ich muss zurück«, murmelt sie, doch sie klingt wehmütig, unentschlossen.

»Ich kann schnell sein«, raune ich ihr ins Ohr, schiebe ihr Kleid bis zu ihrer Taille hoch und umfasse endlich ihren Hintern. Sie stöhnt, und ich sauge an der empfindlichen Stelle unter ihrem Ohr und lasse meine Finger in ihren Slip gleiten.

Von irgendwo ertönt ein leises Piepen, und bevor mir klar wird, wo es herkommt, greift sie nach dem Headset, das wie durch ein Wunder immer noch in ihrem Ohr steckt, und tippt darauf. »Hier spricht Ama.« Ich kann nicht hören, was die Person am anderen Ende sagt, doch sie antwortet: »Super. Ich bin unterwegs.«

»Nein, geh nicht«, bitte ich sie, sobald sie den Anruf beendet hat. »Lass mich noch schnell …«

»Ich muss los. Anscheinend kommt das Catering nicht in die Gänge.« Sie lächelt und fährt sich mit der Hand durch die Haare.

Ich streiche über das Spitzenband an ihrem Bauch. »Ich verspreche, ich kann …«

Sie packt mein Kinn und küsst mich innig. Ein Abschied, aber ich muss es dennoch versuchen.

»Ich muss wissen, wie feucht du bist«, flüstere ich an ihren Lippen. »Ich muss wissen …« Meine Finger tanzen über den dünnen Stoff.

Ihre Augen glitzern, und ihre Lippen umspielt ein schelmisches Grinsen, als sie sagt: »Nächstes Mal.«

Sie drückt gegen meine Schultern, und ich weiche widerwillig zurück. Um die Sauerei in meiner Jeans sollte ich mich lieber früher als später kümmern, aber ich will nicht, dass dieser Moment endet.

Mit einem einzigen Handgriff hat sie ihr Kleid zurechtgerückt und ist bereit, zum Hochzeitsempfang zurückzugehen. Und ich schäme mich plötzlich, wie unterschiedlich unsere Erfahrungen waren. Ich hätte sie nicht in meine Hose greifen lassen dürfen, bevor ich sie befriedigt habe.

Doch das Echo ihres *nächstes Mal* bringt mein Blut in Wallung, als sie mir über die Schulter zulächelt, die Tür aufzieht und davonmarschiert.

Ein paar Minuten stehe ich da wie erstarrt und versuche, mir darüber klarzuwerden, was gerade passiert ist und wie ich dafür sorgen kann, dass es erneut passiert. Ich stelle zwanzig ihrer Grabkerzen auf, bevor ich vorsichtig zu meinem Truck zurückgehe – hoffentlich ist meine Trainingshose noch unter dem Sitz.

14

AMA

Mai

Ich erwache aus einem sehr angenehmen Traum. Darin waren Elliot und ich zurück in der Old Sugar Mill, bei der Hochzeit der Robinsons. Doch statt dass ich ihm einen runterholte, ging er schnell wie der Blitz vor mir auf die Knie. Meine Finger krallen sich immer noch in das Bettlaken, das ich als Ersatz für seine Haare genommen habe.

Um mich in die Realität zurückzuholen, schlage ich mir leicht auf die Wangen und reibe mir die Augen. Vielleicht liegt es daran, dass ich ihn seit drei Wochen nicht mehr gesehen und auch nichts von ihm gehört habe. Da er ausgerechnet in dieser stressigen Zeit wieder in meinem Leben aufgetaucht ist, hatte ich keine Zeit, meine Gefühle in den Griff zu bekommen. Oder meine Libido.

Ich fand ihn schon immer attraktiv. Selbst mit neunzehn, als ich Whitney wie ein Schoßhund nachlief. Er packte immer die Gestecke aus, während sich sein Vater mit allen unterhielt, und manchmal kam ich ihm absichtlich in die Quere, nur damit er »Entschuldigung« sagen musste. Damals kannte ich ihn noch nicht gut genug, um zu wissen, dass dieses Wort nicht zu seinem Wortschatz gehört. Für gewöhnlich sagte er einfach nur: »Weg da.«

Doch jetzt, da ich ihm wieder nahe bin, seine Stimme hören und sein Aftershave oder Duschgel oder was auch immer riechen kann, fühlt es sich genauso an wie damals. Ein paar Wochen war er wieder ein Teil meines Lebens, und dann war er wieder fort. Und natürlich wird es nie wieder so wie früher. Ich muss mit der Tatsache leben, dass ich nie wieder seine Finger in meinen Haaren spüren werde und dass er Tattoos hat, die meine Lippen nie berühren werden.

Diese Grübeleien bringen nichts, erinnere ich mich. Heute werde ich ihn wiedersehen, und dieses Spektrum von geil bis wehmütig ist eine alberne Art, in den Tag zu starten. Also werfe ich die Decke zurück und springe unter die kalte Dusche.

Es stehen ein paar Besichtigungen an. Zuerst treffe ich mich mit einigen meiner besten Lieferanten bei Jackies Eltern, wo es am Tag vor der Hochzeit einen Brunch geben wird, dann geht es weiter zum Firehouse Restaurant in Old Sacramento, wo das Probeessen stattfinden wird, und zu guter Letzt schaue ich mir mit George von Michelangelo's Event Rental das alte Ballettstudio genauer an. Kein Grund, die anderen mit dem Zustand des Gebäudes in Aufruhr zu versetzen.

Die nötigen Genehmigungen habe ich schon. Das Einzige, weswegen sich Hal noch querstellt, ist die Sperrung der Straße um den Park, doch das werde ich auch noch mit ihm klären.

Als ich ins Auto steige, klingelt mein Handy. Ich stecke mir mein Headset ins Ohr und gehe ran.

»Hi, Honigbärchen«, erklingt Moms melodiöse Stimme.

»Hey! Wie geht's?«

Ich kann mir schon denken, warum sie anruft, da die Osterfeierlichkeiten mit ihrem Mann eine absolute Katastrophe waren.

»Ich wollte dich nur wissen lassen, dass es mit Carl wohl doch nicht klappt.«

Ich rufe das Skript ab, das ich über die Jahre perfektioniert habe. »Was? O nein. Mom, das tut mir leid. Was ist passiert?«

»Irgendwas war einfach nicht so, wie es sein sollte. Ich konnte es erst nicht sehen, aber jetzt, da wir darüber geredet haben, fühle ich mich viel besser.«

»Er war einer der Guten, aber weißt du was? Das bist du auch.«

»Ja.« Sie klingt wehmütig. »Und Jake mochte dich wirklich. Er meinte, er würde dir gern weiterhin bei Hochzeiten helfen, wenn du ihn brauchst.«

»Klar«, sage ich und verdrehe die Augen. Er kommt zu meinen anderen Stiefgeschwistern in das Rolodex.

»Also, hör zu«, fährt sie fort, »ich ziehe heute aus und nehme nur ein paar Sachen mit. Kann ich ein paar Tage zu dir kommen, bis ich was Neues finde?«

Ich atme tief durch. So läuft es immer. Mom zieht eine Woche bei mir ein. Mom kauft ein neues Haus. Mom trifft einen neuen Mann und verlässt besagtes Haus wieder. Mom heiratet den neuen Mann und verkauft das Haus. Mom lässt sich von dem neuen Mann scheiden. Mom zieht bei mir ein etc. Und so geht es immer weiter.

»Natürlich. Heute hab ich viel zu tun, aber zum Abendessen bin ich zu Hause. Wir können uns was vom Chinesen bestellen.«

»Das fände ich sehr schön. Ich komme in etwa einer Stunde vorbei. Ich habe noch meinen Schlüssel.«

»Super. Nur bitte … räum nicht auf. Und wenn du mich ignorierst und doch aufräumst, versteck bitte nicht wieder meinen Vibrator.«

»Ich hab ihn nicht versteckt, Ama. Ich habe ihn in den Schrank getan, wo er deine Gäste nicht …«

»Okay, bitte fass mein Sexspielzeug nicht an, hab dich lieb, bye!«

Ich lege auf, bevor sie irgendetwas erwidern kann. Cynthia Jones, die Frau, die keinen Vibrator braucht, weil sie neunzig Prozent ihres Erwachsenenlebens mit einem Mann zusammen war. Und ständig mit einem neuen Mann, so dass keine Langeweile aufkommen konnte.

Auf dem Weg schaue ich bei Mr Kwon im J Street Donuts vorbei, und er drängt mir mein übliches Dutzend auf.

Jackies Eltern wohnen ungefähr zwanzig Minuten vom Rose Garden entfernt in einem vornehmen Stadtteil von Sacramento namens Carmichael. Als ich vor dem prachtvollen zweistöckigen Haus halte, nehme ich mir vor, Jackie zu fragen, was ihre Eltern beruflich machen. Denn *wow.*

Ihre Mutter Kim zieht mich in eine feste Umarmung und lamentiert über raffinierten Zucker, während sie sich einen Boston Cream Donut aussucht. Jackie begrüßt mich in der Küche.

»So ein schönes Haus! Bist du hier aufgewachsen?« Ich nehme mir auch einen Donut und lehne mich an die Kochinsel.

»Ja! Aber ich bin sicher, das ist nichts im Vergleich zu dem Ort, wo du aufgewachsen bist, Miss St. Joseph's.«

Ich zucke die Achseln. Das Haus, in dem ich groß geworden bin, war nicht annähernd so prachtvoll, aber es war schön. Kim stibitzt noch einen Donut, fasst mich am Ellbogen und bedankt sich für alles.

»Jacqueline ist völlig hingerissen von dir«, sagt sie mit einem Lächeln. »Ich hoffe, das ist nicht zu viel verlangt, aber ich habe eine kleine Bitte.«

»Natürlich. Nur zu!«

Kim legt die Hand aufs Herz. »Wir haben ein Familienerbstück, eine Wanne, die ich sehr gern irgendwie bei der Hochzeit einbeziehen würde. Fällt dir eine Verwendung dafür ein?«

»Vielleicht beim Empfang?«, schlägt Jackie vor. »Wir könnten sie mit Eis füllen und die Drinks hineinlegen.«

»Das klingt … viel schicker als eine Plastikschüssel. Ich bin dafür«, sage ich lachend. »Hazel hat schon nach Craft Beer gefragt, vielleicht könnten wir das in der Wanne ausstellen.«

Kim klatscht in die Hände und sieht aus, als wäre sie den Tränen nah. »Das würde mich sehr glücklich machen. Mein Vater ist vor ein paar Jahren gestorben.«

Ich drücke ihre Hand und lasse sie ein paar Geschichten über ihn erzählen. Als der Ofen piept, geht sie die Zimtschnecken holen, die sie eigens für uns gebacken hat.

Ich wende mich an Jackie. »Okay, geh mit mir durch, was dir vorschwebt, bevor die anderen kommen.«

Ich ignoriere die Nervosität, die in mir aufflackert, als ich daran denke, dass zu diesen anderen auch Elliot gehört, und folge Jackie zurück in die Eingangshalle.

»Ich dachte, wir stellen am besten alles im Wohn- und Speisezimmer auf, weil sie durch Glastüren miteinander verbunden sind«, erklärt Jackie und führt mich in einen Raum mit einer hohen Decke und Möbeln, die aussehen, als wären sie gerade erst ausgepackt worden.

»Wow. Das ist wunderschön.« Mein Blick wandert über den Backsteinkamin und die perfekt zur Schau gestellten Zierkissen. Die Glastüren öffnen sich tatsächlich zum Speisesaal, der wiederum direkt mit der Küche verbunden ist. »Du hast wirklich ein gutes Auge. Ein langer Tisch in der Mitte dieser beiden Räume ist perfekt.«

Während wir über die Parkmöglichkeiten und die Anzahl der Gäste reden, klopft es an der Tür, und im nächsten Moment öffnet sie sich zögerlich. Ich erkenne seine große Hand, wende jedoch rasch den Blick ab, bevor der Rest von ihm erscheint.

Zehn Minuten zu früh, genau wie es ihm sein Vater beigebracht hat.

Jackie geht zu ihm, um ihn zu begrüßen. Ich kann hören, wie Kim nach seiner Mutter fragt, und bevor er auch nur antworten kann, führt sie ihn im Haus herum und zeigt ihm, wo sie gern Blumen hätte.

Jackie kommt zu mir zurück. »Worum auch immer sie bittet, gib ihr die Hälfte«, sagt sie mit einem amüsierten Kopfschütteln. »Okay, wo waren wir?«

»Deine Mutter hat einen phantastischen Geschmack. Die Vibes hier drin sind toll. Ich muss nur mit dem Verleihunternehmen besprechen, was wir reinbringen.«

Elliots leises Lachen lenkt meine Aufmerksamkeit ab. Kim macht mit ihm eine Tour, und ich kann ihn endlich über Jackies Schulter sehen. Er lächelt so selten. Das letzte Mal ist ewig her, und ich wünschte, er würde *mich* anlächeln. Ich verdränge die sehnsüchtigen Gedanken und gehe zum Fenster, um zu sehen, was unsere Optionen für den Garten sind.

Jackie taucht neben mir auf. »Also … datest du eigentlich?«

Ich blicke so ruckartig auf, dass ich mir fast den Hals verrenke. »Elliot? Nein. O Gott, nein.« Ich lache manisch. »Wie … wie kommst du denn auf … Nein, sicher nicht.«

Jackie blinzelt mich verwundert an. »Äh, ich wollte nur wissen, ob du irgendjemanden datest. Ganz allgemein.«

Meine Schultern sinken in sich zusammen, als der Adrenalinschub nachlässt, und ich reibe mir verlegen die Stirn.

»Aber wenn du mit den Gedanken gleich bei Elliot bist, bin ich voll und ganz einverstanden. Er ist Single …«

»Sorry, ich bin ziemlich« – ich mache eine wegwerfende Geste und überlege, welche meiner Neurosen ich dafür verantwortlich machen kann – »angespannt, schätze ich. Ähm, nein, zurzeit date ich niemanden.«

»Schlimme Trennung?«, vermutet sie.

Ich werfe ihr ein mattes Lächeln zu. »Etwas in der Art. Ich hab's nicht so mit Langzeitbeziehungen.«

»Na ja, es gibt da etwas, das bestimmt gegen die ›Anspannung‹ helfen würde«, sagt sie, und ich folge ihrem verschmitzten Blick zu Elliot, der ihrer Mutter aufmerksam dabei zuhört, wie sie die

Vor- und Nachteile von Chrysanthemen gegenüber Nelken erörtert. Er spürt unsere Blicke auf sich und sieht zu uns herüber. Ich wende mich schnell ab, und Jackie winkt ihm zu. »Sorry, wenn ich damit übers Ziel hinausschieße. Hay und ich haben eine Wette abgeschlossen, wann ihr beide in der Kiste landet.«

Na großartig. Mein hilfloses Schweigen und wachsendes Grauen die letzten Monate wurden als Schwärmerei fehlinterpretiert. »Ihr werdet beide verlieren«, protestiere ich schwächlich. »Das garantiere ich euch.«

»Nicht dein Typ?«

Mein alles andere als hilfreiches Gehirn versorgt mich mit Erinnerungen an meinen Traum heute Morgen: sein Kopf zwischen meinen Beinen, die Backsteinwand der Old Sugar Mill an meinem Rücken. Und dann, um sich nicht das Rampenlicht stehlen zu lassen, tauchen meine echten Erinnerungen an diesen Tag vor meinem geistigen Auge auf: Rosenblüten, die an meiner verschwitzten Haut klebten, Blätter in seinen Haaren, seine Zunge überall.

»Ich habe keinen Typ«, entgegne ich schroff, drehe mich auf dem Absatz um und beende das Gespräch. Es ist sowieso völlig unangebracht. Falls Elliot oder Kim meine hochroten Wangen bemerken, verlieren sie kein Wort darüber.

Nachdem George von Michelangelo's sich das Haus angesehen hat und ich mir angehört habe, was Elliot und ihm dazu einfällt, verlassen wir das Anwesen der Nguyens und fahren zum Firehouse Restaurant. Ich biete Jackie an, sie mitzunehmen, und ich kann sehen, dass sie nach einem guten Grund sucht, stattdessen Elliot bei mir mitfahren zu lassen, aber sie findet keinen.

George hat schon ein Event im Firehouse organisiert und weiß in etwa, was das Restaurant zu bieten hat. Elliot hat Blumen dorthin geliefert, aber noch keine Kunstinstallationen angebracht.

Sobald wir ankommen, holt er sein Maßband heraus und macht sich an die Arbeit.

Ein schlichtes Probeessen ist mir das Liebste. Weniger Gäste, weniger einmalige Erlebnisse, mehr Alkohol. Tatsächlich sieht es ganz danach aus, als würden sowohl der Brunch bei den Nguyens als auch das Probeessen herrlich entspannt, da sie ohne die lange Gästeliste von Hazels Agentin stattfinden werden, die mir schon jetzt Kopfschmerzen bereitet, obwohl ich bei der Vorstellung, Anya Taylor-Joy kennenzulernen, ganz aus dem Häuschen gerate.

Die Rosenwand, die Elliot für den Empfang baut, wird am Tag vorher geliefert, und er bringt auch die Gestecke mit. George wird schwarze und goldene Ballons und Schilder zur Orientierungshilfe besorgen. Alles kein Problem.

Der schwierige Teil kommt erst jetzt.

Wir stehen alle zusammen auf dem Parkplatz des Restaurants, als ich mich an Elliot wende. »Okay, wir drei fahren zu dem Gebäude an der 21st Street, um George zu zeigen, womit wir arbeiten.« Ich blinzle ins Sonnenlicht und schirme meine Augen mit der Hand ab. »Dir steht es frei zu gehen. Schließlich hast du es schon gesehen.«

»Oh, aber du kannst auch gern bei uns bleiben!«, wirft Jackie ein.

»Äh, ja, klar. Du bist natürlich willkommen. Aber ich weiß, wie viel du zu tun hast.« Ich gehe zu den Autos, bevor Jackie ihn noch weiter beschwatzen kann. »George, wollen wir zusammen fahren? Dort einen Parkplatz zu finden ist schwierig, und ich kann dich danach wieder herbringen.«

»Okay, ich komme mit«, ertönt eine tiefe Stimme und schneidet George das Wort ab.

Die Schlüssel fallen mir fast aus der Hand. Überrascht sehe ich zu Elliot. Er zuckt die Achseln, die Hände in den Taschen vergraben. Jackie sieht aus, als würde sie vor Aufregung platzen. George steht mit offenem Mund da, bereit zu antworten, wenn ihm jemand Beachtung schenkt.

»Super! Sehr schön!« Ich klinge wie eine Cartoon-Maus. Endlich schaffe ich es, die Tür aufzuschließen, und sehe voller Entsetzen zu, wie Elliot und George sich in ihrem Bemühen, sich als perfekter Gentleman hervorzutun, um den Vordersitz streiten. George ist eher rundlich, aber Elliot hat längere Beine, daher stehen die Chancen fifty-fifty. Schließlich setzt George sich nach vorn, Jackie steigt hinten auf der Beifahrerseite ein, und ich sehe, wie Elliot nach der Tür hinter mir greift.

George und Jackie unterhalten sich über Radiosender, und ich warte nur auf das vierte Klicken der Sicherheitsgurte, damit ich diese Tortur hinter mich bringen kann. Im Seitenspiegel sehe ich Elliots markantes Kinn.

»Ach du lieber Himmel, auf deinem Armaturenbrett leuchten aber viele Lichter!«

Halt die Klappe, George. Ich schließe die Augen in der Hoffnung, das Ganze mit einem Lachen und einem »Ja, verrückt, oder?« abtun zu können.

»Soll das ein Witz sein?«, ertönt seine Stimme hinter mir, und ich fühle, wie er sich vorbeugt und mir über die Schulter sieht. Die Härchen in meinem Nacken wissen nicht, dass wir in Schwierigkeiten stecken, deshalb richten sie sich vor Erregung auf, als er fragt: »Was zur Hölle, Ama?«

Ich lege den Rückwärtsgang ein und fahre vom Parkplatz runter. »In der Werkstatt hieß es, sie könnten nichts dagegen tun!«, kreische ich mit meiner Ich-bin-doch-nur-ein-Mädchen-Stimme, die ich immer dann einsetze, wenn ich mich vor etwas drücken will.

Jackie lacht, doch immer, wenn ich im Rückspiegel einen Blick auf Elliot erhasche, starrt er mich grimmig an. George ist empört, dass mir in der Werkstadt niemand helfen konnte, und will wissen, in welcher ich war, damit er sie in Zukunft meiden kann.

Zum Glück schaffen wir es zu dem Ballettstudio, ohne bei einem Autounfall draufzugehen, und abgesehen davon, dass ein gewisser Jemand mich keines Blickes mehr würdigt, läuft drinnen auch alles reibungslos. George ist sehr besorgt, als er den Zustand des Gebäudes sieht, aber ich erläutere ihm unseren Plan mit den Genehmigungen und den Gesundheitsinspektionen, und als wir fertig sind, zeigt sich ein Lächeln auf seinem Gesicht. Genau wie Elliot vergewissert er sich, dass ich von den Fledermäusen weiß.

Das Schwierigste an unserem heutigen Treffen ist, dass es nicht nur das erste Mal seit Wochen ist, dass ich Elliot sehe, sondern wir uns danach auch mindestens zwei Monate nicht mehr sehen werden. Von jetzt an werden wir eine Weile getrennte Wege gehen. Es ist Mai, und die Hochzeit findet erst im Oktober statt. Während ich zum Parkplatz des Restaurants zurückfahre, sehe ich öfter als nötig in den Rückspiegel und suche in seinem stoischen Gesicht nach einem Lebenszeichen.

Er verabschiedet sich nicht, und ich kläre immer noch die letzten Details mit einem sehr redseligen George, als sein Truck startet. Während ich mit Jackie in mein Auto steige, um sie nach Hause zu fahren, parkt er aus. Und dann ist er weg. Ich habe keine Ahnung, warum er überhaupt mitgekommen ist, wenn er doch die ganze Zeit nur böse dreinschaute.

Wenn alles läuft wie geplant, werde ich ihn eine Weile nicht sehen. Ich fühle mich wie eine Süchtige – obwohl sein Geruch noch in meinem Auto hängt, fehlt er mir schon.

Demnächst steht eine Hochzeit an, für die er perfekt wäre, aber ich habe Angst, ihn danach zu fragen. Arbeiten wir wieder zusammen? Oder ist Jackies und Hazels Hochzeit einfach nur ein besonderer Anlass, der uns dazu zwingt? Und was wäre mir lieber? Ich weiß, dass mich die Zusammenarbeit mit ihm zur Höchstform auflaufen lässt, und ich hoffe, dass es ihm genauso geht, aber das heißt nicht unbedingt, dass es die Mühe wert ist.

Wir können nicht so weitermachen wie früher – nicht einmal wie vor dem Sex. Denn der Sex stand schon immer im Raum, selbst in den Monaten, in denen er sich weigerte, den ersten Schritt zu machen. Es war mein Fehler zu glauben, es könnte *nur* Sex zwischen uns geben.

Ich weiß nicht, ob wir in Zukunft zusammenarbeiten und alles andere vergessen können.

Ich weiß nur, dass ich wünschte, diese Hochzeit wäre nicht schon so bald vorbei.

15

ELLIOT

Drei Jahre, vier Monate und zwei Wochen zuvor

Gegen Ende ihrer Ehe konnten sich meine Eltern kaum noch auf etwas einigen. Er wollte mich ins Wissenschaftscamp schicken; sie meldete mich für eine Ausbildungsstelle als Bühnenbildner im örtlichen Theater an. Er wollte ein größeres Haus im Vorort kaufen; ihre politische Karriere kam gerade richtig in Gang, so dass sie in der Nähe des Kapitols bleiben musste. Sie mochte Rührei; er bevorzugte Spiegeleier.

Aber selbst sie wären sich einig gewesen, dass ich Ama spätestens am Sonntag hätte anrufen sollen.

Dad hätte für Samstagabend plädiert, nur um störrisch zu sein. Und Mom hätte erwidert, dass ich gar nicht erst hätte gehen sollen – ich hätte bei ihr bleiben und sie zu ihrem Auto begleiten sollen.

Auch wenn Dad tot ist und Mom keine Ahnung hat, dass mir Ama auf der Hochzeit eines Fremden einen runtergeholt hat, habe ich doch noch genug von ihnen in mir, um Montagmorgen zu wissen, dass ich es vermasselt habe.

Ich schleppe mich schon früh in den Laden, um den Kopf freizubekommen. Sie heute anzurufen ist immerhin noch besser als sie gar nicht anzurufen, und das steht ganz oben auf meiner To-do-Liste, doch auf der Mailbox ist bereits eine Nachricht. Es ist acht Uhr morgens.

Hi, hier ist Ama.

Jeder Muskel in meinem Körper spannt sich an, und ich wende mich dem schwarzen Kasten zu, der mein Schicksal bereithält.

Ein Paar, für das ich arbeite, hätte gern einen deiner Kronleuchter für ihre Hochzeit im Juni. Ich weiß, das ist sehr kurzfristig, tut mir echt leid. Ich komme heute mit ihnen vorbei, um dich hoffentlich mit Schmeicheleien rumzukriegen.

Ich kann das Lächeln in ihrer Stimme hören. Etwas hilflos sehe ich mich im Laden um und fahre mir mit der Hand durch die Haare. Mein Blick verharrt auf dem Kronleuchter, der über meinem Kopf hängt. Sollte ich ein paar der Blumen erneuern, bevor sie kommt?

Stattdessen spiele ich ihre Nachricht noch mal ab, in der Hoffnung, einen Hinweis darauf zu finden, wie sie darüber denkt, was am Samstag passiert ist. Vielleicht zeigt mir ihre höhere Stimmlage, dass sie es kaum erwarten kann, mich wiederzusehen. Vielleicht bilde ich es mir nicht nur ein, dass ihr die »Schmeicheleien« mit einem Lächeln über die Lippen kommen.

Schon fünf Minuten nachdem ich den Laden geöffnet habe, kündigt die Glocke über der Tür Besucher an. Ein junges Paar kommt herein und blickt sich neugierig um, und Ama schließt die Tür hinter ihnen. Sie merken an, wie »süß« der Laden sei, während ich zur Theke zurückschlendere.

»Ja, nicht wahr?«, sagt Ama. »Das ist Elliot Bloom. Der Laden gehörte seinem Vater, bevor er ihn übernommen hat, und er bietet nun auch eigens angefertigte Deko an.«

Ich bin fast genervt, dass sie über mich statt mit mir redet, doch dann tritt sie an die Theke und präsentiert mir mit einem schelmischen Grinsen als Gegengewicht zu meinem grimmigen

Stirnrunzeln eine rosa Donutschachtel. Als wüsste sie genau, dass mich die Donuts auf die Palme bringen, und hätte sie trotzdem mitgebracht.

Ich begrüße das Pärchen, lehne einen Donut ab und versuche, mit der Braut eine normale Unterhaltung über einen Schleierkraut-Kronleuchter zu führen, während Ama am Tresen lehnt und verführerische Dinge mit Zimtgebäck anstellt. Oder vielleicht habe ich auch endgültig den Verstand verloren, und sie isst ganz normal ihren Donut.

Während mir die Frau erklärt, wie sehr ihr Schleierkraut missfällt, und nach einer Alternative fragt, sehe ich zu Ama, und sie hält meinen Blick fest und schiebt sich den Donut ganz langsam in den Mund – viel mehr davon als nötig.

»Glauben Sie, das würde funktionieren?«, fragt die Frau, und ich muss mir die letzten Worte in Erinnerung rufen, die ich gehört habe, bevor Ama beschlossen hat, ihren Donut auf möglichst laszive Art zu essen.

»Natürlich«, stoße ich hervor und räuspere mich. »Es gibt noch andere Optionen als Schleierkraut.« Ich zähle ein paar Möglichkeiten auf, und sie entscheidet sich für weiße Hortensien.

Nachdem ich mich vergewissert habe, dass sie sonst nichts brauchen, bringt Ama die beiden zur Tür, und ich fühle, wie mir die Situation entgleitet. Die rosa Schachtel steht immer noch geöffnet auf der Theke.

»Nimm deine Donuts mit«, rufe ich ihr nach.

Sie dreht sich noch einmal zu mir um. »Oh, ich weiß doch, wie sehr du sie liebst.« Ein Lächeln umspielt ihre Lippen, und sie klimpert mit den Wimpern. Dann sagt sie: »Bin gleich wieder da« und lässt die Tür hinter sich zufallen.

Ich werfe einen grimmigen Blick auf die Schachtel und bin versucht, sie einfach in den Müll zu werfen und die Tür abzuschließen. Es ist nicht so, als hätte ich eine irrationale Abneigung gegen frittiertes Gebäck, aber meine Mutter duldete keinen Zucker im Haus. Deshalb trinke ich keine Limo, esse keine Halloween-Süßigkeiten und bestelle nie ein Eis. Natürlich war ich dadurch in meiner Kindheit äußerst beliebt.

Ich nehme eine der glasierten Monstrositäten und kann fühlen, wie der Zucker durch Osmose in meine Haut einsickert. Ich werde einen probieren, um ihr zu sagen, dass ich ihn scheußlich finde, und damit hat es sich.

Entschlossen stopfe ich mir den Donut in den Mund, doch sobald ich anfange zu kauen, weiß ich, dass ich einen furchtbaren Fehler begangen habe. Ich verstehe, was die Leute daran so toll finden. Wirklich. Doch als jemand, der keine Kaffeesahne nimmt, weil sie ihm zu süß ist, bekomme ich ihn kaum runter. Ich werfe den Rest weg und gebe mir alle Mühe zu schlucken. Zu allem Überfluss war er mit irgendwas gefüllt, das mir jetzt auf der Zunge klebt. Ich verschließe die Schachtel, schiebe sie an den Rand der Theke und hoffe, dass Ama sie einfach wieder mitnimmt.

Um mir die Zeit zu vertreiben, fange ich an zu putzen – ich werde nicht untätig rumstehen und auf sie warten. Als die Glocke über der Tür klingelt, bin ich im Hinterzimmer, und eigentlich sollte es mich ärgern, dass sie einfach hereinmarschiert.

»Du solltest über einen Showroom nachdenken.«

»Mmhmm.«

»Ich mein's ernst.« Sie geht zu meiner Werkbank und setzt sich darauf. »Wenn du weiter Kunstinstallationen bauen willst, brauchst du ein Atelier, Elliot.«

Ich wende den Blick von ihrem Kleid ab, das ihre Schenkel verführerisch umschmeichelt, und knurre: »Ich habe ein paar Sachen angefertigt. Ich werde nicht den Laden umbauen, um es Whitneys Luxuskunden recht zu machen. Das hätte mein Dad nie gewollt.«

Sie lässt sich meine Worte durch den Kopf gehen. »Warum machst du nicht beides? Wie wär's mit dem Hinterzimmer?« Sie blickt sich um, und ich kann sehen, wie sie im Kopf den Raum gestaltet, wie sie Hochzeitsempfänge gestaltet. »Wenn du cleveren Stauraum hättest, könntest du dort alles unterbringen, was du brauchst, und hättest dennoch genug Platz an den Wänden und auf dem Boden für einen Showroom.« Sie wendet sich wieder mir zu. »Weiß Whitney überhaupt von deinen Kunstinstallationen? Sie sollte dich wirklich öfter engagieren.«

»Whitney Harrison Weddings folgt mir auf Instagram, aber ich weiß …«

»Das hat nichts zu bedeuten«, beendet sie den Satz für mich. »Um den Account kümmern sich ihre Assistenten. Kannst du dich bei ihr melden? Sag ihr, was du noch anbieten wirst, falls sie je mehr braucht als Deko.«

Ich greife nach einem übriggebliebenen Strauß Astilben auf dem Tisch neben ihr. »Du bist ihr immer noch absolut treu, was?«

»Ja. Sie hat mich zu dem gemacht, was ich heute bin.«

Da würde ich ihr widersprechen, aber jetzt ist nicht der richtige Zeitpunkt. »Was habe ich darüber gesagt, dass du in meinem Laden rumläufst, als würde er dir gehören?«, sage ich und sehe demonstrativ auf die Werkbank hinunter, auf der sie thront.

Sie presst die Lippen zusammen. »Hm. Dass du es toll findest?«

Ich schüttle den Kopf und trete näher an sie heran. Sie spreizt die Beine, und ich falle fast vor ihr auf die Knie.

Sie macht ein nachdenkliches Geräusch und tippt sich ans Kinn. »Vielleicht so was wie ›danke, dass du mir Donuts mitgebracht hast, und danke für die kostenlose Publicity, die ich durch dich und deine Fotografin bekommen habe‹?«

Ich stütze die Hände zu beiden Seiten von ihr auf den Tisch und beuge mich vor. So ist sie größer als ich, und ich glaube, das gefällt ihr.

»Du musst mir verzeihen, dass ich es vergessen habe«, sagt sie und fummelt an meinem obersten Hemdknopf herum. »Du hattest Skinny Jeans an und dieses Flanellhemd, in dem du aussahst wie ein Missionar, der gekommen ist, meine versaute Seele zu retten.«

Ihre Lippen berühren ganz leicht meine Schläfe.

»Das sind keine Skinny Jeans«, widerspreche ich.

»Ich habe kaum meine Hand reingekriegt«, flüstert sie mir ins Ohr.

Ich schlucke schwer, und ich weiß, dass sie es hören kann. Als ich ihr die Hände auf die Knie lege, spreizt sie bereitwillig die Beine noch weiter.

»Sag mir, wo du noch ein Tattoo hast«, raunt sie und bedeckt meinen Hals mit federleichten Küssen. »Eins der anderen vier. Das muss ich dringend wissen.«

Meine Lider senken sich flatternd, als ihre Zähne mein Ohr streifen. »Auf der Brust habe ich eine Viola cryana.«

»Wie bedroht ist sie?« Ihr stockt der Atem, als ich meine Hände ihre Oberschenkel hinaufgleiten lasse.

»Sehr. Sie ist ausgestorben.«

»Ich will sie sehen. Ich will sie alle sehen«, flüstert sie, und ihr warmer Atem jagt mir Schauer der Erregung über den Rücken. »Ich will meinen Mund auf jedes einzelne deiner Tattoos drücken.«

Ich bin schon wieder steif. Mit festem Griff packe ich ihre Schenkel und schiebe ihr Kleid hoch. Jetzt saugt sie an meinem Hals und wimmert leise, als ich den dünnen Stoff ihrer Unterwäsche erreiche. Ich streiche darüber, lasse die Hände über ihre Hüfte und um ihre Taille gleiten. Fast kann ich mit den Fingern ihren Rücken umfassen.

Meine Hände wandern weiter nach oben, spannen sich über ihren Bauch. Als ich ihren BH beiseiteschiebe, sind ihre Nippel schon fest und hart. Sie gibt einen flehenden Laut von sich, packt mich im Nacken und zieht meinen Mund zu sich herunter. Dabei rutscht sie noch näher an mich heran, so dass sich ihr Zentrum an mich drückt. Meine Zunge gleitet durch ihren Mund, und mein Schwanz hat die Nachricht erhalten, dass ich sie hier auf diesem Tisch ficken werde.

Ich zupfe an ihrem Nippel und reibe leicht über die straffe Haut. Ihr entfährt ein Stöhnen, und ihre Beine schlingen sich um meine Hüfte. Sie keucht in meinen Mund, schon jetzt völlig außer Atem. Ihre Finger krallen sich in meinen Kragen, doch gerade als mir die Idee kommt, ihren Slip runterzuziehen und sie zu kosten, zieht sie sich zurück.

Ihr Blick huscht zwischen meinen Augen hin und her. »Hast du … hast du einen Donut gegessen?«

Ich lache, lasse meine Hände ihren Bauch hinuntergleiten und umfasse ihre Taille. »Du hast mich ertappt. Die Dinger sind echt eklig. Ich verabscheue sie.«

Sie atmet schwer, und hinter ihrem Lächeln verbirgt sich etwas, was ich nicht deuten kann. »Okay, okay«, murmelt sie. »Okay, also …« In ihrer Kehle ist ein beunruhigendes Rasseln zu hören. »Alles gut. Aber du musst den Notruf wählen und den EpiPen aus meiner Tasche holen.«

Ich blinzle sie verständnislos an. Und bevor ich fragen kann, ob sie Witze macht – oder meine Finger aus ihrem Slip ziehen kann –, verdrehen sich ihre Augen, und sie sinkt an meine Schulter.

Ich bin wie erstarrt. Ist das ein schlechter Scherz?

»Was zur Hölle?«

Ich schüttle sie, lasse sie in meinen Armen nach hinten sinken und ziehe behutsam ihre Lider zurück, um ihr in die Augen zu sehen. Mein Herz hat Mühe zu pumpen, weil sich mein Blut in meinem Penis gesammelt hat, aber ich glaube, sie hat etwas von einem EpiPen gesagt. So sanft wie möglich lege ich sie auf den Tisch und suche nach ihrer Handtasche. Als ich mein Handy hervorziehe, fliegt es mir aus der Hand und landet auf dem Boden, und ich muss unter ein Regal kriechen, um es zu holen. Während ich zu ihr zurücklaufe und ihren Puls checke, wähle ich den Notruf.

»Was ist Ihr Notfall?«, erklingt eine Frauenstimme.

Ich starre das schöne Mädchen an, das ich eindeutig umgebracht habe. »Ich weiß nicht, aber sie hat das Bewusstsein verloren. Sie meinte, sie hätte einen EpiPen.«

»Hat sie eine Allergie?«

»Keine Ahnung! Ich kenne sie kaum!« Fieberhaft krame ich in ihrer Tasche herum und bekomme etwas Röhrenförmiges zu fassen, doch es ist nur ein Tampon. »Was mache ich mit einem EpiPen?«

»Sir, wo sind Sie?«

Ich teile ihr die Adresse mit und mache endlich den EpiPen ausfindig.

»Und sie hat einen EpiPen? Hat sie gesagt, ob sie eine Allergie hat? Vielleicht gegen Erdnüsse?«

»Sie hat keine Erdnüsse gegessen! Ich hab sie geküsst …«

Mein Blick fällt auf die Theke, wo eine ganz unschuldige rosa Schachtel liegt.

»Hab ich sie gerade mit einem Erdnussbutterdonut getötet?«

»Sir, ich bin sicher, sie ist nicht tot, aber sie braucht Ihre Hilfe. Können Sie meine Anweisungen befolgen?«

Ich muss an Miss Tarico in der dritten Klasse denken, die mir gesagt hat, ich sei furchtbar schlecht darin, Anweisungen zu befolgen.

»Nein. Wahrscheinlich nicht.

Vielleicht stehe ich unter Schock. Vielleicht träume ich nur. Ist sie schon zu lange bewusstlos?

»Haben Sie den EpiPen gefunden, Sir?«

»Ja. Was mache ich jetzt damit?«

Die Frau erzählt mir irgendeinen Mist von wegen »Orange zur Haut hin, Blau zum Himmel hin«. Ich entferne die Schutzkappe, drücke den Stift fest an Amas Oberschenkel und höre ein Zischen.

Ama schnappt nach Luft wie eine Disney-Prinzessin, die aus einem Fluch erwacht. Dann dreht sie sich um und kotzt auf meine Werkbank.

Das Krankenhaus ist nur sechs Straßenblocks entfernt, und so treffen die Rettungshelfer in meinem Laden ein, noch bevor ich auf das Erbrechen und Zittern reagieren kann.

Ama sieht mich nicht an, während die Sanitäter sie auf eine Transportliege laden, was wahrscheinlich daran liegt, dass ich sie fast umgebracht hätte. Das versetzt unserem bisher wirklich wundervollen ersten Date einen Dämpfer.

Als die Sanitäter erfahren, dass ihr Anfall von einer Zunge ausgelöst wurde, die mit einer anderen Zunge in Kontakt gekommen ist, die wiederum mit Erdnussbutter in Kontakt gekommen ist, muss sie sich den Mund auswaschen. Ich stehe dämlich daneben, während sie sie in eine Rettungsdecke hüllen und in den Krankenwagen verfrachten.

»Kommen Sie mit?«, fragt einer der Sanitäter.

»Äh, ja. Ja.« Ich schnappe mir meinen Schlüssel und ihre Handtasche, drehe das Ladenschild auf *Geschlossen* und folge ihnen in den Krankenwagen.

Als mich die Krankenschwestern bitten, das Aufnahmeformular für Ama auszufüllen, kann ich ihnen nicht sagen, dass ich gerade erst angefangen habe, ihre Titten anzufassen, und nicht wirklich ihr Freund bin, also bringe ich zwanzig Minuten damit zu, in ihrer Tasche nach ihren Daten zu fahnden. Als sie ihre Krankenkassenkarte und ihren Führerschein haben – *ihr Geburtstag ist der 10. Mai* –, setze ich mich ins Wartezimmer, bis zwei Stunden später eine blonde Frau auf mich zukommt. Sie sieht nicht wie eine Ärztin aus, doch ich stehe auf, als sie fragt: »Sind Sie Elliot?«

»Ja, Ma'am.«

Sie reicht mir mit einem breiten Lächeln die Hand. »Ich bin Cynthia, Amas Mutter.«

Ach du Scheiße. »Hi, schön. Ich meine, schön, Sie kennenzulernen.«

Ich vergrabe schnellstmöglich die Hände in den Taschen – die Hände, die vor wenigen Stunden die Nippel ihrer Tochter gerieben haben – und frage: »Geht es ihr besser?«

»Ja, es geht ihr gut. Sie wird jeden Moment entlassen.« Cynthias Lächeln ist honigsüß, und ich mustere sie, suche nach Gemeinsamkeiten mit Ama. Die dunklen Haare hat sie offensichtlich von ihrem Vater, doch die Nase und die Gesichtsform ihrer Mutter ähneln der ihren. »Sie sind doch der Florist, der die Blumen für meine Hochzeit geliefert hat!«

»Ja, genau, der bin ich.« Gut. Das ist sicheres Terrain.

»Und Sie … sind Amas Freund?«

Kein sicheres Terrain. »Ähm, nein. Nicht dass ich wüsste.«

»Aber Sie haben sie geküsst …« Cynthia wedelt mit der Hand, als würde sie einen Zauber wirken und damit ihre Worte wahr werden lassen.

»Jepp. Ja. Das ist … ein medizinischer Fakt.«

»Es steht sogar auf ihrem Krankenblatt!« Sie lacht.

»Wundervoll.«

»Mom, bitte heirate ihn nicht«, erklingt eine Stimme hinter uns. Als ich mich umdrehe, sehe ich Ama in einem Rollstuhl auf uns zufahren.

Meinetwegen ist sie gelähmt.

Doch bevor ich mir überlegen kann, wie ich Rampen in meinem Laden einbauen und die Türen verbreitern kann, damit sie mit dem Rollstuhl durchkommt, steht sie mithilfe ihrer Mutter vorsichtig auf.

»Danke für deinen raschen Einsatz mit dem EpiPen«, sagt sie mit einem matten Lächeln. »Gut zu wissen, dass du unter Druck einen kühlen Kopf bewahrst.«

Mir kommt es ganz und gar nicht so vor, als hätte ich einen kühlen Kopf bewahrt, aber das bleibt wohl ein Geheimnis zwischen mir und Josephine, der Frau vom Notfalldienst.

»Ja.« Ich nicke bekräftigend. »Du bist also allergisch gegen Erdnüsse und hast trotzdem einen Erdnussbutterdonut gekauft.«

»Der ist getrennt verpackt«, sagt sie mit einem Achselzucken. Das macht mich wütend. Als könnte man das, was vorgefallen ist, mit einem Achselzucken abtun. »Sorry, dass ich dich vollgekotzt habe.«

»Schon okay. Also, ich sollte gehen und … das wegwischen.« Ich reiche ihr ihre Tasche und mache einen Schritt auf die Glastüren zu. Es gibt keine Regeln dafür, wie man ein Gespräch beendet, nachdem man dem Mädchen, das man mag, mit einem Kuss einen anaphylaktischen Schock verpasst hat, also …

»Elliot, möchtest du mit uns zu Mittag essen?«, fragt Cynthia mit vor Vorfreude auf Enkelkinder glitzernden Augen.

Ich setze zu einer Erwiderung an, doch Ama kommt mir zuvor: »Er muss zurück in den Blumenladen, Mom. Und ich bin auch noch nicht bereit, im Bistro 33 einen Martini zu schlürfen.« Sie hängt sich ihre Tasche über die Schulter und lächelt mir zu. »Wir sehen uns am Samstag zur Gordon-Hochzeit.«

»Ach ja. Dann bis Samstag.« Ich sehe ihnen nach, als sie zum Parkplatz gehen. Auf dem Weg blickt Ama einmal mit einem sanften Lächeln zu mir zurück.

Als sie weg sind, drehe ich mich auf der Suche nach meinem

Auto ein paar Mal um die eigene Achse, bis mir wieder einfällt, dass ich mit ihr im Krankenwagen hergefahren bin. Also vergrabe ich die Hände in den Jackentaschen und laufe in der frischen Frühlingsbrise zurück zum Laden.

16

ELLIOT

Drei Jahre, drei Monate, drei Wochen und vier Tage zuvor

Das Problem bei der Aussage »Wir sehen uns bei der Gordon-Hochzeit« ist, dass sie mich in der gleichen Position zurücklässt wie vor dem Mund-Mord-Vorfall. Ich sollte sie immer noch anrufen. Ich sollte sie immer noch zu einem richtigen Date ausführen (vorzugsweise in ein Restaurant, wo niemand je von Erdnüssen gehört hat). Ich sollte ihr sagen, dass das Rumgefummel in meinem Hinterzimmer zwar sehr schön war, aber ich gerne weitergehen würde.

Denn das will ich. Unbedingt.

Manchmal fühlt es sich an, als wäre sie wie ein Wirbelsturm in mein Leben gefegt und hätte mir kaum einen Moment Zeit gegeben, wieder zu Atem zu kommen, doch in Wirklichkeit kenne ich sie schon fast ein halbes Jahr. Und wir bewegen uns schon seit ein paar Jahren in den gleichen Kreisen. Selbst mein Dad kannte sie – was ein seltsamer Gedanke ist, während ich zu ergründen versuche, was genau ich für sie empfinde. Sie kennt einen Teil von mir, der für immer verloren ist. Wenn ich daran denke, mehr Zeit mit ihr zu verbringen, fühlt es sich eigenartig *richtig* an, dass sie Dad kannte.

Und so schlüpfe ich in meine (gut gewaschene) Jeans, die sie als »Skinny« bezeichnet hat, ziehe ein anderes Flanellhemd an und gehe zur Gordon-Hochzeit, als wäre es ein zweites Date.

Letztes Mal hatte ich zu hohe Erwartungen, also ermahne ich mich innerlich, mir nicht zu viel zu erhoffen, um nicht enttäuscht zu werden.

Die Gordons heiraten in der Kirche, und ich sage mir gleich zu Anfang, dass ich hier nicht mit ihr flirten werde.

Doch während ich die Girlanden entlade, die ich an den Kirchenbänken aufhängen werde, wird sie auf mich aufmerksam, und selbst aus dieser Entfernung kann ich sehen, wie ihr Blick über meine Klamotten wandert, über meinen Körper. Ihr Lächeln zeigt mir, dass sie genau weiß, warum ich mich so angezogen habe, wodurch ich geil werde und gleichzeitig das Gefühl habe, als sollte ich nach Hause gehen und mich umziehen.

Während ich die Staffelei vor der Kirche mit einer Girlande schmücke, legen sich kleine warme Finger um mein Handgelenk. Sie steht neben mir, so nah, dass ich ihre Haare riechen kann.

»Sieht toll aus. Kann ich dir was zeigen?« Sie deutet mit einer Kopfbewegung nach rechts, und ich nicke und folge ihr in Richtung eines Alkovens in der Ecke. »Heute hast du keine Donuts gegessen, oder?«, fragt sie und wirft mir über die Schulter einen schelmischen Blick zu.

»Nein«, antworte ich ein bisschen beschämt.

»Kein Sandwich mit Marmelade und Erdnussbutter zum Frühstück?«

Ich verdrehe die Augen. »Nein.«

»Super!« Sie wirbelt auf ihren hohen Absätzen zu mir herum, schlingt die Arme um meinen Hals und drückt ihre Lippen auf meine.

Mir verschlägt es den Atem. Meine Augen sind noch geöffnet, und als ich mich umblicke, wird mir klar, dass sie mich an einen abgelegenen Ort geführt hat. *In der Kirche.*

Ihre Zunge schiebt sich zwischen meine Lippen, und meine Hände legen sich wie von selbst um ihre Taille, als ich den Mund öffne. Ehe ich weiß, wie mir geschieht, fasst sie mir in die Haare und zieht meinen Kopf zu sich herunter, um den Kuss zu vertiefen. Meine Hände krampfen sich um ihre Taille.

Ich ziehe mich so weit zurück, wie sie mich lässt. »Ist das nicht schräg? Bist du katholisch? Du wirst doch nicht scharf, weil wir in einer Kirche sind, oder?«

Sie lacht an meinen Lippen. »Ich bin katholisch aufgewachsen, aber über die Jahre hat sich rausgestellt, dass meine Mom und ich besser zur anglikanischen Kirche passen. Die gegründet wurde, um sich scheiden zu lassen.«

»Ähm, ich würde nicht sagen, dass sie gegründet wurde …«

Sie küsst mich erneut, und ich erlaube es mir, einfach nur das Gefühl zu genießen, wie sich ihr Körper an mich drückt. Bevor mein Gehirn mahnend *Kirche, Kirche, Kirche* rufen kann, löst sie sich von mir.

»Ich muss noch einiges erledigen, aber ich wollte kurz Hallo sagen.« Sie lächelt so hübsch und streicht so zärtlich mit den Fingerspitzen über meinen Nacken, dass mein Körper reagiert. »Ist dein Cousin bereit für den Empfang?«

Nur mit Mühe kann ich ihrem Gedankengang folgen. »Ja, Ben ist schon dort und arrangiert die Tischdeko. Sobald ich die Blumen für die Zeremonie geholt habe, sehe ich sie mir an.«

»Du solltest zu den Feierlichkeiten bleiben«, sagt sie leise. »Ich verspreche auch, dass du keine Batterien für mich auftreiben musst.«

Sie sieht mich mit flehentlichem Blick an, und mehr braucht es nicht. »Okay, ich bleibe noch eine Weile, wenn ich fertig bin.«

Sie küsst mich auf die Wange, richtet ihr Kleid und verlässt den Alkoven.

Und so stehe ich während des Empfangs in diesem historischen Gebäude nutzlos herum und komme dem Catering-Team in die Quere. Mein Job ist erledigt. Die Blumen sind geliefert, und Ben habe ich nach Hause geschickt. Jetzt drehe ich Däumchen und warte auf den großen Auftritt des Brautpaars. Normalerweise würde ich nach Hause gehen und erst zum Aufräumen zurückkommen. Aber wie ich langsam lerne, ist mit Ama nichts normal.

Schon nach kurzer Zeit kommt Ama lächelnd auf mich zu. Sie fasst ihre Fotografin – Mar – am Arm und deutet mit dem Kopf in meine Richtung. Als Mar mit einem Grinsen zu mir herübersieht, tue ich so, als würde ich fasziniert den Stuck an der Decke betrachten.

Ama streicht im Vorbeigehen mit den Fingern über meine Hüfte, und nach einem Moment folge ich ihr.

»Willst du einen Appetizer?«, fragt sie und nimmt sich ein Canapé. »Das Hochzeitsdinner hat gerade angefangen, also werden die hier weggeworfen. Oder von mir gegessen.« Sie nimmt sich noch eins von einem anderen Tablett, und ich kann nur staunen, wie ruhig und gelassen sie ist.

Vielleicht reißt sie regelmäßig Leute bei Hochzeiten auf. Vielleicht schmuggelt sie ihre Freunde immer zur Seitentür herein, und es muss niemand mehr fragen, wohin sie während des Empfangs verschwindet.

All das schwirrt mir im Kopf herum, während ich den Appetizer ablehne und die Hände in den Hosentaschen vergrabe.

»Möchtest du Sekt?« Sie deutet auf die Tabletts, die gerade beladen werden.

»Ähm, nein. Trinkst du für gewöhnlich beim Empfang?«, frage ich.

Sie wirft mir ein Lächeln zu und hebt noch ein Canapé an den Mund. »Ich bleibe nüchtern. Ich wollte nur dir ein Glas anbieten. Du wirkst … angespannt.« Das Crostini verschwindet zwischen ihren vollen, weichen Lippen, und ich weiß, sie will, dass ich sie anstarre und mir versaute Sachen vorstelle.

Ich bin ihr zehn Schritte voraus.

Ich nehme ihre Hand und führe sie aus der Küche in den Korridor, in dem es von Kellnern wimmelt. Mein Ziel ist der kleine Raum, in dem Braut und Bräutigam warten, bis sie angekündigt werden. Ich habe auf genügend Hochzeiten hier gearbeitet, um zu wissen, wo er ist. Auf dem Weg sehe ich nicht zu ihr zurück, aber ich weiß, dass sie sich beeilt, um Schritt zu halten.

Der Raum ist leer, und sobald wir drinnen sind, schließe ich die Tür und dränge sie dagegen. Sie lächelt bereits, als ich mich über sie beuge und sie küsse. Es kommt mir vor, als hätte sie schon die ganze Zeit das Sagen gehabt. Von dem Moment an, als sie mich nach dem Tattoo an meinem Unterarm gefragt hat. Sogar schon vorher hatte sie das Heft in der Hand.

Ich umfasse ihr Gesicht, meine Daumen an ihren Wangenknochen, meine Fingerspitzen in ihren Haaren. Sie stöhnt in meinen Mund, obwohl ich kaum etwas getan habe, was diese Reaktion verdient. Meine Zunge gleitet über ihre, entlockt ihr leise Laute der Lust, als sich mein Becken an ihren Bauch drückt. Ihre Hände krampfen sich um meine Oberarme, und mich überkommt eine Woge der Erregung, als mir klar wird, dass sie kaum an sich halten kann.

»Wann musst du zurück sein?«, murmle ich an ihrem Mund. Bevor sie antworten kann, bedecke ich ihren Hals mit Küssen und bringe sie dazu, den Kopf zu neigen, so dass ich ihren Puls an den Lippen spüren kann.

»Ich habe Mar gesagt, sie soll mich anrufen, wenn es ein Problem gibt. Aber der DJ ist echt gut, also sollte es kein Problem geben.«

Ich ziehe ihr Gesicht wieder zu mir und küsse sie stürmisch. Meine Hände wandern an ihren Hüften hinunter, und obwohl ihr Kleid eng anliegt, rutscht es hoch, als ich die Finger darin vergrabe und leicht ziehe.

Hier drin ist es düster, nur wenig Licht scheint von draußen herein, doch als ich mich ein Stück zurückziehe, um sie anzusehen, ist ihr Lippenstift nicht mal verschmiert.

»Was zur Hölle hast du auf den Lippen?«

Sie blinzelt mich verständnislos an und greift dann hoch, als hätte ich behauptet, sie hätte einen Schnurrbart.

»Nein, ich meinte …« Ich seufze. »Ist das irgendein Designerscheiß? Verschmiert er deshalb nicht, wenn ich dich küsse?«

»Der ist von Hazel Renee«, sagt sie schlicht. Als würde das alles erklären.

»Es interessiert mich einen Scheiß, von wem er ist. Ich will, dass du verdorben aussiehst, wenn ich dich verdorben habe.«

Das macht mich irrational wütend, doch sie starrt mich an, als hätte ich mich in einen Welpen mit einer Krawatte verwandelt. Sie küsst mich erneut, und ich versuche, ihre Haare durcheinanderzubringen, wenn ich schon nicht ihren Lippenstift versauen kann.

Ich dränge sie an die Wand, eine Hand vergräbt sich in ihren Haaren, während ich mit der anderen ihr Kleid hochschiebe.

»Zeig mir eins deiner Tattoos«, flüstert sie.

»Ich würde lieber das machen«, erwidere ich und fahre mit den Fingern über die Vorderseits ihres Slips.

Sie gibt ein leises Wimmern von sich, aber packt mich am Kragen. »Ich will sie sehen. Zeig mir eins.«

»Und wenn ich nicht will?«

»Tja«, sagt sie mit einem frechen Grinsen, »letztes Mal ist nur einer von uns zum Orgasmus gekommen. Daher würde ich sagen, es wäre eine angemessene Wiedergutmachung …«

Meine Wangen brennen, und ich vergrabe das Gesicht an ihrer Schulter. Sie lacht und streicht mir durch die Haare.

»Na gut.« Ich trete einen Schritt zurück und ziehe mein Hemd hoch. Das einzige Licht kommt von den Verandalampen, und dennoch heftet sich ihr Blick auf meine rechte Seite, sobald meine Rippen sichtbar werden.

»Viola cryana«, sagt sie leise. Es erstaunt mich, dass sie sich noch daran erinnert. »Ausgestorben.«

Ihr Blick sucht meinen, als sie langsam die Hand ausstreckt, bittet um Erlaubnis. Ich nicke. Ihre warmen Finger tanzen über meinen Bauch. Sie zeichnet die lilafarbenen Blütenblätter nach, umkreist das gelbe Zentrum. »Wann darf ich noch eins sehen?«

Ich lecke mir die Lippen. »Zuerst musst du mich zum Essen einladen.«

Sie lacht, und ich bin selbst überrascht, dass ich mich so gut mache. Ich nehme ihre Hand und führe sie zu dem Loveseat, für den bestimmt schon viele Hochzeitspaare eine gute Verwendung gefunden haben. Ich ziehe sie mit mir herunter, doch bevor sie es sich bequem machen kann, drehe ich ihr Gesicht zu mir um und küsse sie erneut. Über sie gebeugt lasse ich die Finger ihre Schenkel hinaufgleiten und schiebe ihr Kleid wieder hoch. Bevor ich ihre Unterhose beiseiteschiebe, löse ich mich kurz von ihr, um ihr in die Augen sehen zu können. Sie nickt, packt mich im Nacken und zieht mich zu sich herunter.

Die Spitze lässt sich mühelos entfernen. Und ich glaube, ich stöhne, als ich ihre Schamlippen an den Fingerspitzen spüre. Ich bin mir nicht sicher. Mein Kopf ist wie benebelt. Sie ist feucht und heiß, und mein Finger gleitet durch sie hindurch wie durch warme Butter. Sie keucht an meinem Mund, während ich sie streichle und ihre Klitoris mit viel mehr Geschick finde, als ich mir zugetraut hätte.

Sie stöhnt, ihr Mund so nah an meinem, dass ich das Gefühl habe, als würde ich ihre lustvollen Laute verschlucken.

»Zeig mir noch eins.« Ihre Stimme ist heiser.

»Ich zeig sie dir alle, wenn du mit meinen Fingern in dir kommst.«

Ihr Kopf sinkt auf die Rückenlehne des Loveseats zurück, und sie seufzt, als ich fester reibe. Ihre Brust hebt und senkt sich stoßartig, und ich wünschte, ihr Kleid wäre nicht so eng, sonst könnte ich den Stoff einfach beiseiteschieben und zusehen, wie ihre Nippel steif werden.

»Sagst du es mir? Noch eins?«, wimmert sie.

»Dir gefallen meine Tattoos?«, frage ich und fahre mit den Zähnen über ihre Kehle.

»Ja. Ja.«

Ich lasse einen Finger zu ihrem Eingang hinuntergleiten, umkreise ihn sanft, und sie packt mit einem lauten Stöhnen meine Schulter.

»Warum, Ama?«

Ein Keuchen kommt ihr über die Lippen, fast ein Lachen. »Ich liebe es, wie du meinen Namen sagst.«

»Wie sage ich ihn denn?«

»Wie Emma. Als wärst du zu verdammt faul, Ama zu sagen.«

Ich drücke meinen Finger in ihre enge, feuchte Hitze, und ihr stockt der Atem, ihre Finger krallen nach meinem Hals.

»Warum willst du so viel über meine Tattoos wissen?«, frage ich, lasse den Finger langsam hinein- und wieder herausgleiten und sehe zu, wie sie nach Luft schnappt und die Augen zukneift.

»O Gott, Elliot. Ich komme.«

»Sag mir, warum du so viel darüber wissen willst.« Ich drehe meine Hand, so dass ich mit dem Daumen ihre Klitoris streicheln kann. Sie keucht, und ich kann spüren, wie sich ihre Muskeln um mich zusammenziehen.

»W-weil ich dich kennenlernen will. Ich will wissen, was du magst, was du hasst – selbst wenn ich es bin.« Langsam stecke ich ihr noch einen zweiten Finger rein. »Fuck, fuck, fuck – ich will lieben, was du liebst, selbst wenn es nicht mehr existiert.«

Sie sagt die verrücktesten Sachen – Sachen, die mir sonst nur in Träumen zugeflüstert werden. Sachen, für die viele Männer töten würde. Ich drücke den Mund an ihren Hals, sauge an ihrer Haut und hoffe, dass man die Knutschflecken sehen kann, wenn die Hochzeitstorte angeschnitten wird.

Sie zieht meinen Mund zu sich, und ich stoße immer schneller in sie und reibe ihre Klitoris. Sie kommt schneller als jede andere Frau, die ich je das Vergnügen hatte zu befriedigen, und auch wenn es nicht viele waren, ist es doch ein erstaunlicher Anblick, wie sich ihr Rücken wölbt und sie die Hand auf den Mund presst, um ein Stöhnen zu unterdrücken.

Ich glaube, selbst wenn sie nie wieder mit mir redet, könnte ich allein von dem Gefühl leben, wie sich ihre Muskeln flatternd um meine Finger schließen, dem erstickten Stöhnen hinter ihrer Hand und ihrem unfassbar festen Griff um meinen Kragen.

Es verdient Anerkennung, dass ich mich weiter in ihr bewege, bis sie zittrig Luft holt und mein Handgelenk packt. Erst dann ziehe ich meine Finger sanft heraus und warte, dass sie wieder zu Atem kommt.

Sie sieht mich mit glasigen Augen an, und ich denke, obwohl ihr Lippenstift immer noch perfekt ist, sieht sie angemessen verdorben aus.

»Zeig es mir«, keucht sie. »Ich bin mit deinen Fingern in mir gekommen. Jetzt zeig es mir.«

Ich stoße ein raues Lachen aus, und sie lächelt. »Ich habe eins auf dem Rücken und zwei auf den Beinen.«

Sie unterdrückt ein Stöhnen, und bevor ich weiß, wie mir geschieht, setzt sie sich rittlings auf meinen Schoß. Mein Schwanz drückt sowieso schon gegen meinen Reißverschluss, doch ihre gespreizten Beine über mir treiben mich in den Wahnsinn.

Sie knöpft mein Hemd auf, während sie mich küsst, und murmelt an meinem Mund: »Diesmal will ich das auf dem Rücken sehen.«

Mit den letzten Knöpfen helfe ich ihr, und im nächsten Moment rutscht mir das Hemd über die Schulter. Sie erhebt sich auf die Knie, um sich über meinen Rücken zu beugen, und ich kann fühlen, wie sie mit den Fingerspitzen über meine linke Schulter streicht.

»Was ist das?«

»Eine Kadupul-Blume.«

»Erzähl mir davon.«

In dieser Position drückt sich ihre Brust von der Seite an mein Gesicht, also nutze ich die Gelegenheit, um mit dem Mund über die empfindsame Haut in ihrem Ausschnitt zu fahren. Ich fühle, wie sie erschaudert.

»Sie stammt aus Sri Lanka, und sie ist die teuerste Blume der Welt, weil sie im wahrsten Sinne des Wortes unbezahlbar ist. Sie wurde noch nie gekauft.«

»Was noch?«, fragt sie. Ich kann spüren, wie ihre Hände meinen Bauch hinuntergleiten. Als sie an meinem Gürtel zieht, bleibt mir die Luft weg.

»Sie blüht nur nachts und stirbt, bevor die Sonne aufgeht.«

Sie gibt ein nachdenkliches Geräusch von sich und fängt an, meinen Hals mit zarten Küssen zu bedecken. Mein Reißverschluss gleitet auf.

»Du musstest unbedingt wieder diese verdammte Jeans anziehen.« Sie lacht an meiner Haut. Ich helfe ihr, sie hinunterzuziehen.

Meine Hände umfassen ihre Taille, und so habe ich keine Ahnung, was sie vorhat, bis sie meinen Penis aus meiner Unterhose zieht. Ich spüre ihren Spitzenslip an meinem Schwanz, und mein Kopf sinkt zurück.

»Ama. Bist du sicher?«

»Ich habe eine Spirale«, sagt sie, als würde das meine Frage beantworten. Ihre Wimpern flattern. »Was denkst du, wie lange du über Blumen reden kannst, während ich auf deinem Schwanz reite?«

Ich spüre, wie meine Eichel gegen ihre Hitze drückt. Meine Augen verlieren den Fokus. »Nicht sehr lange. Ich glaube, ich werde … leicht abgelenkt.«

Sie bringt sich in Position, und ich sehe zu, wie ihre Zunge über ihre perfekten Lippen leckt. Sie beugt sich vor, um mich zu küssen, während ihr Körper mich aufnimmt. Ich keuche an ihrem Mund, und sie saugt an meiner Unterlippe. Ich bin erst ein kleines Stück in sie eingedrungen, als sie leise flucht.

»Was ist los?« Ich umklammere ihre Hüften.

»Mein Gott, Elliot«, stöhnt sie. »Ich hatte vergessen, wie groß du bist.«

Ich starre zur Decke und zähle bis zehn, um nicht auf der Stelle zu kommen. Sie lässt sich Stück für Stück tiefer sinken und nimmt immer mehr in sich auf. Ich versuche, still liegen zu bleiben, doch dann höre ich einen Reißverschluss und das Rascheln von Stoff. Ihr Kleid rutscht ihr von den Schultern.

Jetzt bin ich an der Reihe zu fluchen. Ich umfasse ihre Brüste, ziehe ein BH-Körbchen herunter und nehme ihren Nippel in den Mund. Sie keucht, und ihr Becken beginnt sich zu bewegen. Zwar bin ich noch nicht ganz in ihr, aber das kümmert mich nicht, denn sie drängt gegen mich, als würde sie jeden Moment erneut kommen.

Ich lasse die Finger über ihre andere Brust gleiten, kneife und zupfe. Das Stöhnen, das ihr über die Lippen kommt, ist sündhaft und vielleicht laut genug, dass man es auf der anderen Seite der Tür hört. Aber das kümmert keinen von uns.

Sie hat das Gesicht an meiner Schläfe vergraben, und ich kann ihren keuchenden, flachen Atem in meinem Ohr hören. Sie murmelt leise Bekräftigungen wie *ja* und *bitte* und *Elliot*.

Ich sauge an ihrer anderen Brust und lasse meine Hände unter ihr Kleid gleiten. Ihre Spitzenunterwäsche reibt an meinem Schwanz, und ich schiebe sie noch weiter beiseite, so dass ich ihre Klitoris streicheln kann.

»Oh, fuck!«

Meine Lippen lassen von ihrer Brust ab, um ihren lustvollen Schrei zu ersticken, doch sie reitet keuchend und stöhnend auf mir. Ich bin so nah dran, aber ich muss mich zusammenreißen, damit ich fühlen kann, wie sie auf meinem Schwanz kommt.

Ihre Hände wandern über meinen Rücken, und als mir bewusst wird, dass sich ihre Finger in mein Tattoo krallen, entfährt mir ein Stöhnen. Mein Becken hebt sich ruckartig.

Sie stößt einen Schrei aus, und im ersten Moment denke ich, ich hätte ihr wehgetan, doch dann wird mir klar, dass ich sie vollständig ausfülle. Ihr Atem streicht heiß über mein Ohr, als sie leise Kraftausdrücke wimmert. Und dann ziehen sich ihre Muskeln erneut um mich zusammen.

Sie kommt erneut, nur weil ich in ihr bin.

Meine Stirn drückt sich an ihre Schulter, und mein Becken bewegt sich fast ohne mein Zutun immer schneller. Ich komme ins Schleudern, als sich ihre Muskeln immer und immer wieder zusammenkrampfen und ihre Finger über meine Tattoos kratzen. Mein Penis stößt in sie, und jedes Mal kommt ihr ein wunderschönes Stöhnen über die Lippen.

Ich sehe zu ihr auf, bevor ich in ihr komme, und sehe, wie ihr Mund ein perfektes »o« bildet.

»Amaryllis.«

Ihre Augen öffnen sich flatternd, und sie starrt mich an, während ich mich heiß und strahlend in sie ergieße. Alles ist Sternenlicht.

Keuchend lasse ich mich auf die Couch zurücksinken. Während mein Herz an meine Rippen hämmert und langsam ruhiger schlägt, sehe ich sie an. Ihr Kleid ist runtergeschoben und hochgerutscht. Ihre Lippen sind immer noch perfekt geschminkt, aber ihre Augen und Haare sind auf eine Art wild, die mich stolz macht.

Ich nehme ihre Brust in die Hand, präge mir ihr Gewicht ein. Sie erschaudert, und ich beuge mich vor, um sie erneut zu küssen – doch in diesem Moment steigt sie von mir herunter.

Sie rückt ihren Slip zurecht, richtet ihr Kleid und zieht den Reißverschluss hoch, während ich mit heraushängendem Schwanz vor ihr sitze und nach Luft ringe.

»Ich muss da draußen nach dem Rechten sehen«, sagt sie mit einem flüchtigen Lächeln. Ich nicke – vielleicht werde ich einfach hier schlafen, bis sie mir sagt, dass wir nach Hause gehen können. »Das war toll. Alles gut bei dir?«

Ich blinzle sie an, und da wird mir klar, dass wir nicht zusammen nach Hause gehen werden. »Ja. Ja. Ich finde selbst raus.«

»Wir sehen uns nächstes Wochenende.« Bilde ich mir das nur ein, oder ist ihr Lächeln merkwürdig steif?

Ich nicke und präge mir alles an ihr ein, für den Fall, dass es doch nicht so gut gelaufen ist, wie ich dachte.

Als sie durch die Tür schlüpft, versuche ich, mich an ihre genauen Worte zu erinnern: *Ich will dich kennenlernen. Ich will wissen, was du magst, was du hasst.*

Ich mache den Reißverschluss zu und vergewissere mich, dass wir keine Spuren auf dem Loveseat hinterlassen haben.

Ich will lieben, was du liebst, selbst wenn es nicht mehr existiert.

Ich konzentriere mich auf ihre Worte statt auf ihren hastigen Abgang und dass sie sich danach nicht mehr küssen lassen wollte. Bis es Zeit zum Abbauen ist, gehe ich zu meinem Truck zurück, mache den Motor an und höre irgendeinen Krach in voller Lautstärke, um ihre Worte aus dem Kopf zu bekommen.

17

AMA

Juni

Diesmal wohnt Mom drei Wochen bei mir. Sie fragt nur ein Mal am Tag nach meinem Liebesleben, was ein neuer Rekord für sie ist. Und sie fragt nur zwei Mal nach Elliot.

Nach drei Wochen hat sie eine hübsche Mietwohnung ein paar Straßenblocks von mir entfernt, und eine Woche danach hat sie einen netten Verlobten gefunden, der nur ein paar Jahre älter ist als ich.

»Er ist noch nicht ihr Verlobter, aber ich bin sicher, das wird nur ein paar Monate dauern«, erkläre ich Mar bei einer Runde Drinks und signalisiere dem Barkeeper, dass ich noch einen Martini möchte. Wir haben gerade eine sehr anstrengende Hochzeit hinter uns gebracht – der Pastor hatte einen Unfall, die Brautjungfer war verkatert und die Klimaanlage in der Empfangshalle war kaputt – und brauchen dringend Alkohol.

Mar mustert mich über ihre Mezcal-Margarita hinweg. »Ist er der Jüngste, mit dem sie je was hatte? Mit neunundzwanzig?« Als ich nicke, fragt sie: »Ist das komisch für dich? Also, ich meine … brauchst du jetzt eine Therapie?«

»Wenn ich nicht schon vorher eine Therapie gebraucht hätte, dann bräuchte ich sie wahrscheinlich jetzt, ja.«

Mar lässt sich meine Worte durch den Kopf gehen. »Hast du sie mal gefragt, warum sie das macht?«

»Warum sie nicht allein sein kann? Oder warum sie nicht einfach mit einer Person ausgehen kann, ohne gleich zum Juwelier zu gehen?«

»Beides. Ich nehme an, die Antwort ist dieselbe.« Ihr Handy piept, und sie holt es aus der Tasche. »Okay, Michael hat Zeit. Willst du ihn kennenlernen?«

Michael ist Mars neuer Macker. Ich nicke begeistert. »Sag ihm, er soll herkommen. Nach einer halben Stunde oder so mache ich mich vom Acker.«

»Das musst du nicht. Wir können in die Sitznische da drüben umziehen.«

Ich schüttle den Kopf. »Nicht böse gemeint, aber das klingt furchtbar. Ich will an einem Samstagabend auf gar keinen Fall das fünfte Rad am Wagen sein.«

Mar zieht eine Grimasse und textet Michael, wo wir sind. »Also«, sagt sie, als sie ihr Handy wieder wegsteckt, »triffst du dich mit neuen Leuten? Musst du mal wieder flachgelegt werden?«

Das sind zwei sehr verschiedene Fragen, und ich analysiere die Reaktionen meines Gehirns auf beide. »Nein, und ja, aber nicht ja, bitte.«

Sie starrt in ihr Glas und wirbelt die Eiswürfel mit ihrem Strohhalm herum. »Wie lange ist das letzte Mal her?«

»Okay, erstens«, sage ich und nehme meinen Martini entgegen, »ich bin sehr beschäftigt, und ja, das ist eine gültige Entschuldigung. Und zweitens, du weißt, dass ich nach Elliot noch mit anderen Typen zusammen war, also tu nicht so, als hätte ich seit Ewigkeiten keinen Sex gehabt.«

»Zwei Typen. Beide vor über einem Jahr. Und du meintest, du hättest sie beide verhauen.« Ich zucke zusammen, und sie verdreht die Augen. »Die Dates, nicht die Typen.«

Ich nicke und kippe meinen restlichen Drink in einem Zug hinunter. Das erste war nur ein One-Night-Stand. Ich konnte nicht kommen. Und nicht, weil ich es nicht versucht hätte. Und das zweite – wir mussten mittendrin aufhören, weil ich weinte. Ich erklärte ihm unter Tränen, dass ich nicht wisse, was los sei, und er einfach weitermachen könne. Doch er war einfühlsam genug, dass er danach keine Lust mehr auf Sex hatte.

»Jepp, ich hab sie so richtig verdroschen.«

»Hast du schon mal überlegt … zu daten?« Sie lächelt mich strahlend an, wie in einer Zahnpastawerbung.

»Du weißt, dass ich das nicht mache«, sage ich leise.

Mar schnaubt. »Wenn ich kurz herablassend sein darf: Ama, du bist sechsundzwanzig. Du hast keine Ahnung, was du nicht machst.« Als ich nur grimmig in mein Glas starre, fügt sie hinzu: »Und außerdem hast du es schon mal gemacht.«

»Und das hab ich jetzt davon«, murmle ich.

Unwillkürlich muss ich an die Gordon-Hochzeit denken. Dass ich wirklich dachte, es müsste nichts Ernstes daraus werden. Dass ich erst erkannt habe, dass ich mit ihm nach Hause gehen wollte, nachdem er mich auf einem Loveseat in einem Hinterzimmer total von den Socken gevögelt hatte. Dass ich Dinge gesagt habe, die ich nicht zurücknehmen konnte.

Und während das Hochgefühl danach anhielt, sah er mich an, wie mich in meinem ganzen Leben noch nie jemand angesehen hatte. Als stimmte er mir zu. Als bedeuteten ihm meine Worte etwas, als wären sie für ihn mehr als nur lustvolles Gemurmel. Aufgrund seiner Reaktion beschlichen mich Zweifel, ob es nur lustvolles Gemurmel war, oder ob ich es wirklich so meinte.

Es wäre so einfach gewesen, wenn ich es als tolles Sexabenteuer hätte abtun und einfach hätte weitermachen können wie zuvor. Doch die Hochzeitssaison hatte gerade erst angefangen. Ich sah ihn jedes Wochenende, und jedes Wochenende ließ meine Entschlusskraft weiter nach, von »Tu das bloß nie wieder« über »Locker könnte funktionieren« zu »Definiere locker«.

Ich bin fest entschlossen, so etwas nie wieder zuzulassen.

Mar beobachtet mich, also sage ich: »Ich geb dir Bescheid, wenn ich bereit bin, mich mit jemandem zu treffen. In nächster Zeit stehen so viele Hochzeiten an, da habe ich überhaupt keine Zeit, über Männer nachzudenken. Dabei fällt mir ein: Ich brauche dich am 13. Januar.«

Sie holt ihren Kalender heraus. »Wo findet die Hochzeit statt?«

»Im Four Seasons.«

»Dem Hotel? Oder bei Four Seasons Total Landscaping? Nicht, dass wir denselben dummen Fehler machen wie Trump.«

Ich schnaube. »Ich habe mich zehnmal vergewissert.«

»Noch eine Hochzeit?« Sie speichert das Datum in ihrem Handy. Als ich nicke, sagt sie: »Ist es okay für dich, noch mehr Arbeit anzunehmen?«

Ich winke ab. »Mir geht's gut.« Doch mein Bein wippt auf dem Barhocker unruhig auf und ab. Zu Ginny und Dustin konnte ich nicht Nein sagen. Sie sind so verdammt süß. Er wollte ihr eigentlich einen Antrag im Disney-Schloss machen, aber ist nervös geworden und machte ihn versehentlich beim Essen im Adventureland.

In diesem Moment trifft Michael ein. Als Mar aufspringt, um ihn zu begrüßen, sehe ich, dass er mindestens eins neunzig groß ist, mit dunkelbrauner Haut und sehr, sehr vielen Muskeln – und er kommt mir irgendwie bekannt vor.

»Ama!«, ruft er.

Mir verschlägt es die Sprache, während Mar verwundert zwischen uns hin und her sieht.

»Mar, du datest … einen meiner Ex-Stiefbrüder«, verkünde ich.

Michael lacht. Mars Mund öffnet sich, und ich kann sehen, wie sie im Kopf Inzest-Berechnungen anstellt und herauszufinden versucht, ob das komisch ist.

»Ähm, Mar ist eine meiner Ex-Stiefschwestern«, erkläre ich Michael. Er findet das Ganze lustig. So weit ist Mar noch nicht. »Er ist mit keinem von uns verwandt«, sage ich. »Entspann dich.«

Etwas argwöhnisch bestellt sie noch einen Drink, und wir plaudern ein paar Stunden. Ich fühle mich wie eine stolze Matchmakerin, obwohl ich überhaupt nichts gemacht habe.

Als die beiden gehen, sage ich, dass ich noch auf einen Drink bleiben werde, blicke mich um und checke die Kundschaft um ein Uhr nachts in unserer Lieblingsbar aus. Ein paar der Männer sind durchaus mein Typ, aber keiner von ihnen interessiert mich. Der Einzige, von dem ich mir vorstellen könnte, ihn anzusprechen, hat lange schwarze Haare und volle Lippen, und als mir klar wird, was – oder wen – ich in ihm sehe, bezahle ich die Rechnung und gehe allein nach Hause.

Die nächste Woche ist Hazel in der Stadt. Die Dreharbeiten sind beendet, doch sie muss hin und wieder zurück, um etwas abzuholen oder bei der Postproduktion ihre Magie zu wirken, also müssen wir ein paar Sachen erledigen, solange sie hier ist. Bis zur Hochzeit sind es nur noch vier Monate, so dass wir mit den Einladungen schon ziemlich spät dran sind, aber zum Glück kenne ich ein paar Kalligrafen, die mich lieben. Und ich muss sicherstellen, dass Hazels Designerfreundin auch auf Kurs ist. Bei der Auswahl des Hochzeitskleids/-anzugs hatte ich bisher nicht meine Finger im Spiel, außer dass ich mir ein paar Designs angesehen habe, aber mit den Brautjungfern bin ich fast fertig.

Wir treffen uns wieder im Weatherstone. »Okay, zwei Sachen«, fängt Hazel an und zerreißt einen Donut mit Ahornglasur in mundgerechte Stücke. »Zuerst die Bachelorette-Party.«

»Jepp.« Ich öffne die Notizen-App auf meinem iPad. »Gibt es noch irgendwas, wobei Chelsea Hilfe braucht?«

Chelsea ist Hazels beste Freundin und der Grund, dass Jackie und sie sich überhaupt erst kennengelernt haben, deshalb hat Hazel sie als ihre Trauzeugin ausgewählt.

»Wir möchten, dass du kommst«, platzt Jackie heraus. »Bitte, bitte, bitte!«

Ich setze ein Lächeln auf. »Ihr seid so süß«, sage ich und schlucke schwer. Damit habe ich Übung, doch es ist so viel schwieriger, wenn es um Jackie und Hazel Renee geht.

»Im Flugzeug ist ein Platz für dich reserviert, alles schon bezahlt«, erklärt Hazel. »Und ich weiß ganz zufällig, dass du an diesem Wochenende keine Hochzeit organisieren musst.« Sie zwinkert mir über ihre Kaffeetasse zu.

Grinsend sehe ich auf meine Hände hinunter. Sie fahren für drei Nächte nach Las Vegas. Die gesamte Hochzeitsgesellschaft wird einen Ausflug machen, damit Hazels Freunde die Stadt sehen können.

»Stimmt. An diesem Wochenende habe ich keine Hochzeit – noch nicht.« Mein Blick huscht zwischen den beiden hin und her; plötzlich habe ich einen dicken Kloß im Hals. »Aber das mache ich aus Prinzip nicht mehr. Früher wurde ich oft zu Brautpartys und Junggesellinnenabschieden eingeladen, aber das sorgt nur für Chaos.« Ich denke daran, wie Whitney mich eine Zeit lang nicht mehr auf Hochzeiten arbeiten ließ, zukünftige Bräute mir Tag und Nacht schrieben und Paare mit neuen Ideen zu mir kamen, nachdem wir Farben und Motto schon längst festgelegt hatten. Ein einziges Chaos.

»Ach, komm schon«, stöhnt Hazel mit einem Donut im Mund. »Mit uns brichst du doch sowieso schon alle Regeln. Ich meine, du erschaffst einen Empfangssaal aus dem Nichts. Lass uns zusammen chaotisch sein.« Ihr Lachen ist warm und einladend. Wie glückliche Erinnerungen.

»Ich überleg's mir«, sage ich und schlürfe voll Bedauern meinen Cold Brew.

Ich weiß, dass ich nicht mitfahren werde. Mir wird schon eine Ausrede einfallen. Das wäre nicht professionell, und es wirft die Frage auf, ob ich für sie arbeite oder ihre Freundin bin. Diese Frage lässt sich nicht leicht beantworten.

»Was ist das zweite?«, frage ich, um das Thema zu wechseln.

Jackie deutet auf Hazel, und Hazel kaut schnell fertig. »Also, ich wurde von *Fabulous Dream Weddings* kontaktiert.«

»Der Show auf TLC?«, frage ich. Die Show ist fast so bekannt wie *Say Yes to the Dress* und *Bridezillas*. Whitney wäre einmal fast dort aufgetreten, doch wegen Terminschwierigkeiten kam es nie dazu.

»Ja. Sie wollen eine Crew rüberschicken und alles filmen! Klar, das wäre ein ganz schönes Theater, aber für dich und Elliot wäre die Publicity bestimmt super. Für alle, die so hart an dieser Hochzeit arbeiten.«

Hazel sieht mich mit funkelnden Augen an, und ich denke rasch nach. »Wow. Die wichtigste Frage ist wohl: Worüber hätten sie die Kontrolle?«

Hazel schüttelt stirnrunzelnd den Kopf. »Nichts.«

»Okay, aber solche Shows funktionieren nur, wenn etwas schiefläuft, oder? Werden sie irgendwas inszenieren oder unnötiges Drama verursachen?«

»Das ist ein gutes Argument, Hay«, flüstert Jackie ihr zu.

Hazel gibt einen verständnisvollen Laut von sich. »Ich rede mit meiner Agentin und sehe, was sich machen lässt. Sie drängt darauf. Und Jackie und ich finden die Idee toll!«

Sie legt ihre Hand auf Jackies, und mir entgeht nicht, dass Jackie einen Moment zögert, bevor sie zustimmend lächelt.

Hmm.

Ich lasse mir das Ganze noch mal durch den Kopf gehen. Es wäre gute Publicity, so viel steht fest. Das größte Problem, das ich damit habe, ist, dass hinter den Kulissen ein paar Dinge vor sich gehen, bei der ich keine Filmcrew dabeihaben will. Das Tanzstudio auf Vordermann zu bringen kostet viel Geld und Mühe. Ich stoße schon auf Hindernisse, über die ich die beiden noch nicht aufgeklärt habe, und es ihnen vor laufender Kamera zu erklären wäre ein Albtraum.

»Ich würde gern mit einem Produzenten reden, bevor ich einwillige«, sage ich. Jackie nickt, doch Hazel stutzt einen Moment, bevor sie ebenfalls nickt. Ich glaube, es überrascht sie, dass ich ihr überhaupt widerspreche. Sorry, Hay, du hast mich eingestellt, damit ich das Sagen über diese Hochzeit habe.

Die nächsten Tage nehme ich sie zu ein paar Treffen mit Kalligrafen mit, und wir machen noch einen Rundgang durch das Ballettstudio, damit sie sich genau anschauen können, wo die gemietete Ausstattung und die Blumendesigns sein werden. (Zum Glück wurden die Fledermäuse mittlerweile umgesiedelt.)

Nachdem ich bei Hazel und ihrer Agentin nachgefragt habe, was die Filmcrew benötigen würde, rufe ich Bea an, die Produzentin von *Fabulous Dream Weddings*, und bespreche alles mit ihr. Ich will klarstellen, dass die Woche vor der Hochzeit mir gehört.

»Die größten Sorgen bereitet mir die Inszenierung. Ich habe genug von der Show gesehen, um zu wissen, dass Storylines kreiert werden müssen, um für gute Unterhaltung zu sorgen«, erkläre ich Bea am Sonntagabend nach einem langen Hochzeitstag mit einem abtrünnigen Ringträger – einem Schäferhund, der den Ring gefressen hat.

»Natürlich«, sagt Bea. Obwohl ihr Ton beruhigend ist, höre ich, dass sie zehn Sachen nebenbei macht, während sie mit mir telefoniert. »Was uns am meisten interessiert, ist dieses Traumszenario, das Sie erschaffen haben. Nach allem, was Hazel und Jackie mir erzählt haben, wird diese Hochzeit etwas ganz Besonderes.«

Sie schmiert mir Honig um den Mund, und es funktioniert. »Das weiß ich zu schätzen. Was ich von Ihnen brauche, ist Transparenz und die Gewissheit, dass die Hochzeit absoluten Vorrang hat. Allein in dieser Woche muss ich noch vier andere Events organisieren, also muss ich wissen, dass Sie es respektieren, wenn ich sage ›Keine Crew‹ oder ›Das können wir nicht noch mal filmen‹.«

»Verstanden. Das lässt sich einrichten.«

Schon als ich auflege, weiß ich, dass ich mir zu viel vorgenommen habe, aber ich kann einfach nicht anders. Das wäre ein Riesending. Selbst wenn TheKnot.com und *People* doch keinen Artikel über die Hochzeit bringen, wäre das phantastische Publicity. Also texte ich Hazel und Jackie, dass wir bei *Fabulous Dream Weddings* mitmachen werden. Ich unterschreibe sogar einen Vertrag und alles.

Zu guter Letzt engagiere ich Mar offiziell als meine rechte Hand. So werde ich zwar weniger verdienen, aber jemanden zu haben, der die Filmcrew im Auge behält, wenn ich beschäftigt bin, ist es definitiv wert. Von all meinen anderen Ex-Stiefgeschwistern ist Jake, der Theater-Nerd, der Einzige, der tatsächlich Kontakt gehalten hat. Unsere Eltern haben sich vor sechs Wochen getrennt, aber seitdem hat er mich zweimal angeschrieben, um zu fragen, ob ich Assistenten brauche. Ich engagiere ihn wöchentlich, um ihn für Hazels und Jackies Hochzeit zu trainieren. Sarah, die auch schon für mich gearbeitet hat, wenn auch widerwillig, lehnt mein Angebot fast ab, bis sie erfährt, dass ich mehr bezahle als letztes Mal.

Bisher läuft alles reibungslos. Die Filmcrew trifft ein und macht gleich ein paar Establishing Shots. Nach kurzem Zögern willige ich ein, sie in das Ballettstudio zu lassen, damit sie eine Vorstellung von dem »Vorher« für die Vorher-nachher-Show bekommen. Für unser erstes Interview übe ich zehnmal mit Mar, um ein Gefühl dafür zu bekommen, was ich über Jackie und Hazel sagen möchte. Als Beas Crew mich im Rose Garden filmt, gerate ich nur ein einziges Mal ins Stammeln, als ich gefragt werde, wie das Paar mich gefunden hat.

»Jackies Chefin … die Senatorin … die Senatorin hat mich gefunden. Sorry, vielleicht sollten wir lieber nicht erwähnen, dass sie Senatorin ist? Hat Jackie gesagt, dass sie für die Regierung arbeitet? Sorry.«

Mit Müh und Not stammle ich etwas zusammen.

Letztlich beschließen sie, diese Frage nur Jackie zu stellen.

Die Bäckerei inszeniert liebend gern eine Tortenkostprobe, als hätten sich Jackie und Hazel ihre Hochzeitstorte nicht schon längst ausgesucht – einen Bourbon-Karamell-Kardamom-Streuselkuchen mit Swiss-Meringue-Buttercreme. (Ja, ich habe ihn probiert, und ja, ich bin gestorben.) Ich begleite sie, spiele mit ihnen das gesamte Erlebnis nach und warte auf den Moment, in dem Jackie und Hazel darüber gestritten haben, ob sie Kokos wollen oder nicht. Genau wie vor drei Monaten wendet Hazel sich an mich und fragt: »Ama, was denkst du?«

Ich tue so, als würde ich darüber nachdenken, und antworte: »Kokos werden wahrscheinlich nicht alle mögen, aber es ist eure Torte.«

Nach den Dreharbeiten treffe ich mich mit Mar auf einige Drinks. Wir trinken ein bisschen zu viel, weil alles so gut läuft.

Besser, als ich mir hätte erträumen können.

Mein erster Gedanke ist, dass es seltsam ist, dass mein Handy überhaupt an ist, da ich von Mitternacht bis sieben Uhr morgens den Nicht-stören-Modus eingestellt habe.

Als Zweites wird mir bewusst, dass Mar bei mir übernachtet und es nicht ins Gästeschlafzimmer geschafft hat. Ihre Haare hängen mir in den Mund.

Aber das Dritte …

»Hallo, hier spricht Ama«, versuche ich zu sagen, als wäre ich die Sorte Mensch, die um – ich werfe einen Blick auf die Uhr – 07:02 Uhr wach ist.

»Hey.«

Das Dritte ist, dass es immer noch das Schönste auf der ganzen Welt ist, als Erstes nach dem Aufwachen Elliots Stimme zu hören.

Mit einem Ruck fahre ich im Bett hoch.

»Was ist los?«

Mar stöhnt und rollt sich auf die Seite.

»Hab ich dich geweckt?«, fragt er.

»Was ist los?«

»Ich dachte, du gehst um halb sieben ins Fitnessstudio.«

Ich seufze. »Das war vor drei Jahren, Elliot. Ich bin nicht mal mehr Mitglied.«

»Ich hätte nicht angerufen, wenn ich geahnt hätte, dass du noch schläfst.«

»Warum rufst du an?«, blaffe ich ihn an. Habe ich schon erwähnt, dass ich kein Morgenmensch bin?

»Wegen des Orkans in der Karibik letzte Woche«, sagt er. Ich kneife argwöhnisch die Augen zusammen und zwicke mir in den Arm, um mich zu vergewissern, dass ich nicht träume. »Hast du davon gehört?«

»Ähm, irgendwie schon?« Als ich die Decke wegstrample, fragt Mar schläfrig, mit wem ich rede. Ich bedeute ihr, still zu sein. Eine Pause tritt ein. Dann:

»Dadurch wird es bei den meisten Anthurien Lieferengpässe geben.«

Endlich setzen sich die Puzzleteile zusammen. Ich fahre mir mit der Hand übers Gesicht. »Wie schlimm ist es?«

»Unrettbar.«

Mar setzt sich auf und hält sich den Kopf. »Hast du Eier?«, fragt sie, ihre Stimme belegt und heiser vom Alkohol.

»Warte hier«, flüstere ich ihr zu, bevor ich in die Küche gehe. »Also, was hat das zu bedeuten?«, frage ich Elliot. »Willst du damit sagen, dass es mehr kosten wird?«

Wieder herrscht einen Moment Schweigen, dann antwortet er schroff: »Was denkst du, wie viel es kosten wird, einen Orkan rückgängig zu machen, Ama?«

»Dann gibt es also überhaupt keine Anthurien.«

»Es sind nur noch die rosaroten und die weißen erhältlich – die für Jackies Strauß. Aber Hazel müsste Kompromisse eingehen.«

Ich reibe mir die Schläfe. Die Option gefällt mir gar nicht. Die beiden haben einen so unterschiedlichen Stil. Ich weiß, dass Hazel mit Jackies Blumen nicht glücklich wäre.

Ich öffne Küchenschränke, bis ich den Kaffee gefunden habe. »Ich glaube, wir brauchen ein neues Designkonzept.«

»Machst du Kaffee?«, ruft Mar aus dem Schlafzimmer.

Ich ignoriere sie und lausche Elliots Atem.

»Also gut. Ruf mich an, um einen Termin auszumachen, wenn du richtig wach bist.«

Bevor ich etwas erwidern kann, legt er auf. Irritiert starre ich das Telefon an – warum um alles in der Welt ist *er* wütend? Was hat er denn erwartet, wenn er um sieben Uhr morgens anruft?

Mar schlurft in ihren Klamotten von gestern herein. »Warum musst du so laut sein?«

Ich werfe ihr eine Kaffeekapsel an den Kopf.

Das Interessante daran, wenn sich eine Filmcrew in deine Hochzeitsplanung einmischt, ist, dass sie schlechte Nachrichten liebt. So sehr, dass wir nun auf dem Weg zum Blooming sind, damit Elliot Hazel und Jackie die schlechten Nachrichten persönlich mitteilen kann.

Ich wünschte, ich könnte mich daran erfreuen, Elliot zu quälen, denn das wird köstlich. Als einer meiner Lieferanten wurde er per Mail über die Filmcrew informiert, und er hat bereits seine Verzichtserklärungen unterschrieben und sie dem Produktionsteam zurückgeschickt. Aber ich glaube, er hat nicht damit gerechnet, dass er tatsächlich gefilmt werden würde. Ich habe Bea gesagt, dass wir das Treffen mit dem Floristen wahrscheinlich nicht nachspielen, und ihr andere Lieferanten vorschlagen. Doch jetzt …

Jetzt geht jemand mit einem Puderpinsel auf Elliot los, weil sein Gesicht angeblich glänzt.

»Haltet euch verdammt noch mal von mir fern«, sagt er, so höflich er kann.

Ich seufze, ein bisschen wacklig auf den Beinen. Heute Morgen hatte ich keine Zeit, Donuts zu besorgen. Keine Zeit, Kaffee zu trinken, keine Zeit zu frühstücken. In gewisser Weise sind wir im Panikmodus. Durch die Kameras wirkt es noch dramatischer, als es ist, aber eine vollständige Neugestaltung nach dreieinhalb Monaten ist nicht gut. Besonders, wenn das Blumenarrangement so wichtig ist wie dieses.

Bea schaut kurz bei mir vorbei. »Hazel und Jackie sind auf dem Parkplatz. Mein Team hält sie auf, bis wir bereit sind. Du hast sie nicht vorgewarnt, oder?«

»Nein«, antworte ich. »Ich hoffe, das ist dramatisch genug für dich.« Ich lächle matt und drücke die Hand auf meinen grollenden Magen.

»Da bin ich mir sicher. Was ist los?«

Ich blicke auf und sehe sie einen Moment doppelt. Als sie wieder eine feste Form annimmt, mache ich eine wegwerfende Handbewegung. »Ich hab nur nicht gefrühstückt.« Ich habe Mar gezeigt, wo die Eier und der Herd sind, aber ich selbst musste mich so schnell wie möglich fertigmachen und herkommen.

»Hier.« Sie holt einen Riegel aus ihrer Gürteltasche. Als ich das Wort *Schokolade* darauf sehe, gebe ich ihr einen Daumen hoch.

Allmählich frage ich mich, ob die täglichen Donuts meinen Blutzuckerspiegel ruiniert haben. Vielleicht war ich die ganze Zeit überzuckert, aber habe nichts davon mitbekommen, weil ich die letzten zehn Jahre jeden Morgen tausend Gramm Zucker zu mir genommen habe. (Ich habe keine Ahnung, wie viel Gramm Zucker ein Donut tatsächlich enthält, und es ist mir auch egal.)

Meine Finger zittern, und ich lehne mich einen Moment an die Theke, um mich zu erden. Bea verkündet irgendetwas, doch ich höre kaum zu, während ich die Verpackung des Schokoriegels mit den Zähnen aufreiße.

Eine Hand erscheint vor meinen Augen, und plötzlich, mit einem heftigen Schlag, landet der Riegel auf dem Boden. »Was machst du da?!«

Ich blinzle, und einen Moment gleicht mein hämmernder Puls den niedrigen Blutzucker aus. Vor mir steht Elliot mit wütendem Gesicht.

»Ich esse was zum Frühstück«, antworte ich zaghaft.

Er hebt den Riegel auf und hält ihn mir vor die Nase. »Einen Schokoladen-Erdnussbutter-Riegel«, sagt er.

Hitze steigt mir ins Gesicht. »Oh. Ach ja.« Ich kann ihm nicht in die Augen sehen, während er den Riegel in den Müll wirft.

»Was stimmt nicht mit dir? Hast du nicht geschlafen?« Er klingt vorwurfsvoll, als hätte ich ihn damit persönlich beleidigt.

»Ich hab noch nichts gegessen. Es … es tut mir leid.« Eine tiefe Scham wallt in mir auf. Ich weiß nicht mal, ob mein Epi-Pen in der kleinen Handtasche ist, die ich dabeihabe, oder in der großen Tasche im Auto.

Plötzlich taucht Bea neben mir auf. »Alles bereit?«, fragt sie. »Können wir die Mädels reinschicken?«

»Nein«, antwortet Elliot schroff. »Ich brauche noch zwei

Minuten.« Er geht zur Tür und ruft dem erstbesten Crewmitglied zu: »Sorg dafür, dass sie sich auf diesen Stuhl setzt!«

Die Glocke über der Tür klingelt. Kurz bevor sie zufällt, höre ich Jackie rufen: »Elliot! Wo willst du hin?«

Während mir jemand auf einen Stuhl hilft und eine Flasche Wasser in die Hand drückt, blicke ich an den Dahlien im Schaufenster vorbei und sehe Elliot über die Straße zur Apotheke laufen.

Ich kann niemandem in die Augen sehen. Ich schäme mich dafür, dass mein Kater noch zu der ganzen Aufregung beiträgt, aber es ist zehn Uhr, und ich bin eine erwachsene Frau, die sich anscheinend nicht selbst ernähren kann.

Elliot kommt so schnell zurück, dass ich fast fürchte, er hätte seinen Einkauf nicht bezahlt, weil ich weiß, wie er zu Selbstbedienung steht. Er legt eine Banane, eine Schachtel Frühstücksriegel ohne Nüsse und einen Energydrink auf die Theke neben mir. Und ich weiß, was ihr denkt: Er ist eindeutig wütend auf mich, wenn er mir einen Energydrink mit Passionsfruchtgeschmack besorgt und erwartet, dass ich mich bei ihm bedanke. Aber Passionsfrucht ist meine Lieblingssorte. Und ich hasse es, dass er mich nicht nur davor gerettet hat, Erdnüsse zu essen, sondern sich auch meine Lieblings-Energydrink-Sorte gemerkt hat.

Ich fange mit einer Banane an, mache mit einem Riegel weiter und spüle ihn mit der halben Flasche Powerade runter. Als ich endlich wieder bei Bewusstsein bin (wenn auch ziemlich aufgebläht), nicke ich Bea zur Bestätigung zu, dass sie Hazel und Jackie nicht länger hinhalten muss.

Außer Elliot und mir drängen sich zwei Kameramänner, ein Typ mit einem Galgenmikrofon und Bea in dem Laden. Die Jungs nehmen ihre Positionen ein, und Beas Assistentin, die mit Hazel und Jackie draußen wartet, gibt ihnen das Zeichen hereinzukommen.

Ich stehe auf und lächle. Meine Ausbeute aus der Apotheke

habe ich hinter der Theke versteckt, und ich hoffe, ich bin nicht ganz so blass und verschwitzt, wie ich mich fühle.

Jackie und Hazel kommen herein, sagen Hi zu Elliot und umarmen mich. »Alles okay?«, flüstert Jackie mir zu. Ich nicke in ihre Schulter.

Ich weiß, dass Elliot nicht gut mit den Kameras zurechtkommen wird, also übernehme ich die Führung. »Wir haben schlechte Neuigkeiten.« Der Typ mit dem Galgenmikro kommt näher und hält mir die flauschige Wolke über den Kopf. »Elliot hat mir gesagt, dass es die Anthurien, die wir wollen, nicht in der Anzahl gibt, die wir brauchen.«

Die auf Jackie und Hazel gerichtete Kamera fängt ihre perfekte Reaktion ein. Jackie schnappt schockiert nach Luft, und ihr Blick huscht zu ihrer Verlobten. Hazels Gesicht verfinstert sich. Das wird eine tolle Show.

»Okay«, sagt Hazel langsam. »Okay, dann … dann haben wir weniger? Oder …«

Ich deute auf Elliot, und er wirft mir einen bösen Blick zu. Das Mikro schwingt zu ihm hinüber, und er starrt es grimmig an, bevor er das Wort ergreift.

»Die rosafarbenen und weißen Anthurien könnten wir besorgen. Die haben wir als Jackies Blumen vorgesehen. Aber die burgunderroten und die grünen sind beide nicht erhältlich.«

Hazel ist ganz in ihrem Element, als sie einen dramatischen Seufzer ausstößt und sich die Stirn reibt. Jackie nimmt ihre Hand, streicht ihr beruhigend über den Rücken und blickt sich nach einer Rettungsleine um.

Ich räuspere mich. »Es ist möglich, anhand der rosafarbenen und weißen Anthurien Änderungen am Design vorzunehmen. Aber ich fürchte, das wird nicht so, wie ihr es haben wolltet.«

Bea nickt dem Kameramann zu, der mich filmt, und ich fühle mich wie ein echter Reality-TV-Star.

»Ich glaube, wir brauchen ein ganz neues Design«, fahre ich fort. »Ich halte es für das Beste, uns auf das zu konzentrieren, was wir jetzt wissen, und das Blumenarrangement noch einmal zu überdenken.«

Hazel hebt den Kopf, einen Ausdruck kindlicher Enttäuschung im Gesicht. Als wäre Weihnachten abgesagt worden. Sie bedeutet mir weiterzureden.

»Die Tanzfläche, die Elliot gebaut hat, bleibt natürlich ein wichtiger Bestandteil des neuen Designs. Sie ist das perfekte Herzstück für euren Hochzeitsempfang. Damit können wir weitermachen.«

Jackie nickt zustimmend, und Hazel beißt sich auf die Lippe, nickt dann aber auch.

Ehrlich gesagt fühle ich mich ein bisschen überfordert. Ich habe noch nie Nein zu Hazel Renee gesagt. Und obwohl ich mir alle Mühe gebe, sie wie jede andere Kundin zu behandeln, wird mir das Ganze schnell zu persönlich. Ihr ist die Enttäuschung und das Missfallen über dieses Treffen deutlich anzumerken, und sie erwartet von mir, dass ich es wieder geradebiege.

»Elliot, können wir in den Showroom gehen und ein paar Ideen besprechen?«

Er geht voran, und einer der Kameramänner folgt ihm hastig. Überall fahren Kabel und Gerätschaften herum, deshalb dauert es einen Moment, im Hinterzimmer alles vorzubereiten. Wir müssen noch einmal hereinkommen und so tun, als wäre die Aufnahme nicht unterbrochen worden.

Noch bevor wir bereit sind weiterzufilmen, holt Elliot Vasen herunter und sammelt Blumen zusammen. Bea beordert schnell einen Kameramann, dicht an ihm zu bleiben, was er offensichtlich hasst.

Schließlich gibt uns Bea das Zeichen, dass wir weitermachen können, und ich übernehme wieder die Führung.

»Also, bei dem vorigen Blumenarrangement war es uns besonders wichtig, euch beiden gerecht zu werden. Jackie ist stilvoll und elegant. Hazel ist moderner Luxus mit viel Persönlichkeit. Wir haben uns für eine seltene Blume in verschiedenen Farben entschieden, um euch zu vereinen, aber vielleicht gehen wir diesmal in eine andere Richtung. Wir sollten für alles offen sein.«

Jackie hängt an meinen Lippen, doch Hazel benimmt sich wie ein störrisches Kind. Hoffentlich macht sie nur für die Kameras so ein Theater.

Elliot hat schon eine reiche Auswahl an Blumen, mit denen er experimentieren kann, und wie nicht anders zu erwarten, ist eine Kamera ausschließlich auf ihn gerichtet. Er ist faszinierend, er ist gutaussehend und er steht nicht nur untätig herum.

Er blickt auf und lässt ein Büschel Pampasgras zwischen seinen Fingern hindurchgleiten wie Federn. »Ich fange ganz von vorne an – mental, kreativ«, erklärt er. »Es ist eine Herbsthochzeit. Zu Herbsthochzeiten passen gedämpfte Farben am besten. Als klassisches Design« – er deutet auf Jackie – »bieten sich zartrosa Blumen und Pampasgras an.«

Während er spricht, stellt er einen Strauß zusammen, der perfekt zu Jackies Stil passt. Ich kann in ihren Augen sehen, dass sie mit einem solchen Arrangement sehr glücklich wäre.

»Für den Herbst eignet sich außerdem Burgunder. Weinrot. Warme, behagliche Farben«, fährt er fort und mischt das Pampasgras mit dunkelroten Dahlien. Zu guter Letzt fügt er noch etwas Zitronenblatt hinzu und bindet den Strauß mit einer ausgefransten Schnur statt mit einem Zierband zusammen.

Es kommt Hazel nahe, aber es passt noch nicht perfekt, und das weiß er. Bevor ich versuchen kann, die angespannte Stimmung etwas aufzulockern, hebt Hazel die Hand.

»Tut mir leid. Können wir aufhören zu filmen?« Sie wirft Bea einen entschiedenen Blick zu. Einer der Kameramänner senkt seine Kamera zu Boden. »Ich hatte keine Ahnung, dass ich für einen Überfall hergekommen bin, darum bin ich ziemlich erschüttert.«

Meine Augenbrauen ziehen sich zusammen. Ein Überfall?

Bea tritt vor. »Natürlich. Wie ihr sicher wisst, ist bei Reality TV vieles nicht inszeniert. Oft sind es echte Gefühle, die sich in solchen Situationen Bahn brechen. Ich würde sehr gern weitermachen, solange eure Gefühle noch so akut sind, aber ich verstehe es natürlich, wenn ihr das nicht wollt.«

»Hazel. Jackie«, sage ich. »Wir müssen die Entscheidung nicht heute oder vor laufender Kamera treffen. Wir können den Moment nachstellen wie in der Bäckerei.« Ich kann sehen, dass Bea uns gern überzeugen würde, alles live aufzunehmen, aber ich lasse sie nicht zu Wort kommen. »Elliot, hast du noch irgendwas hinzuzufügen, während die Kameras aus sind?«

Er kratzt sich am Kinn. »So etwas ist ungewöhnlich. Solche Lieferschwierigkeiten habe ich nur selten, aber es gibt einen internationalen Engpass. Dennoch kann ich euch versprechen, dass diese Hochzeit wunderschön werden wird. Wir haben schon ein phantastisches Design, und jetzt geht es nur noch darum, die passenden Blumen zu finden.«

Ich drücke meine Zustimmung aus. Hazel atmet tief durch, um sich zu beruhigen.

Zögerlich sagt Jackie: »Mit so etwas wäre ich mehr als zufrieden.« Sie hält die beiden Beispielsträuße aneinander, um zu zeigen, wie gut sie zusammen aussehen.

»Aber ich nicht«, erwidert Hazel schroff.

Jackies Mund klappt zu, und ich kann sehen, dass es Bea in den Fingern juckt, das alles zu filmen.

»Es gibt ein Arrangement, das ich schon länger ausprobieren will«, sagt Elliot bedächtig, »aber ich habe noch nicht den richtigen Grund gefunden, damit zu experimentieren.«

Er holt sein Handy heraus und öffnet Instagram. »Leider habe ich keine der Pflanzen auf Lager, weil sie sehr selten sind«, fährt er fort. Sein Blick schweift zu mir, und ich verstehe sofort. Er verführt sie mit geschickt gewählten Worten. *Selten. Den richtigen Grund.* Das sind Buzzwords, auf die Hazel anspricht.

Er reicht ihr sein Handy, und ich sehe, wie die Anspannung aus ihrem Gesicht weicht, als sie zu scrollen beginnt.

»Die Protea magnifica ist das Herzstück. Sie sind elegant, aber auch eindrucksvoll. Und das Beste ist: Es wird keine Lieferschwierigkeiten geben. Wir könnten sogar mit dem Geld, mit dem wir eigentlich die Anthurien importieren wollten, die Tanzfläche damit füllen.«

Hazel zeigt Jackie die Bilder, und ich kann sehen, dass Jackie sich alle Mühe gibt, Gefallen daran zu finden. Doch sie sind nicht ganz ihr Stil. Ich schaue mir die Fotos von zwanzig Zentimeter großen, tassenförmigen Blüten an, die eher wie Sträucher als wie Blumen aussehen, und weiß genau, dass Jackie vor allem die stacheligen Blätter und das an Zähne erinnernde Zentrum auffallen.

»Würdest du wieder verschiedene Sträuße für die beiden machen?«, frage ich Elliot.

Er nickt, nimmt sein Handy wieder an sich und stellt ein Arrangement zusammen, bei dessen Anblick Jackie erleichtert aufatmet. Ein Strauß zartrosa Rosen um eine weiße Protea magnifica mit Eukalyptusblättern hier und da.

»Das gefällt mir, Babe«, flüstert sie Hazel zu.

Hazel sieht zu mir, dann zu Bea und den Kameras. »Okay. Es kann losgehen. Können wir das noch mal machen und es so richtig in Szene setzen, Elliot?«, sagt sie wie ein echter Filmstar.

18

ELLIOT

Drei Jahre, drei Monate, eine Woche und vier Tage zuvor

Seit zwei Wochen habe ich mit Ama über nichts anderes geredet als über die Arbeit. Auf der Hochzeit letzten Samstag im Willow Ballroom hatten wir beide zu viel zu tun. Sie kreierte das prachtvollste Design, das ich je gesehen habe, und das zahlte sich aus. Allerdings blieb dadurch auch keine Zeit für Gespräche außer: »Sieht toll aus. Kannst du das fünf Zentimeter zur Seite schieben?«

Jetzt, auf der Ng-Hochzeit, bin ich nur für die Tischdeko zuständig, also bekomme ich sie überhaupt nicht zu sehen, bis sie mit ihrem Headset im Ohr und hochkonzentriertem Gesicht im Empfangssaal auftaucht.

Ich weiß immer noch nicht, was ich von all dem halten soll. Hat sie mir eine Abfuhr erteilt? War es eine einmalige Sache? Wenn ja, werde ich nicht derjenige sein, der auf sie zugeht, auch wenn ich sie liebend gern wiedersehen würde. Ich möchte sie zu einem Date ausführen und über etwas anderes reden als über Blumen und Hochzeiten. Seit der Gordon-Hochzeit bin ich jeden Morgen mit einem Steifen aufgewacht, weil ich davon träumte, erneut mit ihr zusammen zu sein.

Aber mir fällt nichts ein, wie ich meinen Traum wahr werden lassen könnte, außer mich einfach … in ihrer Nähe herumzutreiben. Ich habe in meinem ganzen Leben genau vier Frauen um ein Date gebeten, und die Statistik zeigt, dass ich darin nicht gut bin.

Also dekoriere ich die Tische, nehme meinen Rollwagen und gehe zurück zum Parkplatz. Gerade als ich den Motor starte, klopft jemand mit den Fingerknöcheln ans Fenster. Amas strahlendes Gesicht erscheint auf der anderen Seite der Scheibe. Mit einem Knopfdruck lasse ich das Fenster herunter.

»Hey.«

»Hi«, sagt sie in lieblichem Ton. »Willst du schon weg?«

»Ich muss zurück in den Laden.«

Sie macht ein nachdenkliches Geräusch und steigt auf die Stufe vor der Tür, so dass sie sich mit den Armen durchs Fenster lehnen kann. »Wie war deine Woche?«

Schlagartig wird mir bewusst, dass ich hierfür, was immer es auch sein mag, nicht cool genug bin. Was auch immer sie von mir will – Sex alle zwei Wochen oder zwangloses Dating –, ich glaube, dazu bin ich nicht fähig. Dennoch antworte ich ihr: »Gut.« Plötzlich ist mein Hals staubtrocken. »Und deine?«

»Zu viel zu tun. Ich kann es kaum erwarten, diese Hochzeit endlich hinter mir zu haben. Das Paar hat ein geringes Budget festgelegt und mich dann immer wieder gebeten, es zu überziehen.« Sie stößt einen Seufzer aus und fährt sich durch die Haare. Mein Blick bleibt daran haften. »Wann machst du Feierabend?«

»Um sechs. Ich komme um zehn noch mal vorbei, um die Vasen abzuholen.«

Sie nickt. »Willst du ein bisschen früher herkommen?« Sie streckt die Hand aus, vielleicht um meinen Kragen zu richten, doch stattdessen spielt sie nur an meinem obersten Hemdknopf herum. »Du kannst mir mit den Wunderkerzen helfen«, raunt sie in anzüglichem Ton, als meinte sie mit *Wunderkerzen* etwas ganz anderes.

»Geht es wirklich um Wunderkerzen? Denn du weißt, was ich darüber denke, dass du einen Assistenten brauchst …«

»Ich meine, komm zurück, und ich ficke dich in deinem Truck.«

Mein Mund klappt zu, und ich bewege den Kopf hin und her, als würde ich meine Optionen abwägen. »Ich dachte, vielleicht könnte ich dich in meinem Truck ficken.«

Sie presst die Lippen zusammen, um sich ein Lächeln zu verkneifen. »Ich lasse es mir durch den Kopf gehen.« Mit einem Ruck zieht sie mich am Kragen nach vorn und küsst mich. Bevor ich die Finger in ihren Haaren vergraben kann, löst sie sich von mir, zwinkert mir zu und verschwindet.

Um sechs Uhr zwei bin ich zurück auf dem Parkplatz. Noch bevor ich überlegen kann, ob ich sie suchen sollte, sehe ich eine Gestalt aus dem Empfangssaal kommen. *YMCA* dröhnt aus den Lautsprechern.

Als *We Are Family* von Sister Sledge zu spielen beginnt, springt sie durch die Beifahrertür herein, zieht ihren Slip herunter, und ich sage ihr, sie soll auf der Sitzbank auf alle viere gehen.

Als ich diesen Truck in der Highschool gekauft habe, habe ich gehofft, dass ich eines Tages darin Sex haben würde. Vielleicht nach einem Football-Spiel, denn ich würde bestimmt der Star-Quarterback werden, obwohl ich nie ein Talent für Sport hatte.

Es ist ein bisschen komplizierter, als ich dachte, aber mit einem Knie auf der Bank bekomme ich schnell den Dreh heraus. Ihre Hände sind auf das Fenster und die Kopflehne gestützt. Der Truck ist feuchtwarm und riecht nach ihr, und ich starre auf ihre Hüften herunter, während ich immer schneller und fester in sie stoße. Mein Bein rutscht ab, und meine Hände schwitzen auf ihrer nackten Haut.

»Würdest du …«, keucht sie, ihr Gesicht an den Sitz gedrückt, »mich noch mal Amaryllis nennen?«

Ich stöhne und verliere fast auf der Stelle die Beherrschung, aber ich schaffe es noch, ihren Namen zu flüstern, bevor ich komme.

Genau wie letztes Mal hat sie sich im Nu wieder zurechtgemacht. Sie zieht ihren Slip hoch und drückt mir einen Kuss auf die Lippen. Während sie zurück zum Empfang geht, lasse ich die Fenster herunter, um einen klaren Kopf zu bekommen.

Zwei Wochen später ruiniert sie mein Blumendesign für die Singh-Hochzeit, arrangiert die Gestecke um und entfernt die Spinnen-Chrysanthemen ganz. Als ich sie in einer Abstellkammer anschreie, schreit sie so lange zurück, bis ihr Mund auf meinen trifft. An diesem Tag geht sie vor mir auf die Knie, und ich vergesse die Spinnen-Chrysanthemen. Ehrlich gesagt waren ihre Ideen ohnehin besser. Das sind sie immer.

Beim nächsten Lieferanten-Meeting in meinem Laden benimmt sie sich, als wäre nichts. Das treibt mich fast in den Wahnsinn. Sie gibt sich ganz geschäftsmäßig, und ich kann nur daran denken, wie sehr ich sie lecken will, bis sie schreit. Sie verlässt den Laden mit den Kunden, und ich sehe sie eine ganze Woche nicht mehr.

Ich habe das Gefühl, als käme ich langsam über sie hinweg. Als wäre es okay für mich, wenn wir von jetzt an nur noch zusammenarbeiten. Und dann sehe ich sie bei einer Besichtigung für ein Paar wieder, das im Haus der Brauteltern heiratet. Sie steht neben mir im Hof und zeigt mir, wo der Traubogen hinkommt, und ich platze heraus: »Wollen wir irgendwann diese Wochen zusammen essen gehen?«

Ihre Wimpern klimpern so hübsch, dass ich ihr leises »Ja, das klingt toll« fast nicht höre.

Ich starre sie an – ihre Wangen sind mit zartem Rosa überzogen, und sie beißt sich leicht auf die Unterlippe.

»Also, wie sollen die Stühle angeordnet werden?«, frage ich. Sie lächelt und fährt fort, mir ihr Design zu erklären.

An diesem Donnerstag führe ich sie in ein kleines italienisches Restaurant ein paar Straßenblocks vom Laden entfernt aus. Sie isst mehr als jedes andere Mädchen, mit dem ich je ausgegangen bin, und als sie am Tisch rülpst, muss ich so sehr lachen, dass der Kellner beunruhigt nach uns sieht.

Als sie hört, dass ich für drei Jahre an einem College war, will sie alles darüber wissen. »Was hast du studiert?«

»Architektur«, sage ich, und das Wort hinterlässt einen bitteren Nachgeschmack in meinem Mund.

Ihre Augen leuchten auf. »Das erklärt eine Menge.« Als ich irritiert die Stirn runzle, sagt sie: »Die Sachen, die du baust. Traubögen, Wedding Hoops, Kronleuchter.«

»Ich glaube nicht, dass ich mein Wissen über Architektur einsetze, um Schleierkraut und Pfingstrosen auszustellen«, murmle ich und stochere in meinen Spaghetti Carbonara herum.

»Wirklich?« Sie mustert mich verwundert. »Ich kann es sehen. Hast du auch deine Lizenz?«

»Nein, die könnte ich inzwischen haben, aber ich hab das Studium im letzten Jahr abgebrochen und bin einfach … nie zurückgegangen.« Ich wende den Blick ab.

»Wolltest du zurückgehen?«, fragt sie, als hätte sie meine Gedanken gelesen. »Ich meine, ich habe keine Ahnung von dem Studienprogramm, aber wäre es möglich zurückzugehen, wenn du genug Zeit hättest?«

Ich zucke die Achseln und versuche, damit die Tatsache abzutun, dass sie den Nagel auf den Kopf getroffen hat. »Das spielt keine Rolle, weil ich nicht genug Zeit habe. Ich muss mich um den Laden kümmern und …« Ich verstumme und beiße mir auf die Wange.

»Hast du das Studium abgebrochen, als dein Vater krank geworden ist?«, fragt sie behutsam. Ich nicke. »Woran ist er gestorben?«

»Lungenkrebs. Obwohl er nie geraucht hat.« Meine Lippen verziehen sich zu einem wehmütigen Lächeln. »Jedenfalls hat ihm der Laden alles bedeutet. Es war immer klar, dass ich ihn irgendwann übernehmen würde. Keine Geschwister, die ihn leiten könnten, und auch sonst niemand. Er wollte, dass ich meinen Abschluss mache, aber es stand immer unausgesprochen im Raum, dass ich das Blooming eines Tages erben würde. Dieser Tag kam nur früher als erwartet. Mom hat mich angerufen und mir gesagt, dass er einen Tumor in der Lunge hat, es mir aber nie selbst sagen würde. Also bin ich nach Hause gekommen.« Mein Blick schweift zu ihr zurück. »Aber ich mag den Laden. Ich habe eine Weile gebraucht, aber Blumen sind … Na ja, Blumen sind besser als Menschen«, zitiere ich Dad mit einem Lachen.

Ihre Augen glitzern. »Das hat dein Dad mal zu mir gesagt.«

Mein Herz setzt einen Schlag aus. Plötzlich fühlt sich meine Brust zu eng an.

»Er war so nett zu mir«, sagt sie mit Tränen in den Augen. Ich schlucke und sehe weg. »Ich meine, er war immer so nett. Wirklich etwas ganz Besonderes.« Sie schnaubt und nimmt ihr Weinglas. »Überhaupt nicht wie du.«

Ich nicke zustimmend, und sie fährt fort: »Aber einmal hatte ich eine echt harte Hochzeit als Whitneys Assistentin, und er … er hat mich zum Lächeln gebracht.« Genau das tut sie jetzt für mich. »Vielleicht ist das seltsam, aber er hat mir ein Stofftaschentuch gegeben, und das habe ich immer noch. Möchtest du es zurückhaben? Ich glaube, seine Initialen sind darauf eingestickt.«

Ich erinnere mich, wie sie einem Mann mit der Faust ins Gesicht geschlagen hat. Wie sie danach ihre verletzte Hand an die Brust drückte. Ihr glockenhelles Lachen, wie Musik.

Ich schüttle den Kopf. »Davon hatte er Hunderte. Schon okay. Ich bin froh, dass du eins hast.«

Sie lehnt sich zurück und überschlägt die Beine unter dem

Tisch. »Ich glaube, du könntest das Studium noch abschließen, wenn du willst. Es gibt viele Onlineoptionen. Natürlich ist das deine Entscheidung, aber … du hast es gerade selbst gesagt – dein Dad wollte, dass du deinen Abschluss machst. Und wer weiß? Vielleicht hättest du dadurch einen Vorteil, wenn du irgendwann deinen eigenen Showroom eröffnest.« Sie zwinkert mir zu.

»Vielleicht.« Das gebe ich nur ungern zu, aber es gefällt mir, dass sie meine Zukunft so klar vor sich sehen kann. »Du warst nicht am College?«

»Ich habe schon ein paar Wochen nach der Highschool bei Whitney angefangen. Ich hätte wohl Hospitality Management studieren können, aber dafür hätte ich wegziehen müssen. Und ich arbeitete schon für die Meisterin ihres Fachs.«

Sie hat ein Funkeln in den Augen, wenn sie von Whitney spricht, und ich versuche, nicht die Stirn zu runzeln. »Ich hab mich immer gefragt, welche Position du bei ihr hattest.«

»Ein paar verschiedene. Aber als du mit deinem Dad zusammengearbeitet hast, war ich Director of Design.«

»Und warum bist du gegangen?«

»Du meinst, warum Whitney mich hat gehen ›lassen‹?«, gibt sie meine Worte wieder, zieht neckisch eine Augenbraue hoch und greift nach ihrem Glas. Ich verdrehe die Augen. »Ich habe bei Hochzeiten mit einem Budget im fünfstelligen Bereich mitgeholfen, aber ich wusste schon lange, dass ich lieber mit einem geringeren Budget arbeiten will. Ein geringeres Budget eröffnet manchmal mehr Möglichkeiten – ergibt das Sinn?«

»Ja, das tut es«, antworte ich ehrlich.

»Whitney hat alle abgewiesen, die nicht mindestens fünfzigtausend Dollar zur Verfügung stellen konnten, egal, wie viel sie ihr bezahlten, also dachte ich: ›Diese Hochzeiten könnte ich übernehmen. Ich könnte mit diesem Budget etwas wahrlich Einzigartiges erschaffen.«

»Dann hatte es nichts mit deiner Bezahlung zu tun? Oder wie sie dich behandelt hat?«

Sie blinzelt mich verblüfft an, und eine angespannte Stille senkt sich über uns. Sofort bereue ich meine Worte.

»Wie sie … wie sie mich behandelt hat? Was meinst du damit?«

»Tut mir leid, ich hätte nicht …« Ich unterbreche mich, doch sie wartet immer noch. »Allen Lieferanten war klar, wer die wahre Antriebskraft hinter Whitney Harrisons Unternehmen war. Mein Vater redete die ganze Zeit darüber – wie sich ihr Stil weiterentwickelte, wie viel sich verändert hatte, seit sie jemand Neues eingestellt hatte. Mark bei Roscow Rentals hat mich darauf angesprochen; Minnie in der Freeport Bakery ist es auch aufgefallen.«

Ich kann sehen, dass sich ihre Brust immer schneller hebt und senkt, doch ihre Lippen sind fest zusammengepresst.

»Ama, einen Monat nachdem du weg warst, hat Whitney mich gebeten, das Blumenarrangement für die Teele-Hochzeit ganz genauso nachzumachen. Bis ins kleinste Detail. Dein Design, auf eine andere Hochzeit übertragen.«

Sie räuspert sich. »Das wusste ich nicht.« Sie nippt an ihrem Wein und senkt den Blick. »Na ja, fairerweise muss ich klarstellen, dass alles, was ich unter ihr designt habe, ihr gehörte. So stand es in meinem Vertrag. Also hatte sie jedes Recht dazu.«

Ich beiße die Zähne zusammen, um ihr nicht scharf zu widersprechen. Mein Kiefer mahlt.

»Wie viel mehr Geld hast du bekommen, als sie dich zum Director of Design befördert hat?«

»Ich erinnere mich nicht …«

»Ohne dich muss sie externe Designer beauftragen. Die Kosten für Tamara Birch, die jetzt oft für sie arbeitet, fügt sie dem Gesamtbudget hinzu. Tamara bekommt hundert Dollar die Stunde für ihr Hochzeitsdesign.«

Sie starrt mich an, und ich kann sehen, wie sie im Kopf Berechnungen anstellt. Sie ist nahe dran zu erkennen, was für eine Scheiße Whitney abgezogen hat.

»Aber ich habe einen festen Lohn bekommen«, erwidert sie. »Selbst wenn Tamara Birch jede Woche im Jahr fünf Stunden arbeitet, hätte ich mehr verdient als sie. Und ich war auch außerhalb der Saison abgesichert, also ...« Abrupt setzt sie sich auf und signalisiert dem Kellner, uns die Rechnung zu bringen. »Lassen wir das, okay? Du hast ... interessante Argumente, aber ich will nachher noch gut genug drauf sein, um dir die Seele aus dem Leib zu ficken.«

Wie könnte ich ihr da widersprechen? Ich kippe den Rest Wein hinunter, und als die Rechnung kommt, überreiche ich dem Kellner schon meine Kreditkarte, bevor sie so tun kann, als würde sie nach ihrem Geldbeutel greifen.

»Woher weißt du überhaupt so viel über Tamara Birch?«, fragt sie mit einem frechen Grinsen.

Ich seufze und verdrehe die Augen zur Decke. »Ich war auf zwei Dates mit ihr.«

Sie lacht. »Hast du eine Schwäche für Hochzeitsplanerinnen?«

Ich unterschreibe die Quittung und murmle: »Vielleicht haben sie eine Schwäche für mich.«

Sie streitet es nicht ab.

Zurück auf dem Parkplatz beim Blooming drückt sie mich an ihren Toyota Camry und küsst mich. Sie öffnet die Beifahrertür, bedeutet mir einzusteigen und eilt zur Fahrerseite. Nachdem sie die Klimaanlage eingeschaltet hat, besteigt sie mich, was, wie ich schnell lerne, ihre Lieblingsbeschäftigung ist.

»Ich würde dich ja mit zu mir nehmen«, murmelt sie an meinem Hals und greift in meine Jeans, »aber meine Mom wohnt zurzeit bei mir.«

»Oh.« Ihre Hand schließt sich um mich, doch aus unerfindlichen Gründen rede ich immer noch über ihre Mutter. »Ist alles in Ordnung?«

»Ja, sie lässt sich nur scheiden.« Ihre Zähne fahren ganz leicht über meinen Kiefer, und mein Penis richtet sich in ihrer Hand auf.

»Sie … Die Hochzeit, für die ich den Kronleuchter gebaut habe? Das tut mir leid.«

Ama reibt sich an meinem Oberschenkel, also macht ihr das Gespräch wohl nicht besonders viel aus. »Schon okay. Ist nicht das erste Mal.«

Meine Hand gleitet unter ihr Kleid und presst sich an ihr Zentrum. Sie stöhnt, als meine Finger in sie eindringen.

In diesem Moment fällt mein Blick auf ihr Armaturenbrett. »Was … was ist mit deinem Auto los?«, frage ich atemlos.

Sie scheint genau zu wissen, wovon ich rede, denn sie sagt: »Ich muss es nur in die Werkstatt bringen.«

Ihr Daumen umkreist meine Eichel, aber ich kann es nicht mal genießen, weil *sieben* Warnleuchten an sind.

»Du … Bist du sicher, dass du dieses Ding noch fahren kannst?«

»Das tue ich seit circa zwei Monaten.«

»Zwei Monate!« Ich ziehe sie von meinem Hals weg. »Ama, in diesem Zustand kannst du das Auto nicht fahren.«

»Ist schon okay! Es braucht nur einen Ölwechsel, und der Nagel muss aus dem Reifen entfernt werden. Ich bin sicher, das ist nicht weiter wild.«

Die Anzeige für die Airbags, die Wartungswarnleuchte und ein Zeichen, das ich noch nie gesehen habe, blinken unheilvoll. »Ama.«

»Entspann dich, und nenn mich Emma.«

Ihr Mund drückt sich auf meinen, und ihre Zunge stellt geile Dinge an, doch ich schiebe sie weg, selbst als sie wieder anfängt, meinen Penis zu massieren.

»Ich kann nicht. Wir könnten in diesem Auto sterben, indem wir einfach nur hier sitzen.« Ich bedeute ihr, von mir herunterzusteigen.

»Nein, warte …«

»Mach die Motorhaube auf. Ich sehe mir das mal an.«

»Elliot Bloom, wenn du brav sitzenbleibst und mit dem Unsinn aufhörst, verspreche ich, dir die Seele aus dem Schwanz zu saugen.«

Ihre Augen lodern, und ihr Atem geht keuchend.

»Ich … Ama, das kann ich nicht. Ich kann nicht!«

Ich schiebe sie zur Seite und öffne die Tür. Während ich meinen Penis zurück in die Hose stecke, bedeute ich ihr, die Motorhaube aufzumachen. Zwanzig Minuten starren wir einander durch die Windschutzscheibe grimmig an, dann sage ich ihr, dass ich den Abschleppdienst rufe und sie nach Hause fahre.

Wie nicht anders zu erwarten saugt sie mir in dieser Nacht nicht die Seele aus dem Schwanz.

19

AMA

Juli

Filmcrews machen alles zehnmal komplizierter. Eine dumme Erkenntnis, zumal ich sie erst jetzt habe, aber es ist wahr.

Da Hazel und Jackie einen Hochzeitsoutfitdesigner von außerhalb engagieren, wird die Filmcrew keine Gelegenheit haben, die Kleideranprobe im Brautmodengeschäft zu filmen. Also fragt Bea, ob wir sie nachstellen können, weil das anscheinend von größter Wichtigkeit für die Show ist.

Ich gebe Bea eine Liste der besten Läden in Sacramento, und wir rufen sie zusammen an, um alles in die Wege zu leiten. Ich muss einen Termin in letzter Minute arrangieren, um Kleider anzuprobieren, die ohnehin nicht gekauft werden, und Bea muss ihr Einverständnis einholen, das Ganze zu filmen. Schließlich erklärt sich ein Laden namens Spring Maiden in Carmichael zu den Dreharbeiten bereit, solange wir ihren Namen erwähnen und den Laden in gutem Licht darstellen.

Ich überlasse es Bea, sich um Hazel und Jackie zu kümmern, sie gibt ihnen ein Skript, nach dem sie sich frei richten können, und ich versuche einfach so zu tun, als wäre das ein ganz normales Lieferanten-Meeting.

Spring Maiden ist ein schönes Geschäft, in dem ich erst ein paar Mal war, doch zum Glück kennt mich die Besitzerin noch aus meiner Zeit bei Whitney. Ich komme früher, um sicherzustellen, dass wir die Privatsphäre haben, um die wir gebeten haben, und um die Assistenten kennenzulernen, die heute aushelfen werden. Die Besitzerin begrüßt mich und nimmt mich beiseite.

»Wir konnten den Laden für heute schließen, so dass die Filmcrew niemandem auf die Zehen treten wird. Allerdings hatten wir schon einen Termin mit einem Brautpaar vereinbart, als Sie angerufen haben, aber sie werden auf der anderen Seite des Ladens sein. Ich habe sie bereits informiert, was hier los ist.«

»Super«, sage ich. »Das dürfte kein Problem sein.«

Die Kameras nehmen auf, wie Hazel und Jackie hereinkommen und die Besitzerin sie empfängt. Unsere Assistentin für heute führt uns in ein Privatzimmer mit Spiegeln und einem Podest, und Jackie und Hazel besprechen mit ihr, was sie sich wünschen. Bea hat beschlossen, dass Hazels Entscheidung, einen Anzug zu tragen, eine »Reise« sein sollte, auf die sie sich in der Szene begibt, also probiert sie eine Menge Kleider an, die »einfach nicht das Richtige für sie sind«.

Bea winkt mir von der Tür aus zu, und ich folge ihr nach draußen.

»Können wir dich zum Thema Hochzeitskleider interviewen?«

»Klar.«

»Okay, ich gebe Hazel und Jackie eine Pause, und dann lasse ich einen Kameramann diese hübsche kleine Ecke für dich herrichten.« Sie deutet auf eine Wand, auf die gut sichtbar der Name des Ladens gemalt ist.

Während ich warte, bis die Crew alles vorbereitet hat, und meine Mails checke, höre ich jemanden sagen: »Ama, ich habe mich schon gefragt, ob du es bist.« Als ich aufblicke, sehe ich Whitney Harrison aus dem Privatzimmer am anderen Ende der Lobby kommen.

»Whitney, hi!« Ich springe auf, um sie zu umarmen, bevor ich mich erinnere, dass ich ihr gegenüber immer noch misstrauisch bin. Sie drückt mich fest an sich, und wieder frage ich mich, ob diese ganze Lieferantensache vielleicht doch nur ein großes Missverständnis war. »Ich hätte mir denken können, dass du zu der anderen Gruppe gehörst, die eine Anprobe gebucht hat.«

»Ich hoffe, es macht dir nichts aus, dass wir den Termin nicht verschieben konnten«, sagt Whitney und streicht sich eine verirrte Strähne aus dem Gesicht. »Meine Kundin hat diesen Termin schon seit über einem Monat.«

»Oh, nein, nicht doch.« Ich winke ab. »Wir brauchen den Laden nicht für uns. Wir wollten nur möglichst wenige Leute hier haben, damit die Filmcrew in Ruhe arbeiten kann.«

»Ach, stimmt ja«, sagt sie. »Wie läuft es mit den Dreharbeiten? Behindert dich das sehr?«

»Bisher nicht.« Ich lache. »Wir müssen nur ein bisschen was mit den Lieferanten inszenieren. Eigentlich haben die Mädels ihre Hochzeitsoutfits schon«, flüstere ich ihr zu, »aber das Produktionsteam wollte unbedingt eine Hochzeitskleider-Shopping-Szene.«

»Oh, gut!«, ruft sie und legt eine Hand auf meinen Ellbogen. »Um ehrlich zu sein, Ama, war ich sehr besorgt, als ich gehört habe, dass du noch keine Brautkleider für Hazel Renees Hochzeit hast. Immerhin findet sie schon in drei Monaten statt!«

Whitney lacht, als hätte sie einen köstlichen Witz gemacht. Ich lächle zurück.

»Nein, wir liegen gut im Zeitplan«, erkläre ich.

In diesem Moment kommt Hazel in die Lobby. Sie sieht aus, als bräuchte sie dringend eine Pause, setzt jedoch ein Lächeln auf und kommt zu uns herüber, als ich frage: »Alles okay?«

»Ja. Ich bin nur ein bisschen gestresst.« Sie wendet sich Whitney zu und streckt die Hand aus. »Hi, ich bin Hazel.«

»Hazel Renee, natürlich. Eure Hochzeit wird schon bald in aller Munde sein.« Whitney ergreift ihre Hand.

»Das ist Whitney Harrison«, sage ich. »Sie ist eine phantastische Hochzeitsplanerin.«

»Oh! Ama hat mir viel von dir erzählt. Und meine Verlobte ebenfalls, als wir nach Hochzeitsplanern gesucht haben.« Wenn sie sich an Jackies Abneigung gegen Whitney erinnert, lässt sie sich nichts davon anmerken.

»Nun, offenbar habt ihr genau die Richtige engagiert«, sagt Whitney und legt mir eine Hand auf die Schulter. »Ama hat jahrelang für mich gearbeitet, daher kann ich voller Überzeugung sagen, dass sie bemerkenswert ist.«

»Oh, das wissen wir!« Hazel lacht. »Wir sind sehr glücklich mit ihrer Arbeit.« Sie lächelt mir zu, und der Anflug eines Zwinkerns huscht über ihr Gesicht.

»Sie ist absolut einzigartig, das steht fest«, sagt Whitney. Ich lausche, ob ich einen sarkastischen oder böswilligen Unterton in ihrer Stimme ausmachen kann, höre jedoch nichts. »Wo findet der Empfang statt? Ich weiß, dass ihr im Rose Garden heiraten werdet.«

»Wir haben einen geeigneten Ort in Midtown gefunden«, antworte ich bedächtig. Was ich mit dem alten Ballettstudio vorhabe, ist eine richtig große Sache. Ich musste mir schon von einigen Bauunternehmern anhören, dass es nicht machbar wäre – bis ich ihnen das Budget genannt habe.

»Ama wird aus dem Nichts etwas Magisches erschaffen«, verkündet Hazel und stößt mich leicht mit dem Ellbogen an.

»Das ist sehr ehrgeizig«, sagt Whitney, und diesmal höre ich ihre alte Darüber-zerreiße-ich-mir-nachher-das-Maul-Einstellung durchklingen, an die ich mich aus meiner Zeit bei WHW erinnere.

Hazel fährt fort, und ich bekomme das Gefühl, dass sie mir zuliebe prahlt. »Ich bin wirklich beeindruckt von Amas Arbeit. Ich werde all meinen Freundinnen empfehlen, sie auch für ihre

Hochzeiten einzustellen.« Ganz beiläufig sagt sie zu mir: »Du wirst sie auf der Bachelorette-Party kennenlernen.«

Einen Moment bin ich wie gelähmt. Meine Wangen sind so heiß, dass ich fast fürchte, mein Gesicht wäre geschmolzen. Wie in Zeitlupe wende ich mich Whitney zu.

»Auf der Bachelorette-Party«, wiederholt Whitney, und ihr Blick schweift zu mir. »Nun, wie schön, dass Ama sich die Zeit dafür nehmen kann. Sich mit Kunden anzufreunden war schon immer ihre Stärke.«

Ich starre auf meine Schuhe. Was für ein verdammter Schlamassel. Ich habe noch nicht zugestimmt, zu der Bachelorette-Party zu gehen, aber Hazel lässt nicht locker. Sie hat keine Ahnung, was für ein Minenfeld sie betreten hat.

Bea unterbricht uns. »Hazel, können wir weitermachen? Und Ama, Nick kommt gleich zu dir, um dich zu interviewen.«

Hazel folgt Bea wieder hinein, und ich fühle mich wie ein Hund, der von seinem Herrchen ignoriert wird.

»Manche Dinge ändern sich wohl nie«, flüstert Whitney.

»Ich werde nicht zu der Bachelorette-Party gehen«, erkläre ich schnell. »Sie haben mich eingeladen, aber ich weiß, das wäre nicht professionell …«

»Aber sie haben dich eingeladen, Ama.« Sie richtet ihren Blick auf mich und zieht eine perfekt gezupfte Augenbraue hoch. »Du hast schon eine Grenze überschritten, wenn sie das für angemessen halten.«

Meine Kehle ist wie zugeschnürt. »Tut mir leid.«

Sie lacht, ein glockenhelles Geräusch, das sonst Trauzeugen vorbehalten ist, die sich für Comedians halten.

»Ama, du arbeitest nicht mehr für mich. Du kannst dein Geschäft führen, wie du willst.« Sie drückt meinen Arm, und ich fühle, wie sich ein manikürter Fingernagel in meine Haut gräbt. »Ich hoffe nur, dass du es nicht bereuen wirst.«

Ich nicke, weil ich kein Wort herausbringe. Meine Augen brennen, und am liebsten würde ich auf den Parkplatz rennen und schreien.

»Ruf mich an, wenn du irgendetwas brauchst«, sagt sie. »Das ist ein sehr großes Unterfangen.«

Mit diesen Worten verschwindet sie in ihrem Privatzimmer. Als Nick mit der Kamera zu mir kommt und die Belichtung einstellt, fühle ich mich leer. Später kann ich mich an keine einzige meiner Antworten auf ihre Fragen erinnern.

Als ich Jackie und Hazel sage, dass ich nicht zu ihrem Junggesellinnenabschied kommen werden, kann ich ihre Enttäuschung sehen, bleibe jedoch standhaft.

20

ELLIOT

Drei Jahre, zwei Monate und fünf Tage zuvor

Nach unserem Date hat sie eine Woche nicht mit mir geredet. Und als wir uns am Wochenende auf der Wilmot-Hochzeit wiedersahen, hielt sie das Treffen leider rein geschäftlich.

Gestern habe ich ein Bild von einer Rosenwand gepostet, die ich zu bauen begonnen habe. Sie ist nur einen Meter mal zwei Meter groß und bietet nicht genug Platz für einen Schriftzug, aber wenigstens habe ich ein B für Blooming eingefügt. Doch Ama hat das Bild noch nicht gelikt.

Es fühlt sich an, als würden wir ein Spiel spielen, und ich habe keine Ahnung, wer gewinnt, aber ich bin es bestimmt nicht. Es ist schon August. Bald ist die Hochzeitssaison zu Ende, und ich werde sie immer seltener sehen, bis es wieder losgeht. Zumindest, wenn sie mich weiterhin engagiert.

Am Freitag haben wir eine Besichtigung, und ich habe fest vor, sie um ein zweites Date zu bitten. Wenn sie Nein sagt, weiß ich wenigstens, wo ich stehe.

Ich bin im Hinterzimmer und versuche, das Chaos zu beseitigen, das ich auf der Werkbank hinterlassen habe, als das Telefon im Laden klingelt. Ich hasse es, dass ich auf einen Anruf von ihr hoffe.

»Hallo?«

»Elliot. Hier spricht Whitney Harrison. Wie geht es dir?« Ihre zuckersüße Stimme bohrt sich in meine Ohren, und ich senke die Lautstärke am Telefon, um sie zu dämpfen.

»Gut. Hi, Whitney.«

»Hör zu, einer meiner Social-Media-Assistenten hat mir gerade deine Rosenwand gezeigt. Mein Gott, sie ist wunderschön! Ich wusste gar nicht, dass du mit selbstgebauten Kunstinstallationen arbeitest!«

»Ja, danke. Das ist relativ neu. Nur etwas, was ich ausprobieren wollte.«

»Nun, es ist wundervoll«, sagt sie, und ich kann sie tippen hören. »Ich suche selbst nach genau so einem Stück. Eigentlich wollte ich bei Biar Rose Designs nachfragen, aber ich würde liebend gern mit dir zusammenarbeiten. Du weißt ja, wie gut dein Dad und ich uns verstanden haben.«

Sie redet über ihn, als wären sie zusammen aufgewachsen, dabei hat er sie in Wahrheit bestenfalls toleriert. Sie führte das größte Hochzeitsunternehmen in der Stadt, also blieb ihm nichts anderes übrig, als mit ihr zusammenzuarbeiten. Dad hat ihr einen Discount gegeben, damit sie immer zu ihm kommt, wenn sie einen Floristen braucht.

»Klar«, sage ich. »Willst du vorbeikommen und ihn dir ansehen? Bisher habe ich nur den einen fertig.«

»Ja, können wir einen Termin für nächste Woche ausmachen? Ich schicke dir eine Mail, und du kannst mir eine drei Meter breite Wand in Rechnung stellen. Führe alle Zusätze einzeln auf – nach Anfangsbuchstaben oder Rosenfarben. Das gute Zeug.«

Ich verkneife es mir, ihr zu sagen, dass ich nur die einen Meter breite Rosenwand mit einem B darauf habe und sonst nichts. Wenn sie wirklich eine will, werde ich mir schon was einfallen lassen.

»Okay.« Das Klackern ihrer Fingernägel auf der Tastatur erinnert mich daran, wie sie sich in Amas Arm gegraben haben. »Und nur damit es nicht zu Missverständnissen kommt: Die Kunstinstallationen gehören nicht zum Service des Blooming. Sie werden separat in Rechnung gestellt, und die üblichen Rabatte gelten nicht.«

Sie hört abrupt auf zu tippen, und ich lächle.

»Natürlich. Das ist verständlich, Elliot. Ich schicke dir eine Mail!«

Sie legt auf, ohne sich zu verabschieden.

Vielleicht habe ich einen Auftrag verloren, aber wenigstens muss ich Whitney nicht diesen dämlichen Rabatt auf Dinge geben, die ich selbst gebaut habe.

Die Tür schwingt auf, und als ich grimmig Hallo sage, sehe ich Ama auf der Fußmatte stehen. Ich räuspere mich und stütze mich auf den Tresen. »Bist du wegen der Rosenwand hier?«, frage ich.

Sie setzt zu einer Erwiderung an, unterbricht sich jedoch. »Hast du eine Rosenwand gepostet?«

Ohne sich auch nur im Geringsten um Anstandsregeln zu scheren, lässt sie ihre Tasche auf die Theke fallen und geht ins Hinterzimmer. Ihr unerlaubtes Eindringen ärgert mich, doch dann höre ich sie erstaunt ausrufen:

»Oh, wow! Die ist großartig!«

Ich folge ihr und lehne mich an den Türrahmen. »Ich wollte es einfach ausprobieren.«

»Machst du auch noch den Rest des Blooming? Die anderen Buchstaben?«

Ich zucke die Achseln. »Das könnte ich, aber um ehrlich zu sein, hat mich das Projekt so schon reichlich Zeit und Geld gekostet.« Sie beachtet mich kaum, streckt einfach nur die Hand aus und streicht mit den Fingerspitzen über die Blütenblätter.

Meine Brust zieht sich zusammen, und ich fühle mich wie ein

Kleinkind, das jeden Moment grundlos anfangen wird zu schreien.

»Was führt dich her?« Mein schroffer Ton lässt sie erschrocken herumfahren.

»Ähm …« Sie lehnt sich mit der Hüfte an meine Werkbank. »Triffst du dich mit anderen Leuten?«

Die Frage haut mich um. »Du willst von mir wissen, ob *ich* mich mit anderen Leuten treffe?«

»Ja.«

»›Andere Leute‹ impliziert, dass ich mich überhaupt mit jemandem treffe. Und dich habe ich seit zwei Wochen nicht mehr gesehen«, murmle ich. Ich weiß, das ist kindisch, aber ich kann einfach nicht anders.

Ihr Mundwinkel zuckt. »Nun, jetzt bin ich da. Ich sehe dich. Werde von dir gesehen.«

Sie macht einen Schritt auf mich zu, und bevor ich mich an die Schimpftirade erinnere, die ich loswerden wollte, schlingen sich ihre Arme um meine Schultern, und sie stellt sich auf die Zehenspitzen. Ihre Lippen sind warm und voll, und ihre Brüste drücken sich an mich. Meine Hände legen sich wie von selbst um ihre Hüfte, und obwohl ich weiß, dass wir reden sollten, verliere ich mich einen Moment in ihrem Mund, ihrem Körper.

»Also«, flüstert sie an meinen Lippen, »triffst du dich mit anderen Leuten?«

Ich blinzle sie verblüfft an. »Ob *ich* mich mit anderen Leuten treffe?«

»Das hast du schon mal gesagt.«

»Weil ich immer noch nicht glauben kann, dass du mich das fragst.«

Sie schluckt und sieht auf meinen Kragen hinunter. »Weil das eine dumme Frage ist, wenn wir keine exklusive Beziehung führen? Oder …?« Mit großen, erwartungsvollen Augen blickt sie zu mir auf.

Ich habe das Gefühl, als hänge eine Menge von meiner Antwort ab. Als wäre es für die Zukunft dieser eigenartigen Beziehung plötzlich von größter Wichtigkeit, was ich darüber sage. Ich beiße mir auf die Wange und suche nach den richtigen Worten.

»Ich weiß nicht mal, was das ist«, sage ich ehrlich. »Wir sehen einander höchstens einmal die Woche, und wir ficken, ich habe dich zum Essen ausgeführt, aber ich …« Ich schlucke schwer. »Ich komme mir vor, als würde ich darauf warten, dass du mir die Regeln erklärst. Ich werde weiterspielen, selbst wenn du das nicht tust, aber … aber nein, ich schlafe nicht mit anderen Leuten, wenn ich … tue, was immer das hier ist.«

Die unbestimmte Intensität in ihrem Blick macht mich unruhig. Ich habe das Gefühl, als müsste ich die Stille füllen, doch ich weiß, dass sie an der Reihe ist.

»Die Regeln, hm?« Sie lächelt wehmütig. Schließlich holt sie tief Luft und begegnet meinem Blick. »Meine Mom heiratet oft. Also, wirklich *sehr* oft. Die Hochzeit, auf der wir letzten April zusammengearbeitet haben, war ihre vierzehnte.«

Ich sollte sie wohl nicht schockiert anstarren, also halte ich mich mit aller Macht davon ab. »Okay.«

»Seit meiner Geburt hatte sie nie keinen Mann in ihrem Leben«, fährt sie fort. »Und sie heiratet jedes Mal. Vierzehn Verlobte, vierzehn Hochzeiten. Als Kind hab ich sie mal gefragt, ob sie je Angst kriegt, ›Ich will‹ zu sagen, wie es in Filmen so oft vorkommt, aber sie meinte, das habe sie noch nie. Sie sagte: ›Liebe ist wie der Wind. Sie kommt und geht. Hochzeiten sind im Grunde einfach nur Partys.‹«

Bei der Erinnerung breitet sich ein Grinsen auf ihrem Gesicht aus. Mir schwirrt immer noch der Kopf, aber ich höre aufmerksam zu.

»Eigentlich sind es nicht wirklich die vierzehn Hochzeiten, die mir zu schaffen machen. Sondern die vierzehn Scheidungen. Vierzehn Mal hat sie mit jemandem Schluss gemacht, der ihr viel bedeutet hat. Den sie geliebt hat. Und ich glaube wirklich, dass sie manche von ihnen geliebt hat«, erklärt sie. »Es ist nicht so, als hätte sie jede Scheidung locker weggesteckt und wäre gleich zum nächsten übergegangen. Sie hat sehr darunter gelitten. Manchmal aß sie tagelang nichts und kam nicht aus dem Bett. Sie hat mir immer gesagt, dass Hochzeiten es wert seien, aber das glaube ich nicht.«

Sie unterbricht sich, als erwachte sie aus einer Trance von Erinnerungen, und blickt zu mir auf. »Was ich damit sagen will: Ich verstehe nicht, was feste Beziehungen für einen Sinn haben, wenn sie doch sowieso irgendwann enden. Deshalb date ich nicht«, sagt sie. »Jedenfalls nicht längerfristig. Ich tue … was wir jetzt tun. Ein bisschen hier, ein bisschen da. Aber ich gehe keine festen Beziehungen ein.« Sie lacht. »Natürlich bin ich mir bewusst, wo das herkommt, aber ich habe schon zu oft erlebt, dass Männer meiner Mom – und mir – Versprechen gaben, die sie brachen, sobald es schwierig wurde. An einem meiner Stiefväter, Warner, hing ich sehr. Meine Mom war fünf Jahre mit ihm zusammen. Ich war zehn, als sie sich getrennt haben, aber er hat mir versprochen, dass wir uns trotzdem weiterhin sehen würden.« Sie schüttelt den Kopf. »Ich hab meine Mom ständig nach ihm gefragt, aber ich hab ihn nie wiedergesehen.«

Sie legt eine Pause ein und schürzt nachdenklich die Lippen. Meine Kehle ist wie zugeschnürt, und meine Hände, die immer noch auf ihrer Hüfte liegen, fühlen sich plötzlich kalt an. Klingt ganz danach, als wollte sie mir schonend beibringen, dass es aus ist, und vielleicht sollte ich meine Hände wegnehmen, doch dann legt sie ihre auf meine Unterarme.

»Ich weiß, es ist komisch, dass ich als Hochzeitsplanerin nicht ans Heiraten glaube, aber genauso ist es. Für mich sind Hochzeiten nur Partys. Ehen enden früher oder später. Und ich finde nicht, dass Liebe zu einer festen Beziehung führen sollte, wenn sie doch so ungewiss und flüchtig ist.«

»Nicht für jeden«, flüstere ich. Sie blinzelt mich verwundert an, und ich ergreife die Gelegenheit in der Hoffnung, dass sie mir eine Chance gibt. Denn ich bin mir ziemlich sicher, dass ich sie nie gehen lassen würde. »Nicht jede Liebe ist flüchtig.«

Sie verkneift sich ein Lächeln. »Ach nein?« Ihre Arme schlingen sich um meinen Hals.

Ich nicke feierlich. »Ich gebe Sachen, die mir wichtig sind, nicht so leicht auf.« Das Herz schlägt mir bis zum Hals, doch ich zwinge mich, über meinen Schatten zu springen. Das ist der entscheidende Moment, und ich muss ihr zeigen, dass ich auf jeden Fall dabei bin. »Wenn du dem hier, was immer es ist, eine Chance geben willst, musst du nicht befürchten, dass ich einen Rückzieher mache. Du magst denken, dass alles irgendwann endet, aber du hattest noch nicht ›alles‹ mit mir.«

Gebannt sehe ich zu, wie sie langsam und tief einatmet und den Blick über mein Gesicht schweifen lässt. Ich hänge am Rand einer Klippe und warte auf sie. Wenn nötig werde ich mein Leben lang auf sie warten.

Endlich umspielt ein neckisches Lächeln ihre Lippen. »Also, die Spielregeln …« Ihre Finger gleiten über mein Ohr zu meinem Kragen hinunter, und mein Herz hämmert. »Ich bin heute hergekommen, weil ich dich vermisst habe, und die plötzliche Erkenntnis, dass ich vielleicht nicht die Einzige bin, mit der du dich triffst … hat mich tatsächlich wütend gemacht.« Sie lacht. »Und das passiert nie. Also, Regel Nummer eins: Wir treffen uns nicht mit anderen Leuten. Regel Nummer zwei: Ich will dich öfter als einmal die Woche sehen.« Sie hält einen Moment inne und sieht mich eindringlich an. Ihr Lächeln verblasst.

»Aber ich will es nicht als Beziehung bezeichnen. Regel Nummer drei.«

In mir verwelkt etwas, bevor es richtig aufblühen konnte, doch ich konzentriere mich auf meine Hoffnung, dass vor dem »nicht« ein unausgesprochenes »noch« steht. Klingt, als wollte sie Exklusivität und mehr Zeit zusammen, ohne es mit einem Label zu versehen. Das kann ich. Außer meiner Mom gibt es sowieso niemanden, dem ich sie als »meine Freundin« vorstellen könnte.

»Keine Labels?«, füge ich hilfreich hinzu.

Sie grinst. »Labels haben ein Verfallsdatum.«

Aus ihren Worten höre ich heraus, dass sie nicht will, dass diese Sache zwischen uns endet. Freudige Aufregung durchströmt mich. Die Erkenntnis, dass sie immer noch *mich* sehen will, wenn sie in die Zukunft blickt, ist berauschend. Auf diese Weise flüstert sie mir Versprechen zu, die sie nicht laut aussprechen wird.

»Und die letzte Regel?« Sie tritt noch näher an mich heran, und ihr Grinsen wird schelmisch. »Deine Tattoos. Ich habe das überwältigende Bedürfnis, alle sechs zu sehen.«

Ich gebe ein nachdenkliches Geräusch von mir. »Dafür müsste ich die Hose ausziehen.«

»Wie schade.« Sie macht meinen obersten Hemdknopf auf, und ich packe ihre Hand.

»Ich drehe das Schild um und schließe die Tür ab. Bin gleich wieder da.«

»Willst du keine schnelle Nummer schieben, Mr Bloom?«, ruft sie mir nach.

Ich hänge mein In-15-Minuten-zurück-Schild auf und schiebe den Riegel vor. Mit einer raschen Handbewegung schalte ich das Telefon aus, als ich ins Hinterzimmer zurückgehe.

Ama sitzt auf meiner Werkbank und lässt unschuldig die Beine baumeln. Ich hatte noch keine Gelegenheit, nach der Rosenwand und ein paar anderen Projekten aufzuräumen, deshalb sitzt sie neben einem Haufen Blumenerde und lässt ein verirrtes Blütenblatt zwischen den Fingern hindurchgleiten. Sie tätschelt die Tischkante neben ihrem Knie. »Hast du das gemacht?«

Als ich ihrem Blick folge, sehe ich meine Initialen in den Tisch eingeschnitzt, wo ich als Kind gesessen und meine Hausaufgaben gemacht habe. »Ja.«

»Vandalismus? Du bist ja ein richtiger Rebell.«

»Mhmm.« Ich komme näher und nehme mühelos den Platz zwischen ihren Beinen ein. Wie üblich trägt sie ein Kleid, und ich schiebe es hoch, während ich meinen Mund auf ihren drücke. Ohne das Blütenblatt loszulassen, legt sie die Hände auf meine Wangen. Sie versucht mich dazu zu bringen, sie anders zu küssen – härter, schneller –, doch ich streiche sachte mit den Daumen über ihre Schenkel und lasse es langsam angehen.

Ihre Hände wandern an meinen Knöpfen hinab, und schon bald reißt sie mir das Hemd von den Schultern und zieht mein Unterhemd hoch. Sobald es aus dem Weg ist, zeichnet sie mit den Fingern das Veilchen auf meiner Brust nach. Mein Atem beschleunigt sich, als ihr Mund über meinen Kiefer und meinen Hals bis zu meinen Rippen hinunterwandert. Schon bei der ersten Berührung ihrer Zunge krampft sich mein Bauch vor Erregung zusammen. Sie küsst die violetten Blüten, und ein süßes kleines Stöhnen kommt ihr über die Lippen.

Ich ziehe ihr Gesicht zu mir herunter und lasse meine Zunge durch ihren Mund gleiten. Mein Arm schlingt sich um ihre Taille und zieht sie näher an den Rand des Tisches. Sie hilft mir, das Kleid unter ihr wegzuziehen und es in die Ecke zu werfen. Meine Hände wollen überall gleichzeitig sein.

»Du weißt aber schon, dass wir uns noch nie so weit ausgezogen haben?«, fragt sie lachend.

»Das ist mir deutlich bewusst«, murmle ich und starre auf die

Spitze, die ihre Brüste bedeckt, und das kleine Stück Stoff zwischen ihren Beinen. Ich bedecke ihren Hals mit Küssen und lasse die Hände über ihre nackte Haut wandern. Ihre Finger vergraben sich in meinen Haaren, und ihre Beine schlingen sich fester um meine Hüften, als ich an ihrer Kehle sauge. Die Luft entweicht aus ihrer Lunge, als ich ihre eine Brust entblöße und mit dem Daumen über ihren Nippel streiche.

Sie reißt am Knopf meiner Jeans, doch ich ziehe ihre Hand weg. »Warte.«

Sie schnaubt. »Das kann ich nicht.«

Ich küsse sie innig und drücke sie auf den Tisch hinunter. Mit gierigen Fingern reißt sie sich den BH runter und spreizt die Beine. Überall liegen Blütenblätter herum, und die Blumenerde habe ich auch noch nicht weggefegt, doch sie spannt die Muskeln an und lädt mich ein, meinen Mund auf ihre Haut zu drücken.

Ich beuge mich über sie, küsse sie direkt unter der Brust und bewege mich langsam immer weiter hinab. Sie greift in meine Haare und drückt meinen Kopf noch weiter nach unten. Während ich an der Haut zwischen ihrem Bauchnabel und ihrer Unterhose sauge, richtet sie sich plötzlich auf die Ellbogen auf. »Bitte, Elliot. Schneller.«

Ich blicke zu ihr auf, betrachte ihren nackten Körper. »Das will ich schon seit Monaten tun, also wäre es toll, wenn du dich noch etwas gedulden könntest.«

Sie stöhnt und lässt sich auf den Tisch zurücksinken, ihre Hände fahren rastlos über ihr Gesicht und ihren Hals.

Als ich die Innenseite ihrer Schenkel küsse, greift sie nach oben, über ihren Kopf, und ich sehe zu, wie sie die Rosenknospen auf dem Tisch umklammert. Sie zerfallen in ihren Händen, die Blüten platzen auf.

Ich schiebe ihren Slip beiseite und koste sie, meine Zunge gleitet langsam über ihr Zentrum.

Sie stößt ein Stöhnen aus, und ihre Knie kommen hoch und klemmen meinen Kopf ein. Ich schiebe sie wieder auseinander, drücke sie auf den Tisch hinunter, und als ich ihre Klitoris lecke, hebt sich ihr Becken ruckartig. Sie murmelt unverständlich vor sich hin, während ich sie mit dem Mund erkunde. Sie schmeckt perfekt. Meine Lippen schließen sich um sie, und ich sauge.

Ein lautes Stöhnen entringt sich ihrer Kehle, und sie zieht an meinen Haaren. Ich kann die Erde und die Rosen unter ihren Fingernägeln riechen. Sie vermischen sich mit ihrem Duft zu etwas, das ich am liebsten in eine Flasche abfüllen würde. Ihre Oberschenkel fangen an zu zittern, und ich schiebe sie hoch, öffne sie. Sie flucht, schimpft und redet mit sich selbst. Als ich zu ihr aufsehe, stelle ich fest, dass sie mich beobachtet. Erde und Rosenblüten kleben an ihrer verschwitzten Haut. Ein rosa Blütenblatt ist perfekt neben ihrem Nippel platziert, und bei dem Anblick entfährt mir ein Stöhnen.

Meine Lippen und meine Zunge saugen begierig an ihrer Klitoris, und ihr Becken stößt ruckartig gegen mein Gesicht, bettelt um mehr.

Meine Hand löst sich von ihrer Taille, und ich drücke einen Finger an ihren Eingang. Die Geräusche, die sie von sich gibt, sind wild, animalisch, als ich in sie eindringe. Sie kommt sofort, ihre Muskeln ziehen sich flatternd um meinen Finger zusammen. Sie schreit vor Lust, und dieses Geräusch, diesen Geruch werde ich niemals vergessen.

Ich sauge weiter, als sich ihre Hüften allmählich entspannen. Immer wieder durchläuft sie ein Zittern, und sie kommt nicht zu Atem.

»Elliot«, stößt sie hervor. »Bitte.«

Ich lasse einen Moment von ihr ab und öffne den Reißverschluss meiner Jeans. Blitzschnell setzt sie sich auf, rutscht näher an die Tischkante und zieht mich an sich. Sie küsst mich, als-

wollte sie sich selbst auf meinen Lippen schmecken. Ich ziehe meinen Penis aus meinen Boxershorts, doch sie hält mich auf.

»Runter«, ächzt sie heiser. »Runter damit.«

Sie will die Tattoos sehen.

Ich werfe meine Schuhe ab und schlüpfe aus meiner Jeans. Ihr Blick gleitet über meinen Schwanz und verharrt auf der roten Blume auf meinem rechten Oberschenkel. »Was ist das?«, keucht sie.

»Ein St.-Helena-Olivenbaum. Er ist erst vor zwanzig Jahren ausgestorben.«

Ihre Hand schließt sich um meinen Schwanz und beginnt mich zu massieren. Dabei flüstert sie mir zu: »Wo ist das letzte?«

Ich nehme ihre Hand weg, damit ich mich umdrehen kann, und zeige ihr die Seite meiner Wade. »Valerianella affinis.«

Sie leckt sich die Lippen, doch bevor sie mich mit Fragen löchern kann, küsse ich sie erneut. Ihre Knie an meine Hüften gedrückt positioniere ich meinen Penis an ihrem Eingang. Ganz langsam dringe ich in sie ein, und dennoch zieht sie sich um mich zusammen, als sei sie plötzlich wieder kurz vor dem Höhepunkt. Mit leichten Stößen bewege ich mich in ihr. Ihre Titten drücken sich an meine Brust, und ich kann spüren, wie sich die Erde und Rosenblüten zwischen uns mit unserem Schweiß vermischen.

»Fuck«, stöhnt sie.

Ich schiebe ihr Knie hoch und dringe tiefer in sie ein.

»O fuck!«

Wir tauschen atemlose Küsse aus, während ich wieder und wieder bis zum Anschlag in sie stoße. Meine Hand legt sich auf ihre Brust, die sie vollständig ausfüllt.

»Vietnamesische Orchidee, Franklinie, Kadupul-Blume…«, murmelt sie. »Viola cryana, St.-Helena-Olivenbaum … und Valer-Valerianella …«

»Affinis, genau.« Ich küsse ihre Wange. Mein Becken bewegt sich ruckartig, und ich fange an, ihre Klitoris zu streicheln.

»Vietnamesische ... Franklin...« – sie hält inne, um zu stöhnen, und ich kann sehen, wie ihre Augen zurückrollen – »Viola cryana und Kadupul-Blume. St.-Helena-Olivenbaum, Valerianella affinis ...«

»Und Amaryllis«, raune ich ihr ins Ohr.

Sie krampft sich zusammen. Ich kann fühlen, wie ihr der Atem stockt. Ein leises Keuchen, dann holt sie zittrig Luft. In ihr ist kein Platz mehr, doch ich ficke sie, als gehörte ich dorthin.

»Amaryllis. Ama«, keuche ich. »Ama.«

Ihre Fingernägel kratzen Muster in meinen Rücken. Sie gibt kaum einen Ton von sich, und dann schnappt sie plötzlich nach Luft. Jetzt stöhnt sie in raschem, unregelmäßigem Rhythmus, und ihre Muskeln ziehen sich wieder und wieder um mich zusammen.

Ich schlinge die Arme um ihre Taille, so dass wir miteinander verschmelzen. Näher kann ich ihr nicht kommen, doch ich dränge mich an sie und murmele ihren Namen an ihrem Hals, bis auch ich den Höhepunkt erreiche. Die Woge der Lust blendet mich. Ich glaube, ich beiße in ihre nackte Haut. Mein Becken stößt immer noch ruckartig gegen sie, auf der Suche nach mehr.

Als ich endlich wieder atmen kann, ziehe ich mich zurück, um sie anzusehen. Sie ist vollkommen erschöpft. Ihre Lider sind schwer, und ihre Brust hebt und senkt sich stoßweise. Ihre Titten sind mit Blütenblättern und Erde bedeckt, ihre Nippel steif und um mehr Aufmerksamkeit flehend.

Sie keucht an meinem Gesicht, und ihre Hände fahren über meine Haare, meine Wangen.

»Du bist unglaublich«, ächzt sie, und bei dem Lob erfüllt mich ein tiefer Stolz.

Ich will ihr gerade antworten, als ein lautes Klopfen ertönt.

Grimmig sehe ich über die Schulter in Richtung Eingangstür. »Ich habe ein Schild aufgehängt. Anscheinend hätte ich draufschreiben sollen: ›Werde grad flachgelegt, in einer Stunde zurück.‹«

Sie lacht immer noch flach atmend und zieht mein Gesicht zu sich herunter. Ihr Mund bewegt sich sinnlich über meinen. Wenn sie mir nicht gerade gesagt hätte, dass sie kein Beziehungsmensch ist, würde ich ihr wahrscheinlich jetzt in diesem Moment gestehen, dass ich sie liebe, während unser mit Erde und Rosen vermischter Schweiß trocknet.

Denn ich glaube, das tue ich. Noch nie wollte ich jemanden so sehr – ihren Körper, ihren Verstand, Gespräche mit ihr …

Mein Handy klingelt in meiner Hosentasche. Stirnrunzelnd sehe ich auf unsere zerknüllten Klamotten auf dem Boden hinunter. Als ich es ausfindig mache, steht groß *Mom* auf dem Display.

Ich zucke zusammen und gehe ran. »Mom?« Amas Augenbrauen schießen in die Höhe.

»Wo bist du? Warum ist der Laden geschlossen?«

Mein Gehirn verlernt spontan die menschliche Sprache. »Ich … ich … was?« Ich bedeute Ama, sich anzuziehen, und greife mir meine Unterwäsche.

»Der Laden ist geschlossen«, sagt sie langsam. »Was ist los?«

»Ach ja. Mir geht's nicht so gut. Also ja, ich hab den Laden geschlossen.« Meine Jeans klingt zu laut, als ich hastig in sie hineinschlüpfe.

»Dein Truck ist hier«, sagt Mom in ausdruckslosem Ton.

»Ich bin in der Apotheke. Hole Medikamente.«

»Liebling« – der Argwohn in ihrer Stimme weicht mütterlicher Besorgnis –, »was für Medikamente? Ich habe eine ganze Apotheke in meiner Handtasche.«

»Nein, ist schon gut.« Ich lasse mein Unterhemd auf dem

Boden liegen und schnappe mir mein Shirt. Ama trägt nur BH und Slip. »Ich werde einfach nach Hause gehen.«

»Lass mich dich fahren. Wir treffen uns auf dem Parkplatz.«

Mein Kopf funktioniert nicht mehr. »Nein. Nein, ist schon okay, wirklich. Ich hab nur einen Schnupfen oder so. Und ich …« Ich stopfe meinen Fuß in den Stiefel. »Ich bin schon zurück. Komme gerade zur Hintertür rein.«

Ama sieht mich an, als wäre ich verrückt geworden, und das bin ich wohl, denn Mom sagt: »Ich hab dich gar nicht die Straße überqueren sehen. Hast du mich wirklich nicht vor der Ladentür gesehen?«

Den anderen Fuß bekomme ich nicht ganz in den Stiefel gezwängt, also hinke ich aus dem Hinterzimmer und bedeute Ama, sich durch die Hintertür auf den Parkplatz zu schleichen.

»Hier bin ich«, sage ich laut. Mom hört mich durch das Telefon und aus dem Innern des Ladens, dreht sich um und legt auf.

Als ich die Tür aufmache, mustert mich Mom, als wüsste sie genau, dass ich Sex auf Dads alter Werkbank hatte. Sie legt mir die Hand auf die Stirn und tastet meinen Hals und meine Wangen ab.

»Du siehst furchtbar aus.«

»Ich weiß.«

»Und du bist mit Erde bedeckt.«

»Blumen«, sage ich, als würde das alles erklären.

Vielleicht falle ich in Ohnmacht und mache diese Krankheitsgeschichte so richtig glaubwürdig.

Sie schiebt sich an mir vorbei in den Laden, und ich hoffe, ich habe gerade die Hintertür zugehen hören.

»Elliot, du brauchst einen Mitarbeiter. Du kannst nicht einfach den Laden schließen, wenn du krank wirst.«

»Da hast du völlig recht. Jepp. Was führt dich her?«

Ich gratuliere mir fast dazu, dass ich erfolgreich das Thema gewechselt habe, bis ich Amas Handtasche auf der Theke liegen sehe. Möglichst unauffällig gehe ich um Mom herum und versperre ihr die Sicht, während ich die Tasche hinter die Theke fallen lasse.

»Na ja, ich habe Neuigkeiten, aber ich glaube, damit sollten wir warten, bis es dir wieder besser geht.«

Mom hat noch nie mit »Neuigkeiten« gewartet. Einmal hat sie meine Geburtstagsparty unterbrochen, um zu verkünden, dass ihr Gesetzesantrag angenommen wurde. Argwöhnisch sehe ich zu, wie sie sich ihre schwarzen Haare hinters Ohr streicht und mich anlächelt.

»Was für Neuigkeiten? Du kannst es mir ruhig sagen.«

Genau in diesem Moment schwingt die Ladentür auf, Dads Glöckchen klingelt, und Ama kommt mit einem strahlenden Lächeln herein. Mir bleibt fast das Herz stehen.

»Elliot, genau der Mann, den ich sehen wollte!«, ruft sie in gespielt fröhlichem Ton. »Oh, bitte entschuldige.« Sie tut so, als hätte sie meine Mutter gerade erst bemerkt. »Ich hab nicht gesehen, dass du gerade eine Kundin bedienst. Ich warte hier drüben!«

Als sie sich umdreht, um sich die Orchideen an der gegenüberliegenden Wand anzusehen, sehe ich, dass ihr Hals mit Erde beschmiert ist und ein Blütenblatt in ihren Haaren hängt.

Und Mom sieht es auch.

So werde ich also das Zeitliche segnen.

Meine Mutter dreht sich mit hochgezogenen Augenbrauen zu mir um. Als mir absolut nichts zu sagen einfällt, fordert sie mich auf: »Elliot, stell mich deiner Freundin vor.«

Ich räuspere mich, doch meine Stimme klingt immer noch rau. »Ama, das ist meine Mutter.«

Ama wirbelt herum und macht ein überraschtes Gesicht. »Oh, Senator Gilbert! Es ist eine Ehre, Sie kennenzulernen.« Sie geben sich die Hand, und ich kann nur daran denken, dass Ama wahrscheinlich auch Erde unter den Fingernägeln hat.

»Ama ist Hochzeitsplanerin. Sie hat früher für Whitney Harrison gearbeitet. Wir arbeiten oft zusammen. Sie kannte Dad«, bringe ich stockend hervor.

Mom lächelt sie an. »Wie schön. Was für Hochzeiten organisierst du, wenn ich fragen darf?«

Zu ihrer Ehrenrettung muss ich sagen, dass Ama mühelos in ihren Geschäftsmodus schaltet und meiner Mutter genau erklärt, was ihr Stil ist und was sie ihren Kunden bieten kann. Mom fragt nach einer bestimmten Hochzeit, auf der sie letztes Jahr war, und errät, dass sie von Ama designt wurde.

Sie verstehen sich wie Benzin und eine Schachtel Streichhölzer, und ich gerate ins Schwitzen.

»Ich wollte nur kurz vorbeischauen und Elliot fragen, ob ich gestern meine Handtasche hier liegen gelassen habe«, erklärt Ama.

»Ja, hast du.« Ich hole sie hinter der Theke hervor.

»Wie dumm von mir!« Ama nimmt sie entgegen. »Es hat mich sehr gefreut, Sie kennenzulernen, Senator Gilbert. Elliot, wir sehen uns nächstes Wochenende … bei der Mosby-Hochzeit«, fügt sie hastig hinzu.

Als sie weg ist, beschäftige ich mich damit, willkürlich irgendwelche Sachen am Computer anzuklicken.

»Sie ist sehr süß«, sagt Mom. »Hübsch.«

»Ach ja? Klar. Vielleicht. Ziemlich klein.«

»Elliot, auf dem Weg nach draußen hat sie ihren Autoschlüssel aus der Tasche geholt. Den hat sie bestimmt nicht gestern hier vergessen.«

Ich presse die Lippen aufeinander und beiße mir auf die Zunge.

»Also«, beginnt Mom bedächtig, »natürlich *musst* du mir nicht von deinen Freundinnen erzählen, aber …«

»Sie ist nicht meine Freundin«, widerspreche ich hastig, als ich mich erinnere, dass Ama das auf keinen Fall will. »Aber … ich mag sie sehr.«

Ein Lächeln breitet sich auf Moms Gesicht aus. »Nun, dann bin ich froh, dass ich sie kennengelernt habe. Könnte ich sie vielleicht irgendwann noch mal treffen?«

Ich nicke und erröte heftig. »Klar. Also, du hast Neuigkeiten?«

Mom macht eine flotte Kehrtwendung, wie bei einer Debatte im Senat: neues Thema, neue Energie, neues Lächeln. Sie tritt näher an die Theke heran und räuspert sich.

»Stefan hat mir einen Antrag gemacht. Gestern Abend.«

Das überrascht mich, obwohl ich wusste, dass es nur eine Frage der Zeit war. »Das ist großartig. Gratuliere, Mom«, sage ich mit einem echten Lächeln.

Stefan ist toll. Letzten Monat hat er mich um meinen Segen gebeten, und den habe ich ihm liebend gern gegeben. Die beiden sind seit zwei Jahren zusammen. Ihr erstes Date hatten sie, zwei Tage bevor Dad gestorben ist, und ich wusste es sehr zu schätzen, dass Stefan die ganze Zeit für uns da war.

»Es ist okay, wenn dir das unangenehm ist«, sagt Mom.

Ich verdrehe die Augen. So war sie auch schon, als ich noch ein Kind war. *Du kannst einen Wutanfall kriegen, wenn du möchtest. Du kannst in Biologie durchfallen, wenn es dich glücklich macht.*

»Das ist mir nicht unangenehm. Ich mag ihn.«

»Gut«, sagt sie. Dann, in sanftem Ton: »Niemand sollte auch nur eine Sekunde länger als nötig auf sein Glück warten müssen.« Sie lächelt und schwenkt erneut um. »Wirst du dich um das Blumenarrangement auf unserer Hochzeit kümmern?«

»Natürlich.« Ich hole meinen Kalender heraus. »Wisst ihr schon Genaueres?«

»Ich würde es gern vor Ende des Jahres erledigen«, sagt sie sachlich. *Erledigen.* »Vielleicht im Dezember?«

»Das geht schnell, aber von meiner Seite spricht nichts dagegen.«

»Soll ich Ama damit beauftragen?«

Ich blicke auf, um zu sehen, ob sie es ernst meint. »Ich wünschte, das würdest du nicht tun.«

Sie lacht. »Warum? Wäre das nicht toll für ihr Geschäft?«

»Sie hat dir doch gerade erst erklärt, was sie macht. Hochzeiten für Politiker im Sutter Club gehören nicht dazu.«

»Ihr Stil klingt wundervoll.« Sie zupft imaginäre Fussel von ihrer Bluse. »Und sie hat für dieses überhebliche Miststück gearbeitet, also kennt sie den Sutter Club bestimmt schon.«

Mom hat es nie gefallen, dass Whitney Dad überredet hat, ihr einen Sonderrabatt zu geben. Und bevor Ama für sie arbeitete, hatte Whitney keinen Plan von Design und schlug Dad zu wirklich geschmacklosen Arrangements breit, anstatt auf seinen Rat zu hören.

Ich seufze. »Wenn du das für eine gute Idee hältst, bin ich sicher, dass Ama die Chance zu schätzen weiß.«

Moms Augen glitzern schelmisch, als sie mich angrinst und sagt: »Ich hätte gern ihre Nummer.«

21

AMA

August

Zwei Monate vor der Hochzeit gehen wir ins Ballettstudio und fangen an, es auszuräumen. Die Warterei auf die letzten Genehmigungen hat uns viel Zeit gekostet, aber jetzt können wir uns endlich an die Arbeit machen. Wenn ich mich nicht gerade mit Kunden oder Lieferanten treffe, bin ich im Weatherstone und trinke zu viel Kaffee.

Ich bin relativ wohlhabend aufgewachsen, aber ich konnte noch nie so viel Geld verprassen, um ein Problem aus der Welt zu schaffen. Das ist berauschend. Schimmel an der Wand? Boom, Geld. Ein Bauunternehmer beschwert sich über den knappen Zeitplan? Schwupps habe ich die Erlaubnis, noch jemanden einzustellen. Wegen Beschwerden über Lärmbelästigung fallen Gebühren an? Bringen Sie mir die Rechnung, James.

Natürlich kläre ich alles mit Jackie und Hazel ab, aber als ich ihnen meine Schätzung genannt habe, wie viel es kosten wird, das alte Ballettstudio innerhalb eines Monats in einen Empfangssaal zu verwandeln, habe ich einen Puffer von zwanzig Prozent für genau solche Fälle einberechnet. Dank dieser Entscheidung musste ich das Budget noch nicht überziehen.

Jetzt bin ich auf dem Weg, um den Gästetransport vom Rose Garden zum Empfangssaal unter Dach und Fach zu bringen. Wir stellen eine Firma ein, die im Herbst Heuwagenfahrten veranstaltet, und geben ihren Wagen ein Makeover. Als ich Jackie erzählt habe, dass ich einen Weg gefunden habe, ihren Traum von einer Pferdekutsche zu verwirklichen, ist sie in Tränen ausgebrochen, doch jetzt muss ich dafür sorgen, dass sie weniger wie Leichenwagen aus der Zeit der Französischen Revolution und mehr wie Märchenkutschen aussehen.

Und das bedeutet, ich brauche Elliot.

Ich habe ihn seit einem Monat nicht mehr gesehen, was nicht sonderlich lang ist, doch nachdem ich ein halbes Jahr lang so oft mit ihm zu tun hatte, fühlt es sich wie eine Ewigkeit an. Statt wie früher auf einen Quickie und ein Brainstorming im Laden vorbeizukommen, habe ich ihm meine Ideen gemailt, doch ich kann nicht einschätzen, wie ausgelastet er ist, ohne sein Gesicht zu sehen oder ihn am Telefon seufzen zu hören.

In all der Zeit, die wir zusammen im Blooming verbracht haben, habe ich nie einen Assistenten gesehen, also weiß ich nicht, ob er genug Hilfe hat, um das alles zu schaffen. Sein Cousin Ben hilft für gewöhnlich bei Hochzeiten aus, aber er ist kein Florist; er erledigt die Fleißarbeit. Und diese Hochzeit ist eine große Herausforderung. Noch nie habe ich einen so starken Fokus auf das Blumenarrangement gelegt. Vielleicht liegt es daran, dass ich so lange durch die Wüste geirrt bin, doch er kommt mir vor wie ein Energydrink mit Passionsfruchtgeschmack, von dem ich nicht genug bekommen kann. Vielleicht habe ich es mit dem Blumendesign übertrieben, aber ich konnte einfach nicht anders, da Elliot endlich wieder bei mir war. Dieser letzte Auftrag könnte zu viel für ihn sein, aber er hat sich nicht beschwert.

Noch nicht.

Ich halte vor dem Lagerhaus, in dem die Heuwagen aufbewahrt werden, und bin nicht überrascht, dass Elliots Truck bereits neben der Filmcrew parkt. Bis Hazel und Jackie eintreffen, wird es erfahrungsgemäß noch zehn Minuten dauern, also ist das eine gute Gelegenheit, Elliot zu fragen, ob ich ihm zu viel zumute.

Bea ist schon drinnen und informiert Vince, den Besitzer der Heuwagen, über alles Nötige. Ich sage der Filmcrew Hallo, die ich inzwischen ziemlich gut kennengelernt habe, und bereite mich mental darauf vor, mit Elliot zu reden. Er unterhält sich gerade mit dem Tontechniker. Es ist schwer zu sagen, ob sie sich gut verstehen oder ob Elliot ihn nur toleriert – wie üblich ist ihm keine Gefühlsregung anzusehen.

»Guten Morgen«, begrüße ich die beiden. »Kann ich kurz mit Elliot reden?«

Der Tontechniker lässt uns allein, und Elliot starrt einen Punkt irgendwo neben meinem Kopf an.

»Noch zwei Monate!«, sage ich. »Ich wollte mich nur vergewissern, dass ich dir nicht zu viel zumute.«

Sein Blick schweift zu mir, doch sein grimmiges Stirnrunzeln bleibt unverändert. »Was soll das heißen?«

»Ich … ich meine nur, das ist eine riesige Hochzeit. Und ich bitte dich ständig um noch mehr. Rechnest du mit irgendwelchen Problemen?«

In der Zeit, die er für seine Antwort braucht, könnte ich wahrscheinlich all seine Wimpern zählen. »Es wird keine Probleme geben.«

»Und wenn doch, würdest du es mir sagen?«, frage ich mit einem erzwungenen Grinsen.

»Es wird keine Probleme geben.«

Er geht an mir vorbei, um seine Materialien aus dem Truck zu holen, und ich tue so, als wäre alles bestens, als Bea mich begrüßt.

Als Hazel und Jackie eintreffen, kann ich in ihren Gesichtern sehen, dass sie eine Kutsche erwartet haben, keinen Heuwagen.

»Hier ist der Plan«, erkläre ich, sobald die Kameras laufen.

»Wir ersetzen diese Heuballen durch gepolsterte Bänke.« Ich klettere auf den Wagen und zeige ihnen, was ich meine. »Elliot wird drei mit Rosen umrankte Bogen darüber anbringen – als Verweis auf den Rose Garden. Die Außenseite wird er mit Buchsbaumholz verkleiden.« Ich drehe mich um und setze mich bequem auf einen der Heuballen. »Eine Fahrt über zehn Blocks in einer mit Blumen geschmückten Pferdekutsche. Charmant und unerwartet, findet ihr nicht auch?«

Hazel nickt, doch Jackies Lächeln wirkt etwas gequält.

»Elliot, hast du noch irgendwas hinzuzufügen?«, frage ich.

Er wendet sich direkt an Jackie. »An eurem Hochzeitstag wird das nicht mehr wie ein Heuwagen aussehen. Versprochen.«

Das beruhigt sie, wie ich gehofft habe.

Eine Kamera folgt mir, als ich zu Vince gehe, um noch ein paar Sachen zu klären, und die andere bleibt auf Hazel und Jackie gerichtet, um ihre »Angstbewältigung«, wie Bea es nennt, mitzuverfolgen. Elliot kommt mit mir mit, um zu besprechen, wie er die Bogen anbringen wird, und alles läuft super, bis Vince sagt: »Beladet sie nicht mit mehr als zehn Leuten, dann sollte alles gut gehen.«

Ich blicke von dem Papierkram auf, den ich gerade unterzeichne. »Ich dachte, es würden fünfzehn Leute daraufpassen.«

»Zehn Erwachsene.« Vince kratzt sich am Kopf. »Fünfzehn ist die übliche Beschränkung bei Kindern, die höchstens vierzig Kilo wiegen.«

»Das ist ein Drittel weniger, als ich dachte. Warum hast du das in keiner deiner Mails erwähnt?«

Ich fühle, wie die Kamera näher kommt, und plötzlich ist die zweite Kamera auf Vince gerichtet.

Er zuckt die Achseln. »Ich wusste nicht, wofür ihr die Wagen benutzt. Fünfzehn Erwachsene … na ja, das würde die Pferde ermüden.«

Ich rechne nach, wie lange die Gäste im Rose Garden warten müssten, bis die Kutschen von der Empfangshalle zurückkommen, um die nächste Ladung abzuholen.

»Ich miete zwölf Kutschen und Pferde, um alle Gäste zu transportieren, aber jetzt sagst du mir, dass ich noch sechs zusätzlich brauche. Wie viel mehr kann ich haben?«

»Na ja, es ist Oktober. Die perfekte Zeit für Heuwagenfahrten durch die Kürbisfelder«, sagt er, als würde das alles erklären.

»Wie viel mehr kann ich haben?«, wiederhole ich.

»Mit den anderen acht Pferden muss ich mein Geschäft führen. An einem Samstag im Herbst werde ich mit Heuwagenfahrten ausgebucht sein.«

Alles, was ich höre, ist, dass er noch acht Pferde hat. Aus dem Augenwinkel sehe ich, wie Elliot sein Handy zückt.

»Also, was wird es kosten, sechs zusätzlich zu mieten?«, will ich wissen.

»Ich kann meine Pferde nicht weggeben …«

»Wer sagt, dass ich nicht dafür bezahle?«, erwidere ich. »Diese Info ist ein harter Schlag für uns. Bei all unserem Mailverkehr war keine Rede von Gewichtsbeschränkungen.«

»Mein Geschäft ist saisonal, Süße«, sagt er, und Wut wallt in mir auf. »Ich kann meine Wagen und Pferde nur acht Wochen im Jahr nutzen, und ihr wollt meinen kompletten Bestand ausgerechnet an einem Samstag für euch beanspruchen.«

»Haben Sie schon Tickets verkauft?« Elliots tiefe Stimme lässt uns innehalten. Er tippt immer noch rasch auf seinem Handy.

»Bestimmt ein paar …«

»Super, wenn Sie Ihre Mails checken, werden Sie eine Reservierung für fünfzig Gäste unter Elliot Bloom sehen. Für den 7. Oktober.« Er blickt zu Vince auf und wedelt mit seinem Handy. »Alles bezahlt. Wir brauchen die Pferde und Kutschen an diesem Tag im Rose Garden.«

Ich starre ihn mit offenem Mund an. Genau wie Vince. Etwas flammt tief in meiner Brust auf, ein Schmerz, der sich so gut anfühlt. Die Kameras und Bea schauen gebannt zu.

»Also gut. Also gut«, gibt sich Vince geschlagen und zieht sich in sein Büro zurück, um den Papierkram zu erledigen.

»Gut gemacht, Leute«, sagt Bea aufrichtig beeindruckt. »Ich liebe Drama, das ich nicht inszenieren muss.«

Ich schaue bei Hazel und Jackie vorbei, die alles mitangehört haben.

»Das war heiß«, meint Hazel. »Ihr zwei solltet bumsen.«

Ich erröte heftig, und Jackie ruft: »Das sage ich dir doch schon die ganze Zeit!«

Ich ordne meine Gedanken. Jackie hat sich schon öfter in mein Liebesleben eingemischt, und jetzt auch noch Hazel. Sie behandeln mich wie eine Freundin, nicht wie jemanden, den sie nur eingestellt haben. Obwohl ich nicht immer mit Whitneys Vorgehensweise einverstanden bin, wünschte ich in diesem Moment, ich könnte mehr Abstand zu meinen Kunden halten.

Rasch vergewissere ich mich, dass Elliot nicht in Hörweite ist. »Freut mich, dass ihr euch gut unterhalten fühlt, aber das wird nicht passieren.«

Ich will gerade drastisch das Thema wechseln, als Jackie fragt: »Weil du einen Freund hast? Komm schon, du hast selbst gesagt, dass du keine langfristige Beziehung willst.«

Mein Mund öffnet und schließt sich wieder. »Ich habe einen was?«

Hazel wirkt verlegen. »Ich hab Elliot schon ausgefragt. Sorry, ich bin neugierig.« Sie lacht, doch ich habe das Gefühl, als würde ich nie wieder lachen. »Er meinte, du seist neulich mit jemandem im Bett gewesen, als er dich angerufen hat.«

Mein Hirn setzt aus. Ich fühle mich wie ein Computer, der abgestürzt ist.

»Ist er … wann war …«

»Bist du immer noch mit ihm zusammen?«, hakt Jackie mit schelmisch glitzernden Augen nach. »Wenn es nichts Ernstes ist, wäre Elliot bestimmt für ein kleines Abenteuer zu haben. Du bist so verdammt heiß, und er sieht dich immer …«

»Moment, warte«, unterbreche ich sie. »Elliot hat gesagt, ich wäre mit einem anderen Mann im Bett gewesen? Was zur Hölle meint er damit? Was … was geht ihn das überhaupt an?«

Hazel zuckt die Achseln. »Er meinte, er habe dich früh morgens angerufen und dich mit jemandem reden hören.« Ihr Gesicht nimmt einen zerknirschten Ausdruck an. »Tut mir echt leid, das fühlt sich plötzlich sehr persönlich an – damit sollte ich dich nicht aufziehen.«

Mir ist nach schreien zumute. Mar. Er meint sicher Mar, die nach unserem Saufabend bei mir übernachtet und nach einem Kaffee verlangt hat. Sie hat keine besonders tiefe Stimme, aber sie ist die einzige Person, neben der ich in den letzten zwei Jahren aufgewacht bin.

Ein Lächeln breitet sich auf meinem Gesicht aus. »Ich bin nur verwirrt, weil ich mit niemandem geschlafen habe. Ähm …« Ich schlucke schwer. »Also, Elliot meinte, ich hätte einen Freund?«

»Na ja, einen Macker. Keinen Freund. Ich glaube, er weiß, dass du keine festen Beziehungen eingehst.«

Mir wird flau im Magen, und gleichzeitig fühle ich mich seltsam schwerelos.

»Das hat er gesagt?«

»Nicht auf Slut-Shaming-Art«, versichert mir Hazel schnell. »Ganz und gar nicht.« Sie sieht hilfesuchend zu Jackie. »Wow, das kommt alles ganz falsch raus, dabei will ich doch nur zwei heißen Leuten helfen, flachgelegt zu werden.«

»Er hat oft mit dir zusammengearbeitet«, sagt Jackie. »Vielleicht hat er einfach eine gute Beobachtungsgabe. Ich sehe das genauso wie Hazel. Als sie mir davon erzählt hat, klang es nicht, als hätte er sich abfällig darüber geäußert. Vielleicht wollte er nur … klarstellen, dass der Typ bei dir im Bett nicht dein Freund war, oder …«

Ich stoße ein raues Lachen aus und drücke ihren Arm mit Fingern, die jegliches Gefühl verloren haben. »Schon gut. Ich bin nicht gekränkt. Ich bin nur verwirrt, wo dieser Typ in meinem Bett hergekommen ist.« Mein Lachen ist freudlos. »Aber macht euch keine Gedanken darüber, uns zusammenzubringen. Wir wissen, dass wir nicht kompatibel sind.«

Ich werfe einen Blick über die Schulter und sehe gerade noch, wie Elliot in seinen Truck steigt. Er startet den Motor und legt den Rückwärtsgang ein, ohne auch nur ein einziges Mal zu uns zurückzusehen.

»Er ist ein Beziehungsmensch«, sage ich und füge leise hinzu: »Nach allem, was ich beobachtet habe.«

22

ELLIOT

Drei Jahre, eine Woche und sechs Tage zuvor

Amas Katze ist der reinste Terror.

Wir haben Lady Cat-ryn aus dem Schlafzimmer ausgeschlossen und dennoch werde ich davon wach, dass sie mir mit der Pfote ins Gesicht schlägt. Diese Katze kann Türen öffnen.

Mich schockiert diese Erkenntnis, doch Ama nickt nur schläfrig und schubst Lady Cat-ryn vom Bett.

»Magst du Katzen überhaupt?«

»Mhmm«, murmelt sie und schmiegt sich an mich. »Sie sind meine Lieblingstiere.«

Im nächsten Moment ist Ama wieder eingeschlafen, doch ich wende den Blick nicht von der Katze ab, die zwischen mir und der Tür sitzt und bedrohlich mit dem Schwanz wedelt.

Wider Erwarten besitzt Ama einen Kühlschrank und einen Herd, und sie isst morgens noch andere Sachen als Süßkram. Doch gegen neun zupft sie an meinem Ärmel, damit ich mich anziehe und wir auf dem Weg zum Laden noch bei J Street Donuts vorbeigehen können.

Seit unserem Gespräch im Blooming haben wir nicht noch mal darüber geredet, was das zwischen uns ist. Ich weiß nur, dass ich es nicht mit einem Label versehen sollte, wenn ich damit weitermachen will. Ich warte immer noch auf den Moment, in dem sie meine Gesellschaft leid ist oder Angst vor dieser zwanglosen, hingebungsvollen Beziehung bekommt. Doch als ich ihr letzten Monat zwei Schubladen und sechs Kleiderbügel überlassen habe, war sie außer sich vor Freude. Und sie zeigt keine Anzeichen, dass sie meine Anwesenheit leid ist. Die letzten drei Wochen hat sie neunzig Prozent ihrer Zeit im Blooming verbracht, in einer Ecke an ihren Designs gearbeitet oder Mails verschickt und uns was zum Mittagessen geholt.

»Du musst nicht hierbleiben, wenn du zu tun hast«, sage ich ihr eines Tages im Oktober, während ich zusehe, wie sich die Zeiger auf fünf Uhr zubewegen.

Sie blickt von ihrem Laptop auf, an dem sie wie wild getippt hat. »Nein! Ich liebe es, hier zu arbeiten. Ich fühle mich inspiriert.«

Ich starre den Dünger und die leeren Blumentöpfe und Vasen zu beiden Seiten von ihr an. »Okay …«

»Ich könnte einen Schreibtisch aufstellen und mein Geschäft für immer hier hinten führen.« Sie deutet auf die Unordnung und die morschen Fußleisten, und ich versuche zu sehen, was sie sieht.

»Solange ich dich nicht von der Arbeit abhalte.« Ich gehe zurück zur Theke, um eine Rechnung zu schreiben. »Das könntest du wirklich«, rufe ich ihr zu. »Einen Schreibtisch aufstellen, meine ich. Es ist nicht viel, aber … wenn dich der Düngergeruch nicht stört … und du versprichst, hier drin keine Donuts zu essen …«

»Meinst du das ernst?«

Sie hat sich unbemerkt an mich herangeschlichen, und jetzt lehnt sie in der Tür zum Hinterzimmer, ein Lächeln auf den Lippen.

Ich zucke die Achseln. »Ja. Ich mag es, dich hier zu haben. Macht den Tag gleich viel interessanter.«

Ihre Augen funkeln. »Was, wenn ich hier hinten Meetings abhalten würde? Natürlich nicht jetzt, wenn es so aussieht«, erklärt sie. »Aber … was, wenn du noch mehr Kunstinstallationen machen würdest … und ich kundenspezifische Installationspakete anbiete?«

Meine Augenbrauen ziehen sich zusammen. »Das machen wir doch schon, oder?«

»Aber offiziell. Falls – *falls* – du je beschließt, dort hinten einen Showroom einzurichten, würde ich mich mittendrin mit Kunden treffen.« Sie redet immer schneller, lässt die Ideen fließen, folgt ihrer Kreativität. »Es wäre zwar keine Partnerschaft im betriebswirtschaftlichen Sinne, aber es könnte … ich weiß auch nicht … etwas ganz Neues sein. Etwas, das nur in San Francisco and L.A. gemacht wird. Wenn sie Ama Torres wollen, kriegen sie auch Elliot Bloom. Wenn sie das Blooming wollen, kommen sie nicht an Ama Torres vorbei.« Sie holt tief Luft. »Okay, das klingt … opportunistischer, als es gemeint war, aber …«

»Als hätten wir einen Starbucks mitten in unserem Einkaufszentrum«, sage ich, als mir klar wird, worauf sie hinauswill.

»Ganz genau! Dann denken sich die Leute so: ›Oh, wenn ich schon mal hier bin, kann ich mir auch einen Unicorn Frappuccino holen‹ oder ›Ich wollte unbedingt einen Latte macchiato, aber gleich dort drüben gibt es einen Schuhladen‹.« Ihre Augen leuchten, und ich nicke zustimmend. Doch ich habe noch Bedenken. Es kommt mir vor, als würde ich von diesem Deal mehr profitieren.

»Ich weiß nicht«, sagt sie und fährt sich durch die Haare. »Vielleicht wäre das zu exklusiv? Du könntest eine Menge Aufträge von Hochzeitsplanern und Event-Organisatoren verlieren, die denken, du würdest nur noch mit mir zusammenarbeiten.«

»Und andererseits könntest du auch nicht mehr mit anderen Floristen oder Herstellern …«

»Ich will mit niemand anderem zusammenarbeiten«, unterbricht sie mich. »Ich will nur den Besten.«

Ich schlucke schwer. Ich will ihr sagen, dass ich nur in Bestform bin, wenn ich mit ihr zusammenarbeite. Doch ich glaube, das weiß sie. Sie weiß, wie gut wir uns ergänzen.

»Das ist etwas, was ich nach Moms Hochzeit mit Sicherheit in Erwägung ziehen werde«, sage ich, und sie lächelt strahlend. »Allerdings musst du mir von Rechts wegen vielleicht Miete bezahlen – nicht nur mit Sex.«

»Mit Donuts?«

Ich werfe ihr einen bösen Blick zu. »Nein.«

Den Rest des Tages führe ich eine Bestellung aus, und sie ruft Lieferanten an, bis sie sich zu einem Treffen mit meiner Mutter aufmacht. Als ich eingewilligt habe, dass Ama Moms Hochzeit organisiert, habe ich eine Sache nicht bedacht. Nämlich, dass sich meine Mutter und Ama einmal die Woche auf einen Kaffee oder zu Lieferanten-Meetings treffen. Es gibt keinen Grund für mich, dabei zu sein, da Ama denkt, wir hätten uns erfolgreich aus der Affäre gezogen, indem sie so getan hat, als hätte sie nur ihre Tasche holen wollen. Sie hat keine Ahnung, dass Mom genau weiß, dass wir Sex haben. Doch jeden Donnerstag sitzen meine Mutter und meine Nichtfreundin eine Stunde lang in einem Café in der Innenstadt, um eine Hochzeit zu planen, und ich starre die ganze Zeit an die Wand des Ladens und wippe nervös mit den Knien.

Mom will noch vor Ende des Jahres heiraten, und sie hat das nötige Budget. Ama hat eine klassische Silvesterhochzeit vorgeschlagen, was Mom großartig fand. Seitdem rackert sich Ama jeden Tag ab, um es möglich zu machen. An manchen Abenden kommt sie um elf zu mir und platzt entweder vor Ideen oder zieht ihre Jeans aus. Manchmal beides. Wenn ich die Nachricht *Bin unterwegs* von ihr bekomme, weiß ich nie, ob ich Kaffee kochen und den Couchtisch freiräumen oder steif werden soll.

Ama arbeitet gern auf dem Boden um meinen Couchtisch –

und sie fickt auch gern auf meinem Couchtisch, also versteht ihr mein Dilemma? –, weil sie selbst keinen hat. Meiner ist ein billiges Teil von IKEA, das ich schon seit dem Studium habe und das überhaupt nicht zu meinen restlichen Möbeln passt. Eines Nachts, nachdem sie in allen Details analysiert hat, was wir mit der Tischdeko machen – und nachdem sie sich auf meinem kratzigen Teppich unter mir gewunden hat –, verkünde ich: »Ich brauche einen neuen Couchtisch.«

»Oh, kann ich dann den haben?« Ihre Augen leuchten wie die eines Kindes zu Weihnachten, als würde ich ihr eine Barbie-Traumvilla schenken.

»Willst du den wirklich haben?«

»Ja, immer, wenn ich ihn sehe, werde ich an dich denken. Alles an dir.« Sie zieht vielsagend die Augenbrauen hoch und küsst mich so stürmisch, dass wir schon zum zweiten Mal in dieser Woche auf besagtem Couchtisch vögeln.

Am nächsten Tag gehen wir Couchtisch shoppen, und am Tag darauf bringen wir meinen alten in ihre Wohnung.

In dieser Nacht liege ich mit ihr im Bett und streiche ihr sanft durch die Haare. Es ist schon November. Wir machen diese Keine-Beziehung-Sache jetzt schon seit drei Monaten, und vor sechs Wochen habe ich zum letzten Mal allein geschlafen.

Doch ich warte noch immer auf den Tag, an dem sie beschließt, dass es vorbei ist. Und so teste ich immer wieder ihre Spielregeln aus. Ich schlage vor, einen Ausflug nach Napa zu machen, bevor die Hochzeitssaison nächstes Jahr anfängt. Von der Idee ist sie begeistert. Ich frage sie, ob ich sie zu Mars Geburtstagsparty begleiten soll, die sie organisiert. »Natürlich!«, antwortet sie. Ihre Mutter verlobt sich, und sie redet von der Hochzeit, als würde ich nicht nur die Blumen liefern, sondern als wäre ich ihr Date. Als wollte sie mich allen vorstellen.

Und die größte Delle in ihren Regeln: Sie macht immer mehr

Pläne für unser gemeinsames Atelier, bindet sich an mich, verwebt unsere Leben miteinander. Als sähe sie kein Ende.

Nach Moms Hochzeit nächsten Monat werde ich sie fragen, ob wir die Regeln ändern können. Sie mag nicht an feste Beziehungen glauben, aber wir haben eine. Sie mag mich nicht als ihren Freund vorstellen, aber ich würde sie gern mal zum Essen mit Mom und Stefan mitbringen. Sie mag *langfristig* nicht genauer definieren, aber für mich klingt *für immer* genau richtig.

Wenn sie ihre Regeln nicht anpassen will, komme ich damit klar, denke ich. Aber sie soll wissen, dass ich unsere Beziehung schon als langfristig ansehe. Ich sehe schon das Ladenschild unseres gemeinsamen Geschäfts, Ausflüge und langsame Tänze in einem weißen Kleid vor mir – selbst wenn sie es nicht benennen will.

Sie tippt neben mir im Bett geistesabwesend auf ihrem Handy herum. Ich wende mich ihr zu.

»Was gefällt dir an Hochzeiten am besten?«

»Der Antrag«, antwortet sie wie aus der Pistole geschossen.

Ich sehe sie an. »Der Teil, mit dem du nichts zu tun hast?«

Verwundert blinzelt sie mich an. »O wow. Ja, anscheinend schon.« Sie legt ihr Handy weg und dreht sich zu mir um. »Meintest du so was wie die Blumen oder das Essen oder den DJ?«

Ich zucke die Achseln. »Nein. Ich wollte nur wissen, was du an Hochzeiten so toll findest, dass du selbst welche organisieren wolltest.«

»Am meisten mag ich es, die Hochzeit auf das Pärchen zuzuschneiden. Ich liebe es, wenn ich das Gefühl habe, genau das Richtige für sie gefunden zu haben. Und ihre Verlobungsgeschichte verrät mir, was sie sich wünschen.«

Ich streiche ihr mit dem Daumen den Pony aus den Augen. »Wie das?«

Sie denkt darüber nach. »Man lernt viel über eine Person,

wenn sie Angst hat. Und jeder, der behauptet, er hätte keine Angst, wenn er einen Antrag macht, lügt. Und die Person, die den Antrag bekommt, hat auch einen Moment, in dem sie alle möglichen Sorgen überkommen. ›Ist ein Ja die richtige Entscheidung? Macht er mir wirklich so einen Antrag? Ich fasse es nicht, dass er zehn Jahre gewartet hat – ist das nicht ein schlechtes Zeichen? Macht er das nur, weil ich ihn dazu gedrängt habe?‹«

Die Fragen strömen nur so aus ihr heraus, wie Dampf aus einem Kessel.

»Und wie der Antrag gemacht wird, sagt auch eine Menge aus. Vor allem über den Bräutigam – oder denjenigen, der den Antrag macht.«

Dazu brauche ich keine weitere Erklärung. Es ergibt Sinn.

»Wenn sie mir von dem Antrag erzählen«, fährt sie fort, »bekomme ich einen Einblick in ihre Dynamik als Pärchen. Das ist unschätzbar wichtig. Einmal hat sich ein Pärchen geweigert, mir davon zu erzählen. Sie meinten, das würden sie lieber für sich behalten, und ich schwöre bei Gott, das war die schlimmste Hochzeit, die ich je organisiert habe. Zu der Zeit habe ich noch für Whitney gearbeitet.«

Sie lacht und nimmt ihr Handy wieder zur Hand.

Mein Herz hämmert, und ich verstehe selbst nicht, warum, bis die Worte aus mir heraussprudeln: »Was würdest du dir wünschen?«

Sie wendet sich mir zu. »Wenn mir jemand einen Antrag macht?«

Ich nicke, und es fühlt sich an, als würde ich der Wahrheit zu nahe kommen. Als hätten wir diesen Moment ewig festhalten können, wenn ich sie das nicht gefragt hätte – doch ich muss fragen. Ein Teil meines Herzens ist schon drei Monate zu lang eingepflanzt, ohne sprießen und sich dem Licht entgegenstrecken zu können.

»Was für ein Feuerwerk hättest du gern? Willst du überrascht werden oder nicht? Intim oder Menschenmassen?«, frage ich. »Was stellst du dir vor?«

Ihr Blick ist sanft, und ich frage mich, ob sie auch die Angst verspürt, von der sie geredet hat. Fragt sie sich auch: *Ist das richtig?*

»Das tue ich nicht«, sagt sie. »Ich stelle es mir nicht vor. Ich will keinen Antrag.«

Ich glaube, ich höre sie. Ich glaube, ich verstehe sie. Es gibt keine Komplikation, keine grobe Vereinfachung. *Ich will keinen Antrag.*

Besonders, als sie sich vorbeugt und mich küsst, ihr Handy wegwirft und die Hände über mein Kadupul-Tattoo gleiten lässt. Ihre Lippen folgen dichtauf und küssen mein tätowiertes Schulterblatt. Das hat sie schon so oft getan, fast, als müsste sie ihnen allen gute Nacht sagen. Ihre Lippen drücken sich sanft auf meinen Oberschenkel und meine Wade, und ihre Zunge fährt über die Viola cryana auf meiner Brust. Sie saugt an den beiden Tattoos an meinen Armen, und dann bewegt sie sich endlich an meinem Körper hinunter, denn ich bin schon wieder steif. Als sie mich in den Mund nimmt, vergesse ich alles andere. Ihre Zunge kostet mich, und meine Hände vergraben sich in ihren Haaren.

Doch ich glaube, ich habe sie gehört.

Sie will keinen Antrag. Kein Spektakel.

Das merke ich mir für den Tag, an dem sie mir endlich sagt, dass wir über *für immer* reden können.

23

AMA

Oktober

Die Woche vor einer Hochzeit ist immer eine große Sache, aber diese ist gigantisch. Ich fühle mich wie David beim Kampf gegen Goliath, während ich einen Angriff nach dem anderen abwehre. Da Hazels Agentin die Gästeliste letzte Woche noch mal aktualisiert hat und die Umgestaltung des Ballettstudios fast fertig ist, stecke ich bis über die Ohren in Arbeit. Ich bezahle Mar im Grunde dafür, dass sie im Weatherstone wohnt, damit immer eine Ansprechpartnerin in der Nähe ist, wenn die Arbeiter noch irgendwelche Fragen haben. Nach ihrer Trennung von Michael weiß sie die Ablenkung zu schätzen. Zwar war es ihre Entscheidung, aber sie ist immer noch ziemlich fertig deswegen. Zum Glück habe ich viel Erfahrung damit, Leute in solchen Situationen zu trösten.

Das Gute und Schlechte daran ist, dass Elliot jeden Tag für ein paar Stunden vor Ort ist, und da Mar das Ganze koordiniert, muss oder kann ich ihn leider nicht sehen. Während der Empfangssaal gebaut wird, erledige ich noch ein paar Sachen mit Jackie und Hazel und hole die letzten Genehmigungen ein. Wenn das eine normale Hochzeit wäre, würde alles wie geschmiert laufen, aber ich musste ja unbedingt noch ein Bauprojekt hinzufügen.

Ich behellige Elliot nicht einmal für die letzten Besichtigungen. Natürlich kläre ich das vorher mit Jackie ab, doch wir sind uns einig: Ihm können wir vertrauen. Er kann die Tanzfläche erst am Mittwoch installieren, weil die Blumen sonst womöglich bis Samstag verwelken, doch er ist jeden Tag da, beaufsichtigt die anderen Kunstinstallationen und überprüft alle Messungen. Mar berichtet mir, dass er sich gut mit den Arbeitern versteht, alles beobachtet und Änderungen mit ihnen bespricht. Sein Architekturstudium stellt sich als wahrer Segen heraus.

Als am Donnerstagnachmittag der Inspektor kommt, um sich den neu eingebauten Boden um die Tanzfläche anzuschauen, ist Elliot da und beantwortet all seine Fragen. Das ist das einzige Mal in dieser Woche, dass ich ihn sehe. Allerdings kann ich unsere gemeinsame Zeit kaum genießen, denn der Inspektor versucht irgendetwas zu finden, um den Laden dichtzumachen, doch ich bin vorbereitet. Ich habe alle Baubewilligungen und Genehmigungen. Seit Monaten tue ich nichts anderes, als mich um Jackies und Hazels Hochzeit zu kümmern.

Ich habe alle Hochzeiten im September hinter mich gebracht – darunter auch eine, bei der der Bräutigam nach einer halben Stunde kalte Füße bekam –, und jetzt sehne ich mich nach der kurzen Pause, die ich nach dieser Woche einlegen werde, obwohl mir gleichzeitig davor graut. In den letzten sechs Wochen haben mich acht oder neun Pärchen angerufen oder angeschrieben, um ein Erstgespräch zu vereinbaren – alles Leute, die von der Show, die wir drehen, gehört haben oder die Hazel auf Social Media folgen und sich schon sehr auf die Hochzeit freuen. Ich musste jedes Treffen auf nächste Woche verschieben. Hoffentlich werde ich das noch erleben.

Gestern habe ich Jackie und Hazel ausgeschickt, sich verwöhnen zu lassen – Waxing bei Dirty Bird und Maniküre/Pediküre bei Nature Love, meinem Lieblingsschönheitssalon. Heute hatten sie den Brunch bei Jackies Eltern. Elliot lieferte die Blumen mit kaum mehr als einem Knurren ab, murmelte, dass Ben beim

Aufräumen helfen würde, und ging. Ich wünschte, ich hätte mitkommen können. Danach habe ich kaum genug Zeit, das Probeessen vorzubereiten, bevor wir zur Hochzeitsprobe im Rose Garden aufbrechen.

Zur Mittagszeit kommen wir beim Firehouse an – früher hätten sie uns nicht reingelassen – und fegen hinein wie ein Tornado. Ich wollte Mar als Unterstützung dabeihaben, doch die Arbeiten im Ballettstudio liegen in den letzten Zügen, deshalb kann sie nicht weg. Also drücke ich Jake siebzig Dollar zusätzlich in die Hand, damit er mir beim Ausladen der Lieferwagen hilft.

Die Mitarbeiter des Firehouse haben nichts vorbereitet, so dass ich die Tische richtig arrangieren muss, wobei ich reichlich Hilfe von den Aushilfskellnern bekomme, weil ich eine enge Jeans und High Heels trage. Hinter einem Armvoll Servietten, die noch gebügelt werden müssen, murmelt Jake: »Der Florist und die Filmcrew sind da.«

Ich nehme die obere Hälfte des Serviettenstapels, um sein Gesicht freizulegen. »Sprich deutlich, Jake. Du bist doch Schauspieler.«

»Oh, sorry. Der Florist …«

»Nein, ich hab dich schon verstanden. Frag bei George nach, ob du helfen kannst, die Blumen reinzuholen, und dann zeig der Filmcrew den Weg.«

»Wer ist George?«, fragt er.

»Der Typ von der Verleihfirma. Groß, rote Haare.«

Er huscht davon wie ein Kaninchen, und ich fange an, Stühle zu rücken. Ich habe eine Schachtel Namenskärtchen und Makronen für jeden Platz, aber zuerst muss der Tisch gedeckt werden. Während ich mit dem Küchenchef rede, marschieren zwei gigantische Vasen in starken Armen an mir vorbei. Jake folgt ihnen mit einem verlegenen Achselzucken und erklärt: »Er hat mich nicht helfen lassen.«

Meine Aufmerksamkeit gilt allein dem majestätischen Protea-magnifica-Arrangement in Elliots Armen. Behutsam stellt er sie an ihre Plätze – die zwei Ecken unseres Bereichs des Restaurants. Als er sich umdreht und zum Parkplatz zurückgeht, streicht er sich mit einer Hand die Haare aus dem Gesicht, und da sehe ich die dunklen Ringe unter seinen Augen.

Bei dem Anblick stockt mir der Atem. Denn das bedeutet, dass er nicht genug geschlafen hat. Und das bedeutet, dass ich ihm definitiv zu viel zugemutet habe.

»Ama, hast du mich gehört?«

Erschrocken drehe ich mich um und sehe Bea vor mir. »Nein, bitte entschuldige! Mein Gott, diese Blumen sind wunderschön, oder?«

»Sie sind toll«, stimmt sie grinsend zu. »Ich lasse die Crew ein paar Aufnahmen davon machen, wie ihr hier alles vorbereitet. Ich dachte an eine kurze Szene im Zeitraffer. Eine Kamera in der Ecke wird die nächsten sechs Stunden alles in der Totalen filmen. Und dann, wenn der Tisch gedeckt ist, dachte ich, wir könnten vielleicht noch ein letztes Interview mit dir machen, da du morgen nicht verfügbar sein wirst.«

»Klar, gern. Danke.« Ich räuspere mich und beuge mich näher zu ihr. »Und, äh, siehst du den Typen dort drüben? Das ist mein Stiefbruder Jake. Er ist Schauspieler. Wenn du bei den Aufnahmen eine Verwendung für ihn findest, wäre ich dir sehr dankbar, wenn du ihm so viel Screentime wie möglich gibst.«

Bea zwinkert mir zu. »Ist notiert.«

Jake wird damit beauftragt, die Gedecke zu richten, während Elliot und sein Cousin Ben die Tischdeko hereinbringen. Elliot läuft immer noch hin und her, als Bea mich bittet, neben dem Vorzeigegedeck Platz zu nehmen, das ich für Jake ausgelegt habe, damit er es nachmachen kann.

Als die Kameras und Tontechniker in Position sind, sagt Bea:

»Ich weiß, wir haben schon ein Intro gemacht, aber lass uns noch eins machen. Die Beleuchtung und das Setting sind hier viel besser. Also, bitte stell dich kurz vor und gib uns ein paar Infos, wie lange du das schon machst und so weiter.«

Die Kameras laufen, und ich streiche mir die Haare hinter die Ohren.

»Mein Name ist Ama Torres, und ich bin Hazels und Jackies Hochzeitsplanerin. Ich arbeite schon seit über sieben Jahren in der Hochzeitsbranche, und seit drei Jahren führe ich mein eigenes Geschäft.«

»Gut«, ermutigt mich Bea. »Und was hat dich dazu bewogen?«

»Ich liebe Hochzeiten schon immer«, antworte ich. »Solange ich zurückdenken kann.«

Elliot läuft erneut hinter der Kamera vorbei, doch ich versuche, den Blick nicht von Bea und den hellen Lichtern abzuwenden.

»Gibt es eine ganz besondere Hochzeit, an die du dich noch aus deiner Kindheit erinnerst? Warst du das Blumenmädchen für eine Tante oder irgendetwas Persönliches?«

»Die Hochzeiten meiner Mutter.« Ich erinnere mich, dass ich das für das Interview anders ausdrücken muss, und sage stattdessen: »Ich weiß noch genau, dass ich mich in Hochzeiten verliebt habe, als meine Mom geheiratet hat.«

»So kam es vermutlich, dass Jake dein Stiefbruder ist, richtig?«, fragt Bea.

Bei der Erwähnung seines Namens wirbelt Jake zu uns herum.

»Nein, die Beziehung ist noch nicht so lange her.« Ich sollte wahrscheinlich zurückrudern, doch das Licht an der Kamera lenkt mich ebenso ab wie Elliots Schritte, während er immer wieder um den Tisch herumstapft. »Meine Mutter war schon öfter verheiratet, deshalb habe ich in meiner Jugend viele Hochzeiten erlebt.«

Beas Augen werden groß, und mir wird schlagartig klar, dass das nichts Gutes bedeutet – für mich.

»Wie oft war deine Mutter schon verheiratet?«

Jake stößt ein verächtliches Schnauben aus. »Verdammt oft.«

Alle wenden sich ruckartig zu ihm um, und er wirkt schockiert über sich selbst. »Sorry«, murmelt er, »ich …«

»Geh und räum mein Auto ein, Jake«, sage ich in eisigem Ton.

Er starrt mich mit offenem Mund an, dann fängt er sich und eilt beschämt davon.

Doch Beas Augen sind immer noch auf mich gerichtet. »Wie oft?«

»Sie, ähm … Meine Mutter war sechzehn Mal verheiratet.« Ich lache, wie ich es immer tue, wenn ich diese Frage beantworte. »Man könnte sagen, sie liebt Hochzeiten genauso sehr wie ich!«

»Bist du deshalb Hochzeitsplanerin geworden?«

»Ja, das könnte man so sagen.« Mein Lächeln fühlt sich wächsern und unecht an. Bea bedeutet mir, meine Antwort umzuformulieren. »Ja, ich nehme an, deshalb bin ich Hochzeitsplanerin geworden.«

Beas Augen wirken fast raubtierartig, ein unheilvolles Leuchten in der Finsternis, wie ein Wolf auf der Jagd. Mir bricht der Schweiß aus.

»Wie war das für dich? So aufzuwachsen? Denkst du, das hat sich auf dein Leben ausgewirkt?«

Mein Mund öffnet sich. Doch die Worte bleiben mir in der Kehle stecken. Ich lächle breit, obwohl ich den Tränen nah bin.

»Werdet ihr überhaupt irgendwas davon verwenden?«, ertönt eine schroffe Stimme irgendwo hinter dem grellen Kameralicht. »Ist die Show nicht nur eine halbe Stunde lang?«

Mein Blick klärt sich, und ich sehe Elliot mit verschränkten Armen hinter Bea stehen.

»Äh, ja.« Einen Moment wirkt Bea völlig überrumpelt, fasst sich aber schnell wieder. »Aber Hazel Renees Hochzeit wird ein Zweiteiler. Für Ama wäre es sicher toll, so viel Sendezeit wie möglich zu bekommen. Unsere Zuschauer sollen sie richtig kennenlernen …«

»Großartig. Dann fragt sie nach ihrer Lieblingsfarbe. Ihren lächerlichen Energydrinkvorlieben. Fragt sie nach Donuts!« Seine Stimme wird immer lauter. »Stochert nicht in ihrem Privatleben herum. Ist das euer Ernst?«

Mir verschlägt es den Atem.

»Niemand wird nach Sacramento kommen und sie engagieren, weil ihre Mutter sich fünfzehn oder sechzehn Mal hat scheiden lassen. Sondern deswegen«, sagt er und zeigt auf die Gedecke und Tischdeko. »Sie werden sie als Hochzeitsplanerin wollen, weil morgen jeder sehen kann, was für phantastische Arbeit sie leistet, also warum spart ihr euch eure Sendezeit nicht für die Sachen auf, die wirklich wichtig sind?«

Endlich hält der Kameramann die Kamera von mir weg, und ich werde nicht mehr geblendet.

Als sich meine Sicht klärt, marschiert Elliot schon davon, um die nächsten Vasen zu holen.

»Verzeihung, ich brauche einen Moment.« Ich springe auf und renne in die entgegengesetzte Richtung, in den kleinen Flur, der zu den Büros führt. Bea ruft eine Entschuldigung, doch ich höre sie nicht mehr. Schluchzend ringe ich nach Luft und drücke die Fingerknöchel in die Augen, um die Tränen zurückzuhalten.

Ich weiß nicht einmal, was mich mehr zum Weinen bringt – die Scham wegen meiner Mutter oder dass Elliot dem ein Ende gesetzt hat. An die Wand gelehnt stütze ich die Hände auf die Knie und versuche, wieder zu Atem zu kommen.

Er hatte keinen Grund einzuschreiten. Elliot, der am eigenen Leib erfahren hat, wie sich die vielen Scheidungen meiner Mutter auf mein Leben ausgewirkt haben. Das hätte er wirklich nicht tun müssen.

Ich weiß nicht, wie lange ich im Flur stehe. Wenn ich heule, quelle ich immer auf wie ein Kugelfisch, Hazel Renees Make-up hin oder her. Was ich wirklich brauche, ist ein Eisbeutel auf Augen und Lippen, bevor ich mein Gesicht der Welt wieder zeigen kann, aber da daraus nichts wird, nehme ich mir Zeit.

Am Ende des Flurs ist ein Fenster, und ich will es gerade aufmachen, um frische Luft zu schnappen, ziehe die Hand jedoch hastig zurück, als ich einen der Kameramänner – den, der mich gefilmt hat – auf dem Parkplatz rauchen sehe. Neben ihm steht Elliot.

Ich verstecke mich hinter der Wand und spähe hinaus. Der Kameramann blickt sich um, wie um sich zu vergewissern, dass sie nicht beobachtet werden, dann drückt er einen Knopf auf seiner Kamera. Die Speicherkarte wird ausgegeben, und er reicht sie Elliot, als würden sie einen Drogendeal abschließen. Elliot steckt sie in die Tasche, geht zu seinem Truck und holt die letzten Vasen.

24

ELLIOT

Zwei Jahre, neun Monate, eine Woche und einen Tag vor Silvester

In der Nacht vor der Hochzeit meiner Mutter findet Ama keinen Schlaf. Das weiß ich, weil sie mich vom Schlafen abhält.

Um zwei Uhr nachts wendet sie sich zu mir um und rüttelt mich wach. »Hey. Hey!«

Ich reibe mir das Gesicht. »Was ist los?«

»Ich nehme ein Bad.«

Ich starre sie mit trüben Augen an. »Okay.«

»Du hast keine Badewanne«, sagt sie.

»Okay.«

»Willst du hierbleiben oder mit zu mir kommen?«

Ich atme tief ein und unterdrücke ein Gähnen. »Ich denke … ich kann mitkommen.«

Sie lächelt strahlend. »Gut.«

Dann rückt sie näher an mich heran, schmiegt sich an mich und küsst mich so innig, dass ich plötzlich *sehr* wach bin. Meine Hand vergräbt sich in ihren Haaren, hält ihren Kopf fest, und ich erwidere ihren Kuss. Ich genieße das Gefühl, wie sich ihr Körper begierig an mich drängt. »Nimmst du ein Bad mit mir?«, raunt sie an meinem Mund.

»Passe ich denn in deine Badewanne?« Ich lache leise.

Sie greift nach unten, legt die Hand in meinen Schritt und

flüstert neckisch: »Oh, ich werde schon dafür sorgen, dass du reinpasst.«

Dann wälzt sie sich aus dem Bett, zieht sich an und packt zusammen, was sie für morgen braucht. Ich bin steinhart und kämpfe immer noch mit meiner Jeans, als sie schon gehbereit an der Tür steht.

Auf der Fahrt redet sie wie ein Wasserfall, geht noch einmal die Pläne für morgen und die potenziellen Hürden durch. Als wir bei ihr ankommen, ist sie so auf die Hochzeit konzentriert, dass ich die Hoffnung verliere, in absehbarer Zeit Sex zu haben oder zu schlafen.

Doch sie betritt ihre Wohnung, begrüßt Lady Cat-ryn und fängt an sich auszuziehen, noch während sie ihre To-do-Liste für morgen früh fertigstellt. Nachdem sie aus ihrer Jeans geschlüpft ist, sieht sie mich an und fragt: »Nimmst du jetzt ein Bad oder nicht?«

»Äh … klar.« Ich folge ihr ins Badezimmer und ziehe mich aus, während sie das Wasser einlaufen lässt und sich über den Caterer beschwert.

»Wenn er mein Fünf-Gänge-Menü wieder überstürzt, war das das letzte Mal, dass ich ihn engagiert habe«, sagt sie und greift nach dem Badesalz. »Denkst du, er respektiert mich? Ich glaube nicht, dass er mich respektiert.«

Ich nicke. Ich stimme zu. Ich höre zu. Doch ich habe die Tatsache akzeptiert, dass ich gerade um halb drei morgens fünfzehn Meilen gefahren bin, um mich mit Ama in eine Badewanne zu quetschen und ihr beim Durchdrehen zuzuhören. Ist schon okay. Womöglich werde ich einschlafen, ins Wasser rutschen und ertrinken. Aber ist schon okay.

Sie zündet Kerzen an, schaltet das Licht aus und macht auf ihrem Handy Musik an. Dabei regt sie sich über die Sitzordnung auf.

»Wenn sich der Assistent des Gouverneurs noch einmal darüber beschwert, wo er sitzt, raste ich aus.«

Sie deutet auf die Wanne, und ich lasse mich in das warme Wasser gleiten, das die perfekte Temperatur zum Eindösen hat. Ich lehne den Kopf zurück und höre Ama zu, wie sie sich über eine Schulfreundin ihrer Mutter und die Leute aufregt, von denen sie keine Rückmeldung bekommen hat, ob sie kommen können.

Sie steigt in die Wanne und setzt sich zwischen meine Beine, wodurch das Wasser beinahe überschwappt. Sie redet immer noch ohne Punkt und Komma, als sie sich an meine Brust lehnt, meine Hand nimmt und sie zwischen ihre Beine legt.

»Willst du … willst du erst mal Luft holen?«, stammle ich.

»Luft holen? Wovon redest du da?«

»Du kannst dich einfach entspannen. Die Gedanken schweifen lassen.« Ich lasse die Finger über ihre Mitte tanzen, um ihr zu zeigen, was ich meine.

Sie dreht sich über die Schulter zu mir um. »So entspanne ich mich.«

Ich verkneife mir ein Grinsen und sage: »Red weiter.«

Das nächste Gesprächsthema ist die Veranstaltungskoordinatorin. Ama lehnt den Kopf an meine Schulter und lässt sich über sie aus, bis ihr Atem sich beschleunigt und sie über enge Zeitrahmen und herablassende Mails stöhnt.

»Wenn sie denkt … wenn sie denkt, sie kann mich einfach übergehen … dann … dann …«

Als sie mit einem leisen Stöhnen kommt, ist es stiller als die ganze letzte halbe Stunde. Kurz denke ich, sie wäre eingeschlafen, doch dann wendet sie sich zu mir um und küsst mich.

»Danke. Du weißt immer, was ich brauche«, sagt sie.

Ich streiche ihr die Haare aus dem Gesicht. »Was brauchst du sonst noch? Was steht auf deiner To-do-Liste?«

Sie erzählt mir von ihren Sorgen und was sie gern besser

gemacht hätte. Ich sage nichts dazu, höre einfach nur zu und lasse sie in Ruhe ihre Gedanken sortieren. Als Stille einkehrt, beuge ich mich vor und ziehe den Stöpsel heraus, hülle Ama in ein Handtuch und trage sie zurück ins Schlafzimmer. Ich stelle sicher, dass der Wecker gestellt und der Kaffee vorbereitet ist. Als ich zu ihr unter die Decke schlüpfe, schmiegt sie sich an mich und murmelt schläfrig: »Was, wenn ich irgendwas vergessen habe?«

»Hast du nicht.«

»Was, wenn irgendwas schrecklich schiefläuft?«

Ich ziehe sie näher an mich, und sie kuschelt sich in meine Arme. »Wird es nicht. Und wenn doch, bringst du es wieder in Ordnung. Denn du bist phantastisch.« Ich küsse sie auf den Kopf. »Amazing Ama.«

Sie lacht schnaubend, und ich sage es ihr fast. Ich sage fast *Ich liebe dich*.

Doch ich weiß nicht, ob sie das will. Ich glaube, wir könnten zwanzig Jahre zusammen sein und vierzig Kinder haben, und sie würde es immer noch nicht hören wollen. Also halte ich sie einfach nur in den Armen, bis sich ihr Atem beruhigt, und dann flüstere ich es tonlos, wie ein Gebet.

Die zweite Hochzeit meiner Mutter ist wunderschön. Und Mom erzählt ihren Gästen bei jeder Gelegenheit, dass sie das ihrer Hochzeitsplanerin und ihrem Sohn zu verdanken hat. Der Sutter Club – ein exklusiver Club für die Elite von Sacramento – ist eine häufige Hochzeitslocation, aber nicht so. Diese Hochzeit ist absolut einzigartig, und ich bin mir sicher, dass die Freundinnen meiner Mutter ihre Hochzeitsplanerin noch über Jahre weiterempfehlen werden.

Ama ist gestresst bis zum ersten Tanz. Als *At Last* von Etta James spielt, weicht die Anspannung aus ihren Schultern. Es fühlt sich an, als sähe sie mich zum ersten Mal seit unserem gemeinsamen Bad an.

Heute früh habe ich die Blumen für die Zeremonie und im Empfangssaal arrangiert, und dann musste ich duschen und mich umziehen, also habe ich sie wirklich kaum zu Gesicht bekommen. Beim Essen wurde ich von Moms Freundinnen ausgefragt, ob ich eine feste Freundin habe, woraufhin sie mich sofort zu verkuppeln versuchten. Und die ganze Zeit wollte ich schreien, dass ich mit der perfekten Person glücklich bin – und sie gleich dort drüben ist. Bestimmt werde ich in den nächsten Wochen ein paar Anrufe wegen eines Blind Dates bekommen, aber damit komme ich schon klar.

Als der erste Tanz endet, schaut Ama kurz beim DJ vorbei und überlässt den Rest des Empfangs ihm. Ich entschuldige mich in die Runde, der ich ohnehin kaum Beachtung geschenkt habe, und folge ihr in die Küche.

»Phantastisch!«, sage ich und gebe ihr einen Kuss auf die Wange.

Sie lächelt mich strahlend an. »Findest du? Es lief gut, oder?«

»Es lief perfekt. Ich kann mir nicht vorstellen, dass du je eine tollere Hochzeit organisiert hast.«

Sie lacht, ein Geräusch wie übersprudelnde Freude, und sagt, sie sei gleich zurück.

Während der Empfang zu bittersüßen Balladen und flotten Jazz-Stücken übergeht, warte ich in der Nähe der Küche auf sie. Als sie zurückkommt, läuft gerade *The Way You Look Tonight* von Frank Sinatra, und ich wende mich ihr zu.

»Würdest du es als unprofessionell ansehen, wenn ich die Hochzeitsplanerin um einen Tanz bitte?«

Sie verkneift sich ein Lächeln und stimmt ohne das geringste Zögern zu.

Ich nehme ihre Hand und führe sie auf die Tanzfläche. Ich

erwarte, dass sie darauf besteht, im Hintergrund zu bleiben, wie wir es das ganze letzte Jahr über getan haben, doch sie lässt zu, dass ich ihr eine Hand auf die Taille lege und mit der anderen ihre Hand halte. Bereitwillig lässt sie zu, dass ich sie in die Mitte der Tanzfläche führe, nur ein kleines Stück von meiner Mutter entfernt. Und sie lächelt mich die ganze Zeit an. Ich muss mich auf den sanften Ausdruck in ihren Augen und die Wärme ihrer Berührung konzentrieren, um nicht *Ich liebe dich* zu sagen. Mit der Zeit wird es immer schwieriger werden, mich zurückzuhalten.

»Woran denkst du?«, fragt sie.

»Nur … wie glücklich ich bin.«

Sie schnaubt, als hätte sie meine Antwort überrascht. »Ich bin auch glücklich.« Sie denkt einen Moment nach, dann fängt sie an, unruhig an ihrer Gürteltasche herumzuspielen. »Ich habe eine Überraschung für dich.«

»Okay …«

Sie holt einen Umschlag heraus, reicht ihn mir und legt mir dann die Arme um den Hals, damit wir weitertanzen können, während ich ihn öffne. Darin befindet sich ein Blatt Papier. Eine ausgedruckte Mail.

Liebe Ama Torres,

danke für Ihre Anfrage. Ja, wir haben eine Franklinie in unserer Obhut. Sie gehört nicht zur Ausstellung, aber da Ihr Freund ein solcher Fan ist, gebe ich ihm hiermit die Erlaubnis, die Blume (unter Aufsicht) jederzeit zu besichtigen.

Lassen Sie es mich wissen, wenn Sie je nach Boston kommen, dann führe ich Sie gerne herum.

Frank Hitchkins

Arnold-Arboretum-Manager

Harvard University

Ich blinzle die Worte verblüfft an und lese sie immer und immer wieder. Als ich zu Ama aufsehe, lächelt sie nervös.

»Wollen wir einen Ausflug machen?«, fragt sie. »Ich dachte, vielleicht im Herbst, wenn sich die Blätter der Franklinie rot färben. Das Arboretum der Harvard University ist einer der wenigen Orte, wo es noch eine Franklinie gibt, und ich …« Sie schluckt und legt eine Hand auf meinen rechten Unterarm, wo sich das Tattoo befindet. »Ich will, dass du sie siehst.«

In mir brodelt etwas. Es ist stark und süchtig machend. Ich hatte eine schöne Kindheit, und es ist also nicht so, als hätte ich noch nie ein tolles Geschenk bekommen. Was mein Herz jetzt höherschlagen lässt, ist eine solche Überraschung von einer Person, die mich besser kennt als irgendjemand sonst – die mein Herz geöffnet und sich dort einen Platz für sich selbst geschaffen hat.

Mein Blick fällt erneut auf die Mail. *Die Franklinie.* Und sie weiß, dass das meine Lieblingspflanze ist, obwohl ich es ihr nie gesagt habe.

Ich sehe zu meiner Mutter, die ganz in unserer Nähe mit Stefan tanzt. Sie strahlt ihn auf eine Art an, wie sie nichts und niemandem sonst ansieht. Diesen Ausdruck habe ich in den letzten sechs Monaten ein paar Mal im Spiegel gesehen.

Das Brodeln in meiner Brust wallt auf. Meine Augen brennen, und meine Kehle zieht sich zusammen, um die Worte zurückzuhalten. Doch ich sehe sie an und kann genau erkennen, dass ich mich nicht bei ihr zu bedanken brauche. Denn sie weiß, dass ihr Pfeil genau ins Ziel getroffen hat.

Sie lächelt sanft und sagt: »Ich glaube … ich glaube, ich verliebe mich in dich.«

Mein Herz hämmert. Ich kann nicht glauben, dass sie es zuerst gesagt hat. Ich kann nicht glauben, dass ich die Erlaubnis habe, es zu sagen.

Zögerlich blickt sie zu mir auf, als müsste sie je daran zweifeln, dass ich dasselbe für sie empfinde.

In meiner Brust wächst eine Blume, die erst jetzt ans Sonnenlicht kommt und endlich aufblüht. Ich höre Mom über irgendetwas lachen, was Stefan sagt, doch ich kann den Blick nicht von Ama abwenden. Ich höre das Glück meiner Mutter in ihrem Lachen – ich habe es gesehen. *Niemand sollte auch nur eine Sekunde länger als nötig auf sein Glück warten müssen.*

Mom hat recht. Wenn man weiß, dass man jemanden für immer lieben wird, warum warten?

Amas Augen sind hell, warm braun und wunderschön, als ich sage: »Heirate mich.«

Sie blinzelt einmal.

Meine Haut kribbelt, und meine Brust schmerzt, doch ich habe keine Angst.

Sie lächelt. Stößt lachend den Atem aus. »Was? Nein.«

Im ersten Moment kann ich sie nicht hören, so laut rauscht das Blut in meinen Ohren. Doch ich sehe, wie ihr Lächeln verblasst und ihre Augenbrauen sich zusammenziehen. Und das aufgeregte Brodeln weicht blankem Entsetzen.

Ich umfasse ihre Taille. »Ama …«

»Warum würdest du …« Sie schüttelt den Kopf. Ihre Brust hebt und senkt sich stoßweise. »Ich hab dir doch gesagt, dass ich das nicht will.« Ihr Blick ist vorwurfsvoll.

»Du … du hast gesagt, dass du nicht an die Ehe glaubst, aber das war bevor …«

»Was? Vor *dir*?« Sie sieht mich verächtlich an, als wäre ich ein Nichts.

»Ja«, erwidere ich. »Ja, vor mir. Bevor du uns eine Chance gegeben hast.«

»Ich hatte nie vor, der Ehe eine Chance zu geben, Elliot. Das kam nie in Frage«, faucht sie.

Sie nimmt die Hand von meiner Schulter, um sich die Stirn zu reiben, und blickt sich um, als würde ihr erst jetzt bewusst, dass wir uns auf einer Hochzeit befinden.

Ich will hier weg. Ich will von hier verschwinden und meinen Truck gegen eine Backsteinmauer fahren, aber ich weiß, wenn ich jetzt gehe, werde ich sie nie wiedersehen. Ich weiß es einfach.

»Was ist dann der nächste Schritt, Ama?«

Sie atmet schwer. »Was?«

»Wenn man Gefühle für jemanden hat wie du für mich, was ist dann deiner Meinung nach der nächste logische Schritt?«, frage ich und versuche zu verhindern, dass sich das flaue Gefühl in meinem Magen gegen sie wendet. »Machen wir die nächsten siebzig Jahre einfach so weiter? Vielleicht ziehst du bei mir ein, aber … aber das war's?«

Ihre Nasenflügel blähen sich. »Ich weiß es nicht! Ich hab dir doch gesagt, dass ich keine Beziehung will …«

»Und dennoch sind wir jetzt hier.« Sie starrt mich an, als hätte ich sie enttäuscht. »Ich meine, Ama« – ein freudloses Lachen bricht aus mir hervor –, »du willst ein Business mit mir eröffnen, aber du willst nicht mit mir ausgehen?«

»Das ist rein geschäftlich, kein Heiratsantrag, Elliot.«

»Du willst nächsten Monat nach Napa und nächsten Herbst nach Boston fahren, aber du willst keine langfristige Beziehung?«

Ihre Augen sind weit aufgerissen, und ich sehe, wie sie nach Worten ringt. Sie sieht aus, als hätte sie furchtbare Angst vor irgendetwas.

»Ich weiß es nicht«, stößt sie hervor. »Ich weiß es nicht, Elliot. Alles lief so gut. So, wie es war. Aber du wusstest, dass ich nicht heiraten will, und hast das trotzdem getan?«

Ich weiß, dass sie recht hat. Sie hat es mir gesagt, und ich dachte, sie würde ihre Meinung ändern. Doch in meinem Innern brodelt so viel ohnmächtige Wut, so viel Bedauern, so viel, was ich in diesem Moment für immer verliere, dass ich nicht anders kann, als sie dafür verantwortlich zu machen.

»Und warum willst du das nicht? Wegen deiner Mom? Weil sie schon vierzehn Mal eine unkluge Entscheidung getroffen hat und du denkst, so wäre das Leben?« Sie funkelt mich zornig an, doch ich kann nicht aufhören zu reden. »Glaubst du ernsthaft, das wäre erblich, Ama? Dass du, wenn wir heiraten – wenn du auch nur das Wort *Beziehung* aussprichst –, eine Tür zu deinen eigenen vierzehn Ehen öffnest?«

»Nein, weil jede Ehe endet! Beziehungen enden!«

Ich schüttle den Kopf und korrigiere sie: »Sie *können* enden. Sie enden *vielleicht*. Und weil du nicht willst, dass das mit uns zu Ende geht, willst du gar nicht erst richtig anfangen?« Sanft füge ich hinzu: »Ama, wenn wir nicht schon längst in einer Beziehung sind – was sind wir dann?«

Sie beißt sich auf die Lippe, und eine Träne löst sich von ihren Wimpern. »Ich weiß es nicht … ich weiß nicht, was ich tue. Das war ein Fehler.«

Ich fühle, wie sie einen Schritt zurücktritt, und folge ihr, umfasse ihre Taille fester. Dass sie sich körperlich von mir zurückzieht, bestätigt meine Befürchtung, dass sie es auch innerlich tut.

»Ama, warte!«

Ihre Lippen sind fest aufeinandergepresst, und in ihren Augen glänzen Tränen. Ein Zittern durchläuft ihren Körper, und da wird mir klar, wie übel ich es vermasselt habe.

»Ich liebe dich«, sage ich ihr. »Ich liebe dich schon so lange. Ich kann mir nicht vorstellen, dass das, was wir haben, je verloren geht, aber ich wollte noch mehr – für einen Augenblick. Das ist alles«, versichere ich ihr, als wollte ich nicht schon seit sechs Monaten mehr. Noch länger. Ich halte sie fest. »Ich habe es überstürzt. Ich hätte nie gedacht, dass ich dich je *Ich liebe dich* sagen höre, und dann hast du es getan. Da dachte ich, ich könnte alles haben, aber ich habe vorschnell gehandelt. Vergessen wir es einfach, ja?«

»Du kannst es nicht rückgängig machen«, flüstert sie.

»Unterschätz mich nicht. Hiermit mache ich es rückgängig, okay?«

»Ich werde immer wissen, was du dir wünschst, und was ich dir nicht geben kann«, erwidert sie, und eine Träne kullert über ihre Wange.

»Das ist doch Schwachsinn. Ich wünsche mir, dass du deine verdammte Katze weggibst, und das wirst du nicht tun, also haben wir schon solche Probleme …«

»Versuch nicht, einen Witz daraus zu machen«, faucht sie.

Neben uns blitzt ein grelles Licht auf, und als wir uns umdrehen, sehen wir den Hochzeitsfotografen ein Bild von dem Pärchen hinter uns machen. Als er sich uns zuwendet, legt Ama die Hände auf meine Schultern, als würden wir noch tanzen, und sieht an mir vorbei. Noch ein Blitz.

Ich starre sie an, präge mir alles an ihr ein. Meine Hand gleitet über ihre Hüfte und zieht sie näher. Sie lässt es zu.

»Das ist nie passiert«, flüstere ich ihr ins Ohr. »Du wirst nie wieder davon hören.«

Sie schweigt. Dann schüttelt sie leicht den Kopf. »Ich hätte mich nie mit dir einlassen sollen.«

Ihre Worte treffen mich wie eine Kugel zwischen die Augen. Ich beiße die Zähne zusammen, um mich davon abzuhalten, sie anzuschreien.

»Wir arbeiten zusammen«, fährt sie fort. »Das ist total unprofessionell. Das mache ich immer.«

Ich schnaube abfällig, was gemeiner klingt als beabsichtigt. »Du gehst immer halbjährige Beziehungen mit deinen Lieferanten ein?«

Sie zieht sich zurück, und ich halte sie nicht auf. Sie wirkt resigniert. »Ich bringe Geschäft und Privatvergnügen durcheinander. Ich baue Mist.«

Wut steigt in mir auf. »Spricht da Whitney aus dir?«

»Sie hat recht. Ich werde nie … ich werde diese Branche nie überleben, wenn ich nicht professionell sein kann.«

»Na großartig. Dann machen wir also Schluss, weil du eine bessere Hochzeitsplanerin werden willst.«

Ihr Blick ist eisig. »Wir machen Schluss, weil du mir einen Antrag gemacht hast. Und weil ich dich gar nicht erst hätte vögeln sollen. Das alles war ein Fehler.«

Diesmal löst sie sich ganz aus meinen Armen. Ich will nach ihr greifen, doch ich bin wie erstarrt.

»Ich muss die Aufräumarbeiten in der Küche beaufsichtigen«, murmelt sie, dann dreht sie sich auf dem Absatz um und verschwindet in der Menge.

Ich bleibe mit einer E-Mail in der Hand und der Erinnerung an ihre Wärme zurück.

Schließlich stopfe ich das Papier in meine Tasche und laufe in die entgegengesetzte Richtung.

25

AMA

Die Hochzeit

Am Samstag wache ich weinend auf. Einer dieser Träume, die man nicht ganz zu fassen bekommt, aber die einen zutiefst bestürzt zurücklassen. Ich lege mir eine Kühlkompresse auf die Augen, um die Schwellung zu lindern, und starte um sechs in den Tag.

Um sieben bekomme ich eine Nachricht von Mar:

Vergiss nicht Grandpas Schüssel, was auch immer das heißt.

»Fuck.« Erschüttert starre ich auf mein Handy.

Ich habe ihr gesagt, dass sie mir das heute texten soll. Und ich bin froh, dass ich es getan habe.

Die Wanne, in der wir beim Empfang das Craft Beer ausstellen werden. Passt sie zur restlichen Deko? Nein. Wird sie Kim Nguyen glücklich machen? Wir können es nur hoffen.

Darum muss ich mich heute Mittag kümmern, wenn ich vom Rose Garden zum Empfangssaal fahre, um den letzten Feinschliff zu beaufsichtigen. Zwar muss ich dafür einen zwanzigminütigen Umweg in Kauf nehmen, aber wie üblich habe ich nicht genug Hilfe. Jake und Sarah müssen im Rose Garden bleiben, Mar im Ballettstudio. Und ich stehe auf Abruf bereit, wenn eine der Bräute mich braucht.

Um acht Uhr bekomme ich eine Nachricht von Bea, die fragt, ob sie noch irgendetwas filmen kann, bevor die Crew zum Airbnb aufbricht, um dabei zu sein, wenn sich die Bräute für die Hochzeit fertigmachen. Ich schicke sie in den Rose Garden. Dort wird es mehr als genug Desaster geben, die sie einfangen können. Die gibt es immer.

Unsere Zutrittsgenehmigung für die Zeremonie im Rose Garden um vierzehn Uhr gilt erst ab elf, doch ich treffe schon eine halbe Stunde früher ein, starre den Park an, atme tief ein und aus und sage mir, dass alles perfekt laufen wird. Das Wetter ist wundervoll, frisch und sonnig. Hazel und Jackie sind pünktlich im Airbnb. Und als George und seine Crew von Michelangelo's Rentals die Stühle und Absperrpfosten liefern, geht auch der Aufbau reibungslos vonstatten.

Jake trifft um Viertel vor ein und entschuldigt sich für seinen Fehltritt gestern, indem er heute voll und ganz bei der Sache ist, und mehr kann ich nicht verlangen.

Als der Lieferwagen mit all den Blumen kommt, aber ohne Traubogen und ohne Elliot, geht zum ersten Mal etwas schief. Ich frage seinen Cousin Ben, wo er ist, doch er erklärt achselzuckend: »Er hat mir nur gesagt, ich soll herkommen und dich fragen, wo alles hin soll.«

Mein Puls schießt in die Höhe, doch ich lasse Ben und Jake mit dem Blumenarrangement anfangen. Ich warte noch bis zwanzig nach, bevor ich Elliot texte.

Alles gut?

Er schreibt fast sofort zurück.

Gib mir noch 10 Min

Nervös kaue ich auf der Innenseite meiner Wange. Elliot kommt nie zu spät. Ich denke an die dunklen Ringe unter seinen Augen und wie schnell er bei meinem Interview die Beherrschung verloren hat. Er hat mir immer gesagt, dass ich einen Assistenten brauche, doch jetzt ist er es, der Hilfe braucht.

Fünfzehn Minuten später fährt sein Truck vor, ein Traubogen stolz auf der Ladefläche thronend wie ein Streitwagenfahrer. Jake eilt herbei, um beim Entladen zu helfen, doch Elliot schickt ihn weg. Vorsichtig bindet er den Traubogen los und hebt ihn herunter. Ich warte bei den Markierungen, mit denen ich gekennzeichnet habe, wo der Traubogen stehen soll, während er ihn langsam herüberträgt.

»Er ist wunderschön«, sage ich. Das ist keine Lüge, doch ich sehe ihn mir nicht genauer an. Ich bin zu beschäftigt damit, seinen Stresslevel abzuschätzen.

»Er ist temperamentvoll«, erwidert er.

»Hat er Probleme gemacht?«

»Er ist vor einer halben Stunde in der Mitte durchgebrochen.«

Mir bleibt fast das Herz stehen. Ich blicke zum obersten Punkt des Bogens auf, und erst da sehe ich den Riss. »Was brauchst du?«

»Nichts. Das kriege ich schon wieder hin. Bevor ich zum Empfang gehe, werde ich Spachtelmasse und Farbe besorgen, und wenn dann noch Zeit ist, fertige ich eine Stütze an.«

Ich nicke, als könnte ich das perfekte Bild sehen, das er zeichnet, und nicht die Horrorshow, wenn der Traubogen auseinanderbricht, während sich Jackie und Hazel das Jawort geben, und den Pastor aufspießt.

Ich werfe einen Blick auf die Uhr. »Ich muss los. Ich muss noch ein paar Erledigungen machen, also wenn du noch irgendwas brauchst …«

»Geh ruhig.«

Das lasse ich mir nicht zweimal sagen. Ich wirbele herum und eile zu meinem Auto. Es ist schon nach halb zwölf, und ich muss noch sicherstellen, dass die Pferde und Wagen rechtzeitig kommen werden, bei den Bräuten nach dem Rechten sehen und Mar anrufen, ob sie noch irgendetwas benötigt.

Als ich endlich auf dem Weg zum Haus von Jackies Großmutter bin, um die Schüssel abzuholen, hinke ich dem Zeitplan eine halbe Stunde hinterher und konnte nur ganz kurz beim Airbnb vorbeischauen. Das einzig Gute ist, dass Mar meinte, im Ballettstudio laufe alles perfekt.

Ich halte an der Adresse in Kim Nguyens Mail, die ich nur flüchtig überflogen habe. Ihre Mutter ist sicher nicht zu Hause, also suche ich in der Einfahrt nach der Schüssel. Als ich um die Ecke komme, bleibe ich wie angewurzelt stehen.

Ich finde keine Schüssel vor. Sondern eine Badewanne.

Mein Mund öffnet und schließt sich wieder. Ich kann keine Worte formen, und selbst wenn ich es könnte, bei wem sollte ich mich beschweren?

Ich hole mein Handy heraus und lese Kims Mail noch einmal, suche nach dem Wort *Wanne* und fluche laut, als ich sehe, dass sie tatsächlich von einer antiken Wanne geschrieben hat. Warum zur Hölle dachte ich, es gehe um eine Schüssel, die ich im Kofferraum meines Autos transportieren kann? Vielleicht war Kims ursprüngliche Beschreibung missverständlich? Hat sie mir nicht mit den Händen gezeigt, wie groß sie in etwa ist?

Jetzt kann ich sehen, dass sie erstens nicht auf den Tisch passen wird, den wir in der Nähe der Bar aufgestellt haben, und zweitens *ist es eine verdammte Badewanne*.

Ich massiere mir die Schläfe. »Okay. Okay.«

Wer immer sie in die Einfahrt gebracht hat, hat sie wenigstens auf dem Möbelroller stehen lassen, mit dem sie hertransportiert wurde. Das Schwierigste wird es sein, sie auf den Rücksitz meines Toyota Camry zu befördern.

Ich überfliege Kims Mail noch einmal.

Du wirst vier bis sechs starke Männer brauchen, um sie zu hochzuheben!

Ich schließe die Augen, hole tief Luft und beschwöre die Energie von vier bis sechs starken Männern herauf.

Zuerst laufe ich zu meinem Auto zurück und parke es ganz hinten in der Einfahrt. Wenn ich schon etwas derart Dämliches tue, werde ich bestimmt nicht zulassen, dass mich die gesamte Nachbarschaft dabei sieht. Ich fahre so dicht wie möglich an die Wanne heran und schiebe die Vordersitze weiter nach vorn. So könnte es klappen. Die Füße könnten ein Problem darstellen, doch ich glaube, die Wanne müsste auf den Rücksitz passen. Am besten wäre es, wenn ich sie umdrehen könnte, aber ich glaube nicht, dass ich das schaffe – so tollkühn bin ich dann doch nicht.

Ich rolle die Wanne auf dem Transportwagen zum Rücksitz und atme tief durch, um mich zu wappnen.

In diesen Sekunden stelle ich mir vor, wie ich im Empfangssaal aufkreuze und dem Catering-Team je fünfzig Dollar zahle, damit sie mir beim Ausladen helfen. Ich stelle mir vor, wie Mar und ich den Barbereich umräumen, um Platz für die Wanne zu schaffen, und sie vielleicht erhöht aufstellen, damit die Leute sich nicht runterbeugen müssen, um sich eine Flasche zu nehmen.

Aber ich stelle mir auch vor, die Wanne einfach hier stehenzulassen und mich um Wichtigeres zu kümmern. Und das enttäuschte Gesicht von Kim Nguyen, die im Vergleich zu Hazels Team eine wundervolle Brautmutter ist – Kim Nguyen, die mich nur um diese eine Sache gebeten hat, Kim Nguyen, die mir gesagt hat, ich solle nicht ohne vier bis sechs starke Männer kommen …

Ich ziehe meine High Heels aus, bücke mich und hieve das Ding nach oben.

Zunächst passiert nichts. Keinerlei Fortschritt. Und dann passieren zwei Dinge sehr schnell.

Die Vorderseite der Wanne hebt sich fast hoch genug, dass ich sie in mein Auto wuchten kann. Ein unbeschreibliches Triumphgefühl überkommt mich. Dann rutscht der Transportwagen, der sich unter dem Gewicht geneigt hat, *wodurch* die Wanne sich gehoben hat, unter der Wanne weg und rollt unter mein Auto.

Die Wanne donnert herunter. Und mein nackter Fuß befindet sich direkt unter ihr.

Ein solches Krachen habe ich nicht mehr gespürt, seit ich in der sechsten Klasse vom Fahrrad gefallen bin. Ein scharfer Schmerz schießt mir ins Bein. Ich schreie auf und falle neben meinem Auto auf den Arsch. Mit der Kraft einer Mutter, die einen SUV von ihrem Kind herunterhebt, drückt sich mein anderer Fuß gegen die Wanne, bis sie von meinem verletzten Fuß herunterrollt. Ich krabbele rückwärts und schnappe nach Luft, bis ich endlich wieder halbwegs klar denken kann.

Mein rechter Fuß ist rötlich verfärbt und schwillt schon an. Ich kann nicht mal die Zehen bewegen, ohne vor Schmerz aufzuschreien. Tränen strömen mir übers Gesicht, und ich beiße mir auf die Lippe, um ein Schluchzen zu unterdrücken.

Die Wanne … ist immer noch in perfektem Zustand, außer dass sie auf der Seite in der Einfahrt liegt statt in meinem Auto.

Aber ich? Ich kann nicht laufen. Ich kann nicht mal aufstehen. Mein Handy liegt im Auto. Zwar habe ich mein Headset im Ohr, aber damit kann ich niemanden anrufen, nur Anrufe entgegennehmen. Und die Hochzeit fängt in anderthalb Stunden an. Ich bekomme keine Luft, und da wird mir klar, dass ich hyperventiliere.

Ein Schluchzen entringt sich meiner Kehle, und ich drücke

die Hand auf den Mund, um die Nachbarn nicht zu alarmieren, bis ich mir ganz sicher bin, dass ich das will.

Ich lasse mich auf den Rücken sinken und starre zum Himmel hoch, sehe zu, wie die Wolken langsam vorüberziehen, und stelle mir vor, ich wäre dort oben.

Tief ein- und ausatmend versuche ich, meine Optionen abzuwägen. Ich könnte um Hilfe schreien. Dann würden die Nachbarn einen Krankenwagen rufen, und ich hätte immer noch einen gebrochenen Fuß und eine Wanne in der Einfahrt. Wenn ich ins Krankenhaus fahre, verpasse ich die Hochzeit.

Oder ich schleppe mich irgendwie zu meinem Handy und sehe dann weiter.

Ich drehe mich auf die Seite und versuche, mich auf Hände und Knie aufzurichten. Schmerz durchzuckt meinen Fuß, obwohl ich ihn nicht belaste. Ich schaffe es nur wenige Meter weit, bevor ich anhalten muss, und bin schon jetzt völlig außer Atem, als wäre ich einen Marathon gelaufen.

Wieder lasse ich mich auf den Rücken sinken und lege meinen Fuß auf dem Wannenrand hoch. Ich fange an zu zittern, als mir klar wird, was das bedeutet. Die Hochzeit fängt in anderthalb Stunden an, und wenn nicht noch ein Wunder geschieht, werde ich sie verpassen. Die Hochzeit meines Lebens. Das Budget meiner Träume. Die Filmcrew, die Aufmerksamkeit aus Los Angeles, die einmalige Chance für Elliot.

Tränen strömen mir über die Schläfen in die Haare. Noch eine Minute, dann werde ich versuchen, auf die Beine zu kommen.

In meinem linken Ohr erklingt eine vertraute Melodie, und ich wimmere erleichtert, als mir klar wird, dass mich jemand anruft. Ich tippe an mein Headset. »Ja, wer ist da?«

»Ich brauche Spachtelmasse«, sagt Elliot kurz angebunden wie immer. Ich unterdrücke ein Schluchzen. »Ich hab keine mehr.

Kannst du welche besorgen, oder bist du schon zurück im Rose Garden?«

»Ich … ich bin nicht … Elliot, ich brauche Hilfe.«

Am anderen Ende der Leitung herrscht Schweigen. Ein Zittern durchläuft mich bei dem Gedanken, dass ich die Verbindung verloren habe. Dann sagt er: »Wo bist du? Was ist passiert?«

»Ich … ich bin beim Haus von Jackies Großmutter, und ich hab mich verletzt. Ich kann nicht … ich kann nicht laufen, ich kann nicht fahren.«

»Schick mir die Adresse.«

»Ich komme nicht an mein Handy. Ich kann nur über mein Headset telefonieren. Aber ich bin am Titan Court, in Tahoe Park.« Ich höre den Motor seines Trucks starten und gerate in Panik. »Warte. Geh in den Rose Garden und sag Jake …«

»Nein, ich hole dich ab.«

»Elliot, die Hochzeit …«

»Ohne uns kann sie nicht stattfinden, also werden wir wohl zu spät kommen.«

Ein Schluchzen bricht aus mir hervor. »Ruf … ruf Mar an. Sag ihr, sie soll schon mal ins Airbnb gehen. Und wir brauchen noch mindestens drei starke Männer. Ist die Ladefläche deines Trucks voll?«

»Was?«

»Ich wollte etwas abholen, aber es ist zu schwer. Wer kann herkommen, um es zu verladen?«

»Meine Güte, Ama.«

Beim Klang meines Namens stoße ich ein tränenersticktes Keuchen aus, denn die Art, wie er ihn ausspricht – »Emma –, verrät ihn.

Dann fragt er: »Wie schwer und wie wichtig ist es?«

»Es ist eine Badewanne. Eine verdammte Badewanne. Und wahrscheinlich ist sie überhaupt nicht wichtig, aber es muss perfekt werden, Elliot. Ich bin so nah dran. Sie ist für Jackie, und du weißt, wie viel von dieser Hochzeit von Hazels Agentin und Hazels Reality-Show in Beschlag genommen wurde.« Meine Stimme bricht, und ich ringe nach Luft. »Die Hochzeit ist völlig außer Kontrolle. Es fühlt sich kaum noch nach ihrer Hochzeit an.«

Er schweigt einen Moment, dann sagt er: »Na schön.«

Im nächsten Moment ist die Leitung tot, und ich bin wieder allein. Ich setze mich auf und manövriere mich an der Seite des Autos hoch, bis ich auf einem Bein stehe. Mein Fuß pocht, und das entsetzliche Krachen geht mir nicht aus dem Kopf.

Nach einer gefühlten Ewigkeit klingelt mein Headset erneut. Ich tippe es an. »Elliot?«

»Nein, ich bin's, Mar. Was ist passiert?«

»Ich glaube, ich hab mir den Fuß gebrochen. Ich kann nicht laufen.«

Sie flucht. »Das … das ist halb so schlimm. Wer muss schon laufen? Wir werden dir Krücken besorgen, und damit hat es sich. Vielleicht kann Elliot sie mit Blumen verzieren, dann bist du startklar.«

»Bist du auf dem Weg zum Airbnb?«

»Ja«, antwortet Mar. »Was soll ich ihnen sagen?«

»Nichts. Rein gar nichts. Wenn sie wissen wollen, warum ich nicht da bin, erzähl ihnen irgendwas über Probleme am Veranstaltungsort, aber was du auch tust, erreg nicht die Aufmerksamkeit der Filmcrew.«

Sie seufzt, und ich kann mir vorstellen, wie sie sich die Stirn reibt. »Ja, okay.«

»Und Mar? Wohnt Michael nicht in Tahoe Park?«

»Mein Ex Michael? Dein Ex-Stiefbruder?«

»Er wohnt hier, oder?«

»Ama, was immer du vorhast, tu das nicht.«

»Hey, ich hab sechs Monate lang mit meinem Ex zusammengearbeitet. Du meintest, es wäre ›professionell‹ …«

»Wag es bloß nicht«, faucht sie.

»Bitte frag ihn einfach, ob er in den nächsten zehn Minuten herkommen kann.«

»Das ist echt gehässig, selbst für deine Verhältnisse.«

Ich lächle. »Versprich ihm, dass du ihm zum Dank einen bläst.«

Sie legt auf. Endlich entdecke ich mein Handy auf dem Beifahrersitz und will mich gerade danach ausstrecken, als ein schwarzer Truck vorfährt. Drei Leute springen heraus – Elliot und meine einzigen beiden Assistenten für die Hochzeit: Jake und Sarah.

»Nein, nein, wir brauchen einen von ihnen im Rose Garden.«

Sarah macht eine Kaugummiblase und lässt sie platzen. »Ich bin fertig. Ich hab dem Cello-isten gesagt, dass er uns anrufen soll, wenn irgendwas Seltsames passiert.«

Ich schließe entnervt die Augen, während Jake ihren Aussprachefehler korrigiert.

Elliot eilt direkt zu mir und läuft ohne einen zweiten Blick um die Wanne herum. Er geht vor mir in die Hocke, und ich presse die Lippen zusammen, damit sie nicht zittern. Behutsam berührt er mein Fußgelenk, doch schon beim leichtesten Druck ziehe ich scharf die Luft ein.

»Kannst du auftreten?«, fragt Jake.

Ich schüttle den Kopf. »Danke, dass ihr gekommen seid«, sage ich zu meinen Ex-Stiefgeschwistern. »Hoffentlich ist noch jemand auf dem Weg hierher. Wir müssen die Wanne nur irgendwie in Elliots Truck bekommen. Irgendwo unter meinem Auto ist ein Transportwagen.«

Jake sucht danach, während Sarah ein Foto von meinem Fuß macht. Ich wende mich an Elliot. »Mir geht's gut. Wir können den Truck beladen, und dann kann ich bestimmt das Gaspedal mit dem linken …«

»Ich bringe dich ins Krankenhaus.«

»Nein. Die Hochzeit fängt bald an. Und wir müssen noch Spachtelmasse besorgen, oder?«

»Jake wird meinen Truck nehmen. Und ich bringe dich ins Krankenhaus. Ende der Diskussion.«

»Elliot.« Ich sehe ihm fest in die Augen. »Das ist keine Option.«

In diesem Moment ruft jemand: »Äh, hey? Ist Ama hier?«

Ich werfe einen Blick über mein Auto und sehe Michael. Genauso muskulös, wie ich ihn in Erinnerung habe.

Auf einem Bein stehend winke ich ihn herüber. »Danke, dass du gekommen bist! Wir brauchen nur deine Hilfe, um etwas Schweres zu heben, dann belästigen wir dich nicht weiter.«

»Setz dich«, sagt Elliot und legt mir die Hand auf die Schulter. Ich streife sie ab und lächle Michael strahlend an, obwohl ich wahrscheinlich aussehe wie jemand, deren Karriere vor ihren Augen zugrunde geht.

Jake hat den Transportwagen und sieht sich skeptisch die Höhe der Ladefläche und die sehr schwere Wanne an.

Ich stütze mich auf das Autodach und hüpfe zu ihm hinüber. »Ich helfe euch, sie auf …«

Die Schwerkraft kehrt sich um, und plötzlich hänge ich in der Luft. Warme Arme haben mich von den Füßen gerissen – im wahrsten Sinne des Wortes –, und Elliot trägt mich wie ein Bräutigam die Braut um mein Auto zum Beifahrersitz.

»Spar dir deine Kräfte auf«, sage ich, weil mir nichts Intelligentes einfällt. »Die Wanne ist schwer.«

Mit grimmigem Blick zieht er die Tür auf und setzt mich sachte ab. Als er die Tür hinter mir zumacht, hole ich tief Luft und danke Gott, dass ich wenigstens mein Handy wiederhabe.

Auf dem Display werden zwanzig Nachrichten von Bea, Jackie, Hazel und Mar angezeigt. Zuerst rufe ich Jackie an, leite den Anruf auf mein Headset um und sehe durch die Windschutzscheibe zu, wie Elliot und eine kleine Armee meiner Stiefgeschwister den Truck rückwärts in die Einfahrt fahren und sich bereitmachen, die Wanne hochzuheben. Als Jackie rangeht – »Ama! Ist alles okay? Mar hat gesagt, es gab Probleme im Ballettstudio« –, zucke ich zusammen, so nervös beobachte ich, wie Elliot und Michael die Wanne von unten hochwuchten, während Jake ihnen von der Ladefläche aus hilft. Sarah hält mit gelangweiltem Gesicht den Transportwagen fest.

»Hi, ja, alles okay! Ich bin jetzt auf dem Rückweg – braucht ihr noch irgendwas?«

»Nein«, sagt Jackie, doch sie zieht das Wort in die Länge, was mir verrät, dass sie lügt. »Ich bin nur … Gott, das klingt so dumm, aber ich könnte deine beruhigende Präsenz echt gut gebrauchen.«

Die Männer knurren vor Anstrengung, Elliot ruft Michael zu, auf die Ladefläche zu springen und Jake zu helfen, und ich stoße ein ängstliches Keuchen aus, als Elliot allein unter der Wanne zurückbleibt.

»Ama?«

Ich schließe die Augen. »Jackie, du hast absolut recht. Ich sollte bei dir sein. Ich wünsche mir nichts mehr, als dass du vor deiner Hochzeit ruhig und glücklich bist. Gib mir zehn Minuten, dann bin ich sehr gerne dein Cannabis-Gummibärchen, okay?«

Jackie lacht. »Als Regierungsangestellte habe ich natürlich keine Ahnung, wovon du redest, aber ich weiß das Angebot zu schätzen.«

Ich verabschiede mich und lege auf, und als ich die Augen wieder aufmache, steht die Wanne auf der Ladefläche von Elliots Truck, und die Männer sind nicht tot. Ich öffne die Tür und bedanke mich überschwänglich bei ihnen.

Michael ist total verschwitzt und starrt die Wanne böse an. »Ich hoffe, sie heiraten in der Wanne.«

Ich lächle matt. »Darin wird das Craft Beer für den Empfang gelagert.« Sein böser Blick richtet sich auf mich. »Natürlich werdet ihr alle einen Sixpack bekommen, als Dank, dass ihr mir eure Sixpacks zur Verfügung gestellt habt. Dabei fällt mir ein …« Ich bedeute Elliot, näher zu kommen. »Die Wanne muss aufs Dach. Die Treppe hoch.«

Er mustert mich grimmig, dann wendet er sich an Michael. »Michael, richtig?« Er schüttelt ihm die Hand. »Ama hat mir gerade gesagt, dass sie dir hundert Dollar gibt, wenn du uns hilfst, dieses Ding zu entladen.«

Ich öffne den Mund, schließe ihn jedoch gleich wieder und ringe mir ein Lächeln ab. »Jepp.«

Michael willigt ein, und Elliot redet kurz mit Jake und gibt ihm seinen Autoschlüssel. Michael kommt zu mir herüber und geht in die Hocke.

»Die Wanne ist dir auf den Fuß gefallen?«, fragt er, und da erinnere ich mich, dass er Medizin studiert hat. »Kannst du ihn belasten?«

»Nein.«

Er zieht scharf die Luft ein und schüttelt den Kopf. »Der sollte so schnell wie möglich eingegipst werden«, sagt er gerade, als Elliot in Hörweite kommt.

»Das werden wir«, meint Elliot und klopft ihm auf die Schulter. »Danke für deine Hilfe.«

»Ja, vielen Dank«, schließe ich mich an. »Sag mir Bescheid, wenn ich irgendwas für dich …«

Bevor ich den Satz beenden kann, schlägt Elliot die Tür wieder zu. Ich starre ihn wütend an, als er Jake und Sarah zum Abschied zuwinkt. Dann rufe ich Mar an.

»Wie läuft's?«, frage ich, sobald sie rangeht.

»Erstaunlich gut«, antwortet sie. »Für eine Hochzeit ohne Hochzeitsplanerin läuft es wirklich ausgezeichnet.«

»Okay, ich bin unterwegs. Michael hat sich richtig ins Zeug gelegt, also überleg dir, ob du nicht doch wieder mit ihm zusammenkommen willst, ja?« Sie stöhnt, und ich rede schnell weiter: »Außerdem ist er mit Jake und Sarah auf dem Weg zum Ballettstudio. Danke, bye!«

»Ama, *was* …?« Ich lege auf.

Elliot öffnet die Fahrertür, steigt ein und streckt die Hand nach dem Schlüssel aus. Ich drücke ihn an die Brust.

»Wir fahren zum Rose Garden«, sage ich.

»Nein, wir fahren ins Krankenhaus.«

»Elliot.«

»Ama, gib mir den Schlüssel!« Seine Stimme hallt in meinem kleinen Auto wider und lässt mich erschrocken zusammenzucken. Ich gebe ihm den Schlüssel. Er schiebt den Sitz zurück, damit seine langen Beine genug Platz haben, und startet den Motor. Auf dem Armaturenbrett leuchten alle Warnsignale auf. »Soll das ein Witz sein?!«

»Es fährt noch! Alles gut!«

Kopfschüttelnd fährt er aus der Einfahrt. Zu meiner Bestürzung biegt er nach links ab – weg vom Rose Garden. Mein Fuß pocht, und ich rechne schnell nach, wie viel Zeit wir noch haben. Mein Herz krampft sich zusammen, als mir klar wird, dass ich es nicht rechtzeitig schaffen werde. Wenn wir ins Krankenhaus fahren, werde ich zu spät kommen. Doch ich weiß, dass er nicht umdrehen wird.

Mir ist schwummrig. Das Einzige, was mich erdet, ist der Schmerz in meinem Fuß. Wie kann die Zeremonie ohne mich stattfinden? Ich bin die Einzige, die sie organisieren kann, weil ich die Einzige bin, die alle Details kennt. Ich weiß nicht mal, ob Jake einen aktuellen Ablaufplan hat …

»Die Hochzeit wird schon werden.« Elliot Stimme schwebt zu mir herüber und ankert mich. »Aber erst mal musst du wieder werden.«

Ich drehe den Kopf, um ihm zu widersprechen, stocke jedoch, als ich seinem Blick begegne. Seine Augen sind dunkel und fokussiert, und ich falle in sie hinein.

»Du bist wichtiger als die Hochzeit, Ama.«

Da irrt er sich, und dennoch erfüllen seine Worte meinen Bauch mit Schmetterlingen und meinen Kopf mit wundervollen Gedanken.

Ich sehe die Stadt am Fenster vorbeirauschen, als wir uns dem Krankenhaus nähern, und lausche seinem Atem in der Stille.

26

ELLIOT

Zwei Jahre, neun Monate, eine Woche und einen Tag zuvor
Silvester

Wie in Trance wandele ich durch den Sutter Club. Hier gibt es viele Ecken, Türen und Orte, an denen man verschwinden kann, doch ich laufe im Kreis und versuche zu begreifen, was gerade geschehen ist.

Ich habe Ama einen Antrag gemacht.

Ich habe ihr einen Antrag gemacht, und sie hat sich von mir getrennt.

Sie hat sich von mir getrennt, aber auch Zweifel in mir ausgelöst, ob wir je wirklich zusammen waren.

Und ich bereue es mit jeder Faser meines Wesens. Hätte ich mich nicht damit zufriedengeben können, dass sie mir ihre Liebe gestanden hat? Musste ich noch hundert Schritte weitergehen?

Ich rufe sie zwanzigmal an. Ich texte ihr. Wenn ich nur lange genug im Sutter Club herumlaufe, werde ich sie finden. Wir sind auf einer ihrer Hochzeiten. Sie muss hier irgendwo sein.

Als ich an der Tanzfläche vorbeikomme und nach ihr Ausschau halte, sieht mich meine Mutter. Ich winke ihr zu und gehe weiter. Ich bin schon im nächsten Raum, als sie zu mir aufschließt.

»Was ist los?«, fragt sie.

Mit einem Mal fühle ich mich wieder wie ein Kind. Ich fühle

mich elend, und sie ist ein Engel in Weiß, der alles besser machen wird. Ich weiß nicht, was ich sagen soll, denn *Ich habe ihr einen Antrag gemacht* klingt nun vollkommen lächerlich. Es klingt verrückt.

»Ich hab dich mit Ama tanzen sehen«, sagt sie und tritt einen Schritt auf mich zu. »Ihr seid ein hübsches Paar.«

»Nein, sind wir nicht.« Das offensichtliche »nicht mehr« lasse ich weg. Mom ist erstaunlich gut darin, mich nicht zu bedrängen und ihre Ansichten für sich zu behalten.

Doch ich kann es in ihrem Gesicht sehen – dasselbe Mitleid, wie als ich in der fünften Klasse mit blauen Flecken übersät nach Hause kam. Damals verwandelte sie sich in Senator Gilbert, versuchte, die Ungerechtigkeit ans Licht zu bringen, rief die Schule an, rief die Eltern meiner Mitschüler an.

Jetzt ist es nur Mitleid. Es gibt keine höhere Macht, an die sie eine Beschwerde richten kann. Kein Gesetz, das sie erlassen kann.

»Ist vielleicht besser so«, sagt sie nach kurzem Schweigen. »Schließlich arbeitet ihr zusammen.«

Ihre Worte treffen mich wie ein Schlag. Als hätten alle außer mir sehen können, dass es von Anfang an eine schlechte Idee war.

Der DJ ruft meiner Mutter zu, dass es Zeit ist, den Brautstrauß zu werfen, und ich schicke sie lächelnd weg. Doch sobald sie fort ist, lehne ich mich an die Wand und lasse meinen Tränen freien Lauf.

Ein heftiges Schluchzen schüttelt mich, als könnte ich die Leere in meiner Brust nie wieder füllen. Heute Morgen habe ich sie noch in den Armen gehalten, als sie schlief, und wusste, dass alles perfekt war. Ich hatte mich in ihr Leben gezwängt, aber es funktionierte. Doch ich habe es vermasselt.

Es tut so weh, dass ich keine Luft bekomme, und meine Kehle ist wie zugeschnürt, obwohl ich am liebsten schreien würde. Ich hole eins von Dads alten Stofftaschentüchern aus der Tasche und wische mir die Tränen aus dem Gesicht. Ich starre die eingestickten Initialen an und wünschte, er wäre hier, um mir zu sagen, was ich tun soll.

Als ich endlich wieder atmen kann, mache ich mich auf die Suche nach mehr Wein. Die ganze Nacht hoffe ich, ihr zu begegnen, doch sie kommt nicht zurück. Ich texte ihr immer wieder, räume alleine auf, als wäre das von Anfang an der Plan gewesen, und lüge für sie, wenn die Lieferanten nach ihr fragen.

27

AMA

Die Hochzeit

Elliot fährt mich zur Notaufnahme. Er ignoriert alles, was ich sage, selbst als ich ihn anflehe. Als er mich in einen Rollstuhl hebt, bin ich schon wieder am Handy und frage bei Vince nach, warum Jake meinte, die Pferde seien noch nicht da.

»Vince. Vince«, unterbreche ich ihn. »Willst du damit sagen, dass du nicht genug Puffer eingeplant hast, falls es Stau gibt? Willst du das damit sagen?«

Elliot fährt mich zur Rezeption, während ich mir Vinces Ausflüchte anhöre. Er schreibt meinen Namen und meine Daten auf, und ich hole meine Krankenkassenkarte heraus.

»Vince, tu einen Moment so, als wären wir zahlende Kundschaft. Tu so, als hätten wir nicht nur die Pferde, sondern auch noch all deine Heuwagen gemietet. Stell dir eine Welt vor, in der das der Fall ist, und schwing deinen Arsch in den Park.«

Ich lege auf und lächle die Krankenschwester an der Rezeption an. »Hi! Mit wie viel Wartezeit muss ich heute rechnen?«

Sie zieht eine Augenbraue hoch. »Süße, das ist kein Applebee's.«

»Verstehe. Ich meinte nur, wenn ich geröntgt werden muss, wie lange wird das ungefähr dauern?«

Stirnrunzelnd zeigt sie zum Warteraum, der verdächtig voll aussieht.

Elliot schiebt mich neben einen Stuhl und nimmt darauf Platz. »Entspann dich.«

»Die Hochzeit fängt in einer Stunde an.« Ich kann die Panik in meiner Stimme hören. »Das ist nicht entspannend.«

»Geh die Liste mit mir durch. Was musst du noch machen?«

Seine Stimme ist ruhig, und seine Augen sehen nur mich. Einen Moment versinke ich darin, und ich fühle mich an die Hochzeit seiner Mutter erinnert – wie er die ganze Nacht mit mir wachgeblieben ist, wie ich ihn gezwungen habe, sich meine gesamte To-do-Liste anzuhören, wie er es mir besorgt hat. Bei der Erinnerung zieht sich meine Kehle zusammen und Hitze steigt mir ins Gesicht.

»Ich muss Prioritäten setzen«, sage ich. »Der Traubogen ist wahrscheinlich kaputt. Der Florist muss zum Veranstaltungsort kommen und ihn reparieren.« Ich nörgele nicht weiter herum, sondern halte mich an die Tatsachen. »Ich muss sicherstellen, dass der Trauungsleiter da ist. Ich muss mir den Rose Garden noch ein letztes Mal ansehen. Ich muss …« Verzweiflung überkommt mich, als mir noch etwas einfällt. »Ich muss die Programme auf die Stühle legen.«

»Red weiter«, sagt er, und sein ruhiger Ton verhindert, dass ich die Nerven verliere.

»Ich muss bei Jackie und Hazel sein. Jackie bekommt Panik, das kann ich in ihrer Stimme hören. Mit Hazel habe ich seit gestern Abend nicht mehr geredet. Ich muss sicherstellen, dass die Filmcrew nicht ihre kostbare Zeit beansprucht und den Ablaufplan durcheinanderbringt.« Plötzlich kommt mir eine Idee. »Whitney! Ich könnte Whitney anrufen und sie fragen, ob sie jemanden entbehren kann.«

»Nein.« Seine Stimme ist kalt, seine Augen sind eisig. »Nein, sie wird dir nicht deinen großen Tag stehlen. Nur über meine Leiche, Ama.«

Das erschüttert mich. Mein Herz setzt einen Schlag aus, so eindringlich starrt er mich an.

»Red weiter«, sagt er nachdrücklich. Ich schlucke schwer.

»Ich muss mich vergewissern, dass Vince und die Pferde bereit sind. Ich muss den Empfangssaal checken. Dort war ich heute noch gar nicht. Ich muss mehr Eis holen, jetzt, wo ich weiß, dass die Schüssel eigentlich eine Badewanne ist. Ich muss die Wanne irgendwie erhöhen …«

»Erhöhen?«, fragt er, und da wird mir klar, dass er mich nicht nur beruhigt. Er hört aufmerksam zu.

»Die Schüssel hätten wir auf den Tisch neben der Bar gestellt. Wenn die Wanne auf dem Boden steht, müssen sich die Leute bücken oder bemerken sie vielleicht gar nicht erst. Sie muss besser sichtbar sein oder … ich weiß auch nicht.«

Er nickt. Ich hole tief Luft und fahre fort.

»Ich muss das Catering noch mal überprüfen. Ich muss bei George und Mar nach dem Rechten sehen. Ich hab ihnen gesagt, wie der Tisch gedeckt werden muss, aber ich muss es mir selbst ansehen.«

Er sagt mir nicht, ich solle ihnen vertrauen. Er sagt mir nicht, was ich von der Liste streichen soll. »Das sind alles Vorbereitungen. Was musst du während der Zeremonie machen?«

Die Erkenntnis, dass ich es vielleicht nicht rechtzeitig zur Zeremonie schaffen werde, sickert mir in die Adern. Ich atme zittrig ein, und Elliot legt mir die Hand aufs Knie. Die Berührung beruhigt mich für etwa zwei Sekunden, bis ich die Kratzer an meinen Knien und die Flecken auf meinem Kleid sehe.

»Ich muss mich umziehen.«

»Wir sind schon weiter«, sagt er. »Wir sind bei der Zeremonie.«

»Jake führt Hazel durch die Seitenstraße zur Rückseite des Gartens. Mar steht mit den Brautjungfern im Airbnb bereit. Ich gebe den Musikern das Einsatzzeichen. Ich gebe Mar ein

Zeichen für jede Brautjungfer. Dann gebe ich Jake und ihr das Zeichen, dass die Bräute sich aus entgegengesetzten Richtungen zum Zentrum des Gartens begeben sollen. Ich kümmere mich um die Musik. Ich kümmere mich darum, dass Jackies und Hazels Kutsche pünktlich kommt und kurz darauf die Kutschen für die Gäste. Ich bleibe, bis der letzte Gast eingestiegen ist, und dann wartet Sarah, bis George alles abgebaut hat, während Jake und ich zum Empfang …«

»Okay. Damit fangen wir an«, sagt er und steht auf. »Du rufst Jake wegen des Trauungsleiters an« – er zählt die Punkte auf meiner To-do-Liste an den Fingern ab –, »dann rufst du Mar wegen des Zeitplans für die Hochzeitsparty an und zu guter Letzt rufst du Vince noch einmal an. Solange fahre ich zum Rose Garden, um den Traubogen zu reparieren. Ich werde Ben mit der Badewanne beauftragen – dem Eis und der Erhöhung.« Er hält einen Moment inne. »Was angesichts deines Zustands schon ziemlich ironisch ist.«

Ich schnaube amüsiert, und etwas flackert in seinem Gesicht auf.

»Wenn du mit deinen Anrufen fertig bist«, fährt er fort, »wirst du mich anrufen und die Hochzeit von hier aus leiten.«

Mir wird flau im Magen – das ist doch völlig unmöglich. »Kann ich nicht einfach mitkommen?«

»Nicht, bis dich ein Arzt behandelt hat.«

Ich fühle mich wie betäubt. Alles, wofür ich sieben Monate lang gearbeitet habe – länger noch –, fällt in sich zusammen.

Elliot streckt die Hand aus, und ich denke, er will meine Wange umfassen, doch stattdessen nimmt er mir vorsichtig das Headset aus dem Ohr.

»Was machst du da?«

»Wenn ich heute der Hochzeitsplaner bin, brauche ich das Hochzeitsplaner-Headset.«

Das Ganze hat etwas sehr Heldenhaftes an sich. Er wirft mir noch einen letzten Blick zu, dann marschiert er entschlossen auf die Glasschiebetür zu. Mein Herz schlägt höher – vielleicht können wir es doch schaffen. Vielleicht wird es so sein wie früher, als wir zusammen Magie gewirkt haben.

Plötzlich dreht Elliot sich um und kommt zu mir zurück. O nein, ist etwas passiert?

»Wie …?« Er starrt das Headset verwirrt an. »Wie benutze ich dieses Ding?«

28

AMA

Die Hochzeit

Der Trauungsleiter ist da. Die ersten Gäste sind schon zwanzig Minuten früher eingetroffen – diese Arschlöcher … Mar sagt, die Bräute liegen im Zeitplan, aber Jackie ruiniere ihr Make-up immer wieder mit ihrem Heulen. Ich will sie gerade anrufen, als Vince sich endlich meldet.

»Wir sind da«, grummelt er.

»Super. Kann ich bitte mit dem Fahrer der Brautkutsche sprechen?« Ich teile dem Fahrer mit, wann er da sein muss und wie ich ihn benachrichtigen werde, wenn es so weit ist.

Bea ruft immer wieder an, doch ich ignoriere sie. Sie hinterlässt eine Voicemail, und ich überfliege ihre Nachricht:

> Ich will nur meine Unterstützung anbieten. Ich weiß, du denkst wahrscheinlich, wir wollen nur eine gute Story filmen, aber wenn du Hilfe brauchst, gib Bescheid. Die Hochzeit liegt mir wirklich am Herzen.

Ich beiße mir auf die Lippe und überlege, was ich mit diesem Angebot machen soll.

Während ich noch auf mein Handy starre, bekomme ich eine Benachrichtigung von Instagram. Hazel Renee geht live. Ich klicke auf das Video und sehe ihr schönes Gesicht.

»Heute ist mein Hochzeitstag!«, kreischt sie. »Leider kann ich euch unsere Hochzeitsoutfits nicht zeigen, aber nur damit ihr es wisst, wir sehen verdammt heiß aus. Ich bin total aufgeregt, und Jackie sicher auch. Alles ist …« Sie blickt sich in dem leeren Raum um, in dem sie sich befindet. Ich erkenne ihn als das obere Stockwerk des Airbnb wieder. »Alles ist echt toll, aber niemand weiß, wo unsere Hochzeitsplanerin abgeblieben ist.« Sie lacht.

Mein Magen krampft sich zusammen. Mein Mund öffnet sich, doch kein Ton kommt heraus.

»Das ist merkwürdig. Aber ich schätze, sie ist beschäftigt oder so.«

Ich bekomme keine Luft. Meine Zunge ist staubtrocken. Ich fasse es nicht, dass sie gerade … Millionen ihrer Follower gesagt hat, dass ich an ihrem Hochzeitstag nicht aufzufinden bin. Den Followern, denen sie die letzten Monate begeistert von mir erzählt hat.

Ich schließe Instagram und starre an die Wand. Mein Handy klingelt – hoffentlich ist es Elliot.

Whitney Harrison ruft an …

Ich fühle mich wie ein Kind, als ich auf Annehmen drücke. »Hi.«

»Ama? Ich hab gerade etwas Seltsames auf Instagram gesehen …«

»Ja. Ich hab es auch gesehen. Ich … ich bin im Krankenhaus.«

»Oh, Ama. Ama, ist heute nicht dein großer Tag? Das kann doch nicht wahr sein!«

Ich schlucke schwer. Sie spricht aus, was ich denke. »Ich … mache mich ganz bald auf den Weg. Sobald ich geröntgt wurde.«

»Ama«, sagt sie leise, und es klingt, als hätte sie ein anderes Zimmer betreten. »Wenn es nur ein gebrochener Knochen ist, weiß ich nicht, was das Theater soll. Hol dir eine Armschlinge, Krücken oder was auch immer. Warum bist du im Krankenhaus, um dich röntgen zu lassen?«

»Ich … ich weiß nicht. Ich bin …«

»Brauchst du mich im Rose Garden? Ich kann gleich hinfahren und mich um alles kümmern.«

Ich blinzle. Plötzlich habe ich einen dicken Kloß im Hals. »Hast du heute nicht schon vier Hochzeiten?«

»Nun, ich habe eine heute Abend. Ich habe dir doch meinen Terminplaner gezeigt, weißt du nicht mehr? Heute steht sonst nichts an.«

Mir kommen die Tränen. Ich will schreien. Ich will sie fragen, warum sie mich sabotiert hat. Doch ich will sie auch bitten, in den Rose Garden zu fahren. Denn Jackie und Hazel brauchen eine Hochzeitsplanerin.

Mein Handy klingelt erneut. Elliot ruft an. Unwillkürlich erinnere ich mich an seinen Gesichtsausdruck, als ich vorgeschlagen habe, Whitney um Hilfe zu bitten, und wie überzeugt er war, dass sie mich nur benutzt. Ich brauche sie nicht. Ich habe ihn.

»Whitney, ich muss los. Danke für das Angebot, aber wir haben alles unter Kontrolle.«

Ich beende ihren Anruf und nehme Elliots an.

»Ich bin da«, sagt er. »Ich werde den Traubogen reparieren, und dann musst du mir sagen, was zu tun ist.«

»Okay.«

Ich höre ihn herumlaufen, die Tür seines Lieferwagens zuschlagen, die Geräusche im Park. Das … Schnattern?

»Ama, hier sind Gänse.«

»Verdammt. Sag Jake, er soll sie vertreiben.«

Schon fünf Minuten später verkündet Elliot, dass der Traubogen repariert ist. Ich behalte meine Uhr im Auge. Die Zeit drängt. Ich sage ihm, wie er die Programme hinlegen soll – »leicht angewinkelt, Elliot« –, und er stimmt grummelnd zu, aber ich habe den Verdacht, dass er sie schnellstmöglich auslegt.

Durch das Telefon höre ich jemanden seinen Namen rufen und fragen: »Wo ist Ama? Was ist los?« Bea.

»Alles okay. Ihr ist etwas dazwischengekommen, aber wir haben es unter Kontrolle«, antwortet Elliot kurz angebunden.

»Okay. Können wir ihr ein paar Leute schicken? Ganz gleich, was los ist, wir können helfen oder es zumindest ins Programm ...«

»Nein.«

»Also gut«, sagt Bea. »Ich weiß, dass ich mit Ihnen keinen Vertrag habe, sondern mit Ama, aber wir müssen die Höhen und Tiefen dieses Tags filmen.«

»Es ist mir scheißegal, was ihr filmt«, erwidert Elliot. »Die Hochzeit hat für mich erste Priorität. Zweitens muss ich mich um die Blumen für diese Hochzeit kümmern.«

»In Ordnung, Mr Bloom ...«

»Wollen Sie wissen, wo Sie und Ihre Kameras auf meiner Liste stehen? Ganz unten. Vielleicht auf dem zwanzigsten Platz. Auf dem einundzwanzigsten, wenn es bei dieser Hochzeit ein Blumenmädchen gibt.«

Ich lache schnaubend. »Dir mangelt es an Feingefühl, Mr Bloom.«

Ich höre ihn keuchen – wahrscheinlich läuft er so schnell wie möglich vor Bea weg. »Ich gehe jetzt zum Airbnb.«

»Okay, frag Mar, ob im Empfangssaal alles in Ordnung ist.«

»Wird gemacht.«

Es ist seltsam, ihm bei ganz normalen Sachen zuzuhören, seine Stimme im Ohr zu haben, während er herumläuft oder über den Verkehr schimpft. Es ist intim, und irgendwie vermisse ich es, obwohl ich es nie wirklich hatte.

»Ama, die Bullen sind hier.«

Verdattert blinzle ich den Mann mir gegenüber an, der ein

blutiges Handtuch an seinen Ellbogen drückt. »Ähm, okay. Frag sie, was los ist.«

»Officer«, sagt Elliot. »Ich bin Elliot Bloom. Ich habe hier vorübergehend das Sagen. Kann ich Ihnen helfen?«

»Mr Bloom«, ertönt eine schroffe Stimme. »Haben Sie eine Genehmigung für die Sperrung der Straße?«

Mit einem erschrockenen Keuchen greife ich nach meiner Gürteltasche – wo die Genehmigungen sicher verstaut sind. »Fuck.«

»Ja, selbstverständlich«, antwortet Elliot gelassen, »ich kann sie gleich holen. Dürfte ich fragen, ob es ein Problem gibt oder Sie einfach nur nach dem Rechten sehen?«

»Wir wurden informiert, dass die H Street gesperrt wird, aber nicht der McKinley Boulevard. Könnte nur eine Fehlkommunikation sein, aber ich würde gern die Genehmigung sehen.«

»Natürlich. Ich telefoniere gerade mit der Event-Koordinatorin. Ich frage bei ihr nach. Ama?«

Das Gesicht in den Händen vergraben murmle ich: »Ich habe sie bei mir. In meiner Gürteltasche.«

»Officer, unsere Koordinatorin hat sie. Sie ist unterwegs«, lügt er. »Ich laufe nur schnell zum Auto und …«

»Entschuldigung, Mr Bloom, ich muss die Genehmigung sehen, sonst müssen Sie den McKinley Boulevard räumen.«

»Würde ein Foto von der Genehmigung ausreichen?«

Der Polizeibeamte verneint die Frage wohl, denn Elliot sagt: »Ama, warte bitte kurz.«

Plötzlich ist die Leitung tot. Ich werfe einen Blick auf mein Handy, um zu sehen, ob er aufgelegt hat, aber der Anruf läuft noch. Hat er stumm geschaltet? Geht er einen heimlichen Deal mit den Cops von Sacramento ein? Will er nicht, dass ich von seinen Verbindungen zur Mafia höre?

In der Stille ruft eine Krankenschwester meinen Namen. Ich

winke ihr zu. Als sie sieht, dass ich nicht laufen kann, kommt sie herüber, um mich im Rollstuhl zu schieben.

»Wir bringen Sie jetzt in einen Untersuchungsraum.«

»Perfekt! Danke. Ich … ich habe gerade einen wichtigen Anruf angenommen. Ich muss aus der Notaufnahme eine Hochzeit organisieren. Kann ich währenddessen telefonieren?«

»Eine Hochzeit?« Ihre Augenbrauen schießen in die Höhe. »Wurden Sie vom Auto der Frischvermählten überfahren?«

»Das wäre echt peinlich, aber kann man so sagen«, antworte ich grinsend.

Sie fährt mich hinaus in die Lobby und den Korridor hinunter. »Sie können das Handy behalten, aber ich würde Sie bitten, den Anruf zu beenden, wenn die Ärztin hereinkommt, damit sie Sie untersuchen kann.«

Ich checke mein Handy – offenbar hänge ich immer noch in der Warteschleife. Dann höre ich plötzlich ein blechernes Geräusch. »Hallo? Elliot?«

»Mit wem spreche ich?«, fragt eine Frauenstimme.

Bevor ich eine Antwort stammeln kann, höre ich eine unbekannte Männerstimme: »Ich bin Officer Bell vom Sacramento Police Department.«

»Officer Bell«, sagt die Frau. »Guten Tag. Hier spricht Senatorin Laura Gilbert.«

Ich schlage die Hand vor den Mund. Als die Krankenschwester meine weit aufgerissenen Augen sieht, flüstert sie: »Ist die Braut weggelaufen?«

Ich schüttle den Kopf und höre Elliots Mom zu, ohne zu wissen, ob sie weiß, dass ich sie hören kann.

»Officer, wie ich gehört habe, gibt es Probleme mit einer Genehmigung. Ich weiß, dass Sie Ihren Job machen, und das weiß ich zu schätzen. Ich möchte nur wissen, was ich tun kann, um die Prozedur zu beschleunigen.«

Officer Bell räuspert sich. »Ah, Frau Senatorin. Nun ja, wir müssen die Genehmigung für die Straßensperrung sehen. Wir haben sie nicht in unseren Unterlagen.«

»Können wir Ihnen ein Foto von der Genehmigung schicken?«

»Äh, tut mir leid, Frau Senatorin …«

»Ich kann den Stadtdirektor anrufen und bestätigen lassen, dass sie im System ist. Ginge das?«

»Es … es ist Samstag, Ma'am.«

»Bitte nennen Sie mich Senator Gilbert. Soll ich den Stadtdirektor anrufen, damit Sie persönlich mit ihm sprechen können? Oder ich könnte Chief Adams vom Sacramento Police Department anrufen, um das zu klären. Ich habe ihrer beider Nummern.«

Ich kann mir vorstellen, wie Officer Bell sich seinen Stoppelbart reibt. »Ich … Nein, Frau Senatorin. Es gibt kein Problem. Ich werde Chief Adams selbst anrufen und ihn bitten, noch einmal im System nachzusehen.«

»Das ist wundervoll, Officer Bell. Es freut mich, das zu hören.« Laura legt auf.

Die Krankenschwester winkt mir zu, um mir mitzuteilen, dass die Ärztin gleich kommen wird. Ich gebe ihr einen Daumen hoch.

Elliot kommt zurück ans Telefon. »Ama? Bist du noch da?«

»Du musstest deine Moooom anrufen«, sage ich in neckischem Singsang.

»Du hast deine Genehmigungen vergessen«, erwidert er im selben Ton. »Ich bin jetzt beim Airbnb. Ist es unverschlossen?«

»Sollte es sein.«

Ich höre ihn anklopfen und die Tür öffnen. An seinem Ende der Leitung herrscht rege Aktivität. Leute fragen nach mir, dem Blumenarrangement, einem Beruhigungsmittel.

»Wo ist Hazel?«, fragt Elliot.

Ich höre, wie er sich einen Weg durch die Menge bahnt und die Treppe hinaufgeht. Dann klopft er an eine Tür.

»Hazel? Ama ist am Telefon und hat sich nach euch erkundigt.«

»O mein Gott, wo ist sie?«, höre ich Hazel fragen. Irre ich mich, oder klingt sie verärgert?

»Sie kümmert sich um ein Problem und delegiert andere Aufgaben an uns, um den Zeitplan einzuhalten.«

»Was für ein Problem?«

»Sag es ihr nicht«, ermahne ich ihn. Ich fühle mich schrecklich, weil ich ihre Hochzeit gefährdet habe, indem ich Kim Nguyens Mail nicht richtig gelesen habe, indem ich versucht habe, eine Badewanne allein hochzuheben, indem ich nicht genügend Assistenten eingestellt habe. An diesem Tag sollte sich alles um das Hochzeitspaar drehen, und ich habe schon so viel Theater um mich selbst gemacht. Ich will nicht, dass ihre Follower auch noch davon erfahren.

»Ihr ist in letzter Minute was dazwischengekommen, aber sie hat mir gesagt, ich soll zuerst zu euch kommen, weil sie weiß, dass sie euch vernachlässigt hat.«

»Also«, setzt sie an, hält jedoch inne. »Ja, mir geht's gut. Ich wünschte nur, ich wüsste, was los ist.«

Ich weise Elliot an, ihr zu sagen: »Du heiratest heute«, und er spricht mir nach. »Das ist los. Und lächle sie an.«

»Das ist los«, sagt er. »Und läch…«

»Nicht sie! Du sollst lächeln!«

»Und lächeln werden heute alle«, endet er lahm.

»O-kay«, höre ich Hazel sagen.

»Ama ist telefonisch erreichbar, wenn ihr sie braucht«, sagt er, und dann höre ich, wie sich die Tür schließt. »Wo ist Jackie?«, fragt er jemanden im Flur.

»Die letzte Tür!«

Noch ein Klopfen. Noch eine Tür öffnet sich.

»Elliot? Was ist los? Ist es schon Zeit für die Blumensträuße?« Die Panik in ihrer Stimme lässt meinen Blutdruck in die Höhe schießen.

»Wow. Jackie. Du siehst umwerfend aus«, sagt er, und ich kann es fast selbst sehen.

»Danke. Ich bin nur … Mein Gott, Elliot, wo ist Ama?!«

»Sag es ihr. Sag es ihr, aber nicht Hazel.«

Er räuspert sich. »Ama hat sich verletzt.« Sie stößt ein erschrockenes Keuchen aus. »Sie ist im Krankenhaus, um sich untersuchen zu lassen.«

Ein leises Schniefen ist zu hören, und ich schließe die Augen, als mir klar wird, dass Jackie schon wieder angefangen hat zu weinen. Hoffentlich hält Hazel Renees Fixierspray, was es verspricht.

»Hey, hey, ihr geht's gut«, versucht Elliot, sie zu beruhigen. »Jackie, wir haben alles unter Kontrolle. Du heiratest heute.«

»Mhmm«, murmelt sie. »Ich bin nur … Heute war echt stressig. Und Hazel wollte nicht, dass wir uns vor der Hochzeit sehen, obwohl ich sie gebeten habe, ob wir nicht vielleicht …« Sie unterdrückt ein Schluchzen. »Ich will nicht undankbar klingen – du und Ama habt so viel für uns getan, aber das fühlt sich nicht mehr wie meine Hochzeit an.«

Ich reibe mir die Nasenwurzel. »Verdammt.«

»Das verstehe ich«, sagt Elliot mitfühlend. »Das ist echt hart.«

»Und sie … sie macht Insta-Videos, statt mit mir hier zu sitzen und meine Hand zu halten. Und ich bin einfach … ich denke immer wieder, dass … Was, wenn das nicht das Richtige ist? Was, wenn ich eines Tages aufhöre, sie zu lieben?«

»Lass mich mit ihr reden«, sage ich. »Gib ihr das Headset.«

Ich höre Elliot an das Headset tippen, ein lauter Knall in meinem Ohr. »Jackie«, sagt er sanft.

»Elliot, lass mich mit ihr reden.«

Er tippt erneut ans Headset – vermutlich versucht er aufzulegen oder mich stumm zu schalten. Doch ich kann Jackie immer noch leise schniefen hören.

»So funktioniert das nicht«, sagt er. »Leute wie wir hören nicht einfach auf jemanden zu lieben.«

Ich halte den Atem an.

»Ich sehe doch, wie viel dir an Hazel liegt«, fährt er fort. »Wenn man jemanden liebt, der so in seinen Job vernarrt ist, hat man manchmal das Gefühl, als würde man nur die zweite Geige spielen – das weiß ich nur zu gut.«

Mein Herz schlägt schneller, und ich bleibe ganz still, flehe ihn innerlich an weiterzureden.

»Manchmal zählt man nur die Tage, die Stunden, bis man sich wieder nützlich machen kann«, sagt er. »Und wenn es je endet, Jackie?« Er senkt die Stimme. »Dann zählt man immer noch weiter. Die Monate, die seither vergangen sind. Die genaue Anzahl der Tage. Wie eine Auflistung der Momente, in denen man ihnen nicht wichtig war. Aber glaub nicht, dass du je aufwachen und sie nicht mehr lieben wirst.«

Ich bekomme keine Luft mehr. Meine Lunge versagt den Dienst, und ich kann nichts hören außer Elliot und meinem eigenen Herzschlag.

Plötzlich ertönt ein Klopfen an der Tür, und die Ärztin kommt herein. Ich hebe die Hand wie eine Ertrinkende und signalisiere ihr, bitte still zu sein. Sie sieht mich verwirrt an, und ich deute auf mein Handy und flüstere: »Tut mir leid.«

»Mein Gott«, sagt Jackie. »Elliot, ich hätte dich nicht drängen sollen, mit Ama auszugehen. Ich wusste nicht, dass du Kate immer noch liebst.«

Ich fühle mich, als wäre mir eine antike Wanne auf die Brust gefallen. Kate. Das Mädchen nach mir. Ist es möglich, dass er nicht über mich redet?

Er räuspert sich. »Es ist … ich wollte nur, dass du weißt, dass deine Liebe zu Hazel nicht einfach vergehen wird«, sagt er. »Es ist Jahre her, und trotzdem kann ich dir genau sagen, wie viele Tage vergangen sind, seit sie mich zum letzten Mal brauchte. Seit ich sie zum letzten Mal in den Armen gehalten habe.«

Ich ziehe scharf die Luft ein. Er meint mich. Da bin ich mir vollkommen sicher. Ich lege auf, denn ich habe alles gehört, was ich hören musste. Mit Tränen in den Augen sehe ich zu der Ärztin auf. »Entschuldigen Sie bitte, ich bin … Hochzeitsplanerin, und ich bin hier statt auf der Hochzeit.«

Die Ärztin ist eine ältere Frau mit freundlichen Augen. »Oh, haben Sie gerade die Ehegelübde gehört?«

Ich beiße mir auf die Lippe und nicke.

29

AMA

Die Hochzeit

Ich habe eine Haarfraktur am Mittelfußknochen, was auch immer das bedeutet. Die Ärztin ließ mich innerhalb von zehn Minuten röntgen, weil ich nicht aufhören konnte, darüber zu klagen, dass ich die gesamte Hochzeit verpassen würde.

Als ich auf dem Weg aus der Radiologie bin, ruft Elliot erneut an, und ich gehe noch einmal das Programm für die Zeremonie mit ihm durch. Er hat sich alles gemerkt, was ich ihm im Wartezimmer gesagt habe, und jetzt muss ich mich nur darauf verlassen, dass er weiß, wie man Musikeinheiten misst. Ich gebe ihm Einsatzzeichen, während mich die Krankenschwestern ins Untersuchungszimmer zurückfahren, und als ich sage: »Jetzt die Bräute«, sieht mich einer der Patienten im Flur an, als hätte ich den Verstand verloren. Sobald die Hochzeit anfängt, legt Elliot auf, um sich zu konzentrieren, und ich schicke ihm die Nummer vom Fahrer der Brautkutsche, damit er ihm im richtigen Moment das Signal zum Losfahren geben kann.

Die Ärztin stattet mich mit Krücken und einem Stützschuh aus und gibt mir einen Termin am Montag, um den Fuß eingipsen zu lassen. Ich nehme das Schmerzmittel, das ich von der Krankenschwester bekomme, und rufe ein Uber, während ich mir im Geschenkeladen des Krankenhauses flache Schuhe für meinen unverletzten Fuß kaufe.

Elliot schreibt in den Gruppenchat von Mar, Sarah, Jake und mir, dass die Brautkutsche unterwegs ist und die ersten Gäste gleich losfahren werden, also gebe ich als Zielort die Adresse des Empfangs ein. Als ich den Fahrer über die Straßensperrung um den Park informiere, meint er: »Das ist lächerlich.«

»Ich glaube, hier findet eine Hochzeit statt«, sage ich ganz unschuldig.

»Welches Genie hat sich das ausgedacht?«

Ich kneife die Lippen zusammen und starre aus dem Fenster, während er den Umleitungsschildern folgt.

Er fährt die Seitenstraße hinunter und setzt mich am Hintereingang ab, durch den die Caterer hereinkommen. Dann hilft er mir mit den Krücken, also werde ich ihm die Bemerkung verzeihen.

Während ich mühsam den Bordstein erklimme, hält Beas Van etwa zwanzig Meter von mir entfernt. Ich atme tief ein, um mich zu wappnen – wahrscheinlich werde ich mit meinen Krücken und meinem Stützschuh auf TLC landen. Die beiden Kameramänner und der Tontechniker springen heraus, holen ihr Equipment und eilen hastig hinein, bevor die ersten Gäste eintreffen. Ich greife gerade nach der Tür, als Bea vom Fahrersitz springt. Im selben Moment öffnet sich die Beifahrertür und heraus kommt Whitney Harrison.

Mir stockt der Atem. Sie trägt ihr blassblaues Kleid von Stella McCartney – ihr Lieblingsoutfit für Interviews oder wichtige Hochzeiten. Sie hat ein iPad in der Hand und ein Headset im Ohr. Sie redet geschäftig mit Bea, nickt und betrachtet die Hochzeitslocation mit messerscharfer Konzentration.

Sie sieht aus wie die Hochzeitsplanerin. Sie sieht aus wie Jackies und Hazels Hochzeitsplanerin.

Ich habe ihr gesagt, sie soll nicht kommen, und sie ist dennoch hier.

Meine Gedanken überschlagen sich, während ich versuche, wieder Atem zu schöpfen.

Bea sieht mich zuerst. Sie lächelt so erleichtert, dass ich nicht weiß, was ich denken soll. Während sie zu mir herübereilt, hält Whitney nach den ersten Gästen Ausschau.

»Ama, mein Gott!« Bea umfasst meinen Ellbogen, um mir auf den Bürgersteig zu helfen. »Was ist passiert?«

»Was macht Whitney Harrison hier?« Meine Stimme ist ausdruckslos. Als hätte sie meine Anwesenheit gespürt, wendet Whitney sich um, sieht mich und winkt mir fröhlich zu.

»Was … was meinst du damit?«, fragt Bea, und ihre Augenbrauen ziehen sich zusammen. »Sie meinte, du hättest sie angerufen, damit sie herkommt und die Hochzeit leitet.«

»Elliot hat die Hochzeit geleitet«, erwidere ich ungehalten.

»Ja, aber … na ja, Whitney hat sich um Hazel gekümmert. Sie hat sie mit Jake durch den Park begleitet, sie hat den ›Jetzt die Braut‹-Einsatz ausgeführt …«

Meine Krücken kommen mir bei meinem wütenden Marsch in die Quere, aber ich humpele entschlossen weiter, bis ich nur noch einen Steinwurf von Whitney entfernt bin.

»Was machst du hier?«, brause ich auf.

»Ama, ach du meine Güte«, sagt sie in süßlichem Ton. »Ist er gebrochen, Liebes?«

»Ich hab dir doch gesagt, dass ich alles unter Kontrolle habe. Ich hab dir gesagt, dass ich dich nicht brauche.« Whitney bedenkt mich mit diesem Blick, der sonst Bräuten vorbehalten ist, die nach einem günstigeren Paket fragen, als wollte sie sagen: *Wie gutgläubig kann man sein?*

»Ama. Offensichtlich brauchst du mich sehr wohl. Es war keine Hochzeitsplanerin da!« Sie lacht leise.

»Die Hochzeit wurde auch ohne dich perfekt organisiert …«

»Natürlich, Elliot hat sich gut geschlagen, obwohl er so wenig

Erfahrung hat, aber Hazel Renee war eindeutig nicht zufrieden mit dir.« Sie fasst nach meiner Schulter, doch ich zucke zurück. »Ama …«

»Warum hast du deine Lieferanten für heute ausgebucht?«

Sie legt den Kopf schräg. »Wovon redest du da?«

»Ich weiß, dass du für heute mindestens vier Hochzeiten gebucht hast – *nachdem* ich dir das Datum gesagt habe. Nachdem ich dich um Rat gebeten habe.«

»Ama, du hast meine Firma zu guten Bedingungen verlassen«, sagt sie schlicht. »Ich werde dich immer unterstützen, aber ich werde dir zuliebe keine Aufträge ablehnen. Nach unserem Gespräch hat sich mein Kalender gefüllt. Wie lange hast du gewartet, bevor du die Lieferanten kontaktiert hast? Wie lange sollte ich warten, bevor ich neue Termine vereinbare?«

Mir kommt die Galle hoch. »Was ist dann aus den vier Hochzeiten geworden? Du hast heute nur eine. Das hast du mir selbst gesagt.«

»Sie haben abgesagt.« Sie zuckt die Achseln. »Manche Dinge ändern sich eben. Irgendwann, wenn du in derselben Liga spielst wie ich, wirst du auch erleben, wie drei deiner Hochzeiten abgesagt werden – einfach so.« Sie schnippt mit den Fingern.

Ich glaube ihr nicht. Elliots Worte hallen in mir nach – er hat mir schon vor Jahren gesagt, dass sie meine Designs nachmacht, dass sie mich nicht gerecht bezahlt. Ich fühle, wie sich ihre Fingernägel in meinen Arm bohren, höre sie fauchen *Sei professionell!*, während meine Hand schmerzhaft pocht und mir die Tränen übers Gesicht strömen bei der Erinnerung an die Hand eines Fremden auf meinem Hintern. Klarheit überkommt mich, warm und fokussiert.

»Du hast recht«, sage ich leise. »Eines Tages werde ich wissen, wie es ist, vier Hochzeiten an einem Tag zu haben. Eines Tages werde ich wissen, wie es ist, so schnell ausgebucht zu sein, dass ich das Gespräch vergesse, das ich vor zwei Tagen geführt habe.« Ich nicke, und ein Lächeln breitet sich auf meinem Gesicht aus. »Denn ich komme, Whitney. Ich bin auf dem Weg nach oben, und nichts, was du tust, um mich zu sabotieren, wird mich aufhalten. Ich bin zehnmal so viel wert wie du. Ich war immer zehnmal so viel wert, und du fürchtest zu Recht, dass ich dir deinen Platz in der Branche streitig mache.«

Etwas verändert sich hinter ihren kühlen blauen Augen. Ich trete noch näher an sie heran, ignoriere den Schmerz, der in mein Bein fährt, und sage: »Jetzt halt dich verdammt noch mal von meiner Hochzeit fern.«

Whitneys Lippen sind schmal. Ihr Blick ist eisig. Doch ich habe keine Angst mehr vor ihr. Hinter mir ertönt das Trappeln von Pferdehufen, als die ersten Kutschen vorfahren. Erst jetzt sehe ich, dass eine von Beas Kameras auf uns gerichtet ist.

Whitney beugt sich zu mir, und ihre Stimme ist schneidend. »Du denkst, du könntest so mit mir reden? Deinen Erfolg verdankst du allein mir. Wie viele Kunden habe ich zu dir geschickt, und so dankst du es mir? Du denkst, du könntest mich aus der Branche verdrängen? *Meiner* Branche? Ich arbeite landesweit, während du auf Bachelorette-Partys rumhurst und mit meinen Lieferanten flirtest, um dieselben Rabatte zu bekommen.«

Mir bleibt der Mund offen stehen. Ein raues Lachen bricht aus mir hervor. »Ich weiß nicht, was lustiger ist – dass du denkst, San Francisco und Lake Tahoe gehen als ›landesweit‹ durch, oder dass du denkst, du wärst die einzige Hochzeitsplanerin, die Rabatte bekommt. Bye, Whitney. Ich muss einen Empfang organisieren.«

Sie packt mich am Arm. »Wag es nicht, mich einfach stehen zu lassen, du undankbares kleines Mist…«

Ich werde Zeuge des Moments, in dem Whitney klar wird, dass wir gefilmt werden. Es ist bei Weitem der beste Moment meines Lebens. Sie wird blass unter ihrem Make-up, und ihr Kopf dreht sich ruckartig zu dem Kameramann um, der immer näher kommt. Sie ist sprachlos.

Ich lege ihr herablassend die Hand auf die Schulter, wie sie es immer mit mir gemacht hat. »Whitney, komm schon. Sei professionell.«

Sie kocht vor Wut, ihre Ohren rauchen förmlich. Ohne ein weiteres Wort dreht sie sich um und läuft auf die Straße, gerade als die erste Kutsche eintrifft. Whitney springt kreischend zurück, und das Pferd bäumt sich auf die Hinterbeine auf. Erschrocken schlage ich die Hand vor den Mund. Sie kann sich gerade noch rechtzeitig in Sicherheit bringen, doch der Kutscher muss das Pferd beruhigen.

Sobald der Schreck nachlässt und mir klar wird, wie lustig die Szene war, wende ich mich an Nick, den Kameramann. »Hast du das alles?«, frage ich mit einem Zwinkern. Er nickt grinsend.

Ich atme tief durch und setze ein Lächeln auf, bevor ich die Gäste begrüße und mich für die Aufregung entschuldige. Bea steht immer noch auf dem Bürgersteig und grinst übers ganze Gesicht.

»Das Footage kannst du wahrscheinlich nicht benutzen, oder?«, frage ich. »Jetzt wird sie bestimmt keinen Vertrag mehr unterschreiben.«

»Sie hat schon einen Vertrag unterschrieben.« Beas Mundwinkel zuckt. »In der Brautboutique. Als sie sich unbedingt von mir interviewen lassen wollte.«

Ich blinzle sie verwundert an. »Du hast sie interviewt? Was hat sie gesagt?«

Bea kommt näher. »Sie hat gesagt, dass du früher für sie gearbeitet hast. Dass sie dir alles beigebracht habe. Und … dass du für eine Hochzeit dieser Größenordnung zu unerfahren seist.«

Hitze steigt mir in die Wangen. Mein Kiefer verkrampft sich.

»Also«, fährt Bea fort, »ich kann mir vorstellen, wie toll das wirkt, wenn man es dem gegenüberstellt, was hier passiert ist.« Sie strahlt mich an. »Ich liebe gutes Drama.«

»Sehr gern geschehen.« Ich stütze mich auf meine Krücken. »Dann kann die Party ja losgehen.«

Bea trifft sich mit ihrem Team, und ich humple zur Hintertür, weil ich nicht will, dass meine Krücken und mein schmutziges Kleid zu viel Aufmerksamkeit erregen. Der Catering-Koordinator begrüßt mich, als wäre ich nicht die ganze Zeit verschwunden gewesen. Nach einem kurzen Wortwechsel über meine Krücken durchquere ich die provisorische Küche und betrete das Märchen, das ich geschaffen habe.

Obwohl alles hier von mir designt wurde, verschlägt es mir den Atem beim Anblick des alten Ballettstudios, das wir in einen Empfangssaal verwandelt haben. Elliots Blumenkronleuchter werden mit warmem LED-Licht beleuchtet, und in jeder Ecke stehen Vasen mit Proteen auf halbhohen Säulen. Für eine Erstbesichtigung mit Hazel und Jackie hatten wir keine Zeit, aber der Essbereich ist für ihren großen Auftritt hergerichtet, und die Gäste werden angewiesen, zur Cocktail Hour nach oben zu gehen. Die Mädels werden all das zum ersten Mal sehen, wenn sie nach der Zeremonie herkommen.

Ich blicke mich um, während die Gäste eintreffen, überprüfe jedes Gedeck und die gesamte Tischdeko. Ich verändere ein paar Kleinigkeiten, rücke ein paar Messer zurecht, doch es ist schon beinahe perfekt.

Eine junge Frau kommt die Treppe herunter und bedeutet ihrer Freundin aufgeregt gestikulierend, ihr nach oben zu folgen. »Das musst du dir ansehen!«

Und ich weiß einfach, dass sie die Tanzfläche meint.

Nachdem ich mich vergewissert habe, dass alle Gästekutschen angekommen sind und alle zur Cocktail Hour auf dem Dach sind, hinke ich zur Treppe. Beim Anblick des Treppenlifts, den wir haben einbauen lassen, um die Vorschriften zur Barrierefreiheit einzuhalten, schüttle ich amüsiert den Kopf. Wer hätte gedacht, dass ich ihn letzten Endes selbst brauchen würde?

Als ich oben ankomme, sehe ich das Dach zum ersten Mal seit letztem Donnerstag.

Es ist absolut atemberaubend. Die Gäste steigen ganz vorsichtig über Elliots wunderschöne Tanzfläche hinweg, als hätten sie Angst, darauf zu laufen. Einige zeigen darauf, nicken ihren Freunden zu, machen Fotos. Die Tische sind perfekt aufgestellt, und das Buchsbaumholz, mit dem das Geländer verkleidet ist, hellt alles auf. Die Canapés werden serviert, und schon nach dem ersten Bissen zeigt sich auf den Gesichtern der Gäste deutlich der Genuss. Die zweite Bar ist genauso voll wie die erste, und ich klopfe mir innerlich auf die Schulter, weil ich meine Hollywood-Trunkenbolde so gut kenne.

Und ich sehe auch eine antike Wanne voller Craft Beer, ausgestellt auf irgendetwas, was ich nicht erkennen kann, aber es ist einen Meter hoch und sieht mit einem Tischtuch darüber absolut perfekt aus. Jackies Mom steht daneben, legt stolz die Hand auf den Rand der Wanne und zeigt sie allen, die bereit sind zuzuhören.

»Eine Schüssel«, schnaube ich leise. Und da entdecke ich endlich Mar.

Sie steht in der Ecke und lässt den Blick schweifen, als katalogisierte sie alle Orte, an denen sie etwas übersehen haben könnte. Als ihr Blick auf mich fällt, zuckt sie zusammen, dann eilt sie auf ihren langen Beinen zu mir und schließt mich in die Arme.

»Ama!«

»Du hast es geschafft, Süße. Das hast du echt super hingekriegt.«

»*Du* hast es geschafft.« Sie löst sich von mir. »Das alles haben wir dir zu verdanken.«

In diesem Moment nimmt der Hochzeitsansager das Mikro. »Ladies and Gentlemen, bitte richtet eure Aufmerksamkeit auf den Eingang. Das glückliche Paar ist fast hier.«

Die Menge tuschelt aufgeregt. Ich werfe einen Blick auf die Uhr. »Schon?«

»Jepp«, sagt Mar, »dank Elliot liegen wir genau im Zeitplan.«

Als die Brautjungfern oben ankommen und in die kühle Herbstluft hinaustreten, sehe ich das *Wow* in ihren Gesichtern. Bea und ihre Crew fangen jeden bedeutenden Moment ein. Nicht einmal fünf Minuten später höre ich Jackie schreien, und noch bevor ich anfangen kann, mir Sorgen zu machen, bricht Hazel in Gelächter aus.

Ich wünschte, ich könnte mit ihnen dort unten sein und ihre Reaktion auf das bis vor Kurzem von Fledermäusen befallene, verlassene Drecksloch sehen, das ich für sie komplett umgestaltet habe. Doch ich weiß, dass Bea alles aufnimmt.

»Ama.«

Als ich mich umdrehe, sehe ich Laura Gilbert. Mein Herz macht einen Satz.

»Frau Senatorin. Vielen Dank für Ihre Hilfe mit den Genehmigungen.«

Sie winkt ab. »Keine Ursache. Und nenn mich doch bitte Laura.«

Das werde ich ganz bestimmt nicht.

»Ich bin völlig überwältigt. Ich meine, ich habe meine Hochzeit geliebt, aber das ist eindeutig dein Spezialgebiet. Ich bin so froh, dass ich Jackie empfohlen habe, dich zu engagieren.«

»Ich auch«, sage ich lächelnd. »Ich fühle mich geehrt.«

»Nun«, sie beugt sich verschwörerisch vor, »ich konnte nicht zulassen, dass diese Hexe den ganzen Spaß hat.« Ich will ihr gerade sagen, dass ihr gefallen wird, was die Kameraleute aufgenommen hat, als sie hinzufügt: »Und es hat mich gefreut, dich und Elliot wieder zusammenarbeiten zu sehen. Ihr passt so gut zusammen.«

Mir verschlägt es die Sprache.

»Bei der Arbeit, meine ich«, sagt sie. Als sie mir zuzwinkert, falle ich, glaube ich, einen Moment in Ohnmacht und komme erst wieder zu mir, als der Ansager erneut an sein Mikro tippt.

»Bitte begrüßen Sie zum ersten Mal als verheiratetes Paar: Hazel Renee und Jackie Nguyen!«

Ich richte meine Aufmerksamkeit wieder auf das Geschehen um mich herum und lasse Laura Gilbert durch die Menge verschwinden.

Die Gäste jubeln und schreien begeistert. Jackie und Hazel rennen die Treppe hinauf. Jackie weint schon, und ihre Freunde und Familie lachen, als hätten sie nichts anderes erwartet. Hat sie etwa die gesamte Zeremonie hindurch geheult? Ich muss jemanden danach fragen.

Hazel ist völlig sprachlos. Ich sehe, wie sie alles in sich aufnimmt, ihre Frau im Arm hält und übers ganze Gesicht strahlt. Sie weicht vom Skript ab, als sie dem Ansager bedeutet, ihr das Mikro zu geben, und Jackie mit sich auf die Tanzfläche zieht.

»Ich muss gestehen: Ich sollte eigentlich noch keine Rede halten«, erklärt sie. Die Menge lacht. Jackie schluchzt. »Aber unsere Hochzeitsplanerin hat uns das alles die letzten zwei Monate nicht sehen lassen. Ihr wollt nicht wissen, wie es hier aussah, als wir das letzte Mal hier waren! Jetzt versteht ihr hoffentlich, warum Jackie nicht an sich halten kann.«

Höfliches Lachen ist zu hören, aber nichts davon ist so laut wie Jackies Wimmern. Sie wischt sich die Tränen aus den Augen und ruft begeistert aus: »Die Wanne meines Großvaters!«

Mein Fuß pocht vor Dankbarkeit.

Hazel fährt fort: »Unsere Hochzeitsplanerin ist wirklich ein Genie. Sie hat das alles aus dem Nichts erschaffen. Leider war sie heute außer Gefecht gesetzt …«

Jackie fährt zusammen. »Ama ist hier!«, ruft sie und zeigt auf mich.

Und plötzlich heule auch ich, winke den beiden und humple auf sie zu. Jackie und Hazel kommen zu mir herüber und umarmen mich. Ein Tornado aus Fragen und Antworten, Dankbarkeit und Freude bricht über mich herein, und ich bin so darin vertieft, dass es mich überrascht, dass ich überhaupt merke, wie Elliot aufs Dach kommt und sich nach einem Ort umschaut, wo er sich kurz ausruhen kann. Er sieht erschöpft aus, immer noch in denselben Klamotten, die er heute Morgen anhatte, und auf diese Art dreckig, die an ihm sexy wirkt.

Er erspäht mich am Rand der Dachterrasse mit Jackie und Hazel. Sein Blick fällt auf den Stützschuh, und sein Gesicht verfinstert sich. Anscheinend muss ich mich auf Ärger gefasst machen.

Ich signalisiere dem Ansager weiterzumachen, die Gäste einzuladen, sich noch einen Drink an der Bar zu holen, auf dem Sitzplan ihre Tischnummern nachzuschauen und dann nach unten zu gehen. Jackie und Hazel ermuntere ich, noch ein paar Minuten hier oben zu bleiben und dann ebenfalls hinunterzugehen und sich an den Haupttisch zu setzen. Das Filmteam fängt auf mein Zeichen alles ein.

Sobald alle weg sind, fahre ich mit dem Treppenlift nach unten und gehe in einer Ecke in Stellung, von der aus ich den ganzen Raum im Blick habe. Mar gibt das Walkie-Talkie gerne an mich weiter und holt mir einen Stuhl. Ich stecke mir den Kopfhörer ins Ohr, drücke auf die Sprechtaste und sage: »Ama hier.«

Einen kurzen Moment später erklingt Jakes Stimme: »Oh, Gott sei Dank.«

»Sarah, wie sieht's im Rose Garden aus? Ist George schon fast mit dem Abräumen fertig?«

»Wer ist George?«, fragt sie gelangweilt.

Ich atme tief durch und erinnere mich, dass ich sie nicht umbringen kann, bevor die Hochzeit vorbei ist. »Der Leiter der Verleihfirma.« Als sie nicht antwortet, erkläre ich: »Groß, rote Haare, um die Fünfzig. Du solltest warten, bis er und sein Team nach der Zeremonie abgeräumt haben.«

»Ach ja. Er ist fast fertig.«

»Okay«, sage ich. »Jake soll sich mit Vince treffen und sich vergewissern, dass mit den Pferden und Kutschen alles geregelt ist. Jake, du musst die Blumenbogen abbauen. Ich schicke Mar zu dir.«

Mar stöhnt, nickt jedoch widerwillig.

»Ich kann das erledigen. Lass Mar hierbleiben«, erklingt Elliots Stimme über das Headset. Ich suche in der Menge nach ihm, kann ihn aber nirgends entdecken.

»Perfekt, danke. Ich kann Mars Hilfe gebrauchen. Gib Bescheid, wenn es Probleme beim Abbauen der Blumenbogen gibt, ja?«

»Jepp.«

Ich wende mich an meine Ex-Stiefschwester. »Kannst du für mich eine Runde machen und sicherstellen, dass uns nicht die Häppchen ausgehen?« Sobald sie weg ist, sage ich in das Walkie-Talkie: »Ich bin wieder im Einsatz. Ihr habt alle ausgezeichnete Arbeit geleistet. Ich glaube, die Bräute sind überglücklich, und das haben sie euch zu verdanken.«

Die nächste Stunde vergeht wie alle Empfänge – wie im Flug. Das Essen ist rechtzeitig bereit, doch einige Gäste lungern noch an der Bar herum, also warten wir noch eine Viertelstunde und tragen dem Barkeeper auf, die Leute zu informieren, dass es bald Essen gibt. Nachdem mich der dritte Kellner anhält, um zu fragen, ob ich mich verletzt habe, lege ich die Krücken weg und humpele in meinem Stützschuh herum. Bei der Live-Band gibt es ein Kabelproblem, und der Bassist ist kurz davor, zum Guitar Center zu laufen, als mir jemand auf die Schulter tippt.

»Braucht ihr ein Instrumentenkabel?«

Ich sehe hoch – und noch höher, und noch höher – zu einem grimmig dreinblickenden, dunkelhaarigen Typen in einer schwarzen Lederjacke. Seine Wimpern sind unerhört lang, und sein Kiefer ist wie gemeißelt. Wow.

»Ja«, kiekse ich, als mir klar wird, dass er mindestens dreißig Zentimeter größer ist als ich. Erst da bemerke ich den Cellokasten in seiner Hand. »Oh! Bist du Xander? Unser Cellist für die Zeremonie?« Er nickt. »Wie ich höre, hat dich mein Assistent vorhin gebeten, alles im Auge zu behalten. Vielen Dank dafür. Wir mussten etwas sehr Wichtiges erledigen, sonst hätten wir das natürlich selbst gemacht.«

»Klar.«

Ich warte, dass er noch mehr sagt, aber anscheinend habe ich jemanden gefunden, der noch wortkarger ist als Elliot.

»Also, hat du das Kabel?«

Er geht in die Hocke, um den Cellokasten zu öffnen, und holt ein Kabel aus der Seitentasche. Während ich dem Bassisten texte, dass ich das Kabel habe, sagt Xander: »Das ist eine wirklich schöne Hochzeit.«

Ich grinse ihn an. Er sieht aus, als bereitete es ihm körperliche Schmerzen, Komplimente zu machen. »Danke! Ich bin echt froh, dass du dafür herfliegen konntest. Genieß den Rest des Abends. Wenn wir fertig sind, bekommst du dein Kabel zurück.«

Er schüttelt den Kopf. »Ich fahre jetzt zum Flughafen. Behalt es einfach.«

Ohne großes Brimborium nimmt er seinen Cellokasten, drückt Hazels Schulter zum Abschied und geht.

Hazel bemerkt, wie ich ihm stirnrunzelnd nachsehe, und kommt zu mir herüber. »Tut mir leid, wenn er schroff zu dir war. Er war schon immer launisch, schon als Kind.«

»Ach nein«, winke ich ab. »Eigentlich war er sogar unsere Rettung.«

»Du wirst ihn bestimmt noch öfter sehen. Er und ich haben Dutzende Freunde, die verlobt sind.«

Ich stoße sie leicht mit dem Ellbogen an. »Warum sollten deine Freunde aus L. A. und New York in Sacramento heiraten wollen?«

»Denkst du ernsthaft, du würdest immer nur in Sacramento arbeiten? Ama, ich kenne zehn Pärchen aus New York, die großes Interesse an dir haben. Ich würde dich heute Abend gern ein paar von ihnen vorstellen.«

Ein mulmiges Gefühl macht sich in meiner Magengrube breit, und ich sehe auf mein dreckiges Kleid und meinen Stützschuh hinunter. »Super. Hey, tut mir echt leid, dass ich heute nicht für euch da war.«

Sie macht eine wegwerfende Handbewegung. »Schon gut. Eigentlich wollte ich ...« Sie seufzt. »Ich hab heute ein Live-Video auf Instagram gepostet, das dir gegenüber nicht fair war.«

»Ach ja?«, frage ich, als wüsste ich von nichts.

»Aber ich will es wiedergutmachen«, sagt sie, holt ihr Handy heraus und öffnet Instagram. Sie macht ein Selfie mit mir, und sogleich gesellt sich Jackie zu uns. Die beiden küssen mich auf die Wangen, und ich grinse wie ein Idiot.

Kurz darauf werde ich getaggt und lese Hazels Bildunterschrift: Das ist meine Hochzeitsplanerin, Ama Torres. Sie arbeitet in Sacramento, aber nimm dich in Acht, L.A.! Als ich runterscrolle, sehe ich ihre phantastischen Fotos vom Empfang und der Kutschfahrt. Das letzte Bild ist nur ein blauer Hintergrund mit meinem Namen, meiner E-Mail-Adresse und Website in weißer Schrift.

Grinsend schüttle ich den Kopf. Diese Instagram-Story ist für die Ewigkeit. Sie wird für immer Teil der Hochzeitsbilder sein, die sie postet. Ich kann immer noch kaum glauben, dass ich diesen Auftrag bekommen habe, aber noch mehr erstaunt es mich, dass ich mit Hazel Renee befreundet bin. Und Jackie Nguyen. Die Welt ist nicht untergegangen, als ich es mir erlaubt habe, ihnen näherzukommen. Im Gegenteil, sie wurde größer und besser.

Sobald die Hochzeitstorte angeschnitten ist, trete ich in die Gasse hinaus, um frische Luft zu schnappen. Mein Fuß tut höllisch weh. Mein Hintern ist immer noch wund von dem Sturz, und mein Magen rebelliert, weil ich noch nichts gegessen habe.

Die Tür neben mir öffnet sich, und als ich mich ruckartig umdrehe, begegne ich Elliots Blick. Er reicht mir das Headset.

»Hat dir dein erster Job als Hochzeitsplaner gefallen?«, necke ich ihn.

»Äh, nein. Ich bleibe lieber bei Blumen.« Er holt eine Wasserflasche und zwei Schmerztabletten für mich heraus.

Ich schlucke sie gierig. »Warum hast du mir nicht gesagt, dass Whitney aufgetaucht ist?«

»Sie hat gesagt, du hättest sie angerufen.«

»Nein, habe ich nicht.«

Sein Gesicht verfinstert sich. »Ah. Du hattest sie in der Notaufnahme erwähnt, da dachte ich …«

»Ich hab sie weggeschickt. Bea hat alles gefilmt«, erkläre ich stolz.

Sein Mundwinkel zuckt. »Dann muss ich diese dumme Show wohl doch gucken.«

Ich lächle ihn an. »Danke für deine Hilfe heute. Und nicht nur heute. Diese Hochzeit … dieser Empfang … ist der Wahnsinn. Das Blumenarrangement ist phantastisch. Ich fasse es nicht, dass ich dir das alles abverlangt habe.«

»Du hast mir nichts abverlangt. Ich … ich hoffe, damit das Blooming bekannt zu machen, also ist das genauso … phantastisch für mich.«

Ich nicke. »Gut. Du … du bist etwas ganz Besonderes, Elliot.« Mir treten Tränen in die Augen. »Und ich kann dir gar nicht genug dafür danken, dass du diese Hochzeit trotz allem ermöglicht hast. Du hast mir immer gesagt, dass ich mehr Unterstützung brauche, aber ich dachte wirklich, ich hätte alles unter Kontrolle.« Die letzten Worte bleiben mir fast im Hals stecken. Das ganze Ausmaß dessen, was heute passiert ist, trifft mich wie ein Schlag. »Es hätte wirklich übel ausgehen können«, bringe ich mühsam hervor. »Ich war … Ich konnte mein Handy nicht erreichen. Ich musste darauf warten, dass mich jemand anruft, sonst hätte ich nach den Nachbarn schreien müssen, und ich war völlig … Und dann hast du angerufen.«

»Weil ich den Traubogen zerstört habe«, witzelt er.

»Stimmt«, sage ich leise schniefend und lächle. »Vielleicht solltest du dir auch einen Assistenten besorgen.«

Er lächelt mich an. Zum ersten Mal, seit – seit er mich gefragt hat, ob ich ihn heiraten will. Der Verlust tut mir im Herzen weh. Ich vermisse ihn so sehr, selbst wenn er bei mir ist. Was er vor der Hochzeit zu Jackie gesagt hat, hallt mir im Kopf nach, und ich habe keine Ahnung, ob er weiß, dass ich es gehört habe. Aber das habe ich.

Er lehnt neben mir an der Backsteinmauer. Ich gehe – humple – einen Schritt auf ihn zu und richte mich, so gut es geht, auf die Zehenspitzen auf. Ohne Zögern beugt er sich zu mir herunter, bis sein Mund auf meinen trifft, und die simple Bewegung bricht mir das Herz. Ich schluchze an seinen Lippen und vergrabe die Hände in seinen Haaren. Seine Arme schlingen sich um meinen Rücken, und ich kann fühlen, wie seine Hände genau wie früher nach meinen Haaren tasten, doch sie sind viel kürzer als bei unserem letzten Kuss. Ich schmiege mich an ihn, und alles passt wieder zusammen. Er riecht nach Erde und Rosen, und ohne meine High Heels bin ich so klein, dass ich an ihm hochklettern muss wie ein Äffchen. Sein Mund öffnet sich für mich, und ich weine noch heftiger.

»Ich liebe dich, Elliot«, flüstere ich ihm zu, »ich … ich liebe dich so sehr.«

Er hält mich einen Moment fest, und ich warte mit angehaltenem Atem, dass er es erwidert.

Seine Arme gleiten von meiner Taille, und er schiebt mich behutsam weg. Er meidet meinen Blick, als er sagt: »Ich kann nicht. Nicht … nicht schon wieder. Ich kann nicht.«

Mit gesenktem Kopf zieht er sich von mir zurück, verschwindet um die Ecke und läuft die Gasse hinunter. Ich versuche, ihm zu folgen. Ich rufe seinen Namen. Doch er dreht sich nicht um.

30

AMA

Zwei Jahre, neun Monate, eine Woche und einen Tag zuvor
Silvester

Meine Füße tragen mich über die Tanzfläche und von ihm weg. Ich habe den Drang weiterzulaufen, bis ich in einem anderen Land bin, doch in einem verlassenen Flur finde ich eine Abstellkammer – und die muss reichen.

Ein Anruf piept in meinem Ohr, und ich weiß, dass er es ist. Ich reiße das Headset heraus und stopfe es in meine Gürteltasche. Sobald die Tür zu ist, lasse ich mich dagegensinken und atme den Geruch von Bleiche und Putzmitteln ein.

Heirate mich.

Seine Stimme ist mir immer noch so klar in Erinnerung. Wenn ich die Augen schließe, sehe ich, wie er mich anstarrt, als wäre ich ein Gemälde, dass er sich sein Leben lang anschauen möchte.

Er hat es versaut. Mit zwei Worten hat er es in Brand gesetzt.

Die Handballen an die Augen gedrückt konzentriere ich mich darauf, tief ein- und auszuatmen.

Oder vielleicht bin ich schuld. Vielleicht bin ich das Problem. Vielleicht gibt es einen logischen nächsten Schritt, der allen außer mir klar ist.

Was ist dann der nächste Schritt, Ama?

Was habe ich denn erwartet? Ich nehme an, ich dachte, wir

würden einander irgendwann leid sein. Sechs Monate sind eine lange Zeit. Ich nehme an, ich habe darauf gewartet, dass es früher oder später endet wie alles andere. Doch er hat mit vielem recht. Ich habe für die Zukunft geplant. Ich hatte kein Problem damit, ihn in meinem Leben zu verstricken, weil ich kein Ende sehen konnte.

Meine Kehle ist wie zugeschnürt.

Eine Stimme vor der Abstellkammer lässt mich erschrocken zusammenfahren. »Was ist los?«

Ich erkenne Laura Gilberts Stimme und halte mir schnell die Hand vor den Mund. Weiß sie, dass ich hier bin? Ich lausche an der Tür.

»Ich hab dich mit Ama tanzen sehen«, fährt Laura fort. »Ihr seid ein hübsches Paar …«

»Nein, sind wir nicht.«

Elliot. Ich schrecke zurück. Mein Herz klopft so laut, bestimmt werden sie mich jeden Moment hören. Ich habe nicht gesehen, dass er mir von der Tanzfläche gefolgt ist, aber jetzt ist er hier.

»Ist vielleicht besser so«, sagt Laura. »Schließlich arbeitet ihr zusammen.«

Das klingt kalt. Als wäre das, was wir hatten, nichts wert gewesen. Genau das Gleiche habe ich zu ihm gesagt.

Ich starre zur Tür, drücke die Hand dagegen und kann an nichts anderes denken, als dass er auf der anderen Seite ist. Am liebsten würde ich sie aufreißen, um wieder bei ihm zu sein.

Eine Weile höre ich nichts. Ich beuge mich noch näher heran, um mich zu vergewissern, dass überhaupt noch jemand da ist.

Und höre ein seltsames Knurren, ein Grollen. Ein Echo von Elliots Lachen, nur schrecklich hohl. Er atmet tief durch, und ich höre, wie ihm einen Augenblick die Luft wegbleibt.

Traurigkeit bricht aus ihm hervor. Ich erstarre, denn ich

lausche etwas sehr Privatem, etwas, was er mir nie gezeigt hat, obwohl ich mich so oft aus Frust bei ihm ausgeheult habe.

Er ringt nach Luft, und ich erlaube es mir, dasselbe zu tun.

Vielleicht muss es nicht so enden. Er hat gesagt, dass sich nichts ändern muss – wir könnten so tun, als wäre es nie geschehen. Doch im Herzen würde ich es immer wissen. Ich würde immer wissen, dass er geweint hat, als ich seinen Antrag abgelehnt habe. Dass er sich in einen stillen Korridor geflüchtet und seinen Tränen freien Lauf gelassen hat.

Zwar schnieft er noch, aber ich kann hören, wie er sich fasst. Er räuspert sich, und seine schweren Schritte entfernen sich.

Ich strecke die Hand nach der Türklinke aus, um ihm nachzulaufen …

… und lasse sie wieder sinken.

Ich weiß nicht einmal, was ich ihm sagen würde, wenn ich ihm folge. Ich will nicht, dass sich irgendetwas ändert, aber er schon. Wären wir nicht in derselben ausweglosen Lage wie zuvor?

Meine Brust tut weh. Es fühlt sich an, als hätte ich einen Muskel zwischen meinen Rippen überstrapaziert, der sich jetzt schmerzhaft zusammenzieht. Ich wische mir über die Augen und schleiche mich aus der Abstellkammer, husche schnell zum Ausgang und auf die Straße hinaus.

Ich steige in mein Auto, und bevor ich es mir anders überlegen kann, fahre ich nach Hause, lasse die Hochzeit sausen, lasse die Aufräumarbeiten sausen. Ich werde zurückkommen, wenn es vorbei ist, aber erst einmal muss ich von ihm weg.

Als ich in meine Straße einbiege, werde ich langsamer. Muss ich wirklich weg? Plötzlich hinterfrage ich alles, was in den letzten dreißig Minuten passiert ist. Was hätte sich geändert? Ja, es könnte irgendwann zu Ende gehen; ja, es könnte eine schlechte Entscheidung sein – aber besteht diese Gefahr nicht auch jetzt?

Wenn ich gegen eine Heirat bin, heißt das, ich bin auch dagegen, mit ihm zusammen zu sein, solange wir leben? Für immer mit Elliot fühlt sich anders an als für immer mit irgendjemandem sonst. Es fühlt sich behaglich und einladend ein. Es fühlt sich an wie warme Bäder, Sonntagmorgen im Bett und Blumen mit perfekt geformten Blüten. Doch ich will mich nicht aufgrund dieser Gefühle – dieser wechselhaften, unbeständigen Gefühle – an ihn binden.

Ich könnte ihn fragen, ob ich ihn für immer ohne weißes Kleid und offizielles Dokument haben könnte.

Mein Auto kommt zum Stehen, und gerade als ich das Lenkrad herumreißen und zurückfahren will, sehe ich das Auto meiner Mutter vor meinem Haus parken. Neugierig fahre ich noch ein Stück weiter und halte hinter ihr. Sie winkt mir zu und steigt aus, und ich tue es ihr gleich.

»Mom? Was ist los?«

Sie lächelt, und ich sehe sofort, dass etwas fehlt. »Bob und ich …« Sie schüttelt den Kopf, denn sie weiß, dass sie nicht mehr zu sagen braucht.

»Warum?«, frage ich – plötzlich muss ich es wissen. Bisher habe ich nie gefragt, aber jetzt will ich unbedingt, dass sie mir sagt, woran eine Beziehung scheitert.

Sie zuckt die Achseln. »Wir gehen in verschiedene Richtungen. Und es ist leichter, einen Schlussstrich zu ziehen, bevor es zu weit geht.«

Ich denke an die Richtung, in die Elliot geht, und dass ich an seiner Seite bleiben will. An dem Platz, den ich mir in seinem Leben, seiner Arbeit, seinem Laden schaffen wollte. Dass all das nun verloren ist. Ich nicke und tue so, als würde ich es verstehen. »Und was bedeutet das?«

»Na ja, Bob wollte uns ein Haus außerhalb von Kalifornien suchen. Ich nicht«, sagt sie. »Es ist doch nicht nötig, dass einer von uns jetzt so viel opfert, wenn es doch sowieso eines Tages in die Brüche gehen wird.«

Opfer. Entweder machen wir so weiter wie bisher, und Elliot muss ein Opfer bringen, oder wir heiraten, und ich muss etwas opfern.

»Wenn eine Beziehung endet, bist du diejenige, die Schluss macht?«, frage ich. »Oder dein Partner?«

»Hm … kommt drauf an. Heute war ich es.« Sie holt ihre Reisetasche aus dem Kofferraum. »Warum fragst du?«

Ich stehe mitten auf der Straße, den Autoschlüssel immer noch in der Hand. Ohne auf ihre Frage einzugehen, hake ich weiter nach: »Denkst du, du wirst je den Einen finden? Jemanden, mit dem du für immer zusammenbleiben wirst?«

Sie mustert mich forschend. »Vielleicht. Aber ich glaube nicht.« Sie hängt sich ihre Tasche über die Schulter und überlegt einen Moment. »Nicht für jeden gibt es einen perfekten Partner. Es gibt nur Versprechen und Hochzeiten. Das eine kann gebrochen werden, und das andere …«

»Ist nur eine Party«, beende ich ihren Satz. Sie lächelt mich an.

Sie schlägt die Autotür zu und geht auf meine Veranda zu. Unentschlossen starre ich auf meinen Schlüssel.

Ich könnte Elliot ein Versprechen machen, das ich früher oder später brechen werde. Aber warum sollte ich ihm das antun? Warum sollte ich mich auf eine Heirat einlassen oder auch nur weitermachen wie zuvor, wenn ich weiß, dass es irgendwann enden wird? Das wird es, denn er will etwas, an das ich nicht glaube.

Der Wind fährt mir durch die Haare, peitscht sie mir ins Gesicht. Warum anfangen, wenn es sowieso endet?

Ich stecke den Schlüssel ein und folge meiner Mutter zur Tür. Auf dem Weg texte ich meinen Assistenten im Sutter Club, dass ich nicht zurückkommen kann.

31

AMA

Der Tag nach der Hochzeit

Am Sonntagmorgen habe ich eine Mail vom *Sacramento Magazine* in meinem Postfach, die anfragen, ob sie ein Special Feature über mich und Hazel Renees Hochzeit bringen können. Direkt darunter ist eine Anfrage von TheKnot.com wegen eines exklusiven Beitrags.

Kaum zu glauben, dass mein Traum wirklich wahr wird. Das ist genau, was ich wollte, nur dachte ich, ich könnte mich normal bewegen und hätte die betreffende Hochzeit auch tatsächlich erleben können, aber wie dem auch sei, ich bin auf dem Weg nach oben.

Ich hätte nur nie erwartet, dass ich am nächsten Morgen zusammengekauert im Bett liegen und mir wünschen würde, ich hätte Elliot Bloom nicht geküsst – dass das Einzige, was ich bereue, wieder einmal Elliot sein würde.

Um neun klopft es an meiner Tür, und ich lasse Mar mit ihrer großen Schachtel Donuts herein. Sie ist aufgeregt und gesprächig und lässt all die wundervollen Erlebnisse von gestern wiederaufleben.

»Kann ich dich einstellen?«, unterbreche ich sie. »Die Fotografie wird immer deine Hauptaufgabe sein, aber kann ich dir einen Job als meine Assistentin geben?«

Mar zuckt die Achseln. »Die Hochzeit gestern hat mir echt gut gefallen, aber ich glaube nicht, dass das mein Ding ist.« Sie lächelt mich über ihre Kaffeetasse hinweg an. »Aber Jake …«

»Nein.« Ich schüttle den Kopf.

»O doch, Ama. Er ist richtig besessen davon. Genau wie du in dem Alter. Und ganz ehrlich, hast du in deinem ersten Jahr nicht auch hin und wieder Mist gebaut?«

Ein weißes Stofftaschentuch blitzt in meiner Erinnerung auf. Der dumpfe Schmerz verletzter Fingerknöchel. »Ja, das habe ich.«

»Gib ihm eine Chance, aus seiner Angsthasenphase rauszuwachsen«, sagt Mar. »Es wird gut für dich sein, einen eifrigen Helfer zu haben, der nur zu gern für dich zur Apotheke läuft.«

Ich kaue nachdenklich meinen Schokodonut und nicke. »Also … was hast du Michael versprochen, um ihn dazu zu kriegen, gestern auszuhelfen?«

»Nein, nein, nein.« Sie stellt ihre Tasse ab. »Denkst du, ich bin hergekommen, um dir zu sagen, dass du Jake einstellen sollst, und mich über meinen Ex auszulassen? Nein. Ich will wissen, was bei dir und Elliot abgeht.«

»Nichts«, sage ich. »Es ist … Er war gestern meine Rettung. Aber …« Ich zögere, doch es gibt nichts, das ich vor Mar verbergen kann. »Ich hab ihn geküsst, und er ist weggelaufen.«

Ihre Augen werden groß, bevor sie ihr übliches Pokerface aufsetzen kann. Sie nimmt ihre Tasse wieder in die Hand. »Okay. Okay, das … Okay.« Sie nippt an ihrem Kaffee und versucht, die Ruhe zu bewahren. »Also genau wie letztes Mal?«

»Nein. Nein, letztes Mal hat er mir einen Antrag gemacht.«

»Und was hatte dieser Kuss zu bedeuten, wenn nicht einen Antrag, Ama?«

Mir wird eng ums Herz. Unwillkürlich muss ich an die Hochzeit seiner Mutter denken, als er mich gefragt hat, was ich dachte, was als Nächstes kommt, wenn keine Heirat.

»Denn ich weiß, dass du ihn nicht nur geküsst hast, um wieder Sex mit ihm zu haben«, fährt Mar fort. »Und ich weiß, dass du schlau genug bist, um zu wissen, dass er nicht einfach weitermachen will wie …«

»Bin ich das?« Ich vergrabe das Gesicht in den Händen. »Bin ich schlau genug? Ich fühle mich sehr … unschlau.«

Mar schweigt, bis ich das Gefühl habe, sie wieder ansehen zu können. Sie lässt mich einfach eine Weile auf meiner Unterlippe herumkauen und nachdenken, dann fragt sie: »Was willst du? Wenn deine Taten keine Konsequenzen hätten, was würdest du dann wollen?«

»Mit ihm zusammen sein«, sage ich leise und halte die Tränen zurück, die mir in die Augen schießen.

»Wie lange?«

Ich presse die Lippen zusammen und blicke zu ihr auf.

Um halb zehn biege ich auf den Parkplatz des Blooming ein. Der Laden öffnet sonntags erst um zehn, aber ich kann nicht warten. Ich bin mit dem linken Fuß auf dem Gaspedal hergefahren, weil der rechte in einem Stützschuh steckt. Ich habe nicht geduscht. Ich bin nicht mal sicher, ob ich mir die Zähne geputzt habe.

Auf Krücken laufe ich zur Eingangstür, und als ich sehe, dass es drinnen dunkel ist, humple ich zurück zum Parkplatz. Sein Truck ist hier. Ich klopfe an die Tür zu seinem Showroom.

Als die Metalltür aufschwingt, verschlägt es mir den Atem. Er trägt mein Lieblings-Henley-Shirt und die engen Jeans, in die meine Hand kaum hineinpasst. Er blinzelt mich verwundert an, dann macht er die Tür weit auf, um mich hereinzulassen. Ich schiebe mich an ihm vorbei, und das Klackern meiner Krücken durchbricht die Stille.

»Was führt dich her?«, fragt er und sieht grimmig auf meinen Stützschuh hinunter.

Sobald ich die Krücken an die Wand gelehnt habe, wende ich mich zu ihm um. »Ich hab einen Fehler gemacht.«

Sein Gesicht verfinstert sich noch mehr. »Den Kuss können wir vergessen.«

»Nicht gestern Abend. Dich zu küssen war volle Absicht«, sage ich. »Ich meinte, vor ein paar Jahren.«

Er mustert mich forschend, dann verschränkt er die Arme vor der Brust und wartet, dass ich weiterrede.

»Ich hab dich geküsst, weil ich dich vermisse. Weil ich dich immer noch will.« Mein Herz hämmert, und ich sehe zu, wie er schluckt, aber still bleibt. »Weil ich auf der Hochzeit deiner Mutter nicht hätte abhauen sollen, und ich hätte dir nicht die Franklinie schenken und dir dann das Gefühl geben sollen, als läge mir nichts ferner, als über *für immer* zu reden. Weil das mit uns … für immer war. Ich wollte nur nicht heiraten.«

Er starrt auf die Werkbank hinunter – die alte, verwitterte Werkbank, die sich in diesem hell erleuchteten Studio mit seinen weißen Wänden immer noch nach ihm anfühlt.

»Du hast es mir gesagt, aber ich habe nicht zugehört«, sagt er. »Es war meine Schuld.«

»Nein, war es nicht.« Ich trete auf meinem unverletzten Fuß vor, und er streckt schnell die Hand aus, um mich zu stützen. Seine Finger umfassen meinen Ellbogen, und ich lege meine Hand darauf. »Ich war nicht bereit. Du warst meine erste richtige Beziehung, und ich bin in der Überzeugung aufgewachsen, dass man nie nur eine hat. Aber … ich will nur eine.«

Seine Hand gleitet von meinem Arm, und bevor er wieder weglaufen kann – bevor er irgendetwas erwidern kann –, lasse ich mich auf mein rechtes Knie hinab. Vom Boden des Hinterzimmers, in dem wir so oft Liebe gemacht haben, dem Ort, wo ich mich nicht nur in seine Arbeit, sondern in ihn verliebt habe, blicke ich zu ihm auf und sage: »Ich will nur dich. Und jetzt bin ich bereit.«

Ich kann sein Gesicht nicht lesen. Meine Augen brennen, und er verschwimmt. Also schaffe ich Klarheit, indem ich seine Worte wiederhole: »Heirate mich.«

32

ELLIOT

Jetzt

Es ist zwei Jahre, neun Monate, eine Woche und drei Tage her, dass wir zum letzten Mal allein hier waren, und all die Erinnerungen sind mit ihr hereingeströmt, als sie die Schwelle überschritten hat. Ich starre sie an, wie sie vor mir kniet, einen Fuß in einem Stützschuh, ihre Augen voller Hoffnung.

Ich kann immer noch spüren, wie sich ihr Mund gestern Abend auf meinen gedrückt hat. Wie sie sich an mich geklammert hat. Letzte Nacht konnte ich nicht schlafen, weil mir die Erinnerung ohne Unterlass im Kopf herumgeisterte.

Heirate mich.

Ich räuspere mich, um nicht an meiner Antwort zu ersticken, und trete einen Schritt zurück. Enttäuschung macht sich auf ihrem Gesicht breit.

»Das ist nicht … das ist nicht nötig«, murmle ich. Aus meinem Mund fühlen sich die Worte dumpf und dämlich an.

Sie bleibt vor mir knien. Wartet auf mich. Es tut mir im Herzen weh, ihre Hoffnung erlöschen zu sehen, aber ich kann das nicht. Ich kann nicht zulassen, dass sie nach nur einem Kuss alles ändert, was sie schon immer wollte. Diesen Fehler haben wir letztes Mal gemacht. Und dann ist alles den Bach runtergegangen.

Ama liebt große Gesten. Das ist die Hochzeitsplanerin in ihr.

Ich muss an die Mail über die Franklinie denken, die sie mir auf Moms Hochzeit überreicht hat – wie sie mir einfach nur etwas schenken wollte, und ich im Gegenzug zu viel verlangt habe. Ein verloren geglaubtes Stück meines Herzens kämpft darum, endlich wieder seinen Platz einzunehmen, als ich höre, dass sie mich immer noch will. Doch Ama will nicht heiraten.

Sie kniet immer noch am Boden, also gehe ich in die Hocke und umfasse ihre Ellbogen, um ihr hochzuhelfen. Doch sie hält mich fest.

»Nicht nötig«, wiederholt sie. »Was soll das heißen?«

Tränen glitzern in ihren Augen. Ich bin ihr so nahe, dass ich den vertrauten Duft ihrer Haare riechen kann.

»Es ist nicht …« Ich schüttle den Kopf und starre auf einen Punkt hinter ihrem Ohr. »Das musst du nicht tun.«

Ihre Finger graben sich in meine Schultern. Ihre Augen sind geweitet, fast ängstlich. »Ich hab dich mit Jackie reden hören. Du hast versucht, den Anruf lautlos zu stellen, aber das hast du nicht.«

Dieses verdammte Headset. Meine Gedanken überschlagen sich – was habe ich gesagt? Irgendetwas darüber, dass Liebe nicht vergeht, sich nützlich fühlen zu wollen und die Tage zu zählen … morgens aufzuwachen und jeden Moment rückwärts abzuzählen. Drei Jahre, vier Monate, zwei Wochen und zwei Tage seit unserem ersten Kuss. Drei Jahre, zwei Monate und zwei Tage, seit ich zum ersten Mal bei ihr übernachtet habe. Zwei Jahre, neun Monate, eine Woche und einen Tag, seit ich einen schrecklichen Fehler gemacht habe.

Ich sehe ihr in die Augen und bete innerlich, dass sie nicht weiß, was ich meinte. Plötzlich wendet sie den Blick von mir ab.

»Verstehe«, sagt sie. »Du meintest … du meintest jemand anderen. Sorry. Ich … ich war verwirrt, aber vergessen wir das einfach.«

Ich versuche immer noch, ihrem Gedankengang zu folgen, als sie sich mühsam aufrappelt. Ich helfe ihr hoch, fest entschlossen, ihr klarzumachen, was ich empfinde. »Ama …«

»Können wir wieder zusammenarbeiten?«, fragt sie schnell. »Ich … ich verstehe, dass wir nicht wieder zusammenkommen werden, aber die Hochzeit … Was wir zusammen erschaffen, ist phantastisch, Elliot, und ich glaube, ich könnte es nicht ertragen, es wieder zu verlieren …«

Ein leises Schnauben bricht aus mir hervor. Ich fahre mir durch die Haare und versuche, nicht zu lachen. »Du hörst echt nie auf zu arbeiten, oder? Du …« Ich schüttle lächelnd den Kopf. »Du hast mir gerade einen Antrag gemacht und bist so schnell wieder zum Geschäft übergegangen.«

Ich sehe zu, wie sie herauszufinden versucht, ob das etwas Gutes oder etwas Schlechtes ist, und kann mich des Gefühls nicht erwehren, dass wir dem alles entscheidenden Moment immer näher kommen. Sie braucht mich wieder. Sie will mich wieder. Und ich habe nie aufgehört, sie zu lieben.

Ich will es ihr sagen, aber beim letzten Mal habe ich es für mich getan, nicht für sie.

Sie wendet den Blick ab und streicht mit den Fingern gedankenverloren über meine Initialen, die in die Werkbank eingeschnitzt sind. Sie tippt darauf.

»Dieser Tisch passt nicht mehr hierher, seit du den Raum umgestaltet hast«, sagt sie leise. »Es wird Zeit für ein Upgrade.«

»Ich konnte ihn nicht entsorgen.« Erinnerungen steigen in mir auf – wie sie ausgestreckt auf dem Tisch lag und Rosenblüten an ihrer verschwitzten Haut kleben blieben, als sie die Hände in meinen Haaren vergrub und mich noch enger an sich zog. Vor drei Jahren, zwei Monaten und fünf Tagen.

Unsere Blicke begegnen sich, und ich weiß, dass sie sich an das Gleiche erinnert. Ich sehe nicht weg, versuche ihr zu zeigen, dass ich den Tisch behalten habe, weil er mich an sie erinnert. Dass ich nie ein Stück von ihr weggeben könnte.

»Von wem hast du in dem Gespräch mit Jackie geredet?«, fragt sie, ihre Stimme kaum mehr als ein Flüstern. Ihr Blick huscht über mein Gesicht.

Ich trete vor und umfasse zärtlich ihre Wange. »Jemandem, den ich vor fünf Jahren, vier Monaten, drei Wochen und fünf Tagen kennengelernt habe.«

Ein Schluchzen entringt sich ihrer Kehle. Sie hält sich die Hand vor den Mund, doch ich ergreife ihr Handgelenk, ziehe sie näher an mich und beuge mich zu ihr hinunter.

Dieser Kuss fühlt sich nicht an wie ein Abschied oder ein Fehler oder etwas, worüber ich mir am nächsten Morgen den Kopf zerbrechen muss. Er fühlt sich an wie ein Neubeginn.

33

AMA

Jetzt

Diesmal konzentriere ich mich auf seinen Geschmack. Wie er seine Finger durch meine deutlich kürzeren Haare gleiten lässt, als hätte er gestern seine Lektion gelernt, nachdem er nach den langen Locken gegriffen hat, die nicht mehr da sind. Wie sich sein Arm um meine Taille schlingt und mich hochhebt, um meinen verletzten Fuß zu entlasten.

Ich öffne den Mund und habe das Gefühl, als würden unzählige Fragen hinausströmen. Er zieht mich noch enger an sich, dann wirbelt er uns herum, so dass unsere Positionen vertauscht sind, und setzt mich auf der alten Werkbank ab. Seine Hände gleiten über meine Oberschenkel, und er stößt ein Lachen aus. »Das erste Mal, dass du eine Jeans anhast, und wir können sie nicht mal ausziehen.«

Ich sehe auf den massigen schwarzen Stiefel über meinem rechten Hosenbein hinunter und lächle ihn verschmitzt an. »Und du? Trägst du diese Jeans aus einem besonderen Grund?« Ich streiche mit der Hand über seine Brust.

»Ich hab nicht mit dir gerechnet.«

»Ach nein?« Ich küsse ihn, schmiege mich an ihn und vergrabe die Finger in seinem Henley-Shirt. Langsam schiebe ich es hoch und flüstere: »Lass mich dein neues Tattoo sehen.«

Meine Hand wandert zu seiner linken Brust hinauf, wo ich

die Tätowierung unter seinem Kragen habe hervorlugen sehen. Er erstarrt und stammelt: »Ich … ich bin nicht …«

»Ich muss es sehen. Bitte. Was ist es?«

Ich schiebe sein Hemd noch weiter hoch, und darunter kommt eine Rote Perle zum Vorschein. Eine Amaryllis. Ihre Blüten bedecken sein Herz. Mir stockt der Atem.

»Eine Amaryllis?«, hauche ich. »Aber sie ist nicht ausgestorben.«

Er fährt sich durch die Haare, und ich kann sehen, dass ich nie davon erfahren sollte.

»Es … es ging nie ums Aussterben. Die Tattoos …« Er holt tief Luft. »Es sind alles Pflanzen, die ich … die ich nicht haben kann. Die ich nicht in Arrangements verwenden oder im Laden aufbewahren kann.« Er blickt zu mir auf. »Die wahrscheinlich verschwinden werden, bevor ich mich in sie verlieben kann.«

Ich atme zittrig ein. Meine Finger zeichnen die Blütenblätter der Roten Perle nach. Ich beuge mich hinunter und küsse sein Tattoo, genau wie früher. Mein Herz krampft sich zusammen, genau wie früher.

»Du bist so kitschig, Elliot Bloom«, flüstere ich ihm zu.

Ein Lachen rumpelt in seiner Brust. »Ja. Ja, das bin ich.« Er streicht mir die Haare aus dem Gesicht. »Ich werde dich nicht heiraten.«

Ich sehe ihn an und schlucke schwer. »Okay.«

»Aber ich werde dich daten, bis wir umfallen.«

Ich verkneife mir ein Grinsen und blicke durch meine Wimpern zu ihm auf, was er angeblich hasst. Er legt die Hände auf meine Knie und küsst mich erneut.

Bei einem Kuss von Elliot Bloom geht eine Menge vor sich. Dinge, derer er sich nicht einmal bewusst ist. Dinge, die ich ihm nie erzählen werde. Er stöhnt tief in seiner Kehle – sehr viel. Das ist berauschend. Außerdem drückt er mich so nahe wie irgend möglich an sich, und das treibt mich in den Wahnsinn. Er küsst wie jemand, der noch nicht oft geküsst hat, und obwohl wir inzwischen einen Rhythmus gefunden haben, überrascht es mich immer noch, wenn er ungeschickt herumfummelt oder die Konzentration verliert, wenn ich seinen Reißverschluss aufziehe. Wie jetzt.

Elliot sieht auf meine Hände hinunter, als würde er mich womöglich aufhalten, aber ich tue nichts lieber, als meine Hand in seine Jeans zu stecken. Sein Atem stockt, seine Augen werden glasig, und er sieht aus, als könnte er nicht glauben, dass ich ihn tatsächlich anfassen will. Und ich kann fühlen, wie er in meiner Hand steif wird und anschwillt.

»Ama«, murmelt er, und ich küsse ihn erneut.

Er zupft an meinem T-Shirt, und sobald ich es ausgezogen habe, macht sich sein Mund an meinem Hals zu schaffen. Meine Haut kribbelt, als ich mich an die Knutschflecken erinnere, die er gern in meine Haut saugt, wie ich sie bedecken musste, und an seine Reaktion, wenn er jene fand, die ich nicht bedeckt hatte.

Plötzlich kommt mir ein Gedanke, und ich muss ihm unbedingt sagen …

»Elliot«, flüstere ich und schiebe ihn weg. »Ich war dieses Jahr mit niemandem zusammen. Du … du hast Jackie gesagt, dass ich jemanden zu Besuch hatte, aber ich …« Ich schlucke. »Ich glaube, du hast Mar morgens am Telefon gehört.«

Sein Kiefer mahlt, und sein Blick huscht zwischen meinen Augen hin und her. »Okay«, sagt er, fast misstrauisch. »Aber es wäre okay, wenn du doch …«

»War ich nicht. Ich konnte es nicht.« Ich blicke auf sein Amaryllis-Tattoo hinunter, um ihn nicht ansehen zu müssen. »Ich hab es ein paar Mal probiert, aber es ging nicht gut, also …« Ich atme tief durch. »Du hattest eine Freundin? Kate? War es was

Ernstes? Ich meine … mein Gott, tut mir leid. Du musst mir nicht …«

»Nein, es war nichts Ernstes.«

Ich blicke zu ihm auf. Seine Augen sind fast schwarz.

»Seit dir war ich mit niemandem mehr zusammen.«

Ich bin nahe dran, in Tränen auszubrechen, als er mich in den Kniekehlen fasst und sanft zieht, bis ich mit dem Rücken auf der Werkbank liege. Schnell knöpft er meine Jeans auf und zerrt sie meine Beine hinunter. Ich bin außer Atem, völlig überwältigt von meinen Gefühlen. Er wirft meinen einen Schuh weg, zieht mir die Jeans auf dieser Seite aus und legt die Hand auf meinen Bauch, um mich unten zu halten, als sich seine vollen Lippen auf mein Zentrum senken.

Ich keuche und halte mir eine Hand vor den Mund. »Ell…«

Seine Finger schieben den Stoff beiseite, und dann ist seine Zunge wieder auf mir. Und genau wie vor Jahren setzt mein Gehirn aus. Ich bin mir kaum bewusst, dass meine Jeans von einem Bein herabhängt. Ich kann kaum die Augen offen halten, als sein Mund sich auf mir bewegt, küsst und leckt und saugt.

»Ich vermisse dich«, murmle ich zur Decke hinauf.

»Ich bin doch da.« Die Vibration seiner Stimme bringt mich dazu, die Beine anzuziehen, und er drückt meine Schenkel auseinander, spreizt sie weit. Ich schnappe nach Luft, als seine Zunge in mich eindringt – und das Stöhnen fängt tief in seiner Kehle an.

Mit niemandem sonst bin ich je so schnell gekommen wie mit ihm. Nicht nur wegen seiner Größe; wegen Momenten wie diesem, wenn er sich Zeit lässt und mich verrückt macht, bis ich wie ein Korken knalle.

Ich klammere mich an den Rand der Werkbank. »Hast du daran gedacht, als du an diesem Tisch gearbeitet hast?«

Seine Antwort lässt nicht lange auf sich warten. »Jedes Mal.«

Meine Oberschenkel zittern. Ich nähere mich dem Höhepunkt, zu dem er mich immer treibt.

»Es war die schlechteste Geschäftsentscheidung meines Lebens«, sagt er, »den Tisch zu behalten.«

Ich lache, und dann schließen sich seine Lippen um meine Klitoris, und ich schreie. Ich kann hören, wie ich fluche und irgendwelchen Unsinn über die Liebe und für immer murmle.

Er hört nicht auf. Er drückt zwei Finger in mich, und ich fange an zu zittern, so gut fühlt sich das an. Sein Mund saugt an mir, seine Finger stoßen in mich, und ich verliere völlig die Kontrolle, bebe am ganzen Körper und schluchze. Ich kann meine Hüften nicht still halten, winde mich unter seinem Mund und reibe mich an seinem Gesicht.

Als er sich von mir löst und hastig seine Jeans herunterzieht, stößt er hervor: »Ich werde kommen. Ich … ich kann nicht …«

»In mir. Bitte.«

Meine Schenkel zittern immer noch, als er mich an den Rand des Tisches zieht, sich positioniert und in mich eindringt. Ein Stöhnen dringt tief aus seiner Brust, und ich kann nicht glauben, wie falsch ich seine Größe in Erinnerung hatte. Ich habe Sexspielzeug ausprobiert, von dem ich dachte, es würde ihm gerecht werden, aber da habe ich mich geirrt. Meine Augen rollen zurück, und ich komme erneut. Ich kann mich auf nichts anderes konzentrieren als auf die immense Lust, die mich erfüllt, das Geräusch, wie seine Hüften an meine nackte Haut klatschen.

Ich höre ihn aufschreien und weiß aus Erfahrung, dass er kommt. Doch ich beiße mir auf die Fingerknöchel, um mich zu beherrschen, um mich davon abzuhalten, wieder zu schreien.

Er packt mein Handgelenk und zieht meine Hand von meinem Mund weg, stößt noch ein Mal, zwei Mal in mich, und ich stoße einen lauten Schrei aus, für den ich mich schämen würde, wenn ich noch ein funktionierendes Gehirn hätte.

Als wir keuchend zur Ruhe kommen, beugt er sich über mich, schiebt meinen BH zu Seite und bedeckt meine Brüste mit Küssen. Als wäre ihm das nachträglich eingefallen. Als hätte er es vergessen und müsste es jetzt unbedingt noch nachholen. Meine Haut prickelt.

»Ich liebe dich«, flüstere ich.

Er blickt zu mir auf. »Das ist schon das zweite Mal, dass du das zu mir sagst.«

Hitze steigt mir ins Gesicht, als mir klar wird, dass er es nicht erwidert hat. Nicht seit der Hochzeit seiner Mutter. »Oh. Ich kann aufhören, wenn du …«

»Ich bin so wütend, dass du dachtest, du könntest einfach hier reinspazieren, mir einen Antrag machen und mir dann auch noch sagen, dass du mich liebst.« Er lächelt, und seine Nase streift meine Wange.

»Manche Dinge ändern sich nie, oder?«, sage ich. »Hier drin hab ich immer gemacht, was ich will.«

Er streicht mir die Haare hinter die Ohren. »Deshalb liebe ich dich.«

34

AMA

Sechs Monate später

Morgens wache ich entweder in Elliots oder in meinem eigenen Bett auf, aber immer in seinen Armen. Ich drehe mich in seiner Umarmung um und streiche sanft mit den Fingern über seine Augenbrauen, bis er aufwacht. Wenn sich seine Augen flatternd öffnen, frage ich: »Willst du mich heiraten?«

Er schüttelt den Kopf. Oder murmelt »Nein«. Oder wälzt sich auf die andere Seite und sagt mir, ich soll mit dem Quatsch aufhören.

Und ich frage: »Wann dann?«

»Vielleicht morgen«, antwortet er immer.

An Elliots mürrischen Tagen nehme ich gern Lady Cat-ryn auf den Arm und lasse sie auf seinen Bauch fallen.

Früher konnte ich irgendwann zwischen acht und zehn zu meinem Laptop schlurfen und in den Tag starten, wenn mir danach war. Das ist jetzt nicht mehr möglich. Das TLC-Special wurde vor drei Monaten ausgestrahlt. Jetzt bin ich zwei Jahre im Voraus ausgebucht, und in einem Jahr, wenn Jake seine Ausbildung abschließt, werde ich samstags zwei Hochzeiten übernehmen. Und so fahren Elliot und ich nun jeden Morgen um acht zum Blooming und machen uns an die Arbeit.

Hazels und Jackies Hochzeit wurde nicht nur bei *Fabulous Dream Weddings* perfekt präsentiert, wobei ich im Mittelpunkt stand. So sehr ihre Anwälte auch darum kämpften, konnte Whitney nicht erreichen, dass Bea sie aus der Folge herausschnitt. Ihr Wutausbruch wurde landesweit übertragen, und Millionen Zuschauer hörten, wie sie mich ein Miststück nannte. Und wenn das ihren Ruf nicht zerstört hat, dann das Pferde-Meme.

Dass Whitney fast von einer Kutsche überfahren wurde, ist jetzt ein Nationalschatz. Die Aufnahme davon, wie sie kreischend zurücksprang, ist viral gegangen. Ich habe viele verschiedene Bildunterschriften gesehen.

Auch von mir gibt es ein Meme. Es hat sich nicht so lange gehalten wie das von Whitney, aber »Whitney, komm schon. Sei professionell« wurde auf Twitter eine Zeit lang als Kritik-Konter verwendet. Und an dem Tag, an dem die Folge gesendet wurde, twitterte Hazel Renee *Denn ich komme*, und sonst nichts. Genau das habe ich zu Whitney gesagt, als ich ihr klarmachte, dass sie guten Grund hat, mich zu fürchten.

Zwei Wochen später hat Elliot die Rosenwand im Showroom des Blooming durch weiße Rosen vor einem rosaroten Hintergrund ersetzt, die die Worte »Denn ich komme« bilden. Er hat mir nichts davon erzählt, sondern einfach weitergemacht, als wäre nichts. Es sind Seidenblumen, so dass in Zukunft alle Pärchen, die mich zum ersten Mal in meinem Büro im Blooming treffen, meinen Slogan zu sehen bekommen.

Ich habe mir einen Arbeitsplatz in Elliots Showroom eingerichtet. Nur einen schlichten Schreibtisch mit meinem Laptop und meinem Rolodex neben einem Teil von Jackies und Hazels Tanzfläche, die an der Wand hängt wie ein Fenster – wir haben die Blumen getrocknet, so dass sie als ewige Erinnerung an diesen Tag dient. Mein kleines Büro ist wie ein Starbucks inmitten eines Einkaufszentrums.

»Der 14. Juni ist ein tolles Datum«, sage ich zu dem Paar, das mir gegenübersitzt. »Ich trage euch in meinen Kalender ein.«

»Wundervoll!«, sagt die Frau – Beth – und lehnt sich zurück, als wären all ihre Probleme gelöst. Und vielleicht sind sie das tatsächlich. »Ich bin so froh, dass wir noch einen Termin bekommen haben.«

»Und denkt dran«, erinnere ich sie, »wenn euch die Wartezeit doch zu lang sein sollte, könnt ihr euch jederzeit einen Hochzeitsplaner suchen, der dieses Jahr noch …«

»Nein, nein«, unterbricht mich der zukünftige Bräutigam Robbie und wedelt abwehrend mit der Hand. »Sie will niemand anderen.«

Beth nickt entschieden. Ich lächle. »Okay! Klingt gut.«

»Denkst du …« Beth beugt sich vor. »Denkst du, die Hochzeit könnte an einem neu gestalteten Lost Place stattfinden wie die von Hazel und Jackie?«

»Natürlich. Über das Budget und eure Wunschliste können wir bei unserem nächsten Treffen reden, aber schick mir deine Pinterest-Pinnwand, die du bestimmt erstellt hast, dann können wir anfangen!«

In diesem Moment kommt Elliot herein und wischt sich die Hände an einem Lappen ab. »Ich muss mich um eine Kunstinstallation auf einem Schulball kümmern, aber ich bin in einer Stunde wieder da.«

Ich nicke und stehe auf. »Kannst du mir auf dem Rückweg noch welche mitbringen?«, frage ich, und er verdreht die Augen. »Bitte. Du weißt, dass Jake im Unterricht sitzt.«

»Einen mit Schokolade und einen mit Ahornglasur?«

Ich lächle ihn strahlend an und stelle mich auf die Zehenspitzen, um ihm zum Abschied einen Kuss zu geben. Dann wende ich mich wieder Beth und Robbie zu. »Übrigens seid ihr nicht verpflichtet, das Blooming als Florist einzustellen. Bei unserem nächsten Treffen gehe ich alle Lieferantenoptionen mit euch durch.«

»Das ist echt cool«, sagt Robbie. »Dass ihr ein Team seid. Gefällt mir.«

Beth beugt sich verschwörerisch zu mir. »Ich hab auf Hazel Renees Twitter-Account gesehen, dass ihre Frau euch beide verkuppelt hat. Das ist so eine tolle Story!«

Ich lächle. »Ja, das ist es. Jackie und Hazel waren exzellente Matchmaker.« Ich zwinkere Elliot zu, und er murrt irgendetwas Unverständliches.

Er belädt seinen Truck mit der Rosenwand, die das St. Joseph's als Fotohintergrund bestellt hat, und Robbie besteht darauf, ihm zu helfen.

Beth wendet sich an mich. »Es muss schwer sein, mit deinem Freund Märchenhochzeiten für andere Paare zu organisieren. Wann heiratet ihr zwei?«

Ich lächle sie an und falte die Hände im Schoß. »Das frage ich ihn auch immer wieder.«

»Ah. Ist er einer von denen, die sich nicht festlegen können?«, hakt sie mit einem Grinsen nach.

»Etwas in der Art«, sage ich. »Also, dann erzähl mir mal eure Verlobungsgeschichte. Die mag ich am liebsten.«

Während Beth mir alles erzählt, was ich wissen muss, um ihre Hochzeit zum schönsten Tag ihres Lebens zu machen, wird mir schnell klar, dass es eine tolle Geschichte ist. Ihre Ehe wird wahrscheinlich halten.

Ich liebe eine gute Verlobungsgeschichte, aber die beste, die ich je gehört habe? Nun, die erzähle ich euch, wenn er endlich Ja gesagt hat.

NACHWORT

In meiner Kindheit war es eine allgemein anerkannte Wahrheit, dass man Sacramento irgendwann verlässt – zumindest meiner Erfahrung nach. Das Theater war in New York. Die Strände waren in L.A. Die Kultur war zwei Stunden westlich in San Francisco. Und was war die CSU Sacramento überhaupt? Ich bin umgeben von Leuten aufgewachsen, die sich einig waren, dass Sacramento ein toller Ort ist, um eine Familie zu gründen, aber wenn man Künstler werden will – verschwinde! Und das habe ich getan. Aber wie in den meisten Hallmark-Liebesfilmen, in denen ein Stadtmädchen aus New York zurückkehrt und mithilfe eines rauen, schroffen Tischlers oder Mechanikers oder Bootsmanns lernt, ihren Heimatort zu lieben, bin ich nach Sacramento zurückgekehrt. Und der Bootsmann war für mich *Wedding Date.*

Die Geschichte in Sacramento anzusiedeln war keine große Sache für mich, bis ich mittendrin steckte. Plötzlich war alles sehr spezifisch, und es gab keine Möglichkeit mehr, das Buch aus Sacramento herauszuholen. Es war unglaublich leicht zu wissen, wo Ama ihre Donuts kauft, wohin Elliot sie zu ihrem ersten Date ausführt, in welche Highschool Ama gegangen ist und was andere Leute davon halten. Manche Sachen haben sich instinktiv ergeben, wie die genaue Lage von Elliots Blumenladen – es ist der Laden, in dem ich mein Ansteckstäußchen zum Abschlussball gekauft habe, obwohl der inzwischen umgezogen ist. Etwa fünfundsiebzig Prozent der im Buch erwähnten Orte gibt es wirklich, und von den restlichen fünfzehn sind fast alle echte Etablissements, die inzwischen geschlossen haben, oder ein Insiderwitz unter Leuten aus Sacramento. Manche Namen sind clever verschleiert, um meine Stadt zu schützen, aber wer es weiß, weiß es.

Früher bin ich oft an Hochzeiten im McKinley Park Rose Garden vorbeigefahren, wo ein Großteil dieses Buches spielt. Ich war nie ein kleines Mädchen, das von ihrem Hochzeitstag geträumt hat, aber als ich mich hingesetzt und überlegt habe, was für mich eine perfekte Hochzeit in Sacramento wäre, habe ich sofort zum Rose Garden und Midtown tendiert. Stelle ich mir so meine eigene Hochzeit vor? Vielleicht nicht. Aber ich weiß, dass ich Ama gerne als Hochzeitsplanerin hätte.

Es war mir wichtig, dass Ama die Stadt nicht verlassen hat, um zu studieren oder Karriere zu machen, und dann nach Sacramento zurückkommt, als wäre es ihre zweite Wahl. Das ist etwas, das ich in den ersten paar Jahren zurück in meinem Heimatort bereue – dass ich das Gefühl hatte, ich hätte die Aufgabe, Sacramento zu verlassen, nicht bestanden. Für Ama in *Wedding Date* waren ihre Träume immer in Einklang mit ihrem Wohnort. Sie musste nicht erst in die Großstadt ziehen, um sich in ihre Heimat zu verlieben. Sie wusste, dass sie alles, was sie sich wünscht, zwei Straßenblocks von dem Haus entfernt erreichen konnte, in dem sie aufgewachsen ist. Und klar, ich habe einen rauen, schroffen Bootsmann dazuerfunden, aber wer kann mir das verübeln?

DANKSAGUNG

OMG, es ist ein Buch! Ich kann nicht glauben, dass ihr mein Buch gekauft, ausgeliehen oder raubkopiert habt! Wie schön!

Als Erstes sollte ich vielleicht Ali Hazelwood danken. Das steht womöglich in dem Vertrag, den ich mit ihr abgeschlossen habe. Also danke, Alison, dass du mich überzeugt hast, eine (vollkommen andere) Geschichte zu veröffentlichen, während wir in einem Spielzeugladen herumgestöbert haben, wie es Erwachsene tun. Ohne deine Ermutigung, Beratung und Unterstützung hätten diese Leute nie mein Buch raubkopieren können.

Gaia Banks – meiner Agentin, meiner Mutter Erde – gebührt meine unendliche Dankbarkeit, weil ihr Gesicht wie ein Weihnachtsbaum aufgeleuchtet hat, als ich ihr von meiner Idee für das Buch erzählt habe. Ich muss ihrem Kind dafür danken, dass es genau zur richtigen Zeit auf die Welt gekommen ist, so dass dieses Buch so existieren kann, wie es jetzt ist. Danke, Gaia, dass du an mich geglaubt hast, und danke, dass du in der Woche der Wahrheit wegen der Zeitverschiebung viel länger aufgeblieben bist. Vielen Dank allen bei Sheil Land Associates, auch Maddie und Alba.

Ein riesengroßes Dankeschön an alle bei Forever und HarperCollins UK dafür, dass ihr an *Wedding Date* geglaubt habt, und ganz besonders an meine phantastischen Lektorinnen Junessa Viloria und Martha Ashby, die mit ganzem Herzen an mich geglaubt haben. Danke, dass ihr mich von meinen fragwürdigen Witzen abgehalten und mich daran erinnert habt, dass nicht alle in meinem Kopf leben, wie ich immer angenommen habe. Danke an die Marketing- und Publicity-Teams, besonders an Dana Cuadrado und Queen Estelle für eure Kreativität und Leidenschaft. Und danke an Beth, Sabrina, Leah, Stacey, Daniela und alle bei Forever und HarperCollins UK, die ich vergessen habe, was wahrscheinlich viele sind, weil ich bisher nur mit drei von euch persönlich gesprochen habe. Vielen Dank an Lori Paximadis! Danke an meine deutschen, polnischen und brasilianischen Lektorinnen Maria Runge, Alicja Oczko und Frini Georgakopoulos, dass ihr für mich ein solches Risiko eingegangen seid!

Danke an alle Bräute, deren Brautjungfer ich sein durfte – was echt viele waren. Obwohl ich noch nicht das *27-Dresses*-Stadium erreicht habe, ist meine Zukunft klar.

Ich bin mir sicher, vieles in diesem Buch klingt, als hätte ich keine Ahnung, wovon ich rede, aber diese Ladys haben ihr Bestes getan, mir bei allen möglichen Themen zu helfen: Cat Dionisio, Michelle Adamsky, Angelica Whaley, Ashley Mortensen und Adriana Daft, geborene Zerio – euch gebührt mein ewiger Dank. (Aber alles, was ich falsch gemacht habe, ist natürlich ihre Schuld, vielen Dank auch.)

Der einzige Weg, eine Veröffentlichung oder eine Pandemie oder eine Veröffentlichung während einer Pandemie zu überleben, besteht darin, ein gutes Support-Network zu haben. Danke an meine besten Freunde bei Gremlins, MW, Krampus, Words Are Hard und vor allem an Claire, Jen, Ali und Kate Goldbeck von The Edge Chat, die mir und diesem Buch Gutes gewünscht haben, als ich mir selbst nichts Gutes wünschen konnte. Danke an Lucy dafür, dass sie mich immer unterstützt und mir zum Erfolg verhilft. Danke an Anna Conathan dafür, dass sie die beste Coachin überhaupt ist und mich meiner Muse vorgestellt hat. An Mar, Cat und Amanda – danke, dass ihr meine Cheerleader,

Sidechat-Bitches, Krisenberater, ersten Leser und besten Freunde wart – Fandom hin oder her.

Ganz besonderer Dank gilt Fran, nicht nur für den Goldklumpen, aus dem dieses Buch entstanden ist, sondern auch für ihre selbstlose Kreativität, die es so vielen Leuten ermöglicht, tolle Geschichten zu schreiben (folgt ihr auf @galacticidiots auf der Vogel-App). Danke an Abby Jimenez für den ersten Klappentext! Danke an Nikita Jobson für das Originalcover! *Herzchenaugen* Danke für jedes Kunstwerk, das du je für meine Fan-Fiction kreiert hast! Ich fühle mich geehrt, dich als meine Coverdesignerin zu haben, und bin sehr froh, dass du die Anerkennung bekommst, die du verdienst.

An alle, die mich als Juls oder LovesBitca8 kennen, vielen Dank! Fan-Fiction ist nicht nur ein Sprungbrett auf dem Weg zum traditionellen Publishing. Es ist ein Zuhause, das immer ein Teil von mir sein wird. Danke an die Mitglieder von Rights and Wrongs und meine Freunde bei RoR. Danke an alle, die einen Kommentar und Kudos hinterlassen und mir gezeigt haben, dass meine Arbeit etwas bedeutet.

Danke an Sacramento dafür, dass es ein Ort ist, den man verlassen will und dennoch sein Leben lang im Herzen bewahrt. Etwa fünfundsiebzig Prozent der Orte in diesem Buch sind real. Ich kann euch nur empfehlen, diese schreckliche, wundervolle Stadt zu besichtigen (nur nicht im Sommer) und in den McKinley Park Rose Garden zu gehen.

Danke an Jennifer Borasi, Richard Weldon und Joshua McKinney dafür, dass sie mir das Schreiben und die Liebe zum geschriebenen Wort beigebracht haben. Danke an meine Familie, besonders an Grandma Glo, deren schmutzige Phantasie und bösen Humor ich geerbt habe, und Grandma Marion, an die ich nur eine Erinnerung habe – dass ich ihr eine Blume geschenkt habe. Und zu guter Letzt tausend Dank an meine Eltern dafür, dass sie an mich geglaubt haben, als ich Schauspielerin werden wollte, als ich Musicals schreiben wollte und jetzt, da ich Autorin geworden bin. Aller guten Dinge sind drei, richtig? Danke an meine Mutter für den Titel dieses Buches, und danke an meinen Vater dafür, dass er meine »überarbeitete« Version gelesen hat.